Von einer, die auszieht, um mehr über ihre Herkunft zu lernen: Die artige Ärztin Margo verlässt die Sicherheit des Gewohnten und betritt ein Zwielicht aus Ungewissheit. Wirft erstmals Blicke in eine Welt, in der brutale körperliche Gewalt ebenso präsent ist wie die indirekte Gewalt der Bigotterie. Wahrheit und Moral erweisen sich als Verschiebemasse, die beweglich wird, wenn die Protagonistin sich bewegt. Wie rezipiert, wie empfindet, wie handelt eine Person außerhalb ihrer Routine?

Denise Mina benutzt grimmige Thriller-Versatzstücke, um diese Parabel über Aufgehobenheit und ihr Gegenteil zu erzählen. Es geht um den fest in die Normalität eingeschriebenen Klassismus und Sexismus, konkret: um den gewöhnlichen gesellschaftlichen Umgang mit Armut und mit Frauenkörpern.

Glasgow ist Minas urbane Bühne, auf der sie universelle Themen mit lokaler Geschichte verknüpft. »Eine so irre Mischung aus schöner Architektur und unsäglicher Gewalt. Glasgow ist ein wirklich schräger Ort«, so Denise Mina im *Guardian*. Und: »In *Totstück* sollte es um Opfer gehen, deren Tod nicht gerade emotionale Riesenwellen schlägt, wie bei Sexarbeiterinnen und Obdachlosen. Solche Fälle werden häufig Cold Cases, Zeugen machen sich nicht die Mühe auszusagen. Ich wollte erst über die realen Morde an Glasgower Sexarbeiterinnen in den späten 80ern und frühen 90ern schreiben. Das letzte Opfer kam damals aus einer entzückenden Familie, sie waren im Fernsehen und alle Leute nahmen Anteil, die anderen Fälle wurden sehr anders behandelt. Da zeigte sich ein umfassendes gesellschaftliches Bewertungssystem, welche Opfer haben welche Priorität. In Zeiten von *Black Lives Matter* gehört aufgearbeitet, wie einigen Menschen per se Wert zugemessen wird und anderen einfach nicht, das ist absolut wichtig.«

Totstück ist ein gebrochener Thriller, der aus instabilen Blickwinkeln Schlaglichter wirft und provoziert. Wieder einmal zeigt Mina: Krimi kann alles.

Else Laudan

DENISE MINA

TOTSTÜCK

Deutsch von Karen Gerwig

Ariadne 1254
Argument Verlag

Für DM, KM, LM, MR, JG, TW, ML, EC
und alle, die sie liebten und für sie sorgten

1

Hoffnung stirbt langsam, aber irgendwann stirbt sie. Obwohl längst klar ist, dass Margo versetzt wurde, kann sie sich nicht dazu durchringen, zu gehen. Sie ist Ärztin und weiß genau, wie hartnäckig und verderblich Hoffnung sein kann. Ohne jede Ermutigung, solange sie nicht ausdrücklich widerlegt wird, hält sich Hoffnung weit über den Punkt hinaus, wo sie nützt. Die Geschwindigkeit ihres Sterbens hängt oft vom Grad der Ausgangsinvestition ab.

Sie wartet jetzt seit einer Stunde und vierzig Minuten allein in diesem komisch geschnittenen Raum, horcht auf den Fahrstuhl und starrt die Tür an, will sie dazu bringen, sich zu öffnen und ihr Leben zu verändern. Sie ist hergekommen, um zum ersten Mal ihre Ursprungsfamilie zu treffen. Allerdings nicht ihre leibliche Mutter, denn es hat sich herausgestellt, dass Susan schon vor langer Zeit gestorben ist. Wie, das stand nicht in den Kontaktbriefen, aber Margo muss es unbedingt wissen. Sie ist Ärztin. Sie ist schwanger und hat Angst vor ihrem genetischen Erbe. Sie ahnt Schlimmes.

Sie ist nicht objektiv. Sie hätte nicht herkommen sollen. Sie hätte sich besser vorsehen müssen.

Die leibliche Familie ist sehr spät dran. Insgeheim weiß Margo, dass wahrscheinlich niemand mehr kommt, aber sie versucht, nicht sauer zu werden. Sie klammert sich noch an die abwegige Möglichkeit, dass die Verspätung einen guten Grund hat – ein Zugunglück oder eine stehengebliebene Armbanduhr, als gäbe es so etwas noch. Sollte die Person doch noch und unverschuldet zu spät kommen, möchte sie nicht, dass das Treffen in einen Streit über Pünktlichkeit ausartet. Es gibt Fragen, auf die sie Antworten braucht.

Sie wartet in einem Raum ganz oben in einem alten Bürogebäude im Herzen von Glasgow, gleich beim George Square. Es ist heiß hier und es riecht komisch, als ob in der Bausubstanz des Gebäudes irgendwas verrottet. Die Leute von der Adoptionsagentur haben versucht, den Raum heimelig zu machen, aber die Möbel sind billig und wirken seltsam unheilvoll, wie die Tatortrekonstruktion eines Familienwohnzimmers, in dem etwas Grässliches geschehen ist. Es gibt ein durchgesessenes Sofa mit niedriger Rückenlehne, einen Couchtisch mit einer Schachtel Papiertaschentücher darauf und einen Esszimmerstuhl. Außerdem ein Ikea-Regal mit zerfledderten Kinderbüchern und einem klebrigen Hippo-Flipp-Spiel, bei dem die Murmeln fehlen. Sie ist schon so lange hier, dass sie nachgesehen hat.

Auch der Schnitt des Raums stört sie. Er ist quadratisch mit einer niedrigen Decke aus Glasquadraten, die mit weißer Farbe blickdicht zugestrichen sind. Sie vermutet, dass das Gebäude entkernt und modernisiert wurde und dies hier mal der oberste Absatz eines herrschaftlichen alten Treppenhauses war, dass sie unter dem ehemaligen Oberlicht sitzt. Wenn sie daran denkt, spürt sie den Abgrund unter sich und ihre Schienbeine kribbeln, wie eine Erinnerung an einen Sturz.

Margo hat die Briefe von Nikki ganz unten in einer Schublade im Nachttisch ihrer Mutter versteckt gefunden. Beim ersten lag das Datum schon mehrere Jahre zurück, beim letzten erst ein paar Monate. Sie waren an Margo gerichtet, unter Janettes Adresse, und Margo wurde gebeten, doch bitte zu antworten. Nikki schrieb, sie müsse sie unbedingt sprechen, denn sie brauche bei etwas dringend Margos Hilfe.

Janette lag im Sterben und war kaum je bei Bewusstsein, als Margo auf das Bündel Briefe stieß. Sie hat versucht zu verstehen, warum Janette sie ihr nicht weitergegeben hat. Nikki klang durchaus irre, all dieser Quatsch über einen »Glasgower Jack the Ripper«, der seit dreißig Jahren hinter ihr her ist, aber Margo interessiert weniger der Wahrheitsgehalt ihrer Wahnvorstellungen, als vielmehr wie sie klingen. Margo ist sich ihrer psychischen Stabilität nicht ganz sicher. Sie will wissen, ob Nikki eine schizotype Störung hat, ob es eine genetische Disposition gibt, dass sie es auch kriegt. Aber Nikki kommt nicht.

Margo starrt auf die kleine Tür und stellt sich vor, wie sie wohl auf eine hereinkommende Fremde wirken würde. Sie ist groß und die Decke ist niedrig, ihre Hände liegen auf ihren Knien, die Füße stehen flach auf dem Boden. Sie muss einschüchternd wirken, wie eine Statue von Queen Victoria, die in einer Kiste entdeckt wird. Sie versucht ein einladendes Lächeln, doch die Anspannung verwandelt es sofort in ein Zähnefletschen.

Aber es kommt sowieso kein Mensch. Sie lässt das gruselige Lächeln sein und schaltet ihr Gesicht in den Leerlauf. Kein Mensch. Sie nimmt ihren Mantel von der Couch und legt ihn auf ihre Knie, die Vorstufe davon, ihn anzuziehen.

Nun wird sie nie erfahren, was mit Susan passiert ist oder ob sie ihre Größe von ihr hat, ob sie gemischter Herkunft ist. Ihre Haare sagen ja, aber ihre Hautfarbe sagt nein. Sie kriegt keine Chance zu fragen. Kein Mensch kommt.

So verdammt unhöflich. Egoistisch. Was für ein Mensch verabredet ein dermaßen emotional aufgeladenes Treffen, legt Ort und Uhrzeit fest und taucht dann nicht auf? Sie schaut auf die Uhr auf ihrem Handy; jetzt sind es eine Stunde und fünfzig Minuten. Sie steigert sich in ihre Entrüstung hinein, aber eine unbeantwortete SMS von vor einer Stunde lenkt sie ab.

Ihre beste Freundin Lilah hat gefragt: *Wie sieht's inzwischen aus, Schnecke, gibt's was Neues?*

Margo hat immer noch nicht zurückgeschrieben. Sie hat die ganze Zeit gehofft, eine bessere Antwort geben zu können.

Ein sehr sachtes Klopfen, dann öffnet sich die kleine Tür. Es ist Tracey, die Mediatorin, die Margo beim Reinkommen einen langen Vortrag gehalten hat, sie solle nicht zu viel erwarten. Margo kann Tracey nicht leiden, ohne so recht zu wissen warum.

Vielleicht ist es die angespannte Situation. Vielleicht ist es Traceys angriffslustiger Gang. Sie wiegt die Schultern und betritt den Raum mit dem Bauch voran, als wäre sie schwanger und wollte darüber reden oder als wäre sie fett und wollte es nicht. Sie trägt eine dicke Brille, die ihre großen grünen Augen verzerrt, und ein Kleid mit tiefem Ausschnitt, der zehn Zentimeter Dekolleté zur Schau stellt. Eine Goldkette mit grünem Anhänger surft auf ihren rekordverdächtig langen Möpsen, dümpelt darauf herum und geht manchmal unter, nur um gedankenlos von Traceys wurstigem Zeigefinger wieder herausgefischt zu werden.

»Hallo noch mal«, flüstert sie, den Kopf mitfühlend zur Seite geneigt, die Lippen zu tieftraurigem Bedauern zusammengepresst, als sie sich aufs Sofa setzt und die Hände verschränkt. Gleich sagt sie Margo, sie soll es aufgeben und verschwinden. Sie wird es nett verpacken, aber das wird sie meinen.

Noch ehe Tracey etwas sagen kann, platzt Margo heraus, dass sie einfach noch eine halbe Stunde wartet, wenn das geht?

»Na ja, also, ja nee«, nölt Tracey mit einem rauchigen nordirischen Akzent, der wie ein melancholischer alter Song klingt, »das kleine Problem dabei ist, dass wir das Büro eigentlich schon in zehn Minütchen schließen müssen. Ich wollte quasi vorher bloß noch mal ein Pläuschchen mit Ihnen halten, nur damit Sie nicht mit dem Gefühl gehen, dass Sie vielleicht noch mit jemand hätten reden wollen? Würden Sie vielleicht gern ein klitzekleines Pläuschchen halten? Über Ihre Gefühle?«

An jedem Satzende geht ihre Stimme nach oben, jede Aussage ist vollgemüllt mit nervtötenden Relativierungen – Vielleichts und Verniedlichungen und Unklarheit. Aber Margo ist Ärztin und hat von Patientinnen und Patienten schon genug hilflose Wut abbekommen, um zu wissen: Tracey ist nicht schuld daran, wie sie sich fühlt.

»Dann warte ich einfach noch die letzten zehn Minuten ab, wenn es Ihnen nichts ausmacht.« Margo sagt es leise, überkompensiert ihre weißglühende Wut. »So weiß ich wenigstens mit Sicherheit, dass Nikki nicht gekommen ist. Es sind nur zehn Minuten. Die kann ich auch noch warten.«

»Aye, ja, warum nicht, klar, klar. Ja, warum nicht.« Tracey tätschelt ihr eigenes Knie und sieht dabei Margos an. »Sie schulden denen gar nichts, das wissen Sie? Sie haben denen lang genug Zeit gegeben, um herzukommen. Sie haben getan, was in Ihrer Macht steht. Sie müssen nicht warten.«

Margo weiß nicht, warum Tracey den Plural benutzt. Der geschlechtsneutralen Form zuliebe? Oder weiß Tracey etwas, was Margo nicht weiß? Ist Nikki trans, oder haben gerade mehrere Leute Margo versetzt? Ist das besser oder schlimmer?

»Na ja, ich warte die zehn Minuten noch ab.«

»Natürlich.«

»Wenn das in Ordnung ist.«

Tracey nickt und lächelt unbestimmt. Sie luftnotrettet den grünen Stein aus der Schlucht ihres Ausschnitts, macht aber keine Anstalten zu gehen. Sie will nett sein, mit ihr warten und Margo die Möglichkeit geben, über ihre Gefühle zu reden, falls sie möchte. Margo traut ihr kein Stück.

Laut sagt Margo dann nur, dass es hier ja sehr ruhig zugeht, ist das immer so? Tracey erzählt ihr, um ehrlich zu sein, machen sie eigentlich gar nicht mehr so viele Mediationen von Familienzusammenführungen. Früher schon, aber jetzt finden die Leute ihre leiblichen Familien eher auf Facebook. Sie würde das ja nicht empfehlen. Das kann ganz, ganz böse schiefgehen. Versetzt zu werden ist nicht das Schlimmste, das können Sie glauben. Sie machen sich keine Vorstellung. Ehrlich.

Margo hat sich immer noch an die ferne Möglichkeit eines Autounfalls oder aufregungsbedingten Herzinfarkts geklammert, aber Tracey weiß, dass kein Mensch kommt. Sie arbeitet hier, sie hat das alles schon erlebt. Margo ist plötzlich so wütend, dass ihr schlecht wird, und Tracey merkt das. Sie ergreift Margos Hand und drückt sie mitleidig, was es noch schlimmer macht.

Margo legt ihre andere Hand auf Traceys und drückt zurück, vielleicht ein bisschen zu fest, und dann heult sie vor Wut los. Lilah nennt es das hässlichste Heulen überhaupt.

Tracey sagt nettes Zeugs: Na kommen Sie, das wird schon wieder, das wird alles wieder. Es hätte schlimmer kommen können.

Margo jodelt: »Wie sollte es denn bitte noch schlimmer kommen?«

Tracey spricht sanft: Das ist nicht das Schlimmste, was ich mitangesehen habe, ganz und gar nicht. So etwas kann *sehr* übel ausgehen, besonders wenn es keine Mediation gibt. In welchem Zustand die manchmal sind! Kann man nicht mal vorher in den Spiegel schauen und sich die Haare waschen? Wir haben hier schon richtige Arschlöcher gehabt. Tracey äußert sich jetzt wesentlich freimütiger als bei Margos Ankunft. So was kann der Horror sein, und sie muss es wissen, denn sie hat das selbst durchgemacht, oh ja, und deshalb arbeitet sie hier nämlich, ehrenamtlich, wegen ihrer eigenen schrecklichen, schrecklichen Erfahrung.

Sie sieht Margo an, wartet auf die Nachfrage, aber Margo ist egal, was Tracey passiert ist. Das hier passiert *ihr* jetzt gerade, und sie ist überfordert.

Es dauert einen Moment, bis Tracey kapiert, dass sie nicht danach fragen wird. Sie blinzelt, klappt diese Kiste der Schrecken wieder zu und macht weiter, spricht in Gemeinplätzen: Wenn sich die Leute im Internet kennenlernen, na ja, viele sind viel zu jung. Hassen nicht alle Teenager ihre Eltern? Bei Tracey war es auf jeden Fall so. Das gehört zum Großwerden dazu, oder? Es ist so verlockend, sich eine andere Familie zu suchen. Anfangs ist die Begeisterung groß, man hat immerhin ein Geheimnis gelüftet, nicht? Alle sind darauf konzentriert, was sie gemeinsam haben, und man ignoriert die Unterschiede, die Konfliktfelder, und man ist ein klitzekleines Spürchen zu offen miteinander. Und dann diese leiblichen Familien, oje! Also das ist noch mal ein ganz anderes Paar Gummistiefel. Bei den meisten Leuten sind Sachen los, verstehen Sie mich nicht falsch, aber manchmal haben Sie es einfach mit schlechten Menschen zu tun, die zum Beispiel Geld wollen. Es hat schon Situationen gegeben … Stalking, Polizeieinsätze …

Tracey steigen Tränen in die Augen. Das ist ihre Geschichte. Margo hat nicht nachgefragt, als sie sollte, aber Tracey hat es trotzdem geschafft, sie auf den Tisch zu bringen. Sie sorgt dafür, dass es hier um sie geht. Ihr Kinn zittert, gleich wird sie weinen, und jetzt reicht es Margo. Sie hebt beide Hände.

»Tracey, nein, hören Sie, es tut mir wirklich leid – das ist so schon alles zu viel für mich. Meine Adoptivmutter ist kürzlich gestorben, ich habe mich von meinem Partner getrennt …« Sie fängt sich, bevor sie damit herausplatzt, dass sie schwanger ist. »Könnten Sie mich allein lassen?«

Tracey nimmt es gut auf. Sie sagt, natürlich, überhaupt kein Problem, lassen Sie sich Zeit, und sie steht auf und geht hinaus und schließt vorsichtig die Tür hinter sich, als wollte sie aufpassen, kein schlafendes Baby zu wecken.

Margo versteckt ihr Gesicht und schluchzt. Sie hat sich diesen Moment vorgestellt, seit sie ganz klein war. Ihr wäre ein völliges Fiasko lieber, als dass niemand auftaucht. Sie will wissen, woran Susan gestorben ist, haben sie genetisch bedingte psychische Probleme, sie muss das wissen, für sich selbst, für das Baby. Sind sie anfällig für postnatale Depressionen? Aber sie will auch trivialere Dinge wissen: Wollte Susan sie behalten? Hat sie versucht, sie zurückzukriegen? Ist ihre leibliche Familie arm oder reich, sind sie katholisch oder jüdisch, Iren oder Roma? Sind sie musikalisch? Sportlich? Margo hatte immer das Gefühl, von den vielen Unklarheiten verwässert zu sein. Zersplittert. Sie hat sich vorgestellt, all diese alternativen Ichs existierten in Parallelwelten, und diese anderen Leben haben ihr so viel bedeutet. Sie nährten Möglichkeiten und trösteten sie, wenn es zu Hause elend war.

Aber sie wird nie fragen können. Nikki kommt nicht.

Die Hoffnung, die sie gehegt hat, ist endlich futsch, und ihr wird klar, sie hätte nicht hierherkommen und nach Antworten suchen sollen. Sie hätte überhaupt nicht herkommen sollen. Das ist im Moment zu viel für sie.

Es ist gelaufen. Scheiß drauf und scheiß auf sie alle. Scheiß auf den Tod und auf ihren Ex Joe und den Mief hier drin und Traceys bekloppten Singsang. Scheiß auf alles. Von jetzt an zählen nur noch Margo und die Krabbe in ihrer Gebärmutter.

Heute Abend tut sie sich was Gutes, sie wird allein ins Kino gehen und sich einen Streifen mit Explosionen reinziehen, einen Eimer sprudeliges Zuckerzeug trinken und eine Familienpackung Schokorosinen verdrücken. Sie steht auf, zieht die Haarklammern raus und kratzt sich die Kopfhaut, schüttelt die Haare, lässt sie hochstehen und abstehen und tun, was sie wollen. Sie reibt sich die heißen Augen und verschmiert Wimperntusche auf einer Seite ihres Gesichts.

So sieht sie aus, als sich vor der Tür die Atmosphäre ändert. Sie fühlt es, bevor sie es hört: das gedämpfte Kreischen eines ankommenden Fahrstuhls.

2

Ein plötzlicher Aufruhr draußen, eine schrille Stimme sagt undeutliche Worte, Tracey ruft von ihrem Büro aus ein nervöses »Hallo?«, die neue Stimme senkt sich, nähert sich der Tür.

Die Tür wird eilig geöffnet, bevor Tracey von ihrem Schreibtisch herübergaloppieren kann, und eine sehr kleine Frau betritt den Raum und stellt sich hin.

»O mein Gott!«, kreischt Nikki. »Ich kann nicht fassen, was du da anhast, Patsy!«

Es ist viel auf einmal: Patsy ist der Name auf Margos Geburtsurkunde, der Name, den sie bekommen hat, bevor sie mit zwei Tagen weggegeben wurde. Margo trägt nichts Besonderes, nur eine Baumwollbluse und schwarze Jeans, das ist also komisch. Außerdem ist sie von Nikkis Stimme abgelenkt, die nicht laut oder wütend klingt, sondern nur ein sehr spezielles nervöses Timbre besitzt, darauf eingestellt, sich über plärrende Fernseher und pöbelnde Menschen hinweg Gehör zu verschaffen. Eine Stimme wie bei Patienten in der Praxis, so klingen sehr angespannte Leute und Mütter, die ihre Kinder nicht unter Kontrolle halten können.

»Hallo?«, sagt Margo. »Bist du Nikki?«

»Bist du das?«, fragt Nikki.

Sie mustern einander mit dem unverblümten Starren kleiner Kinder, die sich zum ersten Mal begegnen.

Sie sehen sich überhaupt nicht ähnlich. Nikki ist klein und blond und untergewichtig. Margo ist groß, mit dicken schwarzen Haaren, tiefliegenden braunen Augen und schimmernder Haut.

Nikkis Aufzug ist seltsam, sie wirkt verkleidet. Alles, was sie anhat, ist nagelneu und etwas zu groß: eine pieksaubere Trainingsjacke direkt aus der Packung, die Ärmel hochgekrempelt, die dazu passende weite Jogginghose. Über dem properen Grau trägt sie einen beigen Mantel mit baumelndem Stoffgürtel, der noch nie gebunden wurde. Sie sieht aus, als hätte sie einen Unfall gehabt und für den Heimweg fremde Kleidung bekommen. So öde Klamotten passen eigentlich nicht zu einer Frau wie Nikki, weil sie umwerfend schön ist. Sie hat gute Knochen, sie ist elegant und bewegt sich mit einem Bewusstsein für ihre Körpermitte wie eine Tänzerin: Unwillkürlich bewundert Margo die geschmeidige Kurve ihres langen Halses, ihre Wirbelsäule schlängelt sich, als sie in den Raum gleitet, ihre Handbewegungen sind ausdrucksvoll. Und nichts davon wirkt affektiert, sondern unbewusst und natürlich.

Die blonden Haare sind streng im Nacken zusammengebunden. Sie trägt keinen Schmuck und ihr Gesicht ist dick gepudert, wie in der ersten Phase eines Make-up-Tutorials auf YouTube. Margo nimmt an, es ist extra für ihr Treffen. Das ist es aber nicht. Sie wird bald erfahren, dass Nikki den ganzen Tag im Gericht verbracht hat, ihre schlichte, asexuelle Aufmachung ist eine ostentative Botschaft an alte Bekannte und Widersacher, dass ihr Leben jetzt ganz anders ist, dass sie jetzt ganz anders ist.

Sie zittert vor Nervosität, schwebt durchs Zimmer, legt in einer unbeholfenen Pflichtgeste ihre Arme um Margos Ellbogen. Margo hat plötzlich Angst, dass Nikki weinen könnte. Sie sieht in der Praxis oft Gefühlsausbrüche und weiß, emotionale Gesten sind nicht dasselbe wie tiefe Gefühle, sind oft genau das Gegenteil. Sie betrachtet große Dramen mit Argwohn, und wenn sie ehrlich ist, findet sie sie ein bisschen vulgär.

Weil sie nicht weiß, was sie sonst tun soll, erwidert sie die Umarmung, drückt Nikki ein bisschen zu lang an sich. Reserviert streben beide in der Umarmung voneinander weg, halten die Gesichter auf Abstand und geraten aus dem Gleichgewicht, sodass sie von einem Fuß auf den anderen schwanken wie kämpfende Krebse.

Schließlich lassen sie los und sehen einander noch mal an. Plötzlich sieht Margo ihr eigenes Gesicht.

Sie sieht tiefliegende braune Augen und ein spitzes Kinn. Sie sieht gute Haut unter dem ganzen Puder und verirrte Wimpern und Augen wie Spiegel ihrer eigenen. Sie sieht Dinge, die sie an sich selbst noch nie bemerkt hat: Die Brauen bilden fast schon Zacken wie bei Ming dem Grausamen, die Lippen sind leicht asymmetrisch.

Margo schaut diese Echos ihres eigenen Gesichts an und spürt, wie sie sich verändert. All die Splitter-Margos fügen sich zusammen und bilden ein Ganzes, nehmen mehr Platz im Raum ein. Sie ist ein Luftballon, der zum ersten Mal aufgeblasen wird, eine Strichzeichnung, die dreidimensional wird.

Nikki sieht die Ähnlichkeit auch. Einen reglosen Moment lang ist nichts im Raum bis auf zwei gleiche Augenpaare, die einander aufsaugen.

Sie setzen sich, ihre Knie berühren sich, Nikki auf dem Sofa, Margo auf dem Bürostuhl. Tracey setzt sich einen Platz weiter aufs Sofa und lehnt sich zurück, eine Schiedsrichterin, die den Kämpferinnen Raum lässt, einander wehzutun, sie lächelt und legt den Kopf auf eine Art schief, die künstlich wirkt. Margo spürt, dass sie ihnen nicht wohlgesonnen ist, und versucht Tracey ins Gespräch zu ziehen. »Wollten Sie nicht gerade schließen?«

»Ich warte sehr gerne noch.« Tracey blinzelt langsam, zeigt, wie geduldig sie ist, sagt aber zu Nikki: »Sie sind fast zwei Stunden zu spät.«

»Wurde aufgehalten.«

Margo fragt: »Wodurch?«

»So Zeug. Hab auf was gewartet«, sagt Nikki, »aber sie haben es nicht drangenommen, und sie haben die ganze Zeit nicht gesagt, dass sie's nicht drannehmen, erst so vor zehn Minuten. Ich konnt's nicht wissen.« Sie schüttelt den Kopf, als hätte sie keine Lust, darüber zu reden, und schaut Margos Haare an. »Unsere Susan hatte auch so irre viele Haare. Dicke schwarze Haare. Daher hatte sie ihren Spitznamen. ›Hairy‹ haben sie sie genannt.«

Margo zieht eine Grimasse. »Hairy« ist Glasgower Alte-Damen-Jargon, eine abwertende Bezeichnung für ein primitives Unterklassemädchen. Ein Überbleibsel aus König Edwards Zeiten, als nur niedere Mädchen keine Hüte trugen. Nikki merkt, dass das Margo nicht gefällt.

»Nein, ich weiß«, sagt sie und zerrt verunsichert ihren Mantel zu. »Ich weiß, es ist nicht sehr nett, sie Hairy zu nennen, aber wir hatten damals alle bescheuerte Namen, so war das einfach. Mich haben sie ›Goofy‹ genannt. Ich hatte früher so vorstehende Zähne.« Sie schiebt mit zwei Fingern die Oberlippe hoch, um Margo zu zeigen, wie es ausgesehen hat. Margo merkt erst jetzt, dass sie falsche Zähne hat. »Ja. Hat mir ein Ex-Lover ausgeschlagen.« Nikki verzieht das Gesicht, weiß, dass sie alles falsch versteht. »Ich meine, eigentlich hat er uns damit einen Gefallen getan.« Sie sieht Margo flehentlich an.

»Wie war Susan?«

»Klein. Schlagfertig. Witzig ...« Sie lächelt bei der Erinnerung an ihre jüngere Schwester, aber ihr Gesichtsausdruck verrutscht, wird auf einmal todunglücklich, und ihr kommen die Tränen. Sie flüstert: »Sie war echt schlimm auf Drogen. Heroin. Sie war klein. Sie hatte keine Chance«, und wird rot, blinzelt die Tränen weg, ihr Blick schießt immer wieder zu Margo, nimmt sie stückchenweise auf: Haare, Kleidung, Haltung, Handtasche.

Das hier läuft nicht besonders gut. Der Klassenunterschied zwischen ihnen klafft tief und demütigt Nikki. Und er ist auch für Margo extrem unbehaglich, denn sie denkt nicht gern über Klasse nach oder darüber, wie privilegiert sie ist. Sie hält sich einfach für normal.

Nikki hat Narben auf den Handrücken zwischen den Fingerknöcheln, sehr weiß auf der hellrosa Haut, verheilte Einstichspuren: weiße Haltestationen auf der Karte ihres Versorgungssystems. Sie hat sich regelmäßig etwas gespritzt, aber vor langer Zeit damit aufgehört. Sie hat nicht die Weggetretenheit einer Methadonkonsumentin an sich oder die rammdösige Reizbarkeit einer Person auf Valium. Sie scheint auch sonst auf nichts drauf zu sein.

»Es tat mir so leid, als ich erfahren habe, dass sie tot ist.«

Nikki lässt die Hände sinken, nickt und sagt: »Furchtbar traurig.«

Margo vermutet eine Überdosis Heroin. In Glasgow gab es in den Jahren um ihre Geburt die reinste Epidemie an Überdosen, und jetzt, wo sie Nikkis Hände gesehen hat, erscheint es ihr noch wahrscheinlicher. Sie hofft, dass es das ist und kein Selbstmord, nichts, was mit einer katastrophalen erblichen Störung zu tun hat.

»Du hast in deinen Briefen nicht genau erklärt, wie sie gestorben ist.«

Nikki zuckt entweder zusammen oder sie zwinkert. Margo hofft, dass es ein Zusammenzucken ist. »Ich fand es nicht richtig …«

»Darf ich dich ganz offen etwas fragen?«

Nikki stimmt mit einem Nicken zu.

»Warst du auch heroinabhängig?«

Nikki wirft einen Blick auf Tracey und unterdrückt ein Grinsen. Es zuckt um ihre Lippen, aber ihr Blick ist stählern. »Warum fragst du mich das?«

»Deine Hände. Ich weiß, du hast dir Drogen injiziert, aber ich sehe, dass du nicht mehr drauf bist.«

Nikki zerrt die Mantelärmel über ihre Hände und reckt trotzig das Kinn. »Seit vier Jahren clean und trocken.« Ihr Blick ist erbost, dass Margo gefragt hat, und dann auch noch vor Tracey.

»Vier Jahre? Das ist beeindruckend«, sagt Margo. »Harte Arbeit.«

»Fixen ist viel härtere Arbeit. Wenn man das Arbeitsethos von Süchtigen anderweitig einspannen könnte, wäre Glasgow ein Paradies.« Angetan von ihrer eigenen Schlagfertigkeit lächelt Nikki und lässt für einen Moment die Deckung sinken.

»Ich bekomme in der Praxis viele Süchtige zu sehen«, sagt Margo. »Ich habe eine vage Ahnung davon, was du da geschafft hast.«

»Du bist Ärztin. Du bist beeindruckend.«

Margo ist eigentlich nicht beeindruckend. Sie kommt nicht sehr gut klar. Sie hatte nach Janettes Tod einen kleinen Zusammenbruch und drückt sich seitdem vor der Arbeit, weil sie Angst hat, nie wieder arbeiten zu dürfen, wenn sie zugibt, dass sie psychisch labil ist. Sie passt das Kompliment zurück: »Nein, Nikki, *du* bist beeindruckend. Vier Jahre, das ist beeindruckend. Vielen, vielen Dank, dass du gekommen bist. Und dass du geschrieben hast.«

»Aber ich hab dir seit Jahren geschrieben, und du hast nie geantwortet.«

Margo will Janette, die die Briefe versteckt hat, nicht bloßstellen, ihr fällt aber sonst nichts ein. Sie zuckt die Achseln. »Meine Mum – meine *andere* Mum. Sie hat die Briefe nicht weitergegeben. Ich weiß gar nicht, warum. Sie ist vor kurzem gestorben, und da hab ich sie gefunden.«

Sie erwartet, dass Nikki nach Janette fragt, wer war sie, hat sie Margo anständig großgezogen, wie war ihre Kindheit, aber

Nikki tut es nicht. Ihr Blick schießt kurz zur Seite, schüttelt das unwillkommene Thema ab, wie man ein Staubtuch ausschlägt.

»Ich dachte schon, du willst nichts mit mir zu tun haben«, seufzt Nikki. »Aber das Timing könnte nicht besser sein. Weil du Ärztin bist, weißt du? Der Fall jetzt gerade … da kannst du helfen.«

Nikki erwartet, dass Margo nach diesem *Fall jetzt gerade* fragt, der ihr ganz klar so wichtig ist. Sie schaut Margo auf den Mund und nickt langsam. Aber Nikki hat nicht nach Janette gefragt, und das ist Margo wichtig. Sie hat zwei Stunden gewartet. Sie weiß nicht, warum sie immer die Folgsame sein soll.

»Na, jedenfalls, Nikki, ich möchte dich so viel fragen. Wann ist Susan gestorben?«

»Was?«

»Wie lange nach meiner Geburt?«

»Nicht lang.« Nikki passt der Themenwechsel nicht. Ihr Blick wird hart.

»Und sie hat mich zwei Tage nach meiner Geburt weggegeben?«

»Nein, sie hat dich sofort weggegeben.« Sie merkt, dass das nicht gut ankommt. »Hör zu, Susan wollte dich behalten, aber wie die Dinge lagen … sie hatte einen Haufen Probleme, Drogen. *Schlimm*. Also … so war das.«

»Entschuldige. Ich hab mich nicht gut ausgedrückt. Ich mache niemandem einen Vorwurf.«

Nikki nickt und blinzelt und starrte auf Margos Bluse, dann lächelt sie leicht und wechselt das Thema. »Okay, pass auf, ich muss das wissen: Kannst du hellsehen?«

»Kann ich was?«

»Hellsehen. Das können in unserer Familie viele. In die Zukunft sehen, solche Sachen?«

»Nein, das kann ich leider nicht.«

»Oh.« Nikki ist enttäuscht. »Ein Jammer, eigentlich zieht sich das zweite Gesicht bei uns durch, sehr stark. Ich hab schon überlegt, ob du deshalb Ärztin geworden bist.«

»Nein, ich, ähm …«

»Ich meine, ich frage, weil – siehst du das? Was du anhast?« Sie zeigt auf die rote Bluse und die schwarze Jeans. »Das ist ein bisschen hellsichtig. Guck …« Sie holt ein vergilbtes altes Foto aus ihrer Schultertasche. »Das hier hab ich dir mitgebracht. Das ist Susan.«

Sie reicht ihr das kleine Bild.

Vor langer Zeit steht Susan Brodie in einem Wohnzimmer, hinter sich eine Kommode und ein Gemälde mit Bergpanorama, und grinst in die Kamera. Ihre Nase ist symmetrischer als die von Margo und ihr rechter Schneidezahn steht schief, aber sie hat Margos buschige schwarze Haare, ihre Augen, ihre Haut, ihr Gesicht. Sie trägt eine seidige rote Bluse mit großem Kragen und einen schwarzen Bleistiftrock, wie eine Kellnerin im Steakhouse. Im Grunde das, was Margo jetzt anhat. Margo ist gebannt von dem Foto.

»Wow.«

»Ich weiß. Siehst du die Klamotten, siehst du, was ich meine?«

»Ja.«

Nikki kichert entzückt. *»Das ist deine Mum.«*

»Das ist meine Mum«, wiederholt Margo.

So sitzen sie eine Weile da.

»Das ist für dich. Behalt es«, flüstert Nikki.

»Danke.«

Margo steckt es weg, in eine Innentasche ihrer Handtasche, und sieht, wie Nikkis Blick ihm folgt. Das Foto herzugeben ist ein Verlust. Damals hat man nicht viele Fotos gemacht. Sie dankt Nikki, aber es fühlt sich nicht ausreichend an.

»Entschuldige, Nikki, ich will nicht abfällig klingen, es ist nur so, ich bin eben Wissenschaftlerin und glaube eigentlich nicht an dieses Zeug.« Ihre Skepsis kommt nicht gut an. Sie versucht es sanfter. »Glaubst du, du kannst hellsehen?« Ob sie Stimmen hört?

»Oh nein«, sagt Nikki ernst, »ich hab die Gabe nicht. Es ist nur … wir brauchen wirklich eine Ärztin, und dann bist du eine. Ich dachte, vielleicht hast du's gewusst, irgendwie übersinnlich …«

Diese Ansage führt zu nichts.

»Verstehe«, sagt Margo, »tut mir leid, aber wie gesagt, ich bin Wissenschaftlerin.«

»Oh, dann weißt du also alles.«

Sie starren einander unfreundlich an, und Margo durchbricht das. »Hat Susan gewusst, wer mein Vater war?«

Zögern. »Ja.« Langsames Blinzeln.

Es fühlt sich an, als ob Nikki an einer Lüge feilt. Auf Margos Geburtsurkunde steht kein Vater.

»Ich meine, es ist okay, wenn sie nicht …«

»Barney Keith.«

Der Name klingt erfunden. »Ja? Aber sie hat den Namen nicht in meine Geburtsurkunde eintragen lassen.«

»Du würdest seinen Namen nicht wollen.« Nikki kann sie nicht ansehen. »Sie hat dir damit einen Gefallen getan. Er ist wahrscheinlich sowieso längst tot.«

Kälte breitet sich zwischen ihnen aus. Margo weiß nicht, was sie falsch gemacht hat. Sie will wissen, ob Susan an etwas Erblichem gestorben ist, aber sie weiß nicht, wie sie das jetzt fragen soll.

»Arme Susan …«

»Aye.«

»Es tut mir so leid.«

»Oh, aye, ja. Sie war *alles* für mich. Sie war meine kleine Schwester. Sie war die Welt für mich und ich für sie. Weißt du, was ich meine?«

»Wie ist sie gestorben …?«

»Ermordet.« Sie sagt es so beiläufig, als spräche sie von einem verlorenen Schal.

»Ermordet?«

»Ja. Das gab's damals oft.«

»Ach? Damals – von wann reden wir?«

»Aye … späte Achtziger, frühe Neunziger. Kam oft vor.«

»Es tut mir so leid, das wusste ich nicht. Wer hat sie ermordet?«

»Ein Fremder von der Straße.«

»O Gott, wie schrecklich, das tut mir wirklich leid.«

»Ich weiß, wer es war, ich weiß, wo er wohnt, ich weiß, was er getan hat, ich krieg ihn bloß nicht dran.«

»Oh!« Darüber hat sie Andeutungen in ihren Briefen gemacht, das ist dieser Jack-the-Ripper-Kram. Margo will sie davon weglenken. »Also! Was kannst du mir noch über Susan sagen? War Susan groß?«

»Nein. Etwa eins sechzig.«

»War sie gut in der Schule?«

»Nein.«

»Hat sie gern gelesen?«

»Nein.«

Das läuft nicht gut. Vielleicht würde Nikki lieber über sich reden. »Hast du Kinder, Nikki?«

»Ah, nein, leider.«

»Wolltest du Kinder?«

»Natürlich. Ich bin normal.«

Ein seltsames Motiv zum Kinderkriegen, aber Margo hat Patienten, die aus weniger stichhaltigen Gründen Kinder bekommen haben.

»Wann hat Susan …«

»Du, das sind ziemlich viele Fragen.« Nikki blinzelt nervös. »Ich dachte, wir lernen uns erst mal kennen.«

»Tut mir leid.«

»Schon okay, aber … das ist happig. Heute war … happig.«

»Na klar. Vielen Dank noch mal für das Foto. Es bedeutet mir viel.«

»Gern geschehen. Kann nicht fassen, dass du ihre Haare hast.«

»Ich hab bisher noch nie jemanden mit meinen Haaren gesehen.«

»Ich weiß, ich auch nicht, die sind einzigartig! Das hat sie immer gesagt. Einzigartig!«

Zuversichtlich, dass das Treffen glattläuft, steht Tracey auf und sagt, sie machen jetzt zu, aber ob sie vielleicht noch ein Viertelstündchen bleiben und ein Tässchen Tee trinken möchten? Das ist sehr nett von ihr. Sie bleibt ja jetzt schon länger, obwohl ihre Schicht vorbei ist, in der Hoffnung, dass das Treffen zu retten ist. Margo ist sich dessen bewusst und sagt nein danke, aber Nikki sagt, oh, aye, ja bitte, sie ist am Verdursten. Abgang Tracey. Sie lässt die Tür einen Spalt offen.

Nikki sieht ihr nach, behält den Flur im Blick und flüstert Margo eindringlich zu: »Sie ist von Martin McPhail ermordet worden. Sie hatten nie genug gegen ihn in der Hand, aber du und ich, mit dir als Ärztin, wir können den Scheißkerl drankriegen.«

Margo blinzelt. In der Ferne hört sie einen Wasserkessel pfeifen.

3

»Du bist doch Ärztin, oder?«

»Ja.«

»Patientenakten sind doch heute digital, oder?«

»Ja.«

»Okay. Sie haben ihn zu dem Mord an Susan verhört, aber angeblich war er zu der Zeit im Krankenhaus. Du bist Ärztin, du kannst in seiner Krankenakte nachsehen, du kannst klarstellen, dass er nicht im Krankenhaus war, und wir können beweisen, dass er es war.«

»Entschuldige – warum erzählst du das nicht der Polizei, wenn du so sicher bist?«

»Die Cops wissen Bescheid. Die Cops haben es vertuscht. Eine Verschwörung.«

Margo merkt, wie sie auf Abstand geht. Die Polizei tut so etwas nicht, hat keinen Grund dazu. Nach ihrer Erfahrung von der Arbeit beim *National Health Service* ist bei einer so großen Organisation gar keine Zeit, irgendwas aufwändig zu vertuschen oder sich zu verschwören, schon weil so viel Zeit für interne Machtkämpfe draufgeht, und ziemlich sicher läuft es bei der Polizei genauso.

»Sie haben gelogen, was sein Alibi angeht, aber du kannst beweisen, dass er in der Nacht nicht im Krankenhaus war. Ich hab alle anderen Beweise, die wir brauchen. *Ich hab's.*« Nikki starrt Margo an, ihr Mund steht offen.

»Ich kann das nicht machen.«

»Aber es ist alles auf Computer. Du kannst in seine Akte gehen …«

»Nur wenn er mein Patient ist, sonst nicht. Das ist illegal.«

Nikki schnalzt geringschätzig mit der Zunge.

»Nein«, sagt Margo, »du verstehst das nicht: Ich kann meine Approbation verlieren, wenn ich auf Daten von jemandem zugreife, der kein Patient von mir ist. Wir dürfen nicht einfach Akten aufrufen und darin herumstöbern. Das ist keine Dating-App, du kannst nicht einfach die Einträge deiner Familie und deiner Freunde durchgucken. Für so was haben schon Leute ihre Arbeit verloren.«

»Na ja, ich meine, ich verpetze dich schon nicht.«

»Wenn bekannt wird, was in der Akte steht, prüfen sie im System, wer darauf zugegriffen hat. Das würde sie direkt zu mir führen.«

»Aber wir können es leaken. Dann weiß keiner, dass du es warst. Wir leaken es.«

»Du hörst mir nicht zu: Ich muss mich einloggen, es gibt Sicherheitsüberprüfungen bei der *Einsicht* in Patientenakten. Sie können jeden Zugriff zurückverfolgen.«

»Du könntest es tun, wenn du wolltest.«

»Das stimmt. Ich will nicht und ich tu's nicht.« Sie möchte nicht grob sein, aber sie will es sehr deutlich sagen.

»Du lässt ihn einfach davonkommen?« Nikki sieht angewidert aus. »Er hat deine Mutter ermordet, und du guckst einfach weg?«

»Na ja, was interessant ist an dem, was du sagst, was mir auffällt, wenn ich dir so zuhöre …« Margo hat ihre Techniken. Die meisten ihrer Zunft sind nicht sonderlich gut in sozialer Kompetenz, aber sie schon. Sie kann ein Gespräch gestalten und lenken, vom Ärger über Nachbarn zu dem riesigen, sich ständig verändernden Muttermal am Hals eines Patienten. Sie bekommt in der Praxis erstaunlich viele Verschwörungstheorien zu hören und verfolgt sie aufmerksam. Manchmal weist das auf verborgene psychische Störungen hin. Manchmal heißt es nur, dass jemand online zu viel Müll liest und mehr aus dem Haus kommen müsste. »… warum sollte die Polizei Susans Mörder ein Alibi geben? Welches Interesse können sie daran haben?«

»McPhail war damals ein Cop.«

Margo blinzelt.

»Sie werden ihn nie stellen. Sie müssten richtig viel Entschädigung zahlen, wenn herauskäme, dass er schuldig ist. Er ist unantastbar. Das weiß er.«

»Oh.«

»Aye, ich weiß. Neun Mädels wurden damals in Glasgow umgebracht, man hat zwei Leute verurteilt, denen haben sie es angehängt. Verschleierungstaktik. Um sich abzusichern. Ich weiß, es gibt noch andere Familien, die genauso denken, aber denen wird nicht so nachgestellt wie mir. Ich kann einfach nichts machen. Und es wird schlimmer. Er schreibt mir immer noch.«

»Er schreibt dir?«

»Bedroht mich. Macht mir klar, dass er weiß, wo ich wohne, schreibt, er bringt mich um.«

Margo sagt es reflexhaft: »Du solltest zur Polizei gehen … oh.«

»Siehst du, was ich meine?«

»Oh.« Sie würde gern etwas Aufmunterndes sagen, aber eigentlich will sie nur noch hier weg. »Unterschreibt dieser McPhail die Briefe?«

»So gut wie. Er schickt mir Fetzen von den Sachen, die Susan anhatte, als er sie ermordet hat, er beschreibt sie, schreibt Dinge, die nur er wissen kann.«

»Hat das gerade erst angefangen?«

»Er macht das seit dreißig Jahren. Seit sie tot ist, macht er das. Jahre zwischen den Briefen, aber er weiß immer, wo ich wohne. Wenn ich umziehe, schreibt er mir.«

»Trotzdem, wenn du das seit dreißig Jahren bekommst und nichts weiter passiert ist? Eine ziemlich lange Zeit für Drohungen, oder? Das heißt doch wahrscheinlich, dass er in Wirklichkeit gar nichts macht?«

»Bis er's doch tut. Ich weiß, er genießt es, mich nervös zu machen.« Nikki lächelt bitter. »Ich weiß, dass es ihm darum geht. Aber kennst du den Film? Den über den Cop? In dem die Dings mitspielt?« Sie schnippt mit den Fingern, versucht, sich zu erinnern. »Den kennst du: Er ist Psychiater beim FBI und sie ist ein Cop? Wenn sie ihn nicht rechtzeitig erwischen, tötet er wieder?«

»Ist das nicht in allen so?«

»Aber in dem geht es ihm nicht ums Töten, er will ihnen Angst machen. Am Ende bringt er sie schon um, aber was ihn anmacht, ist ihre Angst, daran geilt er sich auf –« Sie mimt ein bisschen zu anschaulich, wie sie einem Mann einen runterholt. Fehlt nur, dass sie in ihre Hand spuckt.

Das Gespräch hat eine bizarre Wendung genommen. Margo berücksichtigt durchaus den Umstand, dass längerer Drogenmissbrauch Nikki enthemmt hat, mit seltsamen Sprachmustern und eigenartigen Bewältigungsstrategien, möglicherweise Erinnerungslücken, aber routiniert einen Handjob zu mimen ist schon ziemlich hardcore, speziell bei einer Frau Mitte fünfzig in den ersten fünf Minuten einer Familienzusammenführung. Nikki weiß, dass sie einen Schnitzer gemacht hat, redet aber weiter drauflos. »Wenn du seine Akte nicht prüfen willst, könntest du doch jemand anders dazu bringen, oder?«

Margo schüttelt den Kopf. »Das mache ich nicht.«

»Okay.« Nikki schnaubt entnervt. »Also gut, du könntest noch was anderes tun: Ich hab DNA-Proben von ihm. Ich kann beweisen, dass er Susan umgebracht hat, aber die Cops wollen sie nicht mal untersuchen.«

»Woher stammen die Proben?«

»Von den Briefen.«

»Na ja, falls das klappt, hast du nur den Beweis, dass er die Briefe geschrieben hat, nicht dass er den Mord begangen hat.«

»Aber nur der Mörder konnte die Briefe schreiben, weil er mir Sachen schickt, die sie in der Nacht bei sich hatte, in der Mordnacht. Ich hab das Beweismaterial. Was ich brauche, ist eine Ärztin, die es testet.«

»Du brauchst keine Ärztin, du brauchst ein DNA-Labor.«

Aber Nikki hört nicht zu. »Heute, ja? Ich war bei Gericht, am High Court, da war so ein armes Schwein mit russischem Namen angeklagt, Moorov, für einen von diesen alten Morden vor Gericht. DNA. Er wurde damals nicht mal befragt, sie dachten, ihr Freund war's.«

»Du warst dort?«

»Ich hab gewartet, dass der Fall verhandelt wird, aber sie haben ihn nicht aufgerufen. Wir haben alle stundenlang gewartet. Ich musste da hin, für Susan. Deswegen hab ich an was Übersinnliches gedacht, das Timing und alles passt so gut.«

Margo räumt ein: »Ja, schräg ist das schon.«

Und Nikki erwärmt sich. »Oder? Ist doch so!«

»Ja.«

»Aber ich meine, was heißt das? Dass ich dich am selben Tag treffe, an dem das dran ist: nichts. Es heißt gar nichts. Aber es ist schräg.«

»Es ist ziemlich schräg.«

Sie sind sich einig: *Das ist ziemlich schräg.* Und irgendwie überbrückt das die Kluft zwischen ihnen, denn der Wille, sich zu verstehen, ist da. Aber Margo sieht, dass sich Nikki unvermittelt fragt, wie sie sie einspannen kann, um zu kriegen, was sie will.

»Ich dachte, McPhail könnte heute da sein.«

»Warum?«

»Bei dem war er auch der Täter. So was genießt er. Uns alle zu beobachten. Sie sagen, sie haben die DNA von dem

Russen an dem Mädel gefunden. Heißt das, er hat sie umgebracht? Ich weiß nicht. Könnte auch wieder McPhail gewesen sein. Die Kleine war auf dem Straßenstrich, verdammt, sie muss von DNAs gewimmelt haben. Aber weißt du …«, sie beugt sich zu Margo vor, »… die DNA auf den Briefen – *das ist definitiv er.*«

»Also … entschuldige, was genau ist mit Susan passiert?«

Nikki holt Luft und bremst sich. »Sie wurde in einem Van entführt. Sie wurde ermordet. Ihre Leiche wurde an einer Bushaltestelle in Easterhouse abgeladen und am nächsten Morgen gefunden.«

»Meine Güte, und das war …?«

»Am zwölften Oktober 1989. Ihr Todestag war erst neulich. Ich zünde eine Kerze an … Heute erinnert sich kaum noch jemand, aber damals war es wie zu Zeiten von Jack the Ripper. Da draußen starben die Mädchen wie die Fliegen, und niemand erinnert sich. Den Cops war es scheißegal, niemanden schert's, aber du könntest mir helfen, wenn du willst. Du könntest in seine Akte schauen. Du könntest seine DNA untersuchen.«

»Ich verstehe.« Margo hat teilweise dichtgemacht. Sie ist selber im öffentlichen Dienst und weiß, so ist die Polizei nicht. Das gibt es nicht, dass Menschen ermordet werden und niemanden schert's. Sie braucht noch ein paar Informationen, und dann will sie gehen. »Wie alt war Susan, als sie mich bekommen hat?«

Nikki zuckt die Achseln. »Neunzehn?«

»Oh, nicht ganz so jung, wie ich dachte …« Sie ist davon ausgegangen, dass Susan minderjährig war, vielleicht zu jung, um sich um ein Baby zu kümmern. Neunzehn scheint doch ziemlich erwachsen.

»Also, die Cops wollten nicht zugeben, dass McPhail es getan haben könnte. Weigern sich heute noch. Aber er war korrupt. Er hat gegen Blowjobs Stoff ausgegeben, er war gewalttätig, er hat sich im Auto über die Mädchen hergemacht, zwei, drei auf einmal, er stand auf Pissen. Ich meine, wir kannten ihn alle, ich, Susan, alle Mädels, die für Drogen auf dem Strich waren, oh aye, wir haben es *alle* gewusst.«

Hat Nikki Margo gerade gesagt, dass ihre leibliche Mutter eine drogensüchtige Straßenprostituierte war? Margo blickt auf und sieht, dass es so ist. Nikki beobachtet, wie es ankommt. Trotzdem glaubt Margo nicht, dass sie es ihr in gehässiger Absicht erzählt hat. Es musste wohl einfach nur raus.

»Im Ernst?«, sagt Margo. »Susan? Sie war ...« Ihr fällt kein gutes Wort ein. *»Da draußen?«*

»Sie wollte das nicht. Niemand will das. Sie hat's getan, weil sie verzweifelt Stoff brauchte, unsere Susan. Einfach unglaublich, das Schlimmste, was ich je gesehen hab. Hab nie jemanden gesehen, bei dem es so schlimm war. Sie hat dreihundert am Tag ausgegeben.« Nikki legt die flache Hand auf die Brust. »Ich? In meinen schlimmsten Zeiten zweihundert, und ich war schon schlimm.«

»Und diese Abhängigkeit führte Susan in die ... Sexarbeit?«

»Oh ja. Sie hat auf dem Drag Richtung Anderston angeschafft, da gab's Männer, die machten Jagd auf uns wie Jack the Ripper. Genau wie er, genauso bösartig. Manche Leute glauben, es war alles ein Kerl, manche denken, es war alles McPhail ...«

»Nikki ... das ist mir zu viel.«

»Ja, ich weiß, also – nicht die Akten, aber hilfst du mir mit der DNA?«

»Nein, ich meine das Ganze, es ist mir zu viel. Ich bin nur hier, um zu erfahren, woher ich komme, das ist nichts für mich.«

»Aber sie ist deine *Mum.*«

»Nicht für mich.«

Margo räuspert sich. Sie hat Angst, den Blick zu heben und Nikki in die Augen zu sehen.

Draußen im Büro hören sie, wie Tracey den Tee fertig macht, den Kühlschrank öffnet, um Milch rauszuholen – ffutt – ihn zumacht – fump – ein Tablett belädt. Margo plant, wie sie von Nikki wegkommt. Wenn sie unten auf der Straße sind, wird sie weglaufen oder in ein Taxi springen, scheiß auf das alles hier.

»Du bist wie alle anderen«, flüstert Nikki. »Es ist dir egal.«

»Nein, das nicht, Nikki, aber ich bin nicht hier, um mich in etwas verwickeln zu lassen … ich muss das erst mal verarbeiten.«

»Du könntest helfen, wenn du willst.« Nikki macht die Augen schmal. »Du bist gescheit. Eine gescheite Studierte.«

Nikki hat keine Ahnung, ob Margo gescheit ist; was sie meint, ist: Margo ist Mittelklasse und man wird ihr zuhören, sie hat Zugang zu Ressourcen und Krankenakten und DNA-Laboren und Nikki nicht. Ja, Margo hat diesen Zugang, und sie behält ihn, weil sie nach den Regeln spielt, die Grenzen kennt, weiß, wann man den Mund halten muss, und weiß, dass man der Polizei keine Verschwörung vorwirft.

»Ich glaube, Tracey will jetzt Feierabend machen.«

»Es ist dir egal.«

»Ich glaube wirklich, du solltest die Briefe der Polizei geben.«

»Hab ich. Die sagen, das hat nichts zu bedeuten.«

»Also wenn die Polizei das sagt …«

»Du könntest die DNA doch prüfen.«

»Hör zu: DNA-Tests dienen nur zur Bestätigung und sie kosten Geld und wären in diesem Fall komplett sinnlos, weil ich keinen Zugang zu einer Datenbank habe, mit der ich die Proben abgleichen kann.«

»Kannst du den Zugang nicht kriegen?«

Nikki ist frustriert, aber es gibt so viel zu erklären, dass Margo nicht weiß, wo sie anfangen soll. Sie will nur aufstehen und gehen, aber in dem Moment wischt sich Nikki mit der Hand die Nase ab. Sie wischt von links nach rechts und wieder nach links, benutzt den Zeigefinger und rollt beim Zurückwischen die Hand ein. Es ist eine sehr charakteristische Geste, ausgeführt auf eine sehr charakteristische Weise. Eine leichte Falte an ihrem linken Nasenflügel zeigt, dass sie genau diese Bewegung seit Jahren wiederholt. Margo hat das auch gemacht. Sie hat es früher immer gemacht, bis Janette schimpfte, sie solle es lassen – benutz ein Taschentuch, meine Güte, das ist ekelhaft. Sie muss sich bis heute ermahnen, es nicht zu tun. Sie hat diese Geste nie, absolut nie bei jemand anderem gesehen.

»Du bist doch *Ärztin*. Ich meine, wer denn sonst, wenn nicht du?«

»Nikki«, sagt Margo vorsichtig, »hör mir bitte zu: Ich mische mich da nicht ein. Es ist nicht so, dass ich dir nicht helfen will; ich kann dir nicht helfen. Ich versuche, mich sehr klar auszudrücken. Du hast das Vorgehen missverstanden, wie man Zugang zu Krankenakten bekommt und was man mit DNA-Proben erreichen kann.«

»Oh. Okay.« Nikki schlägt die Beine übereinander, von ihr weg. »Okay, na dann, schön. Worüber willst du dann reden, wenn du nicht über Susan reden willst?«

Über mich, denkt Margo. Ich will über mich reden. »Ich möchte schon über Susan reden …«

»Es war hart für eine Süchtige, eine komplette Schwangerschaft durchzuziehen, weißt du? Es war für uns alle hart.«

Jetzt reicht es Margo. »Pass auf, ich weiß, Susan war clean, als sie mich bekommen hat.«

Nikki sieht schuldbewusst aus. »Nein, war sie nicht. Sie war heroinabhängig, sie war drauf bis zur letzten Minute, bevor du geboren wurdest …«

»Nein, war sie nicht. Ich weiß, dass das nicht stimmt.«

Sie sieht, wie Nikki überlegt, woher sie das wissen kann. »Nein, aber …«

»Ich wurde mit zwei Tagen Janette übergeben. Wenn Susan drauf gewesen wäre, als sie mich zur Welt brachte, hätte man mich länger dabehalten. Jedes Neugeborene einer aktiven Drogensüchtigen bleibt auf der Intensivstation, sie werden überwacht und ihnen werden Blutproben abgenommen, sie werden wochenlang nicht entlassen. Mein Geburtsgewicht war über neun Pfund. Susan muss clean gewesen sein. Hätte irgendetwas auf aktuellen Konsum hingedeutet, dann hätten sie mich zur Beobachtung dabehalten.«

Nikki blinzelt angestrengt. Sie schüttelt leicht den Kopf und flüstert: »Ja, na ja, damals war das Zeug viel schwächer.«

Aber Susan war clean. Margo hat sich seit Jahren über so etwas den Kopf zerbrochen. Es ist ihr wichtig, denn sie hat sich Sorgen über mögliche ihr pränatal zugefügte Schäden gemacht, fehlende neurologische Pfade und Bindungsprobleme. Sie hat sich wie besessen mit Genetik befasst, das ist bei den meisten Adoptierten so, und als Medizinstudentin bekam ihr Interesse noch eine weitere Dimension.

Nikki lügt, aber in der Praxis lügen Patienten ständig, als wäre der Gegenbeweis nicht in ihre Lungen, Herzkammern oder Lebern eingemeißelt. Manchmal liegt es nicht an Scham oder bösem Willen. Manchmal ist es eine verschlüsselte Art, wichtige Informationen zu übermitteln: Ich habe Schmerzen, ich bin deprimiert, ich trinke zwanghaft.

Margo denkt plötzlich, vielleicht lügt Nikki bezüglich Susan gar nicht, weil sie nachtragend und manipulativ ist. Vielleicht ist sie einfach nur durchgeknallt, dafür können die Leute nicht unbedingt was. Will Nikki eigentlich sagen: Ich habe mich schon vor deiner Geburt um dich gesorgt, also sei nett zu mir? Vielleicht lebt Susan noch. Vielleicht ist Nikki Susan. Vielleicht konnte sie Margo nicht als sie selbst unter die Augen treten, aber warum denkt sie sich dann so eine Story aus? Sie hätte sagen können, Susan sei beim Blumenarrangieren gestorben oder als sie einen Hund aus einem Fluss retten wollte oder sonst was, denn diese Story vom korrupten Cop als Mörder weckt bei Margo keinerlei Interesse. Nur Fluchtimpulse.

»So, bitte schön!« Tracey kommt mit einem fröhlichen Lächeln und einem Tablett mit einer Tasse, einer Auswahl Zuckertütchen, die aufrecht in einem Glas stehen, einer Milchpackung und einem Teller Kekse. »Tee!«

Es wird viel Gewese um den Tee gemacht, möchte Nikki Milch, Zucker oder Süßstoff? Einen Keks? Haben Sie die hier schon mal probiert? Nikki antwortet höflich, den universellen Keks-Code beherrscht sie fließend: Die sind köstlich, ich kenne sie, haben Sie mal die Version von Lidl probiert? Die sind klasse. Bei denen hier ist aber die Schokolade besser.

Margo nickt und schüttelt den Kopf und denkt darüber nach, dass Nikki die Geistesgegenwart besaß, zu warten, bis Tracey aus dem Zimmer war, bevor sie ihr den irren Kram erzählt hat.

»Wo hat Susan gewohnt, als sie mich bekommen hat?«

»Bei Barney Keith.«

»Kannst du mir mehr über sie erzählen? Irgendwas?«

»Sah aus wie du. Dieselben Haare.«

Das hat sie schon gesagt.

»Mochte sie Musik? Hat sie auf sich geachtet? Hatte sie Asthma oder Hautausschlag?«

»Ach, jetzt willst *du*, dass *ich* dir helfe?« Nikki isst wütend ihren Keks und sieht Tracey an. Dann kippt sie ihren Tee auf einen Zug, ist schon auf den Beinen und bedeutet Margo, sie soll aufstehen. »Okay. Na, dann komm. Wir gehen in ein Pub und ich beantworte deine Fragen und wir können über die DNA-Sache reden.« Zu Tracey sagt sie: »Danke für Ihre Hilfe. Wir sind dann mal weg.«

Tracey hat Bedenken, wenn sie so kurz nach dem Kennenlernen gemeinsam gehen, und bittet darum, Margo allein sprechen zu dürfen. Sie schicken Nikki raus in den Flur, Tür zu, und Tracey fragt, ob es Margo recht ist, mit ihrer Tante zu gehen. Margo ist es nicht recht, aber sie will jetzt nur noch raus, also sagt sie, es sei in Ordnung. Danke für Ihre Geduld. Tracey will Margo morgen anrufen und nachfragen, ob alles okay ist.

Nikki wird wieder hereingebeten und sieht ohne Worte, dass sie gewonnen hat. Sie sammeln ihre Sachen ein, unterschreiben ein paar Papiere und Nikki entschuldigt sich bei Tracey, dass sie »bisschen spät dran war«, während sie Mäntel und Schals anziehen.

Sie verlassen das Büro und gehen gemeinsam nach unten, ihre Schritte werden langsamer, sobald sie aus der erstickenden Wärme raus sind. Beiden dämmert, wie eigenartig ihre Lage ist: Sie sehen sich ähnlich, aber sie sind sich nicht ähnlich. Sie sind Familie, aber sie sind keine Familie.

Als sie an der Glastür zu einer dunklen Büroetage vorbeikommen, sieht Margo ihre Spiegelbilder. Sie sieht aus wie eine fade Sozialarbeiterin, die eine schwierige Klientin zu einem unumgänglichen Termin begleitet. Sie passen überhaupt nicht zusammen.

Margo hat kein weltabgeschiedenes Leben geführt. Sie arbeitet seit zwei Jahren in der Notaufnahme und hat mit Leuten aus der ganzen Stadt zu tun, hat Knochen gerichtet, Messer aus Beinen gezogen und Scherben aus Gesichtern, aber das hier ist zu viel für sie. Es ist wirr und traurig und ergibt als Geschichte keinen Sinn. Nikki schert sich nicht darum, wie es ihr damit geht.

Sie durchqueren das Foyer und treten auf die kalte Straße hinaus.

Es ist dunkel. Die Temperatur ist gefallen. Auf dem Asphalt und auf den Motorhauben geparkter Autos bildet sich Frost. Als Margo hineinging, war es sonnig und hell. Sie hat das Gefühl, Nikki hat ihr den Tag gestohlen.

»Na, komm.« Nikki zieht sie am Ellbogen zum George Square.

Schulter an Schulter mit ihrer zwanglos plaudernden Tante geht sie zur Ecke. Auf der anderen Straßenseite ist ein Pub – dorthin will Nikki mit ihr. Steile Stufen führen hoch zum Eingang. Margo war Hunderte Male am George Square, zu Konzerten und Demos und Silvesterpartys, hat ihn zur Queen Street Station überquert. Sie würde ihr Leben verwetten, dass sie dieses Pub noch nie gesehen hat. In allen Fenstern sind rote Jalousien heruntergezogen. Sie hat das Gefühl, wenn sie da reingeht, kommt sie nie wieder raus.

Bei Grün überqueren sie die Straße, geblendet von den Scheinwerfern wartender Autos in der Dunkelheit. Nikkis Gang ist so fließend, er wirkt wie ein Tanz, bei dem man sich nach vorn fallen lässt, Kinn voran, auch am Bordstein kaum ein Schrittwechsel, schon springt sie die Stufen zur Pubtür rauf. Margo weiß: Egal, was sie da drin reden, sie wird einfach noch öfter nein zu Nikki sagen, nein zum Verlust ihrer Approbation wegen einer Verschwörung, die es nicht gibt, nein zum Versuch, eine Mutter zu retten, die längst gestorben ist.

»Nikki.« Margo bleibt vor den Stufen stehen und schaut zu ihr hoch.

Nikki dreht sich um, lächelnd, mit fragendem Blick.

»Es tut mir leid, das ist nicht … Ich weiß einfach nicht, wie …« Margo weicht zurück, dreht sich zur Straße um. Sie winkt panisch, und ein vorbeifahrendes Taxi hält am Bordstein. Sie öffnet die Tür und schlüpft hinein, noch ehe der Fahrer die Handbremse gezogen hat.

Das Taxi fährt los und sie hält den Blick nach vorn gerichtet, sieht aus dem Augenwinkel Nikkis Silhouette, als sie am Fenster vorbeigleitet. Das Taxi biegt um eine Ecke und sie lehnt sich zurück, atmet tief und beruhigend.

Sie hat das Richtige getan. Sie hat getan, was sie konnte.

Sie schuldet Nikki nichts. Sie hat das Richtige getan. Sie darf sich davonmachen. Sie hat die Wahl.

Das Taxi rumpelt durch die Stadt und sie zieht ihr Handy heraus und googelt »Susan Brodie«, »Glasgow« und »Mord«.

Und so erfährt sie, dass Nikki die Wahrheit gesagt hat.

Weitgehend.

4

Da kommen die zwei zur Tür raus, gehen die Straße lang wie Schlampen ohne Ziel. Zu zweit. Nikki und eine Frau, die Susan Brodies Doppelgängerin ist. Aber älter als Susan. Susan, wenn sie älter geworden wäre.

Aufregend, die Spuren des schon lange toten Mädchens in einem neuen Gesicht zu sehen, das hinter Nikki herschlurft, den Gehweg lang zur Ampel, über die Straße, direkt auf ein Pub zu.

Nikki wie immer auf der Jagd nach 'nem Weichzeichner.

Nikki Brodie sieht eine Million Jahre alt aus. Mager, nichts dran an ihr, Gesicht wie ein Beutel Bälle, die Zähne ganz anders. Die neuen Zähne verändern ihre Gesichtsform total. Sie ist ganz clean rausgeputzt und macht auf normal, als wär sie auf dem Weg zur Bewährungsanhörung. Kein superkurzer Mini oder Bustier, nichts von dem Scheiß, den sie früher anhatte. Sieht langweilig und ehrbar aus. Lächerlich für so eine, die all das gemacht hat, was sie gemacht hat, die Dinge, die sie mit diesem dürren alten Körper gemacht hat.

Wie viele hat sie drüberrutschen lassen? In wie vielen Seitengassen und hinter wie vielen Reklametafeln hat sie sich erniedrigt, sich beschmutzt, sich da im Dreck gewälzt und gelächelt, wenn ihr das Geld in die Hand gedrückt wurde? Und trotzdem geht sie jetzt hier die Straße runter wie ein cleaner normaler Mensch und drückt an der Ampel auf den Knopf. Jeder könnte nach ihr auf diesen Knopf drücken. Irgendein cleaner, anständiger Mensch könnte draufdrücken, ein Kind könnte draufdrücken und hätte dann was von Nikki Brodie an der Hand. Sie besudelt alles, was sie anfasst.

Da passiert was auf der Treppe zum Pub, kann's nicht sehen, kann's nicht hören, aber dann verdrückt sich die Susan-Ähnliche, die wirkt erschrocken. Vielleicht hat sie ja gesehen, wie besudelt Nikki Brodie ist, wie verkommen, und hat sich geekelt und musste weglaufen.

Vielleicht können es ja auch andere Leute sehen, dass Nikki Brodie nichts ist als ein Dreckfleck.

5

Es ist dunkel in dem Taxi, aber Margo starrt auf die leuchtende Fläche ihres Handys. Sie ist gebannt von dem erst zweiten Foto ihrer leiblichen Mutter, das sie zu Gesicht bekommt. Auf diesem sieht Susan ihr noch ähnlicher als auf dem, das Nikki ihr geschenkt hat, denn sie lächelt nicht.

Susan sitzt vor einem leeren weißen Hintergrund. Sie sieht unsicher aus, schaut skeptisch jemanden links vom Bildausschnitt an. Jemand hinter der Kamera scheint ihr Anweisungen zu geben. Sie trägt einen Mantel mit Plüschkragen und ist katastrophal dünn. Hohlwangig, mit Herpesbläschen am Mundwinkel, die sie mit Lippenkonturenstift übermalt hat. Sie sieht sehr jung aus, immer noch sehr wie Margo, aber eine gespaltene Margo, die mit dem Leben gewettet und verloren hat. Für das Foto von einem Opfer in einem Zeitungsartikel ist es eine seltsame Wahl.

In der Bildunterschrift steht: Leiche von Strichmädchen Susan Brodie gefunden.

Margo zieht das Foto größer, bis es den Bildschirm ausfüllt. Sie will den Text des Artikels nicht sehen, denn der Kontrast zwischen der Story und den Algorithmen ist zu heftig. Die Story ist ein Rückblick auf einen dunklen Abschnitt in der Geschichte Glasgows, die Zeit, als im Radius von weniger als einer Meile um den George Square neun junge Frauen ermordet wurden, als die Zahl der Drogentoten so hoch war wie nie, als ihre Mutter entführt und umgebracht wurde. Dazwischen videoanimierte Werbung für kostenloses Online-Bingo und für einen Pauschalurlaub: eine Frau im roten Badeanzug trällert etwas vom Glück, am Strand zu sein.

Sie konzentriert sich auf Susan. Vereinzelte, zerhackte Wörter aus dem Artikel springen ihr ins Auge: »…sonders brutal«, »mehrere Mord…«, »McPhail«, »Seuche«. Sie will das nicht mehr lesen, sie ist schon niedergeschlagen genug.

Das Foto lässt sie nicht los. Susan. Eine zweite Margo. Sie schaut zur Seite und Margo neigt den Kopf, als könnte sie durch die Zeit und die Magie einer Googlesuche den Blick ihrer toten Mutter auffangen und lächeln und sie beruhigen, denn Susan sieht arm und verloren aus. Sie sieht beduselt aus. Sie sieht aus wie ein Opfer in der Notaufnahme. Vielleicht hat sie doch gefixt, als Margo geboren wurde. Janette könnte gelogen haben, was die Zeiträume anging – sie hatte Bücher über Bindung im Haus und muss sich Sorgen gemacht haben.

Um sich vom Bildschirm loszureißen, macht Margo einen Screenshot und speichert ihn. Dann ruft sie ihren Bruder in Saudi-Arabien an.

Thomas geht ran. »Was ist?«

»Wo bist du?«, fragt sie, denn das fragt sie immer, wenn Thomas rangeht.

Er ist bei irgendeinem Typ in der Wohnung und guckt Rugby. Sie hört am Gemurmel im Hintergrund, dass viele Leute dort sind. Er sagt, sie trinken alle Bier und essen Curry. Weshalb sie anruft?

»Ich war doch meine Familie treffen …«

Er ist abgelenkt vom Spiel und sagt, er hat vergessen, dass sie heute zur Adoptionsagentur wollte. »Wie ist es gelaufen?«

»Ich habe eine Tante kennengelernt. Ich habe ein Foto von Susan gesehen und sie hat irre Haare, wie meine. Und die gleichen Augenbrauen.«

»Wow.« Sie weiß nicht recht, ob er das Rugbyspiel kommentiert oder ihre Aussage über die Haare.

Riad ist nur drei Stunden voraus, aber sie und Thomas scheinen immer in verschiedenen Tageszeiten zu sein: Sie hat einen arbeitsreichen Morgen und er ist voll vom Mittagessen. Er schläft gerade ein und sie ist eben von der Arbeit gekommen. Ihre Stimmungen decken sich nie.

Er ist ein Jahr älter als sie. Sie waren freundlich zueinander, als sie aufwuchsen, aber zu ihm als Mann ein enges Verhältnis zu halten ist schwer. Sie sind sehr unterschiedlich. Margo arbeitet für und liebt den Gesundheitsdienst. Thomas hasst das regnerische Glasgow und lebt wegen der Steuererleichterungen in Saudi-Arabien. Beider Freunde besuchen ihn, um kostenlos Urlaub zu machen, aber Margo war nur einmal dort und musste vorzeitig abreisen. Sie sagte, sie käme nicht mit der Hitze klar, aber in Wirklichkeit verabscheut sie das Leben in umzäunten Anwesen und hat Joe, ihrem Ex, erzählt, dass Thomas wie ein Tier in Massenhaltung lebt. Jetzt macht sie sich Sorgen, er könnte Thomas verraten, dass sie das gesagt hat. Sie weiß, sie haben noch Kontakt.

Er fragt, ob ihre Mum sie mit vierzehn bekommen hat.

»Nein, sie war neunzehn«, sagt Margo.

»Also wurde sie nicht gezwungen, dich wegzugeben? Du wurdest ihr nicht von einer Nonne aus den Armen gerissen?«

»Nein.«

»Sie hat dich einfach so weggegeben.«

Thomas nimmt es übel, dass er adoptiert wurde, und zwar schon immer. Er hat keinerlei Interesse, seine leibliche Familie zu finden. Margo war immer zuversichtlicher. Thomas war ein unglückliches Kind und glaubt, das kommt daher, dass er von einer Familie adoptiert wurde, die dann zerbrach. Wenn er über seine leibliche Mutter spekuliert, sagt er, wahrscheinlich eine vierzehnjährige Schlampe, die ihn bei McDonald's ausgesetzt hat. Über seinen leiblichen Vater spekuliert er nie. Er hält das nicht für relevant, sagt, es könnte jeder sein, dass seine imaginäre Teeniemutter wahrscheinlich jeden X-Beliebigen bedient hat und in Chipstüten bezahlt wurde.

Margo hat früher gekichert, wenn er so etwas sagte, weil sie klein war und er ihr großer Bruder. Sie hat mit Thomas über seine Schlampenmutter gelacht, über promiskuitive Mädchen, über Witze über die Stadtmatratze. Sie hat mitgelacht und die unausgesprochenen Regeln verinnerlicht, dass es gefährlich ist, ihren Körper zu genießen, dass sie ihn unter Kontrolle halten muss, normgerecht, dünn, jung und weiß. Sie waren gemeinsam gehässig, denn sie waren verschmäht worden und fühlten sich stärker, wenn sie die Ablehnung erwiderten. Aber jetzt sitzt sie im Taxi, schaut aus dem Fenster auf die überwucherten Brachflächen in den Gorbals und stellt sich eine schwangere vierzehnjährige Susan vor, die Kartoffelchips isst und nicht weiß, wer der Vater ihres Kindes ist, weil sie von so vielen Männern geschwängert worden sein könnte. Es ist schrecklich. Sie würde Susan sofort zum Sozialdienst bringen und die Polizei rufen, damit man die Männer, die einer Vierzehnjährigen so etwas antaten, suchte und wegsperrte. Sie spürt, wie sich ihre Nackenhärchen aufrichten, als sie sich das vorstellt. Erregung. Der Kitzel gerechten Zorns.

»Und deine Tante, hart wie ein Ziegenfick?«, fragt Thomas.

Margo kann Thomas keinen Streit gewinnen lassen. »Nein, Nikki ist sehr nett. Eine nette Lady.«

»Ja? Was macht sie denn beruflich?« Er feuert Fragen ab, als machte er Konversation auf einem Firmenumtrunk.

»Arbeitet in einer Konditorei.«

Es ist der einzige ungelernte Mittelklassejob, der ihr einfällt. Sie versucht, Nikki vor Thomas gut dastehen zu lassen, aber eigentlich ist das Thomas egal. Es ist Margo, der es lieber wäre, wenn Nikki in einer Konditorei arbeiten würde. Wenn Nikki Labradoodles züchten würde oder einen Rosengarten hätte oder auf dem Land leben würde, könnte Margo Nikkis Grobheit als Direktheit deuten, ihr Zuspätkommen und ihre unverblümte Art als exzentrisch. So findet sie Nikki einfach nur furchterregend prollig. Thomas darf Nikki niemals kennenlernen, sonst wäre Margo das Einzige, was noch schlimmer ist als ein Snob: Sie wäre ein aufgeflogener Snob.

»Willst du sie wiedersehen?«, fragt Thomas.

»Nee, ich glaub, wir belassen es dabei.«

Das gefällt ihm. Seine Stimme klingt unbeschwerter, als er sagt: »Ist Janettes Haus rechtzeitig für den Maklertermin nächste Woche ausgeräumt?«

»Ich arbeite dran.«

»Läuft es gut?«

»Oh ja.« Es läuft unglaublich schlecht. Bisher weint sie hauptsächlich in verschiedenen Zimmern, aber das will sie ihm nicht sagen. Sie hat gesagt, sie macht das, und sie hat es nicht gemacht.

»Hey, also, es tut mir leid, dass alles an dir hängenbleibt, Margie, aber danke, dass du es übernimmst.«

»Keine Sorge«, sagt sie, obwohl sie aus nichts als Sorgen besteht.

Sie hat Angst, dass Thomas von ihr wegdriftet, wenn alles verkauft und geklärt ist. Bis jetzt wurden sie von den horrenden Kosten für Janettes Pflege zusammengehalten, und sie hat schreckliche Angst, dass sie ihn verliert. Sie macht sich Sorgen, dass es die falsche Entscheidung war, Joe zu verlassen, und sie hat noch niemandem gesagt, dass sie schwanger ist. Sie hat gehofft, Nikki würde warm und mütterlich sein, ihr womöglich eine warmherzige erweiterte Familie bescheren und sie darin aufnehmen, ganz einfach so.

»Sei's drum«, sagt sie. »Das Entrümpeln hält mich auf Trab. Nikki hat mir ein Foto von meiner Mum geschenkt und sie sieht genauso aus wie ich.«

Thomas sagt, sie soll ihm das Foto schicken, und dazu muss sie auflegen. Sie will nicht, dass er das aus der Zeitung sieht.

Sie macht ein Foto von dem Bild, das Nikki ihr gegeben hat, und verschickt es. Thomas schreibt sofort zurück.

Mach hier nicht auf Dumpfbacke. Er klingt wie all diese Expat-Arschlöcher da draußen.

Sie weiß nicht, was er meint. Schreibt zurück: *?*

Doch nicht von dir. Schick mir ein Foto VON IHR.

Sie atmet tief durch. Sie bildet sich das nicht ein, er sieht die frappierende Ähnlichkeit auch. Sie schreibt ihm zurück, er soll sich die Zähne genau anschauen. Einen Moment später antwortet Thomas mit einem überraschten Emoji.

Sie sitzt im dunklen Taxi und starrt auf das Foto von Susan auf ihrem Handy, will, dass Thomas sie anruft oder noch mal schreibt, aber er tut weder das eine noch das andere.

Susan sieht Margo so ähnlich, es ist beängstigend. Das gleiche Gesicht, die Haare und der lange Hals, die gleichen Wurstfinger, die gleichen Augen. Am liebsten würde sie Joe anrufen und mit ihm darüber reden, aber das ist nicht fair. Es ist nicht fair, ihn zur emotionalen Unterstützung anzurufen. Schließlich hat sie ihn verlassen.

Das Foto wird dunkler und erlöscht, lässt sie allein mit ihren Gedanken und einem wachsenden Gefühl der Panik.

Margo hämmert ihre Pin ein und versenkt sich in ihrem Handy, überfliegt den Artikel über schon lange tote Frauen und Urlaub in ferner Zukunft. Sie geht zurück und öffnet einen anderen über den Fall von heute. Angeklagt ist ein Mann namens Moorov aus Blantyre. Die Polizei hat eine DNA-Probe von ihm genommen, als die Autowerkstatt, in der er arbeitet, ausgeraubt wurde, und eine Übereinstimmung mit dem dreißig Jahre zurückliegenden Mordfall erhalten. Damals wurde er gar nicht befragt und war nie verdächtig. Es wird erwartet, dass er sich schuldig bekennt.

In einem eingefügten Kasten sind all die Morde zusammengefasst, und Susan Brodie ist die Vierte auf der Liste. Sie war neunzehn, ihre Leiche wurde in Easterhouse abgeladen. Man hat nie jemanden für den Mord an ihr vor Gericht gebracht, aber Martin McPhail, ein Polizist, der kurz danach aus dem Dienst ausschied, ist in einem Buch über die Morde als ihr Mörder genannt. Derzeit läuft eine Klage von ihm gegen den Autor.

Margo schaut in die dunkle Einöde hinaus und wirft dann einen Blick in den Rückspiegel. Sie sieht den Blick des Taxifahrers zu ihr schweifen. Plötzlich verlegen, setzt sie ein Gesicht zum Gesehenwerden auf und schaut wieder aus dem Fenster.

Sie halten an der Ampel auf der Eglinton Street, unter der eine Bahnlinie nach London kreuzt und die von der M74 zur Hochstraße nach Carlisle überquert wird.

Mit jedem Augenblick, der vergeht, fühlt sie sich einsamer und verlassener.

6

Das Taxi hält in der Holly Road und Margo zahlt, steigt aus und lässt das Taxi hinter sich wegfahren. Ohne zu merken, dass sie beobachtet wird, steht sie auf dem Gehweg und schaut zu ihrer Wohnung hinauf. Sie zahlt immer noch Miete für die Wohnung, in der sie mit Joe gewohnt hat, deshalb kann sie sich nur das hier leisten. Sie kann sich nicht vorstellen, ganz allein in Janettes Haus zu leben, aber das hier hasst sie auch.

Es ist ein Neubau in einer Lücke zwischen netten Mietshäusern, auf der anderen Seite der schmalen Straße stehen hübsche alte Reihenhäuschen. Die Nachbarn hassen die Leute, die hier wohnen, weil es hässlich ist, der Bau war umstritten, die Schalldämmung ist mies und sie sind alle Kurzzeitmieter in einem Wohngebiet mit stolzen Eigenheimbesitzern.

Sie tippt den Code ins Tastenfeld an der Tür und drückt sie auf, geht mit schweren Schritten rauf in ihre sterile Mietwohnung in diesem sterilen Mietshaus.

Die Qualität des Gebäudes ist nicht gut. Alles ist knauserig: die Zimmer zu klein, die Türen hohl, die Waschbecken und Badewannen flach. Nichts ist abgenutzt oder kaputt, aber das ist nur eine Frage der Zeit. Sie ist vor zwei Monaten eingezogen, als sie Joe verlassen hat, weil die Wohnung frei war, billig und nah an Janettes Haus. Jetzt hat sie das Gefühl, die Knauserei greift auf sie über. Schon mit einer einzelnen Vase wirkt ein Zimmer vollgestopft. Durch die überheizte Wohnung unter ihr ist es zu warm. Sie hat ständig Kopfweh, weil sie die Zähne zusammenbeißt, wenn sie hier ist.

Sie öffnet ihre Wohnungstür, lässt Mantel und Handtasche

im winzigen Flur fallen, geht ins Bad und lässt sich die Wanne ein. Sie will den Abend wegwaschen.

Der Mann unter ihr spielt ein Computerspiel. Er spielt es abends, und der Soundtrack besteht aus Donner oder Explosionen oder so, aber wenn man es durch den Boden hört, klingt es, als würde er bis tief in die Nacht stundenlang Möbel rücken. Sie spürt es in den Knochen, als sie Lilah eine Meldung schickt:

Tante ist aufgetaucht. Hallo und tschüss. Bisschen durchgeknallt. Wie war die Babyparty?

Sie bekommt nichts zurück. Weil sie nicht immer reden will, schaltet Lilah ihr Handy ein und aus wie eine Rentnerin, die den Akku schont.

Im Wohnzimmer klappt Margo ihren Laptop auf und schaltet ihn ein. Sie schaut einen Moment auf den Bildschirm, und dann tut sie genau das, wovor Tracey sie gewarnt hat: Sie sucht Barney Keith.

Auf Facebook gibt es nur einen Barney Keith in Glasgow, aber der sieht ihr kein bisschen ähnlich. Er hat fischige Lippen und gelbe Haut und kleine Augen und ist uralt. Er lebt drüben in Nitshill, weit draußen in den südlichen Vororten von Glasgow, und ist kein großer Facebook-Sklave. Er postet unregelmäßig. Seine Rechtschreibung ist nicht besonders und er verwendet viele Abkürzungen, Zahlen als Wörter und Emojis für Gefühle. Er stellt seine Identität mit Reihen aus Emoji-Flaggen dar. Mit Hilfe der Posts, in denen er sich über die Müllmänner beschwert, ermittelt sie seine Adresse. Auf Google Street View kann sie einen grauen Sozialbau mit Kieselrauputzterrasse erkennen, der Vorgarten zugemüllt mit einer Waschmaschine, Säcken voller Schutt und Hundescheiße. Ihr Herz wird schwer, bis ihr klar wird, dass das unmöglich ihr Vater sein kann, er ist zwanzig oder dreißig Jahre älter, als Susan jetzt wäre. Sie ist überrascht, sie hätte gedacht, das wäre ein ungewöhnlicher Name, aber es muss noch einen geben, und der ist nicht auf Facebook. Was sie durchaus ein bisschen stolz macht. Vielleicht hat er ein Leben, braucht sich nicht anzupreisen. Vielleicht ist dieser Barney irgendwie mit ihm verwandt.

Der Ton des einlaufenden Wassers ändert sich und sie steht auf und geht ins Bad, beugt sich vor, um den Hahn abzustellen. Sie richtet sich auf und sieht sich im Spiegel. Es ist Susan Brodie, zurückgekehrt von den Toten, die in Margos furchtbarer Wohnung steht, nichtsahnend ertappt.

Wieder im Wohnzimmer forscht sie nach alten Zeitungsartikeln über Susan Brodie. Es gibt nicht viele. Meist ist Susan eine Randnotiz, ein bisschen Hintergrundmaterial zu einer Mordserie vor langer Zeit. Ein in Ungnade gefallener Expolizist, Martin McPhail, wurde zu dem Mord an ihr befragt, aber es wurde nie Anklage erhoben. Im Lauf eines Jahrzehnts wurden in derselben Ecke von Glasgow neun Frauen umgebracht, alles Sexarbeiterinnen. Die Polizei hatte Mühe, Hinweise aus der Öffentlichkeit zu bekommen oder Verhaftungen vorzunehmen, dann kam Tanya Williams.

Ganz anders als Susans Foto zeigt das von Tanya eine lächelnde Blondine, sehr dünn und jung. Sie sieht lieb und lustig aus, mit großen Augen und nach hinten gekämmten wilden Haaren. Ihre grauhaarige Mutter ist auch abgebildet, ein Familienfoto von Tanya zu Pferd in der Hand. Tanya wollte viel reisen und hoffte eines Tages Krankenpflegerin zu lernen. Ihre Großmutter war gestorben und Tanya fing mit Drogen an, um ihre Trauer zu bewältigen. Sie hatten sich sehr nahegestanden.

Die anderen Frauen sind deutlich anders dargestellt, ihre Bilder sehen nach erkennungsdienstlichen Fotos aus. Ihre Morde sind chronologisch aufgelistet. Da steht von jeder Frau der Name, das Alter, ob sie Kinder hatte oder nicht und die Todesart: erwürgt, erstochen, mit einem Ziegelstein erschlagen. Susan Brodie ist aufgeführt als: Alter neunzehn, keine Kinder, entführt, Leiche in Easterhouse abgeladen. Margo war vier Monate alt, als Susan starb. Sie lag vermutlich sicher in ihrem Bettchen bei Paul und Janette, lange bevor deren Ehe scheiterte.

Das ist alles, was die Zeitungen über die anderen ermordeten Frauen sagen. Es ist eine kalte, sachliche Aufzählung, es könnte auch um jemanden gehen, der Parkbänke stiehlt: Eine alte wurde von hier mitgenommen, eine grüne von dort, gibt es einen Zusammenhang zwischen diesen Parkbankdiebstählen? Was tut die Polizei, um die Bankdiebe zu fassen?

In alledem ist Susan bloß ein Detail. Margo fragt sich, ob Nikki die Story von dem Killer-Cop als Konter gegen Susans dröhnende Bedeutungslosigkeit erfunden hat. Aber die Artikel erwähnen ihn auch.

Ein paar Boulevardblätter haben sogar ein Foto von McPhail gebracht. Er ist fett und vierschrötig und hat ein rotes Gesicht, er sieht nach Bluthochdruck aus, aber er raucht auf der Straße und schaut zur Seite, als ob er jemanden sieht, den er kennt. Neben ihm steht das Foto eines sehr attraktiven Mannes. Er ist blond, sonnengebräunt und schlank, trägt ein Baumwollhemd und hat ein großes gutaussehendes Gesicht. Das ist der Autor, den Martin McPhail wegen Rufschädigung verklagt, Jack Robertson.

Robertson hat 2003 mit dem Journalismus aufgehört und ein Buch über den Fall der Glasgow-Morde geschrieben: *Schrecken auf den Straßen*. Eine Suche nach seinem Namen zeigt Robertson bei einer Vielzahl von Buchsignierstunden, er trägt verschiedene grelle Hemden und hält Vorträge vor einem schmachtenden Publikum hauptsächlich aus Frauen. Robertsons Buch vertritt die These, dass ein Serienkiller »die meisten, wenn nicht sämtliche« Morde begangen hat. Es gibt ein Interview, für das er mit besorgter Miene in einer nasskalten nächtlichen Gasse posiert. Sein Buch war ein Bestseller, und es heißt, er hat die Filmrechte für eine sechsstellige Summe verkauft. Margo ist sich nicht sicher, ob das stimmt. Es steht auf Wikipedia und kann auch von Robertson selbst geschrieben sein.

Lilah schreibt endlich zurück:

MASSAKER. Riesengemetzel.

Margo antwortet:

OMG?

Kann nicht reden. Polizei ist noch da.

Alles OK?

Niemand verletzt, aber sehr nervig. Fenster kaputt.

Margo lacht leise in sich hinein. Eigentlich sollte es keine Schlägerei im Suff werden, sondern nur ein Haufen Frauen in den Dreißigern, die zusammen Wein trinken und Babykleider bewundern, aber das Lachen vergeht ihr schlagartig, als ihr klar wird, dass es bestimmt etwas mit diesem Wichser Richard zu tun hat. Sie weiß es wegen des bagatellisierenden *»sehr nervig«*. Lilah stellt alles andere gern dramatischer dar und spielt jeden Skandal ihres gestörten Exfreunds herunter.

Hundespaziergang morgen früh?

Margo antwortet:

Klaro. Um 10?

Nach einer Pause schreibt Lilah zurück:

Finde den Daumen hoch nicht oder welches Emoji man sonst nimmt, um Zustimmung zu signalisieren. Kurz zusammengefasst: ja.

Margo schmunzelt, auch wenn sie weiß, dass Lilah Scherzchen macht, weil sie nicht will, dass Margo nach Einzelheiten fragt. Margo möchte selbst nicht zu genau befragt werden, also sind sie quitt.

Sie wendet sich wieder ihrem Laptop zu. Es muss doch mehr über Susan geben als einen vereinzelten Absatz hier und da.

Wenn bei der Arbeit Patientenakten verloren gehen, versucht es Margo immer mit unterschiedlichen Schreibweisen, also sucht sie nach »Suzanne«, »Brodie« und »Glasgow«, und das führt zu einer anderen Reihe von Treffern, die meisten von einer Radiomoderatorin, aber auf der zweiten Seite ganz unten findet sie einen Link: REALCRIMESCENE.com. Sie öffnet ihn und landet auf einer Seite mit Blutspritzern und einer Spalte mit nummerierten Links, neben einem davon steht »SB«. Sie klickt darauf.

Ein Foto von einem kalten blauen Morgen. Eine Bushaltestelle in einer grauen Gegend: Bordstein, Gehweg und ein nackter Körper auf zertrampeltem Matsch. Das Foto ist mit Weitwinkel aufgenommen, man sieht die ganze Szenerie. Im Rinnstein haben sich durchweichte Zigarettenstummel angesammelt, fallen gelassen von Leuten, die in Busse stiegen. Die lehmgelben Filter haben sich im Regen aufgelöst und liegen rum wie kleine quadratische Bonbonpapierchen. Die Bushaltestelle ist nur ein Pfosten mit einem Fahrplan dran, voller Graffiti und unleserlich.

Dahinter Susan. Sie liegt auf dem Rücken auf einem rot-gelb karierten Tartan. Es ist bloß eine Kniedecke, zu klein, um sie vor dem kalten Boden zu schützen. Ihre Haut leuchtet weiß wie Perlmutt, weil sie so blutleer ist. Susan wurde ins Herz gestochen, in den linken oberen Abdomenquadranten, sechs oder sieben Mal. Das Blut wurde von ihrem Körper abgewaschen, die Haut um die Wunden hat sich zusammengezogen und sie klaffen auf, eine Gruppe winziger Münder, die im Chor schreien. Ihre Arme sind schlaff, einer zur Seite ausgestreckt, der andere über die Brust drapiert. Sie sieht aus, als wäre sie aus einem Van geworfen worden. Sie hat die wachsartige Blässe und eingesunkenen Augen einer Leiche vom Vortag. Ihre Brüste ruhen seitlich an den Rippen. Sie ist nicht untergewichtig. Das sind die meisten Süchtigen. Beide Oberarme haben Blutergüsse, wo sie festgehalten wurde, aber es gibt keine Nadelspuren, auch nicht an den Beinen und Füßen. Susan hat nicht gefixt, als sie starb.

Margo hat schon Leichen seziert. Sie hat Lebern und Lungen entnommen und gewogen. Der Anblick von Tod und Wunden macht ihr nicht viel aus, aber auf Susans Verletzlichkeit und darauf, wie jung sie ist, war sie nicht gefasst. Sie ist klein für neunzehn, kindlich, und tot und weggeworfen, nackt auf gefrorenem Schlamm.

Es fühlt sich nicht an, als hätte sie jemand anderen vor sich, vielmehr sieht sie ihr jüngeres Ich, eine Splitter-Margo. Niemand wurde dafür bestraft. Jemand hat das einer jungen Frau angetan und ist immer noch da draußen, läuft herum, isst Kekse, trinkt Tee, feiert Weihnachten. Sie spürt die Ungerechtigkeit tief in ihren Eingeweiden, so geht es Nikki wahrscheinlich schon seit Jahrzehnten, eine Mischung aus Angst und Übelkeit. Es ist falsch.

Dieses Foto sollte nicht auf einer öffentlichen Domain stehen. Wie kommt es überhaupt, dass ein Polizeifoto im Netz ist? Welcher Absicht dient das? Im Medizinstudium hat man ihnen ein ganzes Semester lang beigebracht, wie man sich einem Leichnam mit Respekt nähert, aber Susans Leiche ist einfach ein Objekt, auf einer Internetseite, wo alle es benutzen können. Wofür benutzen sie es? Für ein billiges, wohlig-entsetztes Schaudern? Masturbieren Männer mit diesem Bild? Susan ist noch ein Kind. Man hätte das nie ins Netz gestellt, wenn sie eine Familie hätte, die fähig ist, für sie geradezustehen.

Ein silbern aufleuchtendes Stück Haut an Susans Unterleib springt Margo ins Auge. Es ist ein Dehnungsstreifen, die Spur einer komplett ausgetragenen Schwangerschaft. Er fängt direkt über ihrem Schambein an und verästelt sich nach außen, wächst und verbreitert sich über ihren Bauch wie der Geist einer Weißbirke.

Margo berührt den Bildschirm, spürt seine Wärme, als käme sie von Haut, von ihrer Mum, als hätte sie sie ins Leben zurückgewünscht. Albern. Magisches Denken. Blöde.

Sie lässt die Hand sinken, und da sieht sie es. Eine gelbe Pfütze.

Fußspuren im Matsch neben ihrem Kopf, zwei davon mit klarem Profil, groß, vierundvierzig oder fünfundvierzig, und tief, als hätte da jemand eine Weile gestanden und auf sie hinuntergeschaut. Es ist Urin. Jemand hat auf sie gepisst.

Sie schlägt den Laptop zu. Nein.

Sie geht ins Bad, steigt ins kaum warme, flache Wasser, schlingt die Arme um die Knie. Nein. Als sie wieder aussteigt, hält sie bewusst den Blick gesenkt, vermeidet den Spiegel.

Sie kriecht ins Bett, sie ist traurig und es tut ihr leid, dass sie sich überhaupt mit Nikki getroffen hat, und sie hört noch einen Podcast über die Mythen um die Bundeslade, um sich beim Einschlafen vom Denken abzuhalten. Sie kann nicht darüber nachdenken. Sie will nichts davon wissen. Mitten in der Nacht wacht sie auf, das Handy plappert nach wie vor, inzwischen zu einem völlig anderen Thema – sie hat stundenlang weitergehört. Sie klatscht darauf, um es auszuschalten, und rollt sich weg, kuschelt sich in eine warme, wohlige Embryonalstellung. Dann merkt sie, dass sie wirklich dringend auf die Toilette muss.

Benommen taumelt sie ein bisschen, als sie vom Bett in den Korridor stapft, stützt sich an der Wand ab, als sie den Flur durchquert. Es ist halb sieben und sie lässt das Licht aus, versucht, nicht zu wach zu werden, damit sie schnell weiterschlafen kann, und setzt sich aufs Klo. Ein vager, nagender Verdacht bringt sie dazu, einen Blick in den Flur zu werfen.

Dort auf dem Boden liegt ein Brief.

Der Umschlag ist blau, klein, aus einem altmodischen Briefpapierset. Er wurde durch den Briefschlitz geworfen und ist durch den halben Flur geschliddert. Verwirrt geht sie hin und schaut ihn an. Der Umschlag liegt mit dem Gesicht nach oben, die Schrift kennt sie nicht. Es ist keine Briefmarke drauf. Er wurde persönlich eingeworfen. Sie knipst das Flurlicht an und liest die Adresse.

AN DIE SCHLAMPE PATSY BRODIE
WOHNUNG OBEN RECHTS
3 HOLLY ROAD

Das muss von Nikki Brodie kommen. Sie ist die einzige lebende Person, die Margos Geburtsnamen kennt, und sie versucht Margo Angst zu machen. Sie versucht sie einzuspannen.

7

Margo hebt den Brief vorsichtig auf, hält ihn vor sich ausgestreckt wie eine tote Maus, als sie ihn in die Küche trägt, das Licht anmacht und ihn auf den Tisch fallen lässt.

Sie sieht sich noch mal die Adresse an. Ist Nikki wütend? Ist sie gefährlich? Sie »SCHLAMPE« zu nennen wirkt schon wütend. Wie ist sie ins Haus gekommen? Wie hat sie überhaupt herausgefunden, wo Margo wohnt? Denn ihre ganze Korrespondenz lief über die Adoptionsagentur, und die haben die Briefe an Janettes Adresse geschickt, nicht hierher.

Margo macht sich eine große Tasse Tee und durchdenkt noch mal, wie der Abend gelaufen ist.

Sie war mit Nikki auf der Straße, dann in einem Taxi, kam direkt hierher. Sie hat die meiste Zeit auf ihr Handy geschaut, ein heller Bildschirm in einem dunklen Taxi. Sie hätte es nicht gemerkt, wenn ihnen ein anderes Taxi gefolgt wäre. Zu dieser Zeit am Abend waren um den George Square eine Menge Taxis unterwegs, Nikki könnte ihr leicht gefolgt sein.

Dann hätte sie unten durch die Tür mit dem Sicherheitscode kommen müssen. Sie stellt sich ihre Ankunft vor, von hinten gesehen, wie sie aus dem Taxi steigt und am Straßenrand steht, am Gebäude hochschaut, es verabscheut.

Zur Tür geht, den Sicherheitscode eingibt. In der frühmorgendlichen Küche hebt Margo die Hand und macht nach, wie sie den Code eintippt, ihr Muskelgedächtnis erinnert sich an die Bewegungen. Ihr Arm ist ziemlich weit ausgestreckt, bestimmt ein halber Meter Abstand zwischen Hand und Schulter. Tatsächlich neigt sie dazu, ziemlich weit weg zu stehen, wenn sie den Code eingibt; wer genau genug hinschaut, könnte sehen, welche Zahlen sie gedrückt hat – 2 7 3 9. Die Zahlen liegen weit auseinander –wahrscheinlich kann man es bis zur anderen Straßenseite sehen. Nikki hätte es mühelos sehen können.

Dann von der Straße aus beobachten, wo das Licht angeht, nachdem Margo drin ist. »Wohnung oben rechts« klingt wie eine Beschreibung von der Straße aus. Ihre richtige Postadresse ist 3/3.

Nikki ist unzurechnungsfähig. Vielleicht hat sie Susan umgebracht.

Sie reißt den Umschlag auf und zieht ein einzelnes Blatt heraus, streicht es auf dem Tisch glatt und liest.

In dem Brief steht, sie sieht aus wie die verdammte Nutte Susan, und auch wie die Nutte Patsy, Margo versteht diesen Bezug nicht. Es folgt die Drohung, sie zusammenzuschlagen, sie zu vergewaltigen, ihr das Messer in die beschissenen Titten zu rammen, bis ihr Nuttenblut herausfließt, und dann auf sie zu pissen. Der Brief scheint mit echter Wut geschrieben zu sein, klingt aber trotzdem künstlich, inszeniert, wie eine verstellte Stimme. Die Grammatik ist lausig, die Rechtschreibung nicht viel besser. Unterschrift: Der Rammbock. Es gibt sogar ein PS, mit einem anderen Stift unten angefügt: »Ich rich deine Fotze durch die Tür. Ich wasch dich mit Bleiche aus.«

Noch mehr Kraftausdrücke, denkt sie bei sich und hört im Kopf Janettes Stimme: Weder schockierend noch originell. Da musst du dir schon was Besseres einfallen lassen. Schimpfwörter sind was für Leute mit beschränktem Wortschatz. Margo glaubt eigentlich nicht an solche Dinge, sie hat nichts gegen einen saftigen Kraftausdruck, aber sie beschwört ihre Mutter herauf, weil die nackte Bosheit in dem Brief ihr ein bisschen Angst macht. Sie hat Angst, dass Nikki sie hier aufgestöbert hat.

Sie sollte die Polizei rufen, aber bis die hier sind, vergehen Stunden, und so ernst ist es nicht. Es ist ein Schmähbrief, online kriegen Leute den ganzen Tag Schlimmeres zu hören, und in Wirklichkeit ist gar nichts passiert, aber sie steht auf und geht aus Gründen, die sie nicht recht greifen kann, in der Küche auf und ab. Sie holt einen der Briefe heraus, die Nikki an die Adoptionsagentur geschrieben hat, und legt ihn auf den Tisch.

Nikkis Handschrift ist groß und ungleichmäßig, eine richtige Schreibschrift, die grazil über die Seite stolpert. Die Handschrift auf dem Drohbrief ist klein und eckig, einzelne Buchstaben stehen unverbunden neben ihren Nachbarn, und die Punkte sind fast durch die Seite gebohrt. Diese Handschrift sieht anders aus, aber wie kann sie das sicher sagen?

Würde es alles nur schlimmer machen, die Polizei zu rufen? Sie weiß, Nikki wird nachher am Gericht sein, sie könnte einfach hingehen und sie dort zur Rede stellen. Sei direkt, sprich die Sache frontal an. Keine schlechte Idee. Das Gericht ist ein öffentlicher Ort, es ist sicher und sie könnte ihr sagen, dass sie die Polizei einschaltet, wenn es noch mal vorkommt. So weiß Nikki, dass sie keine Angst vor ihr hat, kein bisschen.

Sie geht wieder ins Bett und versucht zu schlafen, kann aber nicht. Sie probiert es noch mal mit dem Podcast-Trick, aber diesmal klappt es nicht. Schließlich gibt sie klein bei, steht auf und macht sich Porridge. Es ist Viertel vor neun.

Der Brief liegt noch auf dem Tisch, als sie im Radio die Morgennachrichten einschaltet. Noch mehr übles Zeug. Sie setzt sich hin, behält den Brief misstrauisch im Blick. Aber sie hat keine Angst, sie wird ihn nicht mal weglegen. Er lässt sie kalt – Nikki wird sich was Besseres einfallen lassen müssen. Sie hat einen gruseligen Brief bekommen. So schlimm ist das gar nicht.

Ihr Handy klingelt laut und sie fährt zusammen und greift ungeschickt hin und wirft die Schüssel mit dem Haferbrei um, verspritzt milchige Klumpen über den Tisch. Gott, ist sie fahrig, dabei ist es bloß Tracey von der Adoptionsagentur, die anruft, um zu fragen, wie es ihr nach dem kleinen Treffen gestern geht. Ist denn am Ende noch alles gut gelaufen?

Margo schafft es, ruhig zu klingen, fasst kurz das ganze irre Zeug zusammen, das Nikki ihr über den Mord an Susan durch einen Serienmörder bei der Polizei erzählt hat.

Oh, sagt Tracey, das ist mal was Neues. Ach, Sie Arme, das ist ja nicht sehr nett, oder?

Margo sagt, na ja, es wird noch schlimmer: Heute Morgen hat sie einen übergriffigen Brief bekommen und sie ist sich sicher, er kommt von Nikki und wurde persönlich eingeworfen.

O je, das ist Besorgnis erregend.

Also, nicht direkt, erklärt sie, es ist eigentlich überhaupt nicht Besorgnis erregend, denn sie weiß, wo Nikki heute Mittag sein wird: Sie will zu einem Mordprozess am High Court und Margo wird hingehen und sie ansprechen und ihr den Brief zurückgeben und ihr sagen, sie soll damit aufhören.

Das ist eine ganz schlechte Idee, sagt Tracey, bitte tun Sie das nicht. Mal ganz ehrlich, Sie wissen nichts über diese Frau, Sie haben keine Ahnung, wo das hinführt. Margo soll die Polizei einschalten.

Margo sagt, darüber hat sie nachgedacht, aber letztlich scheint ihr die bessere Herangehensweise, das selbst zu klären. Wenn sie die Polizei vorschickt, wirkt das eingeschüchtert, genau was Nikki will. Besser hingehen und vor allen Leuten sagen: Mach das nicht noch mal, oder ich schalte die Behörden ein.

Nein, sagt Tracey, tun Sie das nicht. Bitte nicht. Sie kennen sie doch gar nicht.

Sie sagt es so eindringlich und ernst, dass Margo sich fragt, ob Tracey etwas über Nikki weiß, was sie nicht weiß. Aber sie ist sicher, es wird schon gutgehen. Es ist ein öffentlicher Ort und wahrscheinlich voller Polizei.

Tracey versucht es mit einer anderen Taktik: Vielleicht würde Margo gern erst einmal vorbeikommen und darüber reden? Das Briefchen mitbringen, damit sie es sich mal zusammen ansehen? Tracey kann auch zu Margo kommen, wenn ihr das lieber ist? Wo wohnt sie noch, am Marywood Square? Tracey wohnt gleich um die Ecke, es macht keine Umstände.

Janettes Haus ist am Marywood Square. Tracey glaubt, Margo ist dort, und sie mag das nicht richtigstellen.

Nein danke, sagt Margo, aber sie ruft an, wenn sie reden möchte. Danke fürs Angebot, nicht nötig, übertriebener Aufwand, aber wirklich sehr nett.

Hören Sie, sagt Tracey, um ganz offen zu sein, ich finde, Sie sollten Nikki aus dem Weg gehen. Sie nicht kontaktieren, das will sie doch nur. Sie will eine Reaktion und mehr Kontakt und genau das liefern Sie ihr. Rufen Sie bitte die Polizei an?

Margo sagt, sie überlegt es sich, aber das hat sie nicht vor.

Tracey sagt, also, diese ganze Mordsache muss doch beängstigend sein? Nicht gerade, was Sie sich erhofft hatten, oder?

Nein, sagt Margo, nicht direkt. Sie hat angenommen, Nikki hätte sich das alles nur ausgedacht, bis sie im Internet recherchiert und die Artikel und ein Tatortfoto von Susans Leiche gefunden hat. An der Stelle muss sie weinen. Sie bringt es nicht über sich, die Reihe klaffender Wunden in Susans Brust zu erwähnen, also sagt sie, es war die Pisse, die ihr so an die Nieren gegangen ist. Dass jemand etwas Derartiges tut. Es ist so entwürdigend, so verächtlich, und sie sah so jung aus.

Tracey ist nett und sagt nette Sachen, es tut ihr leid, das wird schon wieder, und wartet, bis sie sich beruhigt hat.

Warum ist das Foto überhaupt online?, fragt Margo. Warum steht es auf einer öffentlichen Website? Was soll das bezwecken und wer sieht es sich an?

Ich finde, dass es da nicht sein sollte, sagt Tracey. Aber vielleicht kann ich etwas dagegen tun. Wäre es in Ordnung, wenn sie in Margos Namen die Website kontaktiert und sie bittet, das Foto rauszunehmen? Wenigstens einen Versuch wert?

Das ist tatsächlich wirklich hilfreich. Margo sagt, danke, das weiß sie zu schätzen.

Sie gibt Tracey den Namen der Domain und die Falschschreibung von Susans Namen durch. Als sie ihn buchstabiert, wird sie wieder weich. Sie haben noch nicht mal ihren Namen richtig geschrieben.

»Okay, schön, ich ruf Sie an, sobald ich was höre, sage Ihnen Bescheid, wie ich vorankomme. Jetzt okay?«, sagt Tracey. »Gehen Sie nicht zum Gericht. Rufen Sie die Polizei an.« Und sie legt auf.

Margo trocknet ihr Gesicht und gesteht sich ein, dass das aufwühlend ist, es ist eine aufwühlende Situation und sie ist hier sowieso nicht gut aufgehoben. Sie sollte nicht zum Gericht gehen. Sie sollte sich aufraffen und Lilah und die Hunde besuchen und dann direkt zu Janettes Haus fahren und mit dem Ausräumen anfangen.

Sie wischt das Porridge weg und faltet den Brief zusammen, schiebt ihn in den Umschlag und steckt ihn in ihre Handtasche, mehr um ihn zu verstecken, als weil sie ihn irgendwohin mitnehmen möchte. Sie zieht sich an und schminkt sich, schaut in den Badezimmerspiegel, schärft sich ein, dass das ihr Gesicht ist, nur ihres, und der unwahrscheinliche Anblick von Susan Brodie gestern Nacht kam nur daher, dass sie überrascht und überrumpelt war von Nikki, von den Artikeln, von der kranken Geschichte. Eine grausame Geschichte, um sie einer Fremden zu erzählen. Verbunden mit Bitten. Forderungen. Es ist nicht ihr Problem, dieser ganze uralte Kram. Sie hat selbst genug am Hals.

Sie denkt all diese vernünftigen Gedanken, als in der Küche ihr Handy klingelt, und sie geht ran, in der Annahme, dass es noch mal Tracey ist.

Aber nein. Es ist Joe.

Margo ist hin und weg, als sie seine Stimme hört, versucht aber, lässig zu klingen. »Ach, ja, alles klar?«

»Ja«, sagt er. »Wie lief es gestern? Okay?«

»Schräg. Sehr schräg.«

»Gut schräg oder schlecht schräg?«

»Keine Ahnung. Interessant. Bisschen irre.«

Margo findet, sie ist gemein zu Joe. Joe findet, sie ist gemein zu Joe. Margo hat das ganze Geld und die ganze Macht und sie weiß nicht, wie sie aufhören soll, so kontrollsüchtig zu sein. Er ist ein liebenswerter Mann, er verdient ihren Respekt, aber er versetzt sie in Panik. Joe weiß nicht, dass sie schwanger ist. Wenn sie es ihm sagt, wird er begeistert sein. Er wird ihr Verhalten akzeptieren, ihre Gemeinheit ignorieren, sie um des Babys willen tolerieren. Jetzt lauert hinter jedem Wort aus ihrem Mund der weltverändernde Satz *Ich bin schwanger*, dadurch klingt sie die ganze Zeit künstlich.

»Aber geht es dir gut?«

Sie seufzt. »Na ja, schon, mir geht's gut. Ich bin müde. Hab nicht viel geschlafen.«

»Hat der Arsch von unten wieder die ganze Nacht Krawall gemacht?«

Das Summen von Joes Stimme kitzelt in ihrem Ohr. Sie neigt langsam den Kopf auf ihre Schulter, versucht es einzufangen, schließt die Augen und beschwört seinen nackten Rücken im Bett herauf. Er schläft auf der Seite, von ihr abgewandt, sie ist ganz nahe und seine Schultern erheben sich wie eine Mauer. Es ist früh am Morgen und sie beobachtet, wie jeder Atemzug die Rippen dehnt und wieder zusammenbringt. Seine Haut ist eine Galaxie aus Sommersprossen.

»Wie war die Babyparty?«

»Ich war nicht da. Lilah hat mir geschrieben, jemand hätte die Polizei gerufen.«

»Hast du das mit Richard gehört? Er ist dort aufgetaucht und hat eine Scheibe eingeschlagen.«

»Shit!«

»Ja, er wollte rein, um an Lilah ranzukommen.«

Richard ist Joes Halbbruder. Er war ein wohlhabender Antiquitätenhändler in London, aber jetzt ist er in Vollzeit Lilahs Ex und Stalker. Joe hat versucht, sich einzuschalten, ist aber ziemlich gelähmt vor Scham und Sorge um ihn und darum, was er als Nächstes anstellen wird.

»Joe, wie hat Richard sie gefunden?«

»Ich bin überfragt. Sie muss es ihm gesagt haben, er findet sie jedes Mal.«

Richards Stalking hat eine Vorgeschichte. Er und Lilah haben vier Jahre zusammengelebt, bis sie ihn verließ und zurück nach Glasgow flüchtete. Er behauptet, sie hat ihn bestohlen und er will nur das Geld, was fast sicher teilweise stimmt, denn Lilah stiehlt wirklich, aber es geht nicht nur darum. In den ersten Wochen hatte er mit Selbstmord gedroht. Joe sagte, er benutze sich selbst als Geisel, um sie zurückzubekommen. Es ist eine Schlammschlacht, und sie alle sind in das schwarze Loch von Richards und Lilahs Beziehung eingesaugt worden, aber sie können nicht einfach aussteigen, weil alles so verwoben ist. Richard ist Joes Bruder, Richard und Lilah haben Joe und Margo miteinander bekannt gemacht, Thomas und Joe sind beste Freunde. Früher war das kuschelig, aber nun ist es plötzlich erstickend, wie eine nasse Daunendecke auf dem Gesicht.

»Wie läuft das Entrümpeln bei Janette?«

»Richtig gut. Ich wuppe das. Aber ich muss los, ich gehe mit Lilah Hunde ausführen.«

Sie hören einander einen Moment lang beim Atmen zu. Die Spannung baut sich in ihr auf und sie versucht, nicht zu schreien, dass sie schwanger ist.

»Jetzt leg schon endlich auf, du perverser Wichser«, sagt sie und zuckt zusammen, weil ihr Tonfall sich hart anhört.

Joe lacht, denn was kann er sonst tun, aber als er spricht, klingt seine Stimme müde und unglücklich. »Okay, Margie. Bis dann.«

Und er legt auf.

8

»Es sind nur beschissene fünfzig Tacken«, sagt Lilah.

»Ich fliege heute Abend nicht nach Island, nein.«

Sie steigen hoch in den ersten Stock eines Hauses mit Eichenbalustrade und exquisiten Wandfliesen in Wässriggrün und Gelb. Lilah holt einen Schlüsselbund mit einer abgewetzten Hasenpfote als Anhänger heraus, schneidet an Margo gewandt eine abschätzige Grimasse und sagt mit Piepsstimme: »Danke für den Fuß, Mister Bunny!«

»Wem gehört die Wohnung?«

»Irgendeinem alten Knacker, glaube ich.« Sie öffnet die Sturmtür aus Holz. »Wenn ich mal von den Mänteln im Garderobenschrank ausgehe. Hat aber zwei tolle Corgis.« Sie steckt den Schlüssel in die innere Glastür und stößt sie auf zu einem muffig riechenden Flur mit einem abgetretenen antiken Läufer auf dem Boden und dunklen Holzkommoden, auf denen sich so viel ungeöffnete Post stapelt, dass die Brieföffner mit den Horngriffen und die Lampen aus buntem Glas an die Seite geschoben sind.

In dieser Wohnung war Margo noch nicht mit Lilah. Es ist eine dieser viktorianischen West-End-Wohnungen, die kein Ende zu nehmen scheinen: ein riesiger hoher Flur mit massenhaft Türen zu großen, hellen Räumen und hinten noch ein niedrigerer Korridor. Sie war schon in solchen Wohnungen und weiß, der führt zu den bescheideneren Dienstbotenzimmern.

Zwei alte schwarzweiße Corgis kommen aus einem der vorderen Zimmer gezockelt, um sie zu begrüßen. Einer der Hunde versucht an Lilahs Oberschenkel hochzuspringen, schafft es aber nicht, landet schwer auf den Vorderpfoten und scheint den Versuch sofort zu bereuen.

»Oh, Mister Muttley!« Lilah hockt sich hin und legt die Hand um sein feuchtes Maul. »Armer alter Schatz, bist du zu doll gesprungen und hast dir wehgetan?«

Sie führen die Hunde durch den dunklen Dienstbotenflur in eine helle Küche mit einem großen schwarzen Herd. Lilah gibt Trockenfutter in ihre Schüsseln und tauscht das Wasser aus.

Muttley und Pitstop sind ihre aktuellen Pflegehunde, aber sie vermisst noch immer ihren ersten Pflegeschützling. Huntly, ein spindeldürres Italienisches Windspiel mit fast schon blauem Fell, hasste Spaziergänge, Fressen, Lärm und Menschen. Margo glaubt, Lilah hat ihn so sehr geliebt, weil er aussah wie sie. Der Besitzer von Pitstop und Muttley ist im Krankenhaus, niemand hat je gesagt, was der alte Mann hat oder ob er überhaupt wieder rauskommt, aber Lilah hat es übernommen, sich um sie zu kümmern. Sie möchte selbst einen Hund haben, aber sie ist nicht bereit für die Verpflichtung.

Lilah ist nach zehn Jahren in London gerade zurück nach Hause gezogen. Sie hat mal wieder eine desaströse Beziehung verlassen, diese Serie scheint nicht abzureißen, und wenn sie über das Muster nachdenkt, hat Margo Mühe, nicht ihr die Schuld zu geben, dass sie so schikaniert wird: Dünsten die Männer aus, dass sie ein Potenzial für Stalking haben, oder stellt sie etwas mit ihnen an? Was verdammt noch mal passiert andauernd mit diesen grässlichen Männern, mit denen sie sich einlässt? Das ist jetzt das dritte Mal, und Lilah steckt so tief drin, dass sie nicht zu wissen scheint, wie daneben es ist, wenn Paare einander nachspionieren.

Sie ziehen den beiden Hunden Mäntel an, befestigen die Leinen und tragen sie die Treppe zur Straße hinunter. Margo nimmt Pitstop, eine drahtige Hündin mit einem warmen, kahlen Bauch voller riesiger Nippel. Die alte Hündin hechelt glücklich, beobachtet, wo es hingeht, und Margo ertappt sich dabei, wie sie gedankenlos die weichen Ohren des Hundes küsst.

Draußen setzen sie die Hunde ab und gehen direkt zu einem Café in Kelvingrove Park. Lilah sagt, das geht klar, die Hunde haben nicht mehr Bock als sie, in der Kälte herumzulaufen.

Wegen der Hunde setzen sie sich draußen hin und bestellen heiße Schokolade. Die Hunde liegen zu ihren Füßen und Muttley schläft sofort ein.

»Es sind nur zwei Stunden Flug«, sagt Lilah.

»Ist dir klar, dass die Erde brennt? Wir sollten nicht ständig durch die Gegend fliegen.«

»Der Flieger fliegt, ob wir drinsitzen oder nicht. In gewisser Weise ist es sogar schlimmer, wenn er fliegt und wir nicht drinsitzen, Margo, das ist doch erst recht Verschwendung.«

Margo muss wider Willen lächeln.

»Ich weiß, es ist falsch, aber es war ein Last-Minute-Angebot. Fünfzig Tacken pro Nase, und ich müsste wirklich mal hier raus.«

»Was ist mit Muttley und Pitstop?«

»Ich finde jemanden, der mich vertritt.«

»Das sollst du nicht, Lilah. Was, wenn das Haus ausgeraubt wird oder so? Was ist mit den Hunden?«

Sie denkt darüber nach. »Wir könnten ihnen haufenweise Fressen dalassen und sie in die Bude pissen und scheißen lassen und saubermachen, wenn wir zurück sind?«

»Was soll das heißen, ›wir‹?«

Das Café liegt neben einem Park mit Schaukeln, der während der Schulstunden verwaist ist. Lilah scheint schon alle Hundebesitzer im Park zu kennen. Ein breiter, bärtiger Mann, der stolz zwei kleine Französische Bulldoggen mit Maulkorb und Geschirr spazieren führt, winkt ihr vom Tor aus zu. Eine alte Dame im Pelzmantel trällert »Morgen!«, als sie mit einem

Langhaarcollie am Café vorbeikommt. Eine professionelle Hundeausführerin mit fünf zusammengewürfelten Hunden ruft mit rauer Stimme zu ihr herüber und fragt nach Muttleys und Pitstops Besitzer.

»Immer noch nichts gehört, Shirley«, ruft Lilah zurück.

»Du bist wie die Bürgermeisterin der Hundebesitzer«, sagt Margo.

»Weil ich die Ersatzbetreuerin bin. Sie mögen mich, weil sie bedenken, was mit ihren armen Hunden wäre, wenn sie krank würden«, sagt Lilah.

Sie gibt eine merkwürdige Heldin ab. Lilah ist groß und dünn und sieht aus wie ein Art-déco-Ornament. Sie trägt dunkelgrauen Eyeliner um ihre großen blauen Augen und einen Louise-Brooks-Bubikopf, so dunkel, dass er schwarz schimmert. Wie alle echten Schönheiten fühlt sie sich nicht attraktiv und hat zugleich Panik, ihr Aussehen zu verlieren. Einmal ist sie nach London geflogen und hat zweihundertfünfzig Pfund ausgegeben, um sich die Haare exakt so färben zu lassen, wie sie beim Abflug aussahen. Bei einer Botox-Party neulich hat sich der Mann betrunken und ihr zu viel gespritzt. Lilah sagt, ihre Stirn sieht jetzt aus wie eine sehr gute Hauttransplantation nach echt üblen Brandwunden.

»Die Blaue Lagune ist sagenhaft.« Lilah fängt den Blick der Kellnerin auf und winkt mit ihrer leeren Tasse, um noch eine heiße Schokolade zu bestellen. »Es ist ein Geo-Spa, und die heißen Quellen sind draußen, du bist vom Schnee umgeben, sie haben Mineral-Peeling-Behandlungen, deine Haut fühlt sich unglaublich an.«

»Ein rauer Waschlappen in der Badewanne kann das auch.«

»Willst du dich denn nie einfach mal verpissen?«

»Im Moment sogar sehr. Ich habe einen Drohbrief von der lieben Tante bekommen, die ich gestern Abend kennengelernt habe. Sie will mir ein Messer in die Titten rammen.«

Sie zeigt ihr den Brief und Lilah liest ihn.

»Also, das ist ja eine waschechte Irre!«, verkündet sie.

»Und wie«, stimmt Margo zu. »Das ist mitten in der Nacht durch den Briefschlitz geflattert, und ich habe keine Ahnung, wie sie ins Haus gekommen ist oder woher sie wusste, wo ich wohne. Das hat mir wirklich zu denken gegeben, nicht die Drohungen oder so, nur: Wie ist sie reingekommen?«

Lilah gibt ihr den Brief zurück. »Sind aber auch ganz schön beschissene Drohungen.«

Aber sie weiß nichts von dem Tatortfoto.

»Ja.« Margo schaut sich den Brief noch einmal an. »Drohungen habe ich in den letzten zehn Jahren immer öfter gekriegt. Das hier zu lesen ist, wie wenn dir ein Zwölfjähriger sagt, dass du stinkst.« Sie steckt ihn in den Umschlag zurück. »Ich glaube, sie will mich in ihre absurde Weltsicht mit reinziehen. Sie glaubt, ein Mörder läuft frei rum.«

»Na, das klingt ja lustig.«

»Ja, ich habe mit meinen eigenen Windmühlen gerade genug zu tun. Wirst du mir nun erzählen, was gestern Abend mit Richard los war?«

»Ja, ja, das werde ich, Schatz …« Lilahs Akzent hat sich verändert, seit sie mit der Schule fertig waren, aber Margos auch. Sie sprechen nie offen darüber, aber Thomas hat mal betrunken gesagt, dass Margos Akzent sich nach unten verschliffen hat, Lilahs nach oben, und wenn man den Unterschied halbiert, kommt man in die Nähe der Wahrheit.

Als sie jünger waren, hat Margo Lilah so vorbehaltlos geliebt, dass sie halb hoffte, sie würde mit Thomas zusammenkommen. Sie hat sich vorgestellt, wie sie alle eine Familieneinheit bilden, Weihnachtsessen zu Hause und Margo bespielt all ihre vielen, vielen Kinder. Sie hat extra Abende arrangiert, wo sie alle zusammen waren, Kinobesuche und Nächte in Studentenverbindungen, aber Thomas hat nie angebissen. Sie verstand es nicht. Lilah war ein Schatz, das fanden alle. Sie hat es nie verstanden, bis Thomas es ihr sagte: Lilah ist eine Nervensäge, sagte er. Niemand braucht dermaßen einnehmend zu sein. Die landet noch im Gefängnis. Sie ist nichtsnutzig und aufreizend und sie würde dir noch die Augen aus dem Kopf klauen.

Margos und Lilahs Freundschaft ist intensiv, jede sieht sich selbst in der anderen, was gut sein kann oder auch schlecht. Lilah hat in der Zehnten abgenommen, sehr stark abgenommen, in wenigen Monaten vom Pummelchen zum Untergewicht. Margo war ihr Gewicht bis dahin egal, sie hatte eigentlich nie darüber nachgedacht, aber dann nahm sie auch ab. Dünnsein wurde plötzlich zur Währung. Zum Wettbewerb. Jedes Mal, wenn Margo hungrig ins Bett ging oder feststellte, dass ihr Klamotten zu groß waren, oder wenn sie etwas Heruntergesetztes in XS fand, dachte sie an Lilah, und nicht auf die gute Art. Sie liebte Lilah und Lilah liebte sie, aber der heimliche Konkurrenzkampf war gelegentlich mit Niedertracht gefärbt.

Lilah hätte Margo das Medizinstudium fast nicht verziehen, denn sie war keine Akademikerin. Sie konnte nicht wie Margo stundenlang dasitzen und Textstellen abschreiben oder Abschnitte unterstreichen und sie dreimal lesen. Lilah war in allem anderen gut, aber das konnte Margo. Lilah war womöglich der Grund, warum Margo Medizin studieren wollte. Als sich ihre Klasse in der Schul-Aula versammelte, um die Examensergebnisse entgegenzunehmen, war es Lilah, nach der Margo die Menge absuchte. Sie war die Person, vor der Margo sich brüsten wollte. Sie war zu gern großmütig, wann immer Lilah scheiterte.

Margo fragte sich manchmal, ob sie einander in Wirklichkeit hassten, ob sie sich heimlich voneinander angezogen fühlten oder dachten, sie seien die andere. Es lag immer etwas vom zweiten Ich in ihren Gefühlen für Lilah. Aber mit anderen Freundinnen hatte Margo keine derartige Beziehung, Lilah dagegen anscheinend immer. Egal, was es war und woher es kam, es fühlte sich nicht richtig an, wenn sie sich nicht regelmäßig sahen. Vielleicht war es Liebe. Vielleicht war es Schwesternschaft. Vielleicht war es Konkurrenz. Es war kein Zufall, dass sie sich mit Brüdern einließen.

Sie war über Silvester bei Lilah zu Besuch und Richard lud seinen Bruder dazu ein. Margo rechnete halb damit, dass er vom selben Schlag war, als ein Hippie in schlecht sitzender Radlerhose und einer Signalfarbenjacke hereinspaziert kam. Joe schnitt Richards lautstarken Monologen das Wort ab und sorgte dafür, dass sie alle sich Essen vom Imbisswagen holten und an der South Bank spazieren gingen. Er war der reinste Anti-Richard. Sie waren zwei Jahre zusammen, und sie fragt sich oft, warum sie jetzt nicht bei ihm ist.

Lilah erzählt ihr die Geschichte vom Vorabend und versucht sie zu entschärfen, aber es ist ein harter Kampf.

Die Babyparty lief gut, sie waren alle beschwipst, außer Emma natürlich, weil sie im neunten Monat schwanger ist. Sie saßen in der Küche, und Deborah (sie beide hassen Deborah) war mitten in einer genialen betrunkenen Beichte über Paul. (Das ist vom Feinsten, denn sie hassen Paul noch mehr als Deborah. Er ist ein humorloser Besserwisser, der dir beim Reden zu dicht auf die Pelle rückt, und verteilt pausenlos Ratschläge zu Themen, von denen er keine Ahnung hat.) Jedenfalls hat Paul Deborah seit zehn Monaten nicht angerührt, sie dachte, er hätte eine Affäre, aber dann kam raus, dass er die ganze Zeit Pornos guckt und praktisch impotent ist. Sie machen eine Paartherapie und Deborah ist stinkwütend, weil Paul eine zweimonatige Sexfastenkur machen muss, und damit hat sie dann ein Jahr keinen Sex. Sie hat in ihren Chardonnay geschluchzt, weil sie so »einsam« ist.

Lilah und Margo lachen herzlos, aber Margo hat Bedenken und schnalzt mit der Zunge und sagt: »Ach, arme Deborah!«, und dann lachen sie noch mehr, weil es so ein missglückter Versuch ist, ihre Schadenfreude zu tarnen. Lilah sagt, sie waren alle nett und versuchten ihr zuzuhören, ohne zu lachen, da hörten sie, wie jemand gegen die Eingangstür trat. Es war Richard und er brüllte nach Lilah.

Sie drängten sich alle ins Wohnzimmer, um zu sehen, was los war, und Richard sah Lilah da drin, verlor die Beherrschung und schlug ein großes Fenster ein, das ganze Glas fiel ins Wohnzimmer, und dann stand er einfach draußen, kochend vor Wut, versuchte nicht mal reinzukommen, er stand einfach da draußen und schrie sie wegen seines Geldes an.

Na toll, schrie Lilah zurück, das hier stärkt ja wohl nicht gerade meinen Glauben an deine Zurechnungsfähigkeit, was? Stellst mir nach und zerschlägst verdammte Fenster. Das ist nicht mal mein Haus, Richard. Du schlägst einfach anderen Leuten das Fenster ein. Ist dir klar, wie durchgeknallt das ist?

Jedenfalls, eine von ihnen flippte aus und rief die Polizei, so nervig, und als die kam, sagte Richard, es war bloß ein Versehen, er hat sich zu schnell umgedreht, seine Tasche ist gegen die Scheibe geknallt und sie war echt schwer, weil er seinen Laptop darin hatte, und so ist die Scheibe zu Bruch gegangen. Es wäre okay gewesen, sie hätten ihn natürlich gehen lassen, aber weil Joe ihn damals bei der Polizei gemeldet hat, na ja, sie haben den Eintrag gesehen, und von da an wurde es ernst. Sie nahmen ihn mit und hielten ihn stundenlang fest, und jetzt ist er scheißwütend. Sie wirft Margo einen vorwurfsvollen Blick zu, als wäre sie schuld, dass Joe die Polizei gerufen hat. Sie waren in einem Restaurant und Richard schüttete Wein über Lilah. Niemand achtete auf Joe, alle waren gebannt von dem Zoff am Tisch. Kurz darauf ist Margo während eines Streits ausgezogen. Seitdem ist nichts mehr, wie es war.

»Es tut mir leid«, sagt Margo.

»Oh nein«, sagt Lilah und drückt über den Tisch hinweg ihren Unterarm. »So habe ich das nicht gemeint.«

Sie sehen einander in die Augen und lächeln, weil sie es sehr wohl so gemeint hat, sie meinte es genau so, und sie kennen einander zu gut, um zu lügen.

Margo hätte Joe nicht alles brühwarm weitererzählen sollen, was Lilah ihr über Richard erzählt hat, das Konfiszieren ihres Reisepasses, die Boxhiebe in die Rippen, wenn niemand hinschaute, und dass er ihr die Schlüssel wegnahm, damit sie das Haus nicht mehr verlassen konnte. Lilah hat ihr das im Vertrauen erzählt, sie liebt Geheimnisse. Jetzt ist Margo bloßgestellt, weil sie Lilah verraten hat, und wütend auf Joe, weil er es angezeigt hat. Sie ist eine schlechte Freundin. Joe sagt, Lilahs Geheimnisse sind lauter Schnickschnack, damit kontrolliert sie nur ihre Freunde. Jetzt will er nicht mal mehr darüber reden, denn, wie er sagt, so denkt er eben, und was soll das bringen?

»Woher weiß Richard, wo Emma wohnt? Ich dachte, sie ist gerade erst umgezogen. Ist er dir dahin gefolgt?«

»Nein, er kam erst nach zwei Stunden. Jemand muss ihn angerufen haben.«

»Gib doch um Himmels willen das Geld zurück, Lilah!«

»Ich hab es nicht genommen.« Aber Margo erkennt, dass sie es getan hat, so wie sie den Kopf schräg legt, sodass ihr die Haare übers Gesicht fallen, und das Thema wechselt. »Hast du wieder Kontakt mit Joe?«

»Nein!« Aber Margo lügt auch. Sie lügt Lilah an, sie will Vorbild sein, sie fürchtet, wenn Lilah erfährt, dass sie Joe gelegentlich sieht, wird Lilah sofort wieder mit Richard zusammenkommen. Joe ist schwierig, aber Richard ist gefährlich.

Lilah schüttelt traurig den Kopf. »Du schlägst dich bei der Geldsache auf Richards Seite?«

»Es geht nicht mehr um Seiten. Gib ihm sein Zeug zurück und verklag ihn auf Lohnrückstand. Falls Joe recht hat …«

»Falls?«

»Na ja, er sagt, wenn man eine Missbrauchsbeziehung verlässt, ist das die gefährlichste Phase. Du musst vielleicht mehr machen als so tun, als wäre nichts. Vielleicht musst du zur Polizei und ein Kontaktverbot erwirken.«

Lilah schweigt eine Weile. Margo denkt, sie ist immer noch ein bisschen in Richard verliebt. Er war sehr glamourös, als sie sich kennenlernten. Er flog geschäftlich im ganzen Nahen Osten herum, fuhr ein dickes Auto, hatte ein Haus in Mayfair.

»Komm doch mit mir, Margo. Ich will hier weg.«

»Nein. Du willst immer weg.« Sie seufzt und rührt die Schokolade vom Boden ihrer Tasse auf. »Diese Frau, die Tante, die war mal drogensüchtig, und sie hat gesagt, Susan war auf Heroin, als sie mich bekommen hat. Das war aber nicht so. Warum lügt sie bei so etwas?«

»Macht sie sie mies? Hat sie sie gehasst?«

»Glaub nicht.«

»Vielleicht weiß sie es nicht mehr? Wenn sie oft dicht war, weiß sie es vielleicht einfach nicht.«

»Sie wirkt nicht unsicher. Sie glaubt, sie weiß, wer sie umgebracht hat.«

»Vielleicht war sie's ja selbst.«

»Hab ich mich auch schon gefragt.«

»Tja, das ist mir zu traurig. Ich will einfach nur irgendwohin, wo's schön ist.« Lilah saugt ihre Wangen an. Sie sieht umwerfend aus, wenn sie das tut, und das weiß sie. »Ich meine, Margo, mir liegt viel an Recht und Ordnung, wie du weißt, aber ich bin auch ein Fan von Tiefengewebsmassagen, deshalb …« Sie macht eine Geste, als wöge sie die beiden gegeneinander ab, und bringt Margo damit zum Lachen.

Lilah sagt, bevor Richard sein kleines Drama veranstaltete,

haben die anderen gefragt, warum Margo nicht da sei, und Lilah sagte ihnen, sie sei bei einer Adoptionsagentur, um ihre leibliche Verwandtschaft kennenzulernen. Sie waren alle sehr verständnisvoll.

Margo will nicht bemitleidet werden. Während Lilah weiter über Richard redet, dass ein Kontaktverbot ihn jetzt nur noch mehr provozieren würde und Joe soll sich verpissen und um seinen eigenen Kram kümmern, denkt sie sich eine stark frisierte Version über Nikki aus, die gut klingt: Wir haben uns kennengelernt und es war entzückend. Sie ist eine reizende Frau. Hat so viel durchgemacht. Hat sich solche Mühe gegeben, mich zu finden. Sie arbeitet in einer Konditorei. Sie probiert das an Lilah aus und es funktioniert.

Also lässt Margo den Rest der deprimierenden Geschichte lustig klingen, erzählt von Nikkis Überzeugung, in *Schweigen der Lämmer* zu leben. »*Er schreibt mir immer noch …*« Sie zitiert das mit hexischer Stimme. Sie macht Traceys seltsamen Gang nach. Darüber lachen sie eine ganze Weile.

Dann erzählt sie ihr von dem Tatortfoto. Diesen Teil kann sie nicht zum Witz machen. Wenn sie daran denkt, wird ihr kalt und traurig und ängstlich zumute. Lilah sagt oooh, puh, das kam doch auch in dem Brief vor, oder? Vielleicht auch im Internet aufgeschnappt? Sie sollte das Foto entfernen lassen. Margo sagt, Tracey versucht das für sie zu regeln, aber sie ist ein bisschen komisch, diese Tracey. Margo weiß ganz und gar nicht, was sie von ihr halten soll.

»Verreist du mit mir?«, quengelt Lilah und krallt nach der Tischplatte.

»Nein.«

»Ich zahle für dich mit, falls es um die fünfzig Mäuse geht?«

Margo lässt den Löffel sinken und schaut Lilah an. »Du weißt, ich hasse Spas. Ich hasse es, wenn mir ein Teenager im Laborkittel erklärt, dass Marmelade auf meine Schienbeine zu schmieren meine Nierenfunktion rebootet. Ich kann mir diesen Mist nicht anhören.«

Dieses Gespräch führen sie nicht zum ersten Mal.

»Das Tolle dabei ist«, sagt Lilah, »es gibt eine Sprachbarriere, das ist so toll an diesem Angebot, und das Schwimmen …« Sie weiß, Margo schwimmt gern. »Ich dachte, es wäre schön, wenn wir ein bisschen Zeit zusammen verbringen, du weißt schon, wegen all dem Scheiß gerade.«

Gibt Lilah endlich zu, dass sie in einer Missbrauchsbeziehung steckt? Margo schaut sie an und sieht, das tut sie nicht. Mit Scheiß meint Lilah Margos Scheiß. Janettes Tod und die Trennung von Joe. Sie fühlt sich zwar immer mies, wenn sie das tut, aber sie versucht es erneut. »Du hast doch auch einigen Scheiß am Hals, Lilah.«

Lilah rutscht unbehaglich auf ihrem Stuhl herum. »Wer hat das nicht? Tote Leute und Hunde.«

Margo wird bewusst, dass sich seit zehn Minuten keiner der Hunde mehr gerührt hat. »Ich trau mich gar nicht, nach unten zu schauen.«

Lilah tut es, tritt Muttley sanft in die Seite und fragt ihn, ob er tot ist. Beide Hunde regen sich kurz und schlafen dann weiter.

»Nicht tot«, sagt sie und lächelt. »Siehst du? Noch ein toller Tag für Lilah.«

9

Der High Court von Glasgow ist ans Flussufer gequetscht, von der Innenstadt abgewandt wie ein ungezogenes Kind, das in die Ecke geschickt wird, damit es über sein Betragen nachdenken kann. Das Gebäude ist niedrig, rußgeschwärzt und neoklassizistisch, mit drei herrschaftlichen Doppeltüren zur Straße hin, flankiert von sechs wuchtigen Säulen. Abfall und Laub wirbeln träge auf den Stufen hinter Gittern, die geschlossen und mit Ketten gesichert sind. Der eigentliche Eingang ist ein moderner Anbau um die Ecke im Schatten einer stillgelegten Hochbahnstrecke. Margo hat ihn oft in den Abendnachrichten gesehen, war aber noch nie dort.

Es ist ein kalter stürmischer Mittag, als sie von ihrem Auto aus losgeht, an einer Backstube vorbei, einem Geschäft für Designerwollsachen und einem schmuddeligen Pornoladen, dessen Schaufenster mit Ankaufsangeboten für nicht jugendfreie DVDs zugeklebt sind. Die Saltmarket ist ein Mischgebiet: angesagt, aber immer noch mit verdammt rauen Ecken.

Sie biegt um die Ecke zum Eingang und findet rund um die Tür riesige Betonkugeln vor, Abwehrmaßnahmen gegen Autobomben und Durchbrechversuche mit schweren Fahrzeugen. Uniformierte Polizisten stehen in Grüppchen herum und rauchen, daneben Trauben von Anwälten in langen schwarzen Roben. Sie stehen in Türnähe, das Publikum hingegen raucht seine Zigaretten weiter weg, man ist sich bewusst, dass dieses Revier anderen gehört.

Durch eine Drehtür betritt sie eine Halle mit hoher Decke und einem Balkon, der sich um drei Seiten zieht. Es gibt einen Metalldetektor und Sicherheitsmaßnahmen wie am Flughafen, mit einem uniformierten Wächter, der ihre Handtasche nimmt und freundlich den Kopf schüttelt, als sie ihn fragt, ob er ihre Schuhe kontrollieren muss. Er bittet sie, die Tasche zu öffnen, und stochert mit einem Stock im Inneren herum, schiebt benutzte Taschentücher und Kassenbons aus dem Weg, um nach Pistolen oder Messern zu schauen. Er schickt sie mit einem Nicken durch den Metalldetektor und gibt ihr auf der anderen Seite die Handtasche wieder.

In der Halle ist einiges los. Unter einem Fenster sind Sitzreihen an den Boden geschraubt, halb voll mit Leuten, die das Kommen und Gehen beobachten oder zu Fernsehbildschirmen hinaufschauen, die von der Decke hängen wie Infotafeln am Flughafen. Nikki ist nicht da. Margo hat keine Ahnung, was sie jetzt tun soll. Sie steht vor einem Empfangstresen aus feinem hellem Sandstein, und ein Gerichtsdiener im weißen Hemd winkt sie zu sich herüber, aber sie weiß eigentlich nicht, was sie ihn fragen soll.

»Ich suche einen Mordfall«, sagt sie. »Ähm … ein Mann … sehr alter, ungeklärter Fall, ist in den frühen Neunzigern passiert? Der Mann hat einen russischen Namen? Irgendwas mit -ov? Ich suche jemanden, der hier ist, um sich die Verhandlung anzusehen?«

Die Brauen des Gerichtsdieners wandern nach oben, während er langsam die Lider senkt. »Ich brauche einen Namen.«

»Nikki Brodie?«

»Wir haben keinen Fall mit diesem Namen.«

»Sie ist als Zuschauerin hier. Sie müsste im Publikum sitzen.«

»Müsste sie?«

Plötzlich wird Margo klar, dass sie keine Ahnung hat, was sie da tut. »Entschuldigung, ich weiß nicht, wie das läuft, sie sagte, sie würde herkommen.«

»Verstehe«, sagt er. »Tja, wir führen keine Liste. Ich habe keine Ahnung, wer wo drin ist.«

»Oh.«

»Wir haben eine Klage gegen einen Mann mit russischem Namen. Nordkomplex.« Er zeigt ihr das Verzeichnis auf den Bildschirmen über ihnen und schaut zum oberen Ende einer Treppe, die sich zum Balkon hinaufzieht. »Die Verhandlung endet gerade. Die Zuschauer kommen hier herunter. Sie können da drüben warten, dann kommen sie an Ihnen vorbei.«

»Ich bin nicht wegen des Falls hier, ich interessiere mich nicht besonders für solche Sachen.« Sie will einen kritisch blickenden Fremden auf ihre Seite ziehen, von dessen Existenz sie vor zwei Minuten noch nicht einmal wusste.

Es funktioniert nicht.

»Nicht?« Eben hielt er sie nur für dumm und jetzt hält er sie für eine Idiotin. »Tja, Sie können da drüben warten.« Ironisch fügt er hinzu: »Bei all den anderen Leuten, die sich nicht besonders dafür interessieren.«

Er deutet auf die vordere Sitzreihe und zwei ratlos aussehende Rentner in identischen lila Regenjacken, von denen einer schläft. Margo glaubt nicht, dass der Gerichtsdiener unhöflich sein will, er amüsiert sich nur.

Sie tritt zurück, fühlt sich albern und ein bisschen kicherig. Sie setzt sich da, wo er hingezeigt hat, aber jetzt sitzt sie dem Gerichtsdiener direkt gegenüber, bloß sechs Meter entfernt. Es ist ziemlich peinlich, also dreht sie sich um, starrt zur Galerie hinauf und wartet auf Nikkis Ankunft.

Sie ist nervös, sie weiß, hier zu sein ist keine besonders tolle Idee, aber die Alternative ist, zu Janettes Haus zu fahren und am Ausräumen zu scheitern. Sie ist unsicher, was sie zu Nikki sagen soll, sofern sie sie findet. Soll sie ihr mit der Polizei drohen? Sie kann sich jetzt nicht mehr genau erinnern, warum sie so sicher war, dass der Brief von Nikki ist.

Anwälte in Anzügen und Roben rauschen die Galerie entlang, gehen durch Türen, gefolgt von Beamten mit Rollwagen voller Akten und Kartons. Hinter ihnen kommt ein Mann aus einer Tür und wischt sich die Hände an der Hose trocken. Da scheint eine Toilette zu sein, aber es ist zu weit oben, als dass sie das Schild sehen könnte. Eine Tür ganz hinten in der Ecke geht auf und eine Frau mit auffallendem Gang betritt die Galerie. Sie wiegt sich in den Schultern, trägt einen dunklen Mantel und eine dicke Brille, die ihre Augen verzerrt. Margo steht auf. Ist das Tracey? Aber die Gestalt verschwindet in den Toiletten. Das sah sehr nach Tracey aus.

Ihr Blick klebt noch an der Galerie, da knallt die Tür, durch die die Tracey-Type gekommen ist, laut an die Wand. Das Geräusch hallt im Foyer wider und zieht die Aufmerksamkeit aller Wartenden auf sich.

Ein Trio weinender Frauen bleibt stehen, sie sind sich bewusst, dass sie etwas falsch gemacht haben. Sie sehen alle Blicke auf sich gerichtet und erstarren kurz, bevor sie sich defensiv beieinander unterhaken und gegenseitig zur Treppe helfen.

Sie sind alle ein bisschen so angezogen wie Nikki gestern. Deren Kleidung ergibt für Margo plötzlich Sinn. Die Frauen sind arm und haben sich schick gemacht und sind zu einem üblen Anlass hergekommen. Sie gehören nicht hierher, fühlen sich nicht wohl, aber sie haben sich angezogen, wie sie sich Leute vorstellen, die dazugehören: saubere Sachen, die ihnen weder passen noch stehen, langweilige Kleidung in braven, langweiligen Farben. Ihre Haare sind fest zurückgebunden, ordentlich und nicht im Weg. Sie wollen unbedingt hier raus.

»Warten Sie!« Eine gut gekleidete Frau kommt aus der Tür geeilt und holt sie oben an der Treppe ein. Diese Frau gehört hierher. Sie trägt Schwarz, Rock und Top unter einer ledernen Bikerjacke. Sie ist groß und schön und hat dicke weiße Haare, die ihr gut stehen. Margo hört Bruchstücke des Gesprächs.

»DCI …«, sagt sie.

»Klar wissen wir noch, wer Sie sind«, sagt eine der Frauen, ihre Stimme klingt heiser und dankbar.

»Freut mich sehr …«, sagt die Frau. »Sehr mutig … können stolz sein.« Ihr Ton ist formell und energisch.

Die weißhaarige Frau ist Polizistin. Wahrscheinlich pensioniert. Vielleicht die leitende Ermittlerin im ursprünglichen Fall. Sie schütteln sich alle oben an der Treppe die Hände, aber eine der Frauen weint so sehr, dass ihre Begleiterinnen sich entschuldigen und ihr die Treppe hinunterhelfen. Sie kann nicht aufhören zu weinen, gibt sich aber große Mühe, ihr Gesicht und ihr Kinn zucken, während ihre Augen tropfen und brennen.

Margo blickt hoch und merkt, dass die Polizistin sie direkt ansieht. Den Kopf zur Seite geneigt, die Lippen geöffnet, starrt sie sie an und überlegt.

Plötzlich taucht Nikki hinter der Frau auf, trippelt mit gesenktem Kopf die Galerie entlang. Die Polizistin zuckt zusammen, streckt die Hand aus und berührt sie am Ärmel, um ihre Aufmerksamkeit auf sich zu ziehen.

Einen flüchtigen Moment lang glaubt Margo, Nikki wird verhaftet. Sie lässt ihre Tasche auf den Boden fallen, bereit, zu Nikkis Verteidigung zu stürzen, aber darum geht es überhaupt nicht. Nikki dreht sich zu der großen Frau um und fällt mit dem Gesicht voran an ihre Brust. Die Polizistin umarmt sie, wiegt sie leicht, umfasst Nikkis Hinterkopf, während ihr Schluchzen sie durchschüttelt wie eine Katze, die ein Haarknäuel hochwürgt.

Das hätte Margo gestern Abend für Nikki tun sollen. Das hat sie nicht getan. Gestern muss ein sehr, sehr harter Tag für sie gewesen sein. Schlechtes Gewissen und Mitgefühl übertrumpfen ihre Skepsis und löschen sie vollkommen aus. Nikki hat gestern den ganzen Tag in einem kalten, unfreundlichen

Gerichtsgebäude auf einen Stellvertretersieg gewartet und kam dann zwei Stunden zu spät, um eine kalte, unfreundliche Margo kennenzulernen. Kein Wunder, dass sie angespannt war. Kein Wunder, dass sie seltsam wirkte. Margos Gewissensbisse gegenüber ihrer Tante fühlen sich so viel besser an als die Feindseligkeit, dass sie sie dankbar annimmt und ihre Abwehr völlig fallenlässt. Böse Margo. Arme Nikki.

Die drei weinenden Frauen gehen an Margo vorbei, versperren ihr die Sicht, bis sie wieder hochschaut und sieht, wie Nikki ihr Gesicht mit dem Ärmel abwischt und die Polizistin auf Margo zeigt und ihr eine Frage stellt.

Als Nikki sie sieht, sackt sie leicht zusammen. Sie duckt sich und schließt die Augen, kratzt sich mit beiden Händen fest die Kopfhaut, versteckt ihr Gesicht. Dann lässt sie die Hände sinken und winkt Margo müde und zögerlich zu. Sie will sie nicht sehen.

Die Polizistin hakt sich bei Nikki ein und führt sie die Treppe herunter zu Margo.

»Hi«, sagt die Frau.

»Hallo«, sagt Margo an Nikki gewandt.

Nikki nickt, kann sie aber nicht ansehen. Sie reibt sich die Nase, wieder mit dem Zeigefinger, verdeckt dabei ihr winziges Gesicht mit der Hand.

»Ich bin Diane Gallagher.« Die Frau streckt Margo die Hand hin.

»Margo Dunlop. Ich bin – Nikkis Nichte, glaube ich?«

Nikki nickt und reibt sich mit der Handfläche die Stirn. Sie will hier weg. »Verstörend«, sagt sie und zeigt hinter sich zur Treppe. »Schrecklich …« Ihr Gesicht entgleist und sie hält sich beide Hände davor, um ihre Gefühle zu verbergen.

Margo merkt, dass Diane Gallagher sie stirnrunzelnd ansieht, ihr auffordernd zunickt, Nikki zu trösten. Sie ist so autoritär, dass Margo sofort gehorcht, die Arme um Nikki legt und sie sanft wiegt, wie sie es bei Gallagher auf der Galerie gesehen hat. Sie umarmt sie, bis Nikki wieder zu Atem kommt.

Schließlich macht Nikki einen Schritt rückwärts und trocknet sich das Gesicht mit einem zerknüllten Stück Papiertuch aus ihrer Hosentasche.

»Ich muss gehen.« Sie sieht Margo scheu an. »Warum bist du hier?«

»Ich hab dich gesucht. Wegen gestern Abend.«

Nikki nickt. Sie nimmt an, Margo ist hier, um sich zu entschuldigen, und ein leichtes Lächeln huscht über ihr Gesicht. Es ist plötzlich ganz klar, dass Nikki nichts von dem Drohbrief weiß.

»Vielleicht könnten wir es noch mal versuchen?«, sagt Margo. »Vielleicht zusammen was trinken gehen?«

»Oh nein, nicht heute, ich bin heute nicht in Form.« Nikki kratzt sich wieder den Kopf.

»Wie wäre es mit morgen? In dem Pub, in das wir fast gegangen wären?«

»Okay.« Jetzt lächelt sie fast. »Um sechs?«

»Ich werde da sein. Es tut mir leid …« Sie gestikuliert nach oben, was auch immer dort passiert ist.

Nikki nickt und eilt davon, drückt sich den Taschentuchfetzen an die Augen. Margo und Gallagher sehen ihr nach, wie sie durch die Tür tritt, der Wind bläht ihren Mantel zu breiten Schwingen, als sie die Straße entlanggeht.

»Tapfere Frau«, sagt Gallagher.

»Nikki?«

»Ja. Er hat sich schuldig bekannt, aber sie mussten auf die Einzelheiten eingehen, was er ihr angetan hat. Es war grauenvoll.«

»Nikki sagt, es könnte jemand namens Martin McPhail gewesen sein.«

Gallagher verdreht die Augen. »Ich weiß nicht, ob Ihnen klar ist, wie viel Nikki durchgemacht hat. Sie sagt, Susan war Ihre Mum?«

»Leibliche Mutter. Nikki und ich kennen uns erst seit gestern Abend.«

»Tja, diese Mädchen, Nikki und Susan, all diese Mädchen, die sind durch die Hölle gegangen, und das eben war eine Erinnerung daran. Sie sind alle traumatisiert und gewisse Leute haben das, ich weiß nicht, *ausgenutzt*. Ihnen eine Geschichte verkauft. Aber die DNA des Mannes war an ihr, er hat sich schuldig bekannt, also …« Sie lächelt Margo an, sieht ihr geradewegs ins Gesicht. »Ich hatte sechs Jahre lang Fotos von all den Frauen über meinem Schreibtisch, wissen Sie.« Ihr Blick schweift über Margos Haare, zur Form ihrer Augen, zu ihrem Hals, und Margo weiß, dass sie ihre Mutter sieht.

»Kannten Sie Susan?«

»Ja.«

»Kannten Sie sie gut?«

»Nein. Ich habe sie erst kennengelernt, als sie mit Ihnen schwanger war.«

»Ah, na ja, das war kurz.«

»Aber ich habe sie respektiert«, sagt Gallagher. »Wissen Sie, was sie für Sie getan hat? Sie hat während der ganzen Schwangerschaft kein Heroin genommen. Das hat sie für Sie getan. Ich kann die Mädchen, die clean geworden sind, an einer Hand abzählen. Ziemlich viele haben es versucht, glauben Sie mir, aber falls Sie je daran gezweifelt haben, dass Sie Susan wichtig waren …«

Margo hustet reflexhaft und denkt, dass sie ein Staubkörnchen im Hals hat, aber sie merkt entsetzt, dass ihr Tränen aus den Augen rinnen. »Oh.«

»Ja«, sagt Gallagher, »sie war schon eine. Niemand konnte es glauben. Sie hätten das nie für möglich gehalten, viele von ihnen. Sie war so etwas wie ein Maßstab.«

Margo schluckt die Gefühle sofort hinunter. »Nikki schien zu glauben, Susan sei nicht clean gewesen, als sie mich bekommen hat.«

»Oh, das war sie aber. Alle wussten das.« Sie schaut zur Seite, verbirgt einen unausgesprochenen Gedanken.

»Ich wüsste gern, wäre es wohl möglich, dass ich Sie irgendwann auf eine Tasse Tee treffen könnte? Ich würde Ihnen sehr gern Fragen über sie stellen, auch wenn Sie sie überhaupt nicht gut kannten, es gibt so wenig ...«

Gallagher gibt ihr eine Visitenkarte. »Melden Sie sich bei mir, dann machen wir was aus. Wie heißen Sie?«

»Dr. Margo Dunlop.« Sie schaut zu, wie sie es in ein kleines Adressbuch schreibt.

»Ärztin?«

»Ja, Allgemeinmedizinerin.«

Gallagher ist hocherfreut darüber. »Na, sieh mal einer an. Melden Sie sich, dann machen wir was aus.«

»Das ist wahnsinnig nett von Ihnen.« Margo bemüht sich, vornehm und nicht bedrohlich zu klingen, aber dann blickt sie auf und sieht, dass Gallagher sich überhaupt nicht darum schert. Sie schaut sie nicht einmal mehr an.

»Jason!« Gallagher spricht über ihre Schulter hinweg einen Mann an, der etwas jünger als Margo ist und allein die Halle durchquert, die Hände tief in den Taschen vergraben.

Jason dreht sich um, und sie sagt ihm, wer sie ist und warum sie hier ist.

Sie bestaunt ihn, schau dich an, sagt sie, so groß! (Er ist nicht sehr groß.) So erwachsen! (Er hat die Alte-Männer-Haut eines Jungen mit harter Kindheit.) Das war bestimmt sehr schwer für dich, in allen Einzelheiten zu hören, was deiner Mum passiert ist, und ihn da zu sehen? Jason nickt dem Boden zu und knirscht mit den Zähnen, während Gallagher nette Sachen sagt: Sie wäre so stolz, Junge, sie war eine tapfere und entschlossene junge Frau, genau wie der Richter gesagt hat, und nichts kann daran etwas ändern, auch nicht die Art, wie sie gegangen ist, überhaupt nichts.

Das sind Freundlichkeiten, es ist offensichtlich, dass Gallagher nur nett sein will, aber Jason wirkt wie ein Mann, der nicht oft Freundlichkeiten zu hören bekommt, und sie bedeuten ihm sehr viel. Er nickt die ganze Zeit, lächelt den Boden an, schaut Gallagher nicht in die Augen. Erst als sie fertig ist, sieht er auf und lächelt, und da ist er plötzlich sehr jung.

»Deine Mutter hatte schlechte Karten und hat sie mit großer Würde ausgespielt. Du kannst sehr stolz sein.«

Margo vermutet, dass sie eigentlich über Jason spricht. Er murmelt ein Danke und sein Gang ist aufrechter, als er zur Tür geht.

»Mein Beileid für Ihren Verlust«, sagt Margo leise, als er an ihr vorbeigeht, majestätisch in seiner Trauer.

»Katastrophe«, sagt Gallagher, als er weg ist. »Der Tod dieses Mädchens ist eine Katastrophe für ihre Familie. Sie wurden adoptiert?«

»Ja.«

»Wie war das für Sie? Waren es nette Leute?«

Margos Meckereien über ihre Kindheit erscheinen ihr jetzt belanglos. Sie will gerade antworten und sagen, es sei nett gewesen, aber Gallagher erstarrt und murmelt *Mist*.

Ein großer schlanker Mann mit dichtem grauem Haar kommt die letzte Stufe der Treppe herunter. Sein und Gallaghers Blick treffen sich. Margo erkennt Jack Robertson auf Anhieb. Er ist stattlich und trägt eine stahlgraue Lederhose und einen grauen Pulli unter einer verblichenen schwarzen Jeansjacke. Er stolziert zu ihnen herüber.

»Diane? Hallo.«

»Jack«, sagt Gallagher. »Hab dich da drin nicht gesehen.«

»Ich dich schon. Ich saß hinten. Was hältst du von alledem?«

»Ich muss los.« Gallagher wendet sich zum Gehen.

»Es ist lächerlich«, sagt Robertson zu ihrem Hinterkopf, »findest du nicht?«

Gallagher strebt zum Ausgang und Robertson folgt ihr. Sie schafft es, ihn am Metalldetektor loszuwerden, und Robertson bleibt stehen und beobachtet sie durchs Fenster.

»Entschuldigung?« Margo berührt ihn am Ellbogen. »Sind Sie Jack Robertson?«

»Ja?«

»Hi, ich bin Margo Dunlop.«

Sie schütteln sich die Hände und er mustert sie. »Sie haben gerade mit Diane Gallagher gesprochen?«

»Ja, Sie haben das Buch geschrieben …«

»Ja, ja. Wer sind Sie? Ein Cop?«

Margo fühlt sich ein bisschen beleidigt – so nachlässig ist ihre Kleidung auch wieder nicht, auch wenn sie ziemlich nachlässig ist. »Nein, ich kenne die Familien. Darf ich fragen, ob Sie mal davon gehört haben, dass die Verwandten der ermordeten Frauen böse Briefe bekommen?«

Robertson schnaubt. »Was – in letzter Zeit?«

»In letzter Zeit und damals. Speziell im Zusammenhang mit dem Mord an Susan Brodie. Briefe von jemandem, der sich ›der Rammbock‹ nennt?«

Robertson wendet den Blick ab und schürzt die Lippen, sieht wieder her, taxiert Margo. »Der Rammbock? Was wissen Sie darüber?«

»Familienmitglieder haben Briefe bekommen. Ich habe mich gefragt, ob Sie –«

Er tritt ein klein wenig näher an sie heran. »Sie haben mein Buch gelesen?« Er klingt ein bisschen vorwurfsvoll.

»Ich hatte es vor. Um genau zu sein, wollte ich es mir heute kaufen.«

»Tja, man kann es zurzeit nicht im Laden kaufen.«

»Ist es vergriffen?«

»Nein, es ist komplizierter … Sind Sie Anwältin?«

»Nein, ich kenne Susan Brodies Familie, und sie bekommen immer noch Drohbriefe. Ich dachte, Sie wissen vielleicht etwas über den Rammbock.«

»Immer noch?«

»Ja.«

»Vom ›Rammbock‹?«

Margo nickt. »Das stand drin. Heute Morgen kam einer.«

Robertson denkt darüber nach, schnaubt vor sich hin und nickt zur Treppe hinüber. Er mustert Margo. »Können Sie an den Brief rankommen? Ist das möglich?«

Margo zuckt die Achseln.

Er nickt ihr zu. »Was machen Sie heute Abend?«

In einer Wohnung sitzen, die ich hasse, und mir wünschen, mein ganzes Leben wäre anders, denkt Margo.

»Abendessen«, sagt er, »um acht bei Andolfo's in der Bath Street. Ich bringe Ihnen ein Exemplar meines Buches *als Geschenk* mit.«

»Vielen Dank.«

»Danken Sie mir nicht, Sie laden mich ein«, sagt Robertson und stolziert davon.

Margo beobachtet, wie er den Sicherheitsleuten zuwinkt. Sie hebt ihre Handtasche vom Boden auf und geht in Richtung Tür.

»Auf Wiedersehen.«

Es ist der Gerichtsdiener hinterm Empfangstresen. Sein Gesicht ist weich und er nickt respektvoll. Er hat sie mit den Frauen gesehen, mit all den Frauen, und er möchte nett sein.

»Danke«, sagt Margo. »Vielen Dank.«

10

Es hat hinterher da gewartet. Susan. In der Halle gehockt. Allein. Wartend. Hat dann Gallagher angequatscht, sich die saftigen Details angehört. Sie kennt Gallagher und Robertson und Nikki und die alle. Ob sie schon lange da ist? Rumhängt, Kleinkram aufschnappt, Tricks, die anderen trifft, die von damals?

Hat sie alle beobachtet. Waren ihre Lippen feucht? Sie hat geguckt, beobachtet, sie heulen sehen. Das ist ihr Ding.

Hockte auf der Stuhlkante, als ob sie gleich wegrennt. 'ne Ausreißerin, wie Susan, lässt einen einfach sitzen und verhungern.

Wer geht da schon freiwillig hin? So was sucht man sich aus. Sie hat es sich ausgesucht. Nur Ungeziefer würde da dran Interesse haben, hockt mit offenem Nuttenmund da und zieht sich das rein.

Susan war so. Sie hat sich das ausgesucht. Als sie das Baby bekam, hat sie zu lang nicht angeschafft, hatte Zeit zum Nachdenken.

Diese neue Susan jetzt, diese Neue, die hat Schwangertitten. Sieht man. Prall, so wie Susan damals, genauso.

Gib ihr 'ne Fünferbaggie, und sie macht sie für jeden breit, treibt es mit jedem, der zahlt. Nichts als Löcher.

Ihr Mief ist in den Stuhl gesickert. Ihr Mief nach süßer Muschi, wie gammelndes Fleisch.

Kann sein, dass sie jetzt runter zum Strich will. Vielleicht fahr ich ihr nach und gucke mal.

11

Margo kann sich nicht überwinden, in die Holly Road zurückzugehen. Jetzt fühlt sie sich dort noch unwohler, also geht sie ein paar Stunden in der Mitchell Library verbummeln. Die ist in der Nähe vom Andolfo's und einer von Margos absoluten Lieblingsorten. Hier würde sie sich mit Freuden einen Monat einschließen lassen.

Die Mitchell ist eine riesige, wuchernde Präsenzbibliothek mitten in Glasgow. Ihr Bau hat fast ein Jahrhundert gedauert, dann wurden noch andere Gebäude und Erweiterungen angegliedert, sodass das Innere jetzt wild durch die Epochen pendelt. Fahrstühle aus gebürstetem Stahl kommen in gefliesten viktorianischen Korridoren an, edwardianische Räume mit Holzvertäfelung führen zu Treppenhäusern mit Rauchglasgeländern. Margo hat hier mit anderen lerneifrigen Kids ihre Teenagerzeit vertrödelt. Das Medizinstudium zieht tendenziell Kontrollfreaks an, Kids, die Ablenkungen, Hormone und das Bedürfnis nach Schlaf ignorieren können, um konzentriert zu lernen. Margo hat hier Tage verbracht, den Sturm der Adoleszenz ausgesessen, indem sie ihn ignorierte. Sie kennt die wärmsten Ecken und Verstecke, weiß, welche Toiletten immer sauber sind, was im Café verkauft wird und was es da früher gab.

Die Nacht bricht herein, als sie in die Granville Street einbiegt und einen günstigen Parkplatz erspäht.

Sie bemerkt Scheinwerfer in ihrem Rückspiegel; ein Auto dicht hinter ihr zögert, offenbar unsicher, ob sie mitten auf der Straße stehen bleiben oder rückwärts einparken will. Sie wartet darauf, dass das Fahrzeug zurücksetzt, aber das tut es nicht.

Sie kann nicht einparken, wenn der Wagen sich nicht bewegt. Sie macht den Blinker an, eine Aufforderung zum Zurücksetzen, aber nichts rührt sich. Sie legt den Rückwärtsgang ein, so dass die Heckscheinwerfer aufleuchten, aber das Auto hinter ihr fährt noch ein Stück auf sie zu, drängend, kommt zu dicht heran. Margo rollt ein paar Zentimeter rückwärts. Das Auto schließt die Lücke. Es gibt reichlich Parkplätze, sie glaubt nicht, dass die Person insgeheim auf diesen spekuliert hat, aber sie gibt nicht nach.

Sie hebt die Hände, damit man ihren Frust sehen kann.

Der Wagen drängt sich noch näher heran. Sie kann jetzt kein Stück mehr rückwärts.

Flüche murmelnd legt sie den Vorwärtsgang ein und rollt langsam weiter, stößt vorwärts in einen Parkplatz mit der Schnauze direkt zum Bibliotheksgebäude und beobachtet das Auto hinter ihr im Spiegel.

Es tut nichts. Der Motor läuft noch, aber das Fahrzeug hat sich nicht bewegt.

Sie zieht die Handbremse an und steigt aus, bleibt auf dem Gehweg stehen und überlegt, vielleicht ist dem Fahrer oder der Fahrerin nicht gut, vielleicht telefoniert er oder sie. Das Auto ist ein großer alter Honda, grün, an die dreißig Jahre alt und ziemlich dreckig. Die Sonnenblende ist runtergeklappt, obwohl es Abend ist und dunkel wird. Der Motor heult auf.

Plötzlich schießt das Auto vorwärts die Straße entlang auf die Kreuzung zu. Sie späht ins Fahrerfenster und sieht eine erhobene Handfläche, als würde jemand winken.

Das Auto kommt ihr nicht bekannt vor, obwohl es ziemlich prägnant ist, aber der Fahrstil wirkt auffallend unentschlossen. Nicht fahrtüchtig? Droht ein Unfall? In letzter Sekunde biegt der Wagen schnell und geschickt in eine Seitenstraße, die von ihr wegführt, und beim Abbiegen senkt sich die magere Hand hinterm Fenster. Dann ist er um die Kurve und weg. Sie denkt, dass die Hand womöglich gar nicht gewinkt, sondern nur das Gesicht vor ihr verborgen hat. Seltsam. Ein bisschen bedrohlich.

Immer noch grübelnd betritt sie die Bücherei. Sie will etwas überprüfen, bevor sie ins Andolfo's geht. Sie drückt schon die Tür auf, dann erst fällt ihr der Drohbrief ein, den sie bekommen hat. Und die an Nikki. Die Vorstellung dieser finsteren Heimtücke, die überall lauert, macht sie schaudern, aber der Vorfall eben auf der Straße hatte damit nichts zu tun, ganz bestimmt nicht. Sie sucht schon nach Mustern in den Kieseln am Strand. Sie ist paranoid.

Im Inneren öffnet sich das Gebäude zu einem großen, hellen Innenhof mit einem Laden, einem Café und einer Reihe Computer. Das Café ist geschlossen, aber im Theater daneben läuft etwas und Leute versammeln sich an den Tischen, warten, dass sie hineindürfen. Sie geht zu den Fahrstühlen und fährt in den fünften Stock: zum Zeitungsarchiv.

Die Fahrstuhltüren öffnen sich vor einem roten 70er-Jahre-Teppichboden mit Wirbelmuster und Rauchglasbarrieren. Im Lesesaal ist es still. Hier gibt es Zeitschriftenständer mit obskuren Titeln, Fußballgeschichte, Schienenfahrzeuge. Ein paar Lesende, hauptsächlich Männer im Rentenalter, sitzen an Tischen, brüten über alten Zeitungen und Karten, lesen Magazine oder starren ins Nichts. Weiße Aktenschränke bilden eine Wand in der Mitte des Raums.

Eine Bibliothekarin hinter einem niedrigen Tresen winkt Margo zu sich. Margo fragt, wie sie die Zeitungsberichterstattung über einen alten Mordprozess in Glasgow in den frühen 1990ern einsehen kann.

Vielleicht wäre eine Boulevardzeitung am besten?

Ja, sagt Margo, das ist ein guter Tipp.

An den Aktenschränken erklärt die Frau die Chronologie, in welcher Schublade sich welche Zeitung findet, und öffnet eine, zeigt ihr die Reihen weißer Kästen, datiert. Sie finden die passenden Daten für vier Monate nach Margos Geburtstag und nehmen sie mit zu einem Lesegerät auf einem Einzeltisch an der Seite des Raums.

Das Gerät besteht aus einem Bildschirm in einer aufrecht stehenden dreiseitigen Kiste mit Flügeln an den Seiten, um das Gesicht abzuschirmen, und einer Spulvorrichtung vorn. Die Bibliothekarin nimmt eine der Mikrofilmrollen, fädelt sie durch die Glasklemme und auf die Empfangsspule. Sie dreht einen Schalter an der Seite und ein Licht geht an, wirft das Bild durch das Glas spiegelverkehrt an die Oberseite der Kiste, von wo es wiederum auf den Bildschirm an der Rückseite reflektiert wird.

Das hier ist der Vorwärts-Knopf. Der hier ist zum Zurückspulen, wenn Sie mit der Spule durch sind. Bitte geben Sie sie so zurück, wie Sie sie vorgefunden haben, und achten Sie darauf, sie wieder in den richtigen Aktenschrank einzuordnen. Sie lässt Margo allein.

Margo ist unsicher, wie sie die Maschine bedienen soll. Sie hat versucht aufzupassen, war aber abgelenkt, weil sie an den Honda denken musste. War die Person am Steuer krank? Unhöflich? Irre? Vielleicht hatte es gar nichts zu bedeuten.

Sie setzt sich an die primitive Maschine und sieht handgeschriebene Schilder, die überall aufgeklebt sind: »BITTE zurückspulen«, »NICHT ENTFERNEN«, »*Vorsichtig* drücken, um das Bild zu drehen«. Schon hat Margo das Gefühl, etwas falsch gemacht zu haben, dabei hat sie das Ding noch nicht mal angefasst.

Sie spult vor zu einem Datum vier Monate nach ihrem Geburtstag und fängt an zu lesen.

Die Zeitung ist ein Boulevardblatt, sie kennt es nicht. Es ist mehr als dreißig Jahre alt und die Wertmaßstäbe sind ziemlich schockierend. Sie überfliegt Storys über eine Nachwahl in

Govan und Sex und Fußball. In der Zeitung geht es sehr viel um Sex. Teenagersex, Kindersex, Lehrersex. Sind Frauen mit vierzig weg vom Fenster? Frauen sind grundsätzlich in reißerisch sexualisierten Posen abgebildet, Beine breit, Blusen offen, Blick über die Schulter. Margo sieht eine Fernsehmoderatorin, die heute als großmütterlich und altbacken gilt, aber damals biss sie auf ihren Blusenkragen und warf dem Publikum unter gesenkten Lidern glutvolle Blicke zu. Im Gegensatz dazu sind alle Männer in der Zeitung ernste Fleischklopse, die Dinge gemacht haben oder denen Dinge passiert sind. Unbeeindruckt davon, dass sie beobachtet werden, sich der Empathie des Publikums sicher, blicken sie geradeaus.

Margo hat das Gefühl, eine Sprache zu lesen, die sie nicht versteht, als würde sie aggressiv heterosexuelle Sittenwächter belauschen.

Zwei Wochen weiter findet sie eine schmale Spalte auf Seite sieben: TOTES STRICHMÄDCHEN HATTE ANGST VOR STALKER.

Hier gibt es ein Foto von Susan, das sie noch nicht gesehen hat. Es ist unscharf, als hätte sie sich genau in dem Moment bewegt, als das Bild gemacht wurde. Es ist schmal um ihr Gesicht abgeschnitten und sie lacht, ihre Augen sind zugekniffen. Ihre wilden Haare sind nass, als wäre sie gerade aus starkem Regen hereingekommen, und sie funkeln im Licht, als wären all die wilden Knoten voller Perlen. Sie lächelt breit und ihr krummer Zahn ist freigelegt und süß, da ist keine Scham, sie weiß nicht, dass jemand sie ansieht. Sie ist jung und ihre Wangen sind rosa und nass.

Margo beugt sich in die Box, zum Bildschirm hin, versucht, ihre Augen mit dem Bild zu füllen. Sie spürt, wie eine Sehnsucht nach ihrer Mutter in großen, warmen Wellen aus ihrer Bauchgegend aufwallt, der Wunsch nach einer Verbindung schubst sie in das Bild. Sie formt den Namen ihrer Mum mit den Lippen.

Es fühlt sich grausam an, das Bild mit der Geschichte zusammenzubringen. Traurig, diese Worte gelesen zu haben. Sie zwingt sich.

Das zierliche Strichmädchen Susan Brodie wurde in Ausübung ihres Berufs ermordet, sie lebte in Angst vor einem liebestollen Stalker. Susan, 19, wurde am Samstagmorgen auf der belebten Edinburgh Road in Easterhouse gefunden. Ihre verzweifelte Schwester Nikki Brodie wandte sich gestern Abend mit einem emotionalen Appell an die Öffentlichkeit: »Jemand muss doch etwas gesehen haben. Hier sterben die Mädchen wie die Fliegen.« Susan hatte bei ihrem Freund Barney Keith, 38, gewohnt, seit sie 15 war.

Margo sitzt reglos da. Es gibt ein Foto von ihm. In der Bildunterschrift steht: *Am Boden zerstört: Barney Keith.*

Barney hat graue Zähne, eingefallene Wangen und Margos runde braune Augen. Sie blinzelt. Das ist ihr Vater. Seine Freundin war eine fünfzehnjährige Sexarbeiterin. Der Alte aus Nitshill, der sich über Müllmänner beschwert, ist ihr Vater. Sie ist froh, dass er am Boden zerstört ist. Sie hasst ihn. Sie hofft, sein ganzes Leben war scheiße.

Mütter sind anders. Susan hat sie in sich getragen und gestaltet, ihren Bauch umfasst, als Margo darin war. Janette hat sie großgezogen, ernährt, gepäppelt, wenn sie Fieber hatte, und ihr beigebracht, wie man ein Bett macht. Barney ist bloß ein Samenspender, eine genetische Referenz. Er bestimmt nicht, wer sie ist. Er ist nur ein Sack mit Vorgeschichte.

Ein bisschen geschockt von ihren gehässigen Gedanken lehnt sich Margo zurück, um tief durchzuatmen, und begegnet dem Blick eines Mannes am anderen Ende des Raums. Er zieht plötzlich die Brauen hoch, als könnte er hören, was sie gerade gedacht hat. Verlegen rutscht Margo wieder in das Lesegerät.

In dem Artikel wird Barney zitiert. Er sagt, Susan sei erst vor kurzem von einem Kunden vergewaltigt worden, der polizeibekannt sei. Sie hatte ihn wieder in seinem Van herumhängen sehen und sich gefürchtet. Barney hat sie zum letzten Mal an dem Abend gesehen, als sie verschwand, da stieg sie in ein Taxi ins Stadtzentrum. Er ist am Boden zerstört.

Sie scrollt weiter, schiebt Barneys Zerstörtheit mit einem Knopfdruck in die Vergangenheit. Sie stoppt bei einem Foto von DI Gallagher, auf dem sie fast genauso aussieht wie jetzt, nur mit braunen Haaren und strafferer Haut. Sie hat noch dieselbe hoheitsvolle Haltung, denselben knallharten Blick, und laut Zitat sagt sie, Jack Robertsons Äußerungen von letzter Woche, dass ein Serienkiller frei herumläuft, sind leichtfertig, unwahr und verursachen nur Chaos. Was die Polizei braucht, sind Zeugen, keine Spekulationen. »Wir wissen, es fällt leichter, sich bedeckt zu halten«, sagt Diane in der Vergangenheit. »Wir wissen, wer in dem Zeitraum in der Gegend war. Wenn wir nicht bald von ihnen hören, haben wir keine Wahl, als diese Männer zu Hause und bei ihrer Arbeit aufzusuchen.«

Margo gefällt die verschleierte Drohung darin, dass Cops vor der Haustür eines Mannes auftauchen und seine Frau fragen, ob sie ihn mal zum Mord an einer Sexarbeiterin befragen können. Sie spult weiter und findet sonst nichts. Keine Stellungnahmen mehr, keine Verhaftungen, keine Aufrufe zu Informationen.

Die Story scheint zu verenden, wie Susan verendet ist: im Dunkeln am Straßenrand entsorgt.

12

Das Essen im Andolfo's ist erschreckend schlecht. Margos Linguine schmecken nach nichts als Kalorien und Wasser. Der Koch hat versucht, die Teller mit frischer Petersilie aufzupeppen, aber es ist trotzdem einfache Supermarktpasta mit eintöniger Tomatensoße. Sie hat nicht gewusst, dass Leute noch in so schlechte Restaurants gehen. Selbst die Einrichtung ist furchtbar: Tischplatten aus grauem Marmor, zu kalt, um die Hand darauf abzulegen, und die nackten Steinwände sind hochglänzend lackiert. Es sieht aus wie in der Höhle eines Bond-Bösewichts. Aber der Laden brummt. Alle scheinen das geschmacklose Essen zu genießen, nur sie nicht.

Jack Robertson ist so begeistert, dass sie an sich zu zweifeln beginnt. Er lächelt und nickt und summt über seinem Teller, lässt dem Koch ein Kompliment ausrichten.

»Ist das nicht köstlich?«, fragt er und reißt ein Stück von dem Knoblauchbrot ab, das sie sich teilen.

Es schmeckt nach öliger Alufolie. Margo überlegt, ob die Schwangerschaft die Enzyme in ihrem Speichel verändert hat oder die Einigkeit im Raum ein ausgeklügelter Streich ist, aber das ist es nicht. Entweder dieser Grad an Geschmacksneutralität ist der perfekte Grad an Geschmacksneutralität für die Klientel, oder niemand hier war je in einem anderen Restaurant.

Sie überlegt, was sie sagen könnte, was nichts mit dem Essen zu tun hat. »Ich war hier tatsächlich noch nie.«

Jack lächelt und nickt. »Das höre ich ständig! Dieser Laden ist eines der wohlgehüteten Geheimnisse von Glasgow.«

Jack ist sehr einnehmend. Er besitzt das unerschütterliche Selbstbewusstsein eines Mannes Mitte fünfzig, der weder kahl noch fett geworden ist. Seine Haut ist sonnengeküsst, als käme er gerade von einem Abenteuer an einem exotischen Ort, und seine Haare rahmen als lockere Silbermähne sein braunes Gesicht ein. Er hat immer noch seine graue Lederhose an, aber jetzt ein gelb-schwarzes Versace-Hemd dazu. Er trägt eine antike Rolex und um den Hals eine klobige Goldkette, die auf vereinzelten grauen Brusthaaren ruht. Das Treffen wirkt wie ein Date, oder genauer, als hätte Robertson ein Date und Margo ein Vorstellungsgespräch. Extravagante Kleidung weckt in medizinischen Berufen nur Argwohn. Sie trägt Sachen, die sie als Vernunftmensch kennzeichnen, eine, die ihren Job macht, pünktlich kommt und keine Medikamente klaut.

»Warum wurde Ihr Buch vom Markt genommen?«

»Juristische Gründe.« Er stellt sein Bier hin. »Martin McPhail verklagt mich, weil ich ihn namentlich genannt habe.«

»Als verantwortlich für die Morde?«

»Ja.«

»Auch für den, der heute verhandelt wurde, wo sich ein anderer Mann schuldig bekannt hat?«

Er schüttelt den Kopf, greift nach seiner großen Kuriertasche auf dem Boden und zieht einen Klotz von einem Taschenbuch heraus. Wie um das Gewicht seiner Arbeit zu betonen, lässt er das Buch auf den Tisch fallen, dass der erzittert. »Mein Opus. Hier drin lege ich den Tatbestand gegen McPhail dar. Das können Sie haben. Es ist ein Geschenk.«

»Danke«, sagt Margo. »Ich sollte Ihnen ein bisschen Geld dafür geben …«

»Nein, nein«, er legt die Hand auf das Buch, geht immer noch davon aus, dass er zu einer rechtswidrigen Handlung verleitet werden soll. »Sie bezahlen das Essen, dann sind wir quitt.«

Das Essen wird einiges mehr kosten, als sie für das Buch ausgegeben hätte, aber Jack lächelt und winkt ab, als solle sie seinen riesigen Gefallen ruhig annehmen. »Ich habe noch kistenweise davon zu Hause. Kann sie nicht verkaufen, solange ich den Fall am Hals habe, deshalb ist die Garage voll. Selbstverlag. Wollte es nicht mit einem kommerziellen Verlag machen, weil wir wussten, das wird was Großes. Und das war's auch.« Er wackelt mit den Augenbrauen.

»Dann haben Sie viel Geld verdient?«

»Na ja, definieren Sie ›viel Geld‹. Ich habe ein hübsches Häufchen Kleingeld kassiert. Sagen wir mal so: McPhail glaubt, er kriegt eine schöne Abfindung, nur weil er mir droht. Es lohnt sich, mich zu verklagen.« Er sieht gleichzeitig entsetzt und stolz aus. Es ist eine ätzende Mischung. »Der Vorteil, wenn man es ohne Verlag macht. Man kriegt einen größeren Anteil vom Profit.«

Margo zögert, sie weiß nicht recht, ob das gut ankommt, dann sagt sie es einfach: »Aber auch vom Risiko. Ich nehme an, ein Verlag hätte für umsichtigere Formulierung gesorgt.«

»Ja. *Ja.*« Er sieht Margo mit einem Respekt an, dessen Fehlen ihr gar nicht bewusst war, bis er sich einstellte. Er deutet mit seiner Gabel auf das Buch. »Schauen Sie ruhig mal rein.«

Margo lässt mit Freuden von ihren matschigen Linguine ab, um in dem Buch zu blättern.

Es sieht ernst aus und wissenschaftlich und wuchtig. Es gibt ein Register und in der Mitte Seiten mit Fotos, aber das Cover ist reißerisch. Es ist rot und schwarz wie das Titelblatt einer Boulevardzeitung. Im Vordergrund Frauenbeine in Netzstrümpfen. Weiter hinten kauert die gesichtslose Silhouette eines Mannes mit einem Messer, bereit, sich auf sie zu stürzen. Am unteren Rand sind Einzelfotos aller Frauen, die umgebracht wurden, mit Balken vor den Augen.

»Dieses Cover ist eine Schande«, sagt Jack mit gerunzelter Stirn. »Wir haben in anderthalb Jahren viermal den Grafiker gewechselt.« Er sticht mit seiner Gabel nach den netzbestrumpften Beinen und hinterlässt vier winzige Bissspuren auf der Wade der Frau. »Grell. Die PR-Leute haben ständig Zickenkrieg geführt.« Sein Grinsen stockt. »Entschuldigung. Darf man heute noch Zickenkrieg sagen …? Alles verändert sich so schnell, ich weiß gar nicht mehr, was noch erlaubt ist …«

Margo weiß es auch nicht, aber sie hört auch nur halb zu. Hauptsächlich schaut sie das Foto von Susan an.

Sie hat einen schwarzen Balken über den Augen, aber es ist eindeutig sie. Ihr schiefer Zahn ist zwischen ihren offenen Lippen zu sehen. Es ist ein Porträtfoto. Sie trägt ein gelbes Leibchen, roten Lippenstift und einen gezahnten Haarreif, der ihr die Haare stramm aus dem Gesicht hält, während sie sich dahinter bauschen. Margo hat genau diesen Stil mal mit dreizehn in der Schuldisco getragen.

»Mussten Sie unbedingt Polizeifotos benutzen?«

»Das waren die einzigen Bilder, die wir finden konnten …«

Margo weiß, dass das nicht stimmt. Die Zeitungen hatten bessere Fotos von Susan als das hier. So sehen die Opfer wie Kriminelle aus. Das macht sie zwielichtig und fragwürdig.

»Susan Brodie«, sagt sie. »Was für ein Leben sie hatte …«

»Oh, nicht nur sie. Sie hatten alle ein hartes Leben. Haben Sie heute in der Verhandlung gehört, wie sie den letzten Abend dieses Mädchens durchgesprochen haben?«

»Nein, ich bin erst hinterher gekommen.«

»Na ja, es war eine recht typische Nacht unten am Drag: Sie war beim Spritzentausch, ging um zwei Uhr morgens kurz auf eine Tasse Tee in den Jesus-Bus, um halb drei war sie wieder auf der Straße und hat einen Freier aufgegabelt. Als Nächstes wurde sie in der Wellington Lane tot aufgefunden. Erwürgt. Nackt. Bissspuren in der Schulter. Ziemlich traurig.«

»Und Sie dachten, Martin McPhail wäre dafür verantwortlich?«

»Ja. Das denke ich noch.«

»Aber heute wurde jemand anderes schuldig gesprochen.«

»Ja, na ja, sie haben ihm die Tat nicht nachgewiesen, er hat sich schuldig bekannt. Dafür könnte es jede Menge Gründe geben, schätze ich ... Das heißt nicht unbedingt, dass er es war ...«

Aber sie wissen beide, dass es wahrscheinlich so ist. Robertson kann ihr nicht in die Augen schauen.

»Wer weiß schon, was da heute los war? Sein Anwalt hat gesagt, der Fall war anfechtbar, aber sein Mandant *wollte* sich schuldig bekennen, sagte in der Verhandlung, er würde ›der Aufforderung schweren Herzens Folge leisten‹. Haben ihn die da oben überzeugt, sich schuldig zu bekennen?«

»Vielleicht war er es einfach.«

»Nein. Ich verstehe, warum Sie das denken. Seine DNA war überall an dem armen Mädchen, aber das hat nichts zu bedeuten. Tückisch, was er in jener Nacht gemacht hat, dieser McPhail ...«

Er sieht Margo an, als wollte er ihre Zustimmung, dass es McPhail war. Margo nickt und das gefällt ihm.

»*Unrecht*. Genau das passiert, wenn die Polizeiarbeit versagt«, sagt er und sticht mit dem Zeigefinger auf die Tischplatte. »Narren wie ich, Spinner wie ich, wir halten das nicht aus. Wir können nicht einfach die Schultern zucken und das akzeptieren und weitermachen. Wir *können* nicht. So bricht die Gesellschaft zusammen, so fangen Kleinkriege an, wissen Sie? Sie schlagen meinen Bruder, niemand greift durch, also strebe ich nach Gerechtigkeit, indem ich zurückschlage, und so geht es weiter ... Es ist ein *Versagen der Polizeiarbeit*.«

Er ist plötzlich so eisern und ab vom Thema, dass Margo annimmt, in seinem verrückten Buch stehen schreckliche, unverantwortliche Äußerungen. Sie kann es kaum erwarten, es zu lesen.

Ein unvermittelter Ausbruch schrillen Gelächters zieht ihre Aufmerksamkeit auf sich. Vier Frauen mittleren Alters an einem Tisch in der Nähe lachen laut. Hinter ihnen, an einem anderen Tisch, wirft ein Mann eine Bierflasche um und sie scheppert auf den Steinboden. Die Frauen jubeln und verwickeln den Mann und seinen Freund in ein Gespräch. Margo wird klar, dass dieses Restaurant nicht wegen des Essens so beliebt ist, sondern weil sie Wein in riesigen Gläsern servieren. Alle sind hier, um sich in zivilisiertem Rahmen die Kante zu geben.

»Es ist so«, sagt Jack, »man muss dabei gewesen sein, um es zu verstehen: Damals, zweite Hälfte der 1980er, als das Heroin nach Glasgow kam, hat das alles verändert. Eine ganze Generation wurde ausgelöscht, Teile der Stadt versanken im Chaos.«

Die beschwipsten Frauen laden die Bier verschüttenden Männer an ihren Tisch ein.

»Der Strich war früher unten am Fluss, aber die Docks wurden geschlossen und er verlagerte sich nach oben. Waren damals ältere Frauen. Die konnten auf sich aufpassen. Sie trafen sich jeden Abend um neun im Waterloo-Pub, bevor sie anfingen – auf einen Drink und um zu wissen, wer in der Nacht draußen war, auf wen sie achten mussten. Sie wussten, was sie taten. Ein Weihnachten haben sie sogar mal gewichtelt. Wenn eine Frau zu jung wirkte, haben sie der Polizei Bescheid gesagt. Aber nicht etwa nur aus Herzensgüte, jüngere Frauen hätten allen die Kunden weggeschnappt, aber dadurch ging es auf dem Strich nicht ganz so wild zu.«

Die zwei Männer setzen sich zu den Frauen, zerren Metallstühle über den Steinboden und reden laut.

»Es gab Regeln. Ich will die Vergangenheit nicht romantisieren, es war bestimmt genauso beschissen wie heute, aber es war *sicherer*. Dann kam das Heroin, und die Süchtigen kamen in Scharen, weil sie dringend Geld brauchten. Mädchen aus Durchschnittsfamilien, wo man das nicht erwarten würde. Halbe Kinder, Mittelklasse-Kids. Im Kelvingrove Park haben sich die Knaben prostituiert, ganz jung, viele direkt aus dem Kinderheim.«

Robertson räuspert sich und trinkt einen Schluck Bier. Er ist traurig, die Erinnerungen an damals setzen ihm zu, und seine Stimme klingt leiser.

»Lassen Sie sich eins gesagt sein«, fährt er fort, »diese Heroinsüchtigen kannten kein Mitleid. Sie waren raufflustig und dreckig. Überall Blut, rumliegende Spritzen. Sie haben Leute bespuckt, um sie mit Hep C oder HIV anzustecken. Die Zahlen da unten haben sich über Nacht vervierfacht. Mädchen tauchten in ihren Schuluniformen auf, dösten auf der Straße weg, keilten sich um Stammplätze. Dann kamen irgendwann brutale Triebtäter aus dem ganzen Land nach Glasgow. Einmal haben die Cops auf der M74 vor Lockerbie einen Kleinbus mit drei Männern rausgewinkt. Drei Vergewaltiger, die zusammen im Gefängnis gewesen waren und ›auf ein Wochenende‹ nach Glasgow wollten.«

»Wo war die Polizei?«

Er seufzt schwer. »Na ja. Die Polizei …« Er sieht aus, als wüsste er nicht, was er sagen soll, dann macht er den Kellner auf sich aufmerksam und signalisiert, dass er noch ein Bier will. Die Frauen und ihre neuen Freunde bilden jetzt Paare. Bizarrerweise knutscht eins davon wie notgeile Teenager. Jack scheint es nicht bemerkt zu haben.

»Anfangs hat die Polizei drauf geschissen. Es waren zu viele, um sie zu verhaften. Frauen wurden verprügelt und auf der Straße liegen gelassen und die Uniformierten stiegen über sie weg, die normalen Bürger waren auch nicht besser. Erst als Diane Gallagher ins Spiel kam, geschah etwas.«

Sein Bier kommt und Jack versucht, dem Kellner dankend zuzulächeln, aber seine Augen sind traurig und müde. Er wartet, bis der Kellner weg ist, bevor er weiterspricht.

Jack sagt, Gallagher wollte nie akzeptieren, dass McPhail für die Morde verantwortlich war. Es war ihr blinder Fleck. Sie wollte unbedingt glauben, dass alle Morde von verschiedenen Männern begangen wurden, von Intimpartnern oder Drogendealern. Er mochte sie vielleicht persönlich nicht besonders, aber sie war eine höllisch gute Polizistin. Pragmatisch. Respektvoll. Gallagher beschränkte die Grenzen des Rotlichtviertels von sechs Blocks auf vier, sodass sie im Blick behalten konnten, wer da war. Sie notierten Nummernschilder und Beschreibungen von gewalttätigen Freiern. Sie hörte den Frauen zu. Er sagt, Diane war sich des Problems voll und ganz bewusst, und was sie tat, war radikal.

»Jede Nacht gab es Übergriffe, es war grauenhaft. In der Hochzeit haben sie im Central Hotel einen Konferenzraum gemietet und alle Straßensexarbeiterinnen eingeladen. Der Raum war voller Frauen, ein paar von ihnen fielen vom Stuhl, aber sie waren alle wirklich sauer. Das müssen an die zweihundert gewesen sein. Sie waren stinkwütend und wollten wissen, was die Cops zu unternehmen gedachten. Ganz ungeniert. Polizei und Stadtrat gaben eine gemeinsame Mitteilung heraus: Sämtliche finanziellen Mittel würden in ein einziges Projekt fließen – um Frauen zu unterstützen, aus der Halbwelt auszusteigen. Bezahlter Entzug, neue Wohnung, Umzug, bezahlte Umschulung. Eine Exitstrategie aus der Prostitution.«

»Wow!«

»Ja, ich weiß. Radikal. Ganzheitlich. Unkonventionell denken, die ganzen Schlagwörter. Das Problem ist, das umzusetzen. Chaotische Menschen und chaotische Leben. Die Leute, denen sie helfen wollten, waren ein bisschen komplizierter, als alle dachten. Beim Drogenentzug geht es nicht nur darum, ob Hilfe verfügbar ist, richtig? Das war während der Rezession, also wozu die Umschulung? Es gab keine Jobs.«

»Es war ein Fehler?«

»Tja, war es das? Irgendwer musste ja was tun.«

»Wissen Sie, in der Medizin leisten wir den Hippokratischen Eid, und da heißt es: ›Erstens nicht schaden‹.«

»Manchmal ist das aber bloß ein Vorwand, um nichts zu tun, oder? Wenigstens haben sie was gemacht.«

»Sie müssen doch einige Erfolge erzielt haben?«

»Na ja, es ist nicht veröffentlicht, wie viele das in Anspruch nahmen, also wer weiß, aber das Programm wurde sonst nirgends aufgegriffen. Nicht mal in Edinburgh. Das ist sehr bezeichnend.«

»Also hat es nicht funktioniert?«

»Das dürfen Sie nicht laut sagen.« Er runzelt in gespieltem Zorn die Stirn. »Glasgower Sozialarbeits-Neusprech. Sie pumpen immer weiter Geld rein. Man hinterfragt das nicht, es ist eins der großen Tabus in Glasgow.«

»Wie kamen Sie darauf, McPhail zu verdächtigen?«

»Er war bei der Kripo für das Rotlichtviertel zuständig. Wirkte den größten Teil seiner acht Jahre ziemlich solide, aber dann ist irgendwas passiert, keine Ahnung, ein Schlag auf den Kopf oder Drogen, ich weiß es nicht, aber im Laufe von zwei Jahren ist er außer Kontrolle geraten. Hat selber mit Drogen angefangen, damals haben sie Cops nicht auf Drogen getestet, allerhöchstens mal zu Schichtbeginn an ihrem Atem gerochen. Er gab den Mädchen Drogen, die er konfisziert hatte, damit sie Sex mit ihm hatten, ließ sie in seiner Wohnung übernachten, ließ Akten verschwinden. Seine Kollegen beschwerten sich über sein unberechenbares Benehmen und er wurde kurz suspendiert, und daraufhin wurde es dann richtig düster. Die Mädchen waren so schutzlos. Er war ein wirklich bösartiger Mann. Er kannte sie alle da unten, und sie kannten ihn. Irgendwann ging es los, dass Mädchen verschwanden oder tot aufgefunden wurden. Bei manchen war es eine Überdosis, bei manchen brutale Gewalt. Aber McPhail war immer da, immer in der Nähe. Ich habe mit Gegenwind von anderen Cops gerechnet, als ich ihn in meinem Buch namentlich nannte, aber niemand hatte ein gutes Wort über ihn zu sagen.«

»Das bedeutet nicht, dass er an einer Mordserie schuld war. Es bedeutet, dass er unbeliebt war.«

»Stimmt. McPhail war wegen Dienstvergehen suspendiert, sie wussten schon, dass er eine Gefahr darstellte, aber er war trotzdem jede Nacht auf dem Drag. Ich habe ihn gesehen, ich war damals Reporter. Viele haben ihn gesehen. Er hat Mädchen mit beschlagnahmten Drogen dafür bezahlt, dass sie sich von ihm anpissen ließen. Dann fing er an, gewalttätig zu werden.«

»Was ist mit Susan Brodie passiert?«

»Ist das die, an der Sie interessiert sind?«

»Ja.«

»Also, das arme Ding war gerade neunzehn. Sie war schon seit Jahren auf dem Straßenstrich. Verschwand an einem Donnerstagabend gegen Mitternacht von ihrem üblichen Platz in der Wellington Lane. Jemand hat einen weißen Van gesehen und angenommen, dass sie darin mit einem Freier weggefahren ist, aber als sie nicht zurückkam, haben sie ihrer Schwester gesagt, dass sie verschollen ist. Ihre Schwester war auch da draußen.«

»Nikki Brodie. Sie war heute im Gericht.«

»Ach? Ich hab sie gar nicht gesehen.«

»Sie sieht wahrscheinlich anders aus. Sie ist seit vier Jahren clean.«

»Das ist ungewöhnlich. Jedenfalls, Susan war anderthalb Tage verschollen und die Schwester hat sie immer wieder vermisst gemeldet. Bei der Polizei wollte ihr keiner zuhören. Dann wurde sie Samstagmorgen an einer Bushaltestelle gefunden, nackt, tot. Sie hatte zehn Stichwunden oder so, und ihre Leiche war gewaschen worden.«

»Gewaschen?«

»Deutet auf Zugang zu einem Bad, einem Wohnhaus oder

so hin, nicht? Außerdem fanden sie unverdauten Toast in ihrem Magen. Sie nahmen an, dass sie in einem häuslichen Umfeld gefangen gehalten worden war und nicht als Geisel in dem Van. McPhail lag damals angeblich mit einer kollabierten Lunge im Hairmyres Hospital. Seine Frau war verreist, also hatte er das Haus für sich.«

»Aber Sie glauben nicht, dass er im Krankenhaus war?«

»Niemand konnte sich erinnern, dass er dort war. Keiner vom Personal und auch keiner von den Patienten.«

»Wie viel später haben Sie nachgeforscht?«

»Vielleicht sechs Monate, ein Jahr.«

Das ist eine ziemlich große Abweichungsspanne. »Also etwa ein Jahr danach?«

»Hmmm.«

»War Susan auch drogenabhängig?«

»Tatsächlich glaube ich, sie war zum Zeitpunkt ihres Todes clean. Da haben die Cops die Öffentlichkeit belogen, aber das fand ich richtig von ihnen.«

»Warum?«

Jack seufzt über Margos Schulter hinweg und beißt sich auf die Unterlippe, als wollte er etwas lieber nicht sagen. Er holt noch einmal tief Luft, bevor er antwortet. »Der Öffentlichkeit war es so egal. Die Leute haben diese Frauen gehasst, und sie war freiwillig da draußen. Die Polizei wollte kein Mitleid verspielen. Hätten die Leute gewusst, dass sie selbstbestimmt auf den Strich ging, sie hätten für McPhail auf der Buchanan Street eine Konfettiparade abgehalten.«

»Sie war kein bedauertes Opfer?«

»Nein. Sie war nicht passiv. Sie wurde mit einem Messer erstochen, das sie immer bei sich hatte. Das haben sie auch keinem gesagt. Ein kleines Kampfmesser, das zwischen ihre Finger passte. Winzig kleine Klinge.« Er hält eine Faust hoch. »McPhail wusste, dass sie das hatte. Alle auf der Straße wussten das. Er hat wahrscheinlich gefragt, ob er es sehen darf, und es dann gegen sie eingesetzt. Er war ein boshafter Mann, wissen Sie? Ich hatte Angst vor ihm, und ich war ein großer, starker Kerl.« Ein Schatten von Furcht geht über Robertsons Gesicht und sie denkt sich ihn vor dreißig Jahren, wie jung er gewesen sein muss. »Wir wussten alle, dass er es war, aber wir konnten es nicht sagen. Dann haben sie ihn für eine Vergewaltigung drangekriegt, die nichts damit zu tun hatte, und ich wurde beim *Scotsman* entlassen. Ich hatte das ganze Material, also habe ich mich hingesetzt und es in zwei Monaten runtergeschrieben.« Er zuckt die Achseln und sieht ein bisschen selbstzufrieden aus. »Als das Buch rauskam und sein Name drinstand, meldeten sich noch andere Vergewaltigungsopfer. Für eine davon wurde er auch noch verurteilt.«

»Aber nicht für die Morde?«

»Nein. Dafür wurde er nie angeklagt.«

»Glauben Sie immer noch, dass er die alle begangen hat?«

»Ich muss die Antwort darauf aus finanziellen Gründen verweigern«, sagt er und sie lachen beide. »Ich weiß es nicht, aber Susan Brodie, um die es Ihnen geht, die *hat* er umgebracht. Im Grunde war den Cops klar, dass er es war, sie wussten, wie schlecht das aussehen würde, und haben ihm ein Alibi gegeben.«

»Waren sie aufgebracht, als Ihr Buch erschienen ist?«

»Wahrscheinlich«, sagt Jack. »Ich war ziemlich nervös, als es herauskam, aber ich habe nichts gehört.« Er zückt sein Handy und wischt durch ein paar Fotos.

Es ist ein Passfoto von Martin McPhail. Seine Lippen sind eingefallen – er hat seine Zähne nicht drin. Außerdem ist er schlecht rasiert, unregelmäßige graue Bartbüschel auf gefängnisblasser grauer Haut und immer noch leuchtend rotblonde Haare. Unverwechselbar.

»Das ist McPhail heute. Ein Entlassungsfoto. Kumpels bei der Truppe haben es mir zur Info geschickt.« Unter dem Foto steht eine Adresse: 10a Nairn Drive, High Blantyre. Robertson steckt sein Handy weg. »Dachte, ich würde ihn heute im Gericht sehen, dass er nach mir sucht, wegen des Schuldeingeständnisses auftrumpft. Ich kenne den Anwalt, der ihn vertritt. Ich könnte mein Haus verlieren, mein Auto, alles.«

»Ich hätte nicht gedacht, dass er so viel rausholen kann. Sein Ruf dürfte doch nicht der beste sein.«

»Nicht der Schadenersatz, es sind die Kosten. Wenn ich verliere, muss ich seine Anwälte auch noch bezahlen …« Er starrt vor sich hin und wird blass, als er darüber nachdenkt. »Ich meine, er wird nicht gewinnen. Ich kann beweisen, was ich in dem Buch anführe, er war nicht in Hairmyres, seine Lunge war nicht kollabiert, er hatte ein leeres Haus, in das er Susan schaffen konnte, er hatte Zugang zu einem Van und so weiter, aber für meine Kosten muss ich trotzdem aufkommen. Und natürlich musste ich den Buchverkauf stoppen und mit den Lesungen aufhören.«

Margo denkt, er wird den Prozess verlieren, und sie hat den Verdacht, dass er das auch denkt. Er tut ihr leid.

Sie bestellen Kaffee, Macchiato für Robertson und einen koffeinfreien Americano für Margo. Wieder tut Margo so, als wäre es der beste Kaffee, den sie je getrunken hat, weil sie Jack jetzt mag und sein Lieblingsrestaurant nicht schlechtmachen möchte.

»Köstlich«, sagt sie, um nett zu sein. »Es gibt ein Foto von Susan Brodies Leiche im Internet. Ich bin zufällig darüber gestolpert. Ziemlich verstörend.«

»Nein!« Jack schnappt nach Luft. »Das sollte da nicht sein!«

»Ich versuche es entfernen zu lassen.«

Er schaut ihre Haare an. »Wie stehen Sie mit dieser Familie in Verbindung?«

»Susan Brodie war meine leibliche Mutter.«

Jack ist schockiert. »O Gott, es tut mir so leid.« Er greift über den Tisch nach ihrer Hand und quetscht sie. »Sie sind Verwandte? Dann sind Sie es, die Briefe vom Rammbock gekriegt hat? Haben Sie sie dabei?«

»Wer soll dieser ›Rammbock‹ überhaupt sein?«

»Ich dachte, es ist McPhails Spitzname.«

Für Margo klingt es nicht nach einem Spitznamen. Es klingt wie ein Name, den ein Mann sich selbst gibt. »Haben Sie damals je Drohbriefe erhalten?«

»Ich nicht. Die Zeitung hat jede Menge böser Briefe bekommen. Das ist nichts Ungewöhnliches. Die Leute tun so was … Die Leute sind sehr seltsam.«

»Die Leute? Was für Leute?«

»Ganz, ganz normal wirkende Leute. Wissen Sie, in den USA rät man nach Schul-Amokläufen den Eltern der getöteten Kids, eine Weile ihre Post nicht zu öffnen, weil sie so bösartige Briefe von Wildfremden bekommen.«

»Zum Thema Waffengesetze oder so?«

»Nein. Einfach gehässige Briefe. Man mag es kaum glauben, nicht? Aber das ist nichts Neues. Die Zeitungen bekamen seinerzeit Hunderte von Jack-the-Ripper-Briefen. Hunderte. Verschiedenste Leute, die *als* Jack the Ripper schrieben. In seinem Namen.«

»Vorläufer der Fan-Fiction?«

Er lächelt. »So was in der Art. Ehrlich, die Öffentlichkeit ist ein sehr seltsamer Haufen.«

»Vielleicht meinten sie es gut, vielleicht wollten sie die Aufmerksamkeit der Polizei auf Spuren lenken, von denen sie dachten, sie seien übersehen worden.«

»Ja.« Er ist nicht überzeugt. »Tja, ich kann mich nicht speziell an Briefe von jemandem namens ›Rammbock‹ erinnern, aber der Name hatte etwas mit McPhail zu tun.« Er grinst schief. »*Daran* erinnere ich mich definitiv.«

Das ist eine Lüge. Robertson denkt sich das aus, um seine

Position zu stärken, und er ist darin sehr schlecht. Es ist geradezu unverschämt, wie schlecht er lügt.

»Also«, sagt er, »Sie haben mir von diesen Drohbriefen von McPhail erzählt …«

Margo zuckt die Achseln. »*Wenn* er der Mörder ist.«

»Haben Sie sie dabei?«

»Die meisten sind an Susans Schwester gegangen.«

»Können Sie mich mit ihr bekannt machen? Ich würde sie gern treffen.«

Es kommt ihr ziemlich schäbig vor, dass er Nikki nicht längst befragt hat, aber sie zeigt ihm ihren eigenen Brief. Plötzlich ist sein Gesicht ganz angespannt, so als ob er begeistert ist und das schlecht verbergen kann.

»Donnerwetter. Erst heute Morgen? Haben Sie Überwachungskameras im Haus?«

»Nein, es gibt keine Überwachungskameras.«

»Sie *müssen* die Polizei anrufen.«

»Ich komme mir ein bisschen blöd vor, es ist nur ein Brief. Nikki bekommt seit Jahren welche und hat es der Polizei gesagt, aber es ist nichts dabei herausgekommen.«

»Das könnte gut für mich sein, wissen Sie? Für meinen Prozess.«

Jack fragt, ob er sich Margos Brief ausleihen kann, um ihn zu kopieren. Er sagt, er wird ihn ihr sofort zurückschicken. Könnte wirklich hilfreich sein.

Margo schlägt vor, ein Foto mit seinem Handy zu machen, aber er sagt, er würde ihn gern »richtig kopieren lassen«, und guckt verschlagen. Sie nimmt an, er will einen hochaufgelösten Scan für den Fall, dass er ein Nachfolgebuch schreibt. Sie tauschen Kontaktdaten aus und er steckt den Brief in seine Tasche. Sie ist froh, das Ding los zu sein.

»Sie sollten es trotzdem der Polizei erzählen und sagen, Sie glauben, dass es McPhail ist.«

»Aber ich weiß noch gar nicht, ob ich das glaube.«

»Glauben Sie mir«, sagt Jack. »Er war's. Sie sind genau sein Typ.«

Sie schaut das Foto von Susan an, ist sich der Ähnlichkeit zwischen ihnen bewusst, und ihr wird ein bisschen schlecht. Robertson hätte es nicht so ausdrücken müssen. Sie wird bedroht, das ist kein Tinder-Date. Sie gibt dem Kellner ein Zeichen, dass sie zahlen will.

Das Restaurant ist jetzt ein einziges besoffenes Getöse. Tische voller Frauen mit geröteten Wangen reden zu laut, fallen sich ins Wort, alles ist überzogen. Die Atmosphäre ist fiebrig.

»Hier geht's manchmal bisschen wild zu«, murmelt er, als sie ihre Mäntel und Schals anziehen.

»Netter Laden«, sagt Margo und denkt, dass Robertson einer dieser Menschen ist, die sich vom Chaos angezogen fühlen, und es vielleicht selbst gar nicht weiß.

Draußen auf der Straße ist alles voller Leute, die aus dem King's Theatre gegenüber kommen. Die Meute ist vergnügt und laut, für das frostige Wetter gekleidet, schart sich an den Ampeln und ergießt sich auf die Straße. Der Sog der Menge drückt Margo und Jack an die Geländer, als sie sich verabschieden. Sie wissen nicht recht, ob sie Hände schütteln oder sich umarmen sollen, entschließen sich zu einem Händedruck. Margo wendet sich zum Gehen.

»Es tut mir so leid wegen Susan …«

»Schon gut.« Margo wehrt seine Hand ab. »Ist schon gut.«

»Ich nehme ein Taxi. Kann ich Sie irgendwo absetzen?«

»Danke, aber mein Auto steht um die Ecke.« Ein Glück, denn plötzlich wird ihr klar, dass sie ihm kein Stück traut.

Jack macht einen Schritt rückwärts. Ein fröhlicher Mann schiebt sich zwischen sie, um einen Freund zu begrüßen (»Georgie!!«), und Margo nutzt die Gelegenheit, um sich davonzumachen.

»Danke, dass Sie sich Zeit genommen haben«, ruft sie nach hinten.

»Danke fürs Abendessen«, sagt Jack und wendet sich ab. »Ich schicke Ihnen den Brief zurück. Bitte sagen Sie Ihrer Tante, sie soll mich anrufen. Könnte eine große Hilfe sein.«

»Okay, bis dann.« Aber Margo weiß nicht, ob sie ihn Nikki gegenüber überhaupt erwähnen wird. Sie sieht ihm nach, wie er sich durch die Menge schlängelt, groß, distinguiert, gutaussehend, und hat irgendwie das Gefühl, als hätte sie gerade eine Nebenrolle in einem billigen True-Crime-Biopic im Fernsehen gespielt:

Jack Robertson, Retter der Damenwelt.

13

Joe öffnet ihr die Tür, lässt aber den Arm ausgestreckt, versperrt Margo den Zutritt. Sie hat plötzlich Panik, dass er eine andere Frau bei sich hat, eine nette und weiche, die erkennt, was für ein guter Kerl er ist, wie witzig und drollig er ist, die ihn und seine Kochkünste und seine vielen, vielen Ansichten über alles zu schätzen weiß. Eine Frau, die sie verdrängen wird.

»Ich zahle hier immer noch Miete.« Sie klingt wie eine Zicke.

Joe lutscht an seinen Zähnen und starrt über ihren Kopf hinweg. »Es ist halb elf. Ich muss morgen früh zur Arbeit.«

Margo kaut an einem Nagel und geht mit sich zurate. »Kann ich reinkommen?«

Joe seufzt. Er sieht ernstlich traurig aus. »Wozu?«

Margo will bei ihm sein. Das ist der eigentliche Grund, warum sie hier ist. Einfach einen Moment bei ihm sein, sein Gesicht sehen, seiner Gewissheit nahe sein, seinem Geruch, seiner Liebenswürdigkeit.

»Kann ich mit dir reden?«

Er möchte sie nicht reinlassen, aber er tut es.

Sie folgt ihm ins Wohnzimmer. Es ist eine schöne Wohnung in einer üblen Gegend. Die Zimmer sind groß und sie haben sie mit Flohmarktfunden und billigen Ikea-Funktionsmöbeln eingerichtet. Joe hat kein Geld und wollte nichts Teures, was auch gut war, denn Margo gab den größten Teil ihres Einkommens für Janettes Pflege aus.

Bei zwei Sachen allerdings haben sie richtig zugeschlagen, zwei Dinge, die ihnen wichtig waren: ein riesiger Fernseher und das Sofa. Sie sieht zu, wie sich Joe langsam darauf niederlässt.

Es ist ein großes graues Samtsofa, vor nicht mal einem Jahr angeschafft. Sie haben es auf Raten gekauft, zahlen es ein Jahr lang ab. Sie erinnert sich, wie sie es kauften. Ein Ausstellungsstück im Neujahrs-Schlussverkauf. Janette war ziemlich krank, aber noch klar, noch gut beisammen, schwankte wackelig durchs Erdgeschoss ihres riesigen Hauses und wartete auf Kiki, die ihr das Essen brachte. Joe hatte vor wenigen Monaten den Fahrradladen übernommen und arbeitete noch mehr als Margo. Er war die ganze Zeit müde und sie stritten sich, Geplänkel, nichts Ernstes, weil er abends wegpennte und auf den kostbaren Samt sabberte. Eine schöne Zeit. Bevor Lilah und Richard aus London zurückkamen und alles hässlich wurde.

Sie setzt sich auf einen Stuhl ihm gegenüber, sie ist nicht mehr willkommen auf dem großen kuscheligen Sofa, nicht mehr daran beteiligt.

Er schaut erwartungsvoll zu ihr hoch, sagt aber nichts. Er müsste sich mal rasieren und duschen, sie kann ihn riechen. Er ist gerade von der Arbeit gekommen und sieht müde aus.

Normalerweise reden sie nicht, wenn Margo spätabends vor seiner Tür auftaucht. Normalerweise fangen sie an zu knutschen und gehen ins Bett und hoffen, dass alles besser ist, wenn sie aufwachen. Sie haben ihre Beziehung ausdiskutiert, geredet, so weit man mit Reden kommt. Joe tut es leid, dass er Richard angezeigt hat. Margo kann ihm nicht verzeihen, dass er Lilahs Vertrauen missbraucht hat. Lilah und Richard rufen keinen Waffenstillstand aus, also können sich auch Margo und Joe nicht versöhnen.

»Hat Lilah dir erzählt, dass Richard Emmas Fenster eingeschlagen hat?«

»Nicht direkt. Du weißt ja, wie sie ist.«

»Sie hat es dir mit Mickymausstimme erzählt, damit sie es nicht ernst nehmen muss?«

Sie denkt an die Hasenpfote am Schlüsselbund. »So ungefähr. Wegen deiner Anzeige haben sie ihn ewig festgehalten, weißt du? Du hättest nicht eingreifen sollen.«

»Margo, du glaubst, sich raushalten bedeutet, dass man nichts falsch macht, aber das ist Schwachsinn. Er könnte Lilah ernsthaft etwas antun, und es ist ein gefährlicher Moment – wenn jemand eine so kontrollsüchtige Beziehung verlässt, genau da passieren die schlimmsten Sachen. Ich beschütze genauso ihn wie sie. Aber wir können nicht so tun, als würdest du gar nichts machen. Du stehst da, lässt es direkt vor deiner Nase passieren und greifst nicht ein. Damit tust du auch was. Du übernimmst nur keine Verantwortung.«

»Sie will nicht, dass du sie schützt.«

»Mir ist bei beiden egal, was sie wollen. Ich hab es gemacht, weil jemand was tun musste.« Joe schließt die Augen und hebt eine Hand. »Können wir mal, nur einen Abend lang, nicht über sie reden?«

Margo weiß nicht, ob sie das können. »Wir hätten uns raushalten sollen, bis wir wussten, was los ist.«

»Margie, wir wussten es ganz genau. Du hast wie immer nichts gemacht, um auf der sicheren Seite zu sein. Manchmal musst du etwas riskieren. Im Moment ziehst du dich nur stückchenweise von der Welt zurück und suchst die Schuld bei allen anderen –«

»Sie ist meine beste Freundin.«

»*Er ist mein Bruder.* Und zugegeben: Ich mag Lilah nicht, sie geht mir echt auf den Geist, aber das Absurde dabei ist, dass ich der Einzige bin, der sich genug um ihre Sicherheit sorgt, um überhaupt was zu tun.«

»Sie ist nicht in Gefahr. Du hast keine Ahnung, aus wie vielen Schwierigkeiten Lilah sich schon rausgewunden hat.«

»Wir vermeiden es schon wieder, über uns zu reden, indem wir uns auf die beiden konzentrieren.«

Er hat recht. Das tun sie.

Er hält einen hinreißenden Finger hoch. »Eins sage ich noch, und dann reden wir für den Rest dieses Gesprächs nicht mehr darüber, nicht mal in Andeutungen: Richard hat eine gewalttätige Vorgeschichte, auch schon bei seiner Exfrau. Er hat ihr den Arm gebrochen. Sie hat behauptet, es sei ein Unfall gewesen, aber ich weiß es besser, ich hab die Blutergüsse an ihrem Kinn gesehen. Mehr sage ich nicht.«

Aber sie haben jetzt Blickkontakt hergestellt, richtigen, und der Ton hat sich verändert. Stimmen wurden gesenkt, Lider schwer, sie streben aufeinander zu und haben größte Mühe, sich nicht zu berühren.

»Darf ich dann auch noch eine Sache sagen?«

»Nur eine«, sagt er, beugt sich vor und berührt ihre Hand, um sie abzulenken.

»Würde heute Nacht die Wasserstoffbombe über Glasgow abgeworfen, würde ich mich neben Lilah stellen. Sie ist unverwüstlich.«

Ihre Finger verschränken sich.

»Fertig?«, flüstert er.

»Ja.«

»Können wir dann jetzt über dich reden? Über die Adoptionsfrau? Übrigens, ich weiß, gestern war Janettes Halbjahrestag. Ich wollte dir keine SMS schreiben …«

Margo hatte es vergessen. Aber Joe hat daran gedacht. Er erinnert sie daran, dass sie so weit weg ist vom Tod ihrer Mutter, dass er an ihre Gefühle denkt, dass er Rücksicht nimmt, weil er weiß, dass sie es nicht leicht hat.

Beinahe sagt sie ihm, dass sie schwanger ist.

Die welterschütternde Neuigkeit rappelt in ihrem Kopf herum wie ein Stock, der in einen Brunnen geworfen wird. Es auszusprechen wird den Lauf der Dinge für immer verändern, das weiß sie, aber sie weiß immer noch nicht, in welche

Richtung sie steuern will. Wenn sie Joe ansieht, seine breiten Schultern und den eckigen Kiefer, die braunen Pünktchen in seinen grünen Augen, dann weiß sie, sie will ihn den Rest ihres Lebens ansehen. Nur wenn sie nicht zusammen sind, zweifelt sie an sich. Sie tyrannisiert ihn, weil sie die Macht fürchtet, die er über sie hat, sie hat Angst vor seiner Selbstherrlichkeit, davor, dass anscheinend er entscheidet, mit wem sie befreundet sein darf und mit wem nicht. Sie hat schon flüchtige Andeutungen davon bemerkt, bevor Lilah heimkam, sein Widerstreben, unter Leute zu gehen, dass er viele ihrer Freunde nicht mochte und ihr vorwarf, bei vielen Dingen nicht ehrlich zu sein, was ihre Beweggründe anging. Sie ist sich seiner nicht sicher, sie ist defensiv, und sie hat schreckliche Angst, in eine Falle zu geraten.

»Na ja,«, sagt sie, »ich habe meine Tante kennengelernt, und du wirst die Hälfte davon nicht glauben.«

Joe lächelt. »Ist es eine lange, ausufernde Geschichte?«

»Ja.«

»Mit massig Nebenhandlungen und belanglosen Figuren?«

»Tonnenweise. Weißt du, wie viel man für matschige Linguine verlangen kann?«

»Keine Ahnung.« Er zieht sie zu sicher herüber. »Könntest du vielleicht hier zu mir auf dieses auf Raten gekaufte Samtrettungsboot kommen und mich mit sämtlichen winzigen Details zu Tode langweilen?«

Und das tut sie.

Um fünf Uhr früh wacht sie auf, mit flauem Gefühl im Magen und erschrocken, schlüpft aus dem Bett, lässt Joe schlafen. Sie macht sich einen Ingwertee in ihrer Lieblingstasse, einem Halbliterbecher mit dem Foto einer dreckigen Straßentaube drauf. Sie lässt sich auf dem Samtsofa nieder und schlägt Robertsons *Schrecken auf den Straßen* auf.

Der Stil ist reißerisch und leicht hysterisch. Die Sätze scheinen nie enden zu wollen. Er gibt einen kurzen Überblick über den ersten Mord, welche Polizisten mit der Ermittlung betraut waren, wer damals die wichtigen Kriminalreporter waren, wer die Herausgeber der Zeitungen waren und was man ihnen nachsagte. Ein Haufen Männernamen und Personenbeschreibungen dazu, bei denen sich keiner vom anderen abhebt. Alles sehr plump vertraulich und für Außenstehende eigentlich höchst langweilig.

Er schreibt über all die Frauen, die auf dem Drag eines gewaltsamen Todes gestorben sind, angefangen mit einer Frau, die man auf einem Parkplatz fand. Er kommt zum zweiten Todesfall und dann zum dritten und dann zum vierten: Susan Brodie. Sie erfährt mit vielen Worten nichts Neues.

Robertson kommt zu der Nacht, in der sie verschwand, und steckt den Rahmen ab. Drei »Prostituierte« waren innerhalb von fünf Jahren ermordet worden. Die Atmosphäre auf dem Drag war angespannt, alle hatten Angst vor dem nächsten Mord.

Er macht weiter: Es war ein kalter Donnerstagabend, Susan war müde und deprimiert, sehnte sich nach Drogen, vermisste ihr Baby, als ein weißer Van hielt und ihr jemand Zeichen machte, einzusteigen. Susan war unsicher, aber verzweifelt. Susan ging zum Van, um hineinzuschauen. Was immer sie sah, beruhigte sie, denn sie stieg ein.

Margo lehnt sich zurück. Robertson kann das alles unmöglich wissen, er beschreibt das Leben eines anderen Menschen als subjektive Erzählperspektive. Margo weiß nicht, ob das seriös ist. Es kommt ihr falsch vor und lieblos und anmaßend.

Susan stieg in den Van und ward nie mehr lebend gesehen. Sie starb, »als eine harte Sonne über Glasgows schäbigen und dreckigen Straßen aufging«. Er erwähnt, dass bei der Autopsie Toast in ihrem Magen gefunden wurde, dass es dort, wo sie war, einen Toaster gegeben haben muss, und beendet das Kapitel mit dieser Feststellung, als hätte das Vorhandensein eines Toasters ihren möglichen Aufenthaltsort schlüssig eingeschränkt.

Im nächsten Kapitel geht es um McPhail.

Martin McPhail wollte immer Polizist werden. Sein Bruder ging vor ihm zur Truppe und wurde sehr schnell die Ränge hinaufbefördert. Es ist fast Wort für Wort das, was er ihr im Restaurant erzählt hat. Darüber ärgert sie sich ein bisschen, aber er betont ausdrücklich, dass bei jedem Mord »Urinproben« am Tatort gefunden wurden. Das ist ein bisschen dünn – und, wie Margo auffällt, sehr bedächtig formuliert –, wenn man bedenkt, dass die meisten Frauen in den Gassen der Innenstadt gefunden wurden. Bei jedem einzelnen Mord wurde McPhail oder jemand, auf den seine Beschreibung passte, zur fraglichen Zeit in der Gegend gesehen. McPhail konnte in keinem außer dem vierten Fall – dem Mord an Susan Brodie – nachweisen, wo er gewesen war, und auch dieses Alibi wurde nur von einer Quelle bestätigt, der Strathclyde Police. Später, als er wegen Vergewaltigung festgenommen wurde, legte er vor einem Zellengenossen ein Geständnis ab und erwähnte Einzelheiten der Morde, die, wie die Polizei bestätigte, *einzig* dem Mörder bekannt sein konnten.

Margo schnalzt missbilligend mit der Zunge. Sie waren nicht *einzig* dem Mörder bekannt. Sie waren auch der Polizei bekannt, und McPhail war bei der Polizei. Es ist frustrierend zu lesen. Seine Logik greift nicht, er ergeht sich in Mutmaßungen und treibt unsinnige Argumente mit Empörung voran.

Sie blättert vor zu den Fotos in der Mitte. Ein Foto vom High Court, Bilder von Frauen an Straßenecken als Schattenrisse. Polizeifotos von einigen der Frauen. Sie kommt zum mittleren Foto. Es ist das Foto von Susans Tatort. Susan, nackt auf der Decke, Zigarettenstummel im Rinnstein. Dieses Bild hat eine höhere Auflösung als das im Internet. Von hier stammt der Scan.

Jack Robertson hat gewusst, woher das Foto kam. Er muss es gewusst haben, aber er hat sie angelogen, im vollen Bewusstsein, dass sie es merkt, sobald sie das Buch aufschlägt. Es war ihm egal.

Sie stopft das dumme Buch in ihre Tasche zurück. Es ist schlecht geschriebener Müll, die Beweisführung ist dünn und der Ton schlüpfrig. Margo glaubt, dass Nikki dieses dumme Buch gelesen hat, womöglich zu einer Zeit, als sie wehrlos war, und es hat ihr den Kopf zugemüllt. Sie wird es nicht mal erwähnen, wenn sie sich heute Abend auf einen Drink treffen. Sie weiß nicht genug darüber. Sie wird sich nicht einmischen oder irgendwas tun. Manchmal wollen die Leute nur, dass man zuhört.

14

Susan läuft die Außentreppe hoch und zieht Schlüssel aus der Tasche, steckt einen ins Schloss und geht rein.

Das ist ein anderes Haus. Ein großes Haus mit vielen Eingängen. Die Lichter sind alle aus. Leer. Sie ist allein.

Ihr roter Mini ist leicht zu verfolgen, schwer zu verstecken, und sie versucht es nicht mal. Hat gestern Abend auf der Straße geparkt, nach der Bücherei und der knappen Nummer da. Musste nur paar Stunden ein Stück dahinter warten, schon war sie wieder da und fuhr zu einer Adresse, nicht der Briefadresse, einer anderen, einer von ihren Freiern vielleicht. Gutes Geld für die ganze Nacht. Muss die Kohle noch bei sich haben.

Schlampen kommen überallhin.

Das hier ist ein großes Haus, Vorgarten hinter Büschen versteckt, reichlich tote Winkel zwischen Straße und Fenstern. Gut zum Verstecken.

Die Fensterrahmen sind undicht, sieht man von der Straße aus. Das Haus ist hinüber, von Türen und Fenstern blättert der Lack, die Fensterschlösser sind alt oder kaputt oder es gibt keine.

Gas geben und das Auto weiter die Straße runter lenken, einen Parkplatz suchen, außer Sicht, wo es die Schlampe nicht mitkriegt.

Man muss die Biester im Auge behalten, sie beobachten, sie lenken.

15

Janettes Haus ist staubig, jetzt, wo sich niemand mehr darin bewegt. Ein feiner Film aus trockenem Staub legt sich auf alles, klebt an Bilderschienen, Fußleisten, auf Umzugskartons und Arbeitsflächen. Sogar die Klobrille ist staubig.

Margo schließt die Haustür und wappnet sich, bevor sie sich umdreht. Widerwillig blickt sie auf. Da hängt die runde Deckenlampe aus Buntglas, die ihre Mutter mit Araldit am Küchentisch repariert hat. Da liegt der letzte Schal, den Janette je getragen hat, überm Treppengeländer. Sie lehnt sich mit dem Rücken an die Tür und will sich nicht rühren. Sie seufzt tief und zwingt sich, über die Kartons hinwegzusteigen, in die Küche zu gehen und den Wasserkessel aufzusetzen. Sie versucht, nicht aufzublicken, denn überall springen ihr unerledigte Aufgaben ins Auge.

Janettes Haus liegt in Strathbungo, den Immobilienmaklern zufolge jetzt »eine gefragte Gegend in einem pulsierenden Viertel«. Das war es nicht immer. Janette hat das marode Haus zu einem Spottpreis gekauft, kurz nachdem Paul Dunlop sie verlassen hat. Sie brauchten was Billiges. Erst rückblickend wurde ihnen klar, dass Janette danach noch jahrelang klinisch depressiv war.

Vom Haus blickt man auf eingesunkene Bahnschienen, die bei ihrem Einzug noch von Vegetation freigehalten wurden. Vorbeifahrende Züge rüttelten das Geschirr in den Schränken, ließen die Fensterscheiben auf niedriger Frequenz zittern, fast unmerklich, gerade genug, dass die Außenwelt verschwommen und unklar wirkte. In den ersten Jahren zerfiel das Haus um sie herum.

Eines Abends, mitten in der Schulwoche, saßen sie zum Essen in der Küche, da hörten sie es im vorderen Zimmer krachen und eine Staubwolke waberte durch den Flur. Eine Decke war eingestürzt. Es war ein Tiefpunkt, fortan als Fall des Hauses Dunlop bezeichnet.

Die Villa stammt aus dem frühen neunzehnten Jahrhundert, hat eine herrschaftliche Raumaufteilung und noch jede Menge Originalausstattung. Viktorianische Anaglypta-Prägetapeten bis rauf zur Stuckleiste, alle offenen Kamine funktionstüchtig, es gibt Dienstbotenglocken an den Betten und einen Wintergarten mit Buntglasscheiben, in den es früher reingeregnet hat. Eines Tages, kurz nach dem Fall des Hauses Dunlop, kam Margo nach Hause und traf Handwerker an, die die Decke erneuerten. Dann stieß sie auf Janette, die mit einem Spachtel Fensterkitt auftrug, um die Scheiben zu stabilisieren. Zimmer wurden gestrichen und Teppichböden herausgerissen. Es war, als hätte Janette sich endlich eingestanden, dass es nicht nur eine Vergangenheit, sondern auch eine Zukunft gab. Nach und nach restaurierte sie das Haus, während sie sich erholte, lernte tischlern und besserte Türrahmen und Treppengeländer aus. Sie strich ganze Zimmer allein und flieste alle drei Badezimmer. Aus einer Schotterhalde erschuf sie einen Garten, bepflanzte den kleinen Streifen Vorgarten mit Blumen, ließ die Haustür in einem übermütigen Rot lackieren. Die Wunder ihres Schaffens waren überall zu sehen. Für sie war das keine Investition. Es war eine emotionale Kundgebung, eine Zusage, am Leben zu bleiben.

Dann, als wäre ihre Genesung ansteckend, wurden die Nachbarhäuser den Slumlord-Spekulanten abgekauft, die alles nur in kleine Einheiten gesplittet und vernachlässigt hatten, und das Wohnviertel begann sich zu beleben. Häuser und Gärten wurden von begabten Amateuren restauriert. Nachbarn bildeten Komitees, halfen einander, ersetzten Pflastersteine und zerfallende Mauern in den verkommenen Hintergassen. Jemand rief einen Buchclub ins Leben und ein jährliches Grillfest für die Straße. Es gab eine Kampagne für Bepflanzung rings um die Bahnlinie, um den Lärm und die Erschütterungen zu dämpfen, und die Gegend wurde grüner.

Unmerklich rutschte das Viertel ins zweite Stadium der Gentrifizierung und wurde eine Parodie seiner selbst. Bauträger kauften Häuser auf, richteten sie her und verkauften sie an Leute mit Geld. Bald wurden Küchenanbauten mit Glaswänden über Gärten gesetzt, Saunen und Gartenateliers hinzugefügt. Überall eröffneten Cafés. Parken wurde zum Problem. Unter der Tür wurden Anfragen durchgeschoben, ob sie verkaufen wollten, erst von Leuten, die sich in das Haus verguckten, dann von Immobilienmaklern. Die Autos draußen wurden größer und protziger. Dann kleiner und sportlicher und schließlich elektrisch.

Sie gehörten nicht mehr hierher, aber Janette hatte es nicht bemerkt, weil sie mit Schlaganfällen beschäftigt war. Das Haus hatte drei Stockwerke und sie schaffte die Treppen nicht mehr, es war total unpraktisch für sie, hierzubleiben, aber sie wollte unbedingt, und sie hatte sie vorher noch nie um etwas gebeten. Margo und Thomas zahlten für eine Pflegerin, die sie versorgte, für Putzleute und laufende Rechnungen und die nicht enden wollenden Reparaturen am Haus. Sie zerbrachen sich den Kopf über ein Budget für die nächsten zwanzig Jahre, sie wussten, es konnte nur noch teurer werden. Sie wohnten in engen Mietbuden, knauserten mit allem und hassten es. Thomas ging nach Saudi-Arabien, um dem Geld hinterherzujagen, Margo zog bei Joe ein, warf seinen alten Mitbewohner raus und übernahm die Hälfte der Miete. In der Zwischenzeit schossen rings um Janette die Grundstückspreise in die Höhe. Sie wussten, sie würden einen guten Preis erzielen, wenn das kam, was sie immer »den Zeitpunkt zum Verkauf« nannten, aber das Geld ging ihnen aus. Selbst gemeinsam konnten sie sich die Pflege nicht mehr leisten. Sie nahmen eine Hypothek auf das Haus auf, aber auch das würde nicht länger als fünf Jahre reichen. Es war eine ständige Sorge.

Plötzlich eines Morgens, als Margo auf dem Weg zur Arbeit vorbeischaute, um die Einkaufsliste für den Tag zu holen, kam Kiki, die Pflegerin, weinend die Treppe herunter. Janette war im Schlaf gestorben. Kiki hatte sie gefunden, als sie sie wecken ging. Sie starb sang- und klanglos, zwanzig Jahre zu früh. Jetzt würde Margo alles darum geben, sich wenigstens noch mal fünf Minuten über die Kosten für Janettes Pflege ärgern zu dürfen. Sie vermisst die Besuche, die Belastung, den Groll auf Thomas, weil er nicht da war, den Groll auf Janette, weil sie krank war. Sie weiß nichts mit ihren Sonntagen und Montagen anzufangen, Kikis freien Tagen, an denen es ihre Aufgabe war, Janette zu versorgen. Sie vermisst das Anheben und Waschen, sie vermisst wundgelegene Rücken und endlose Nachmittage. Sie vermisst all die Ärgernisse.

Janette war nicht sammelwütig, aber das Haus ist voller Kram. Es war eine langsame Anhäufung von Dingen, die Freude machen, Deko und Bücher und Wandbehänge und Messingzeugs und Gemälde von Kunstmessen und Modelle von irgendwas, nichts davon hat objektiven Wert. Margo bleiben fünf Tage, um die Spuren des Lebens ihrer Mutter aus dem Haus zu tilgen, bis der Immobilienmakler kommt, um Fotos zu machen. Sie schwimmt im Kreis.

In der Küche schaut sie aus dem schmutzigen Fenster auf eine wuchernde Hecke und einen Kopf, der in der Gasse dahinter vorbeidümpelt, und fragt sich, warum jemand den Weg hinterm Haus entlanggeht, als ihr Handy in ihrer Handtasche klingelt. Es ist Tracey von der Adoptionsagentur.

»Ah, hallo noch mal. Hier ist Tracey von der Adoptionsagentur, ja«, sagt sie und zieht sogar diesen Satz in die Länge.

»Hi«, antwortet Margo, um zu zeigen, wie schnell eine Begrüßung gehen kann. Die Person in der Gasse scheint sich hinter die Garage ein paar Häuser weiter verzogen zu haben. Sie erkennt hier niemanden mehr.

»Ich rufe eigentlich wegen dieses Fotos von Susan Brodie im Internet an, das Sie gesehen haben?« Tracey lässt eine Pause für eine Reaktion.

»Ach, ja?«

»Ja, also, mein Mann ist gewissermaßen ein Computernerd, und er hat es fertiggebracht, die Kontaktadresse von der kleinen Seite herauszubekommen, von der Sie mir erzählt haben, und die haben wirklich total schnell reagiert, und sie sagen jetzt, sie nehmen es raus. Entschuldigen wollten sie sich nicht, aber es hat sich rausgestellt, dass sie gar kein Nutzungsrecht hatten. Es müsste am späten Nachmittag entfernt sein.«

Das Bild stammt aus Robertsons lange erhältlichem Buch, also hat Tracey sich umsonst viel Arbeit gemacht, aber Margo möchte sie nicht enttäuschen. »Vielen, vielen Dank, dass Sie das übernommen haben.«

»Aye, überhaupt kein Problem. Also, das hätten wir … na ja, ich bin da, falls Sie doch mal eine kleine Beratungssitzung brauchen.« Tracey klingt ein bisschen gekränkt. »Ich kann auch zu Ihnen kommen.«

»Übrigens, Tracey, waren Sie gestern am High Court?«

»Ach, Sie sind doch hingegangen? Ich hab Sie gar nicht bemerkt.«

»Also habe ich Sie wirklich auf der Galerie gesehen? Warum waren Sie da?«

»Na ja, schon. Ach, na ja, es ist vom Büro aus einfach nur die Straße runter und ich hatte sowieso Mittagspause, also … Ich habe mir ein bisschen Sorgen um Sie gemacht. Es hat mir leidgetan, dass Sie nur zehn Minuten mit Ihrer Tante hatten und dann, am nächsten Tag, also, als wir geredet haben … Ich bin einfach kurz vorbeigegangen, um zu sehen, ob es Ihnen gut geht …«

»Oh.« Das kommt ihr ein bisschen übergriffig vor. »Wenn ich gewollt hätte, dass Sie kommen, hätte ich Sie gefragt.«

»Aye, na ja, das war überhaupt kein Problem. Konnten Sie denn –?«

»Hören Sie, ich muss das Haus meiner Mum ausräumen.«

»Habe ich Sie bei etwas gestört?«

»Ja, tut mir leid, Tracey, ich muss wirklich weitermachen. Aber vielen Dank, dass Sie die ganze Mühe auf sich genommen haben.«

»Klar, Margo, wissen Sie …« Sie ist extrem erpicht darauf, weiterzutelefonieren. »… Ich wollte noch sagen …«

Margo legt auf. Sie will nicht mit Tracey sprechen. Sie hat Gewissensbisse, Tracey war immer nur nett zu ihr, ein bisschen lästig, aber nicht bösartig, aber irgendwas an ihr nervt Margo, ohne dass sie den Finger darauf legen könnte.

Sie geht nach oben und bleibt gelähmt in der Tür zum großen Badezimmer stehen. Eine braune Grünlilie hängt schlaff aus der Makramee-Ampel, all ihre winzigen Babys braun und verwelkt wie eine traurige Erinnerung an ein Feuerwerk.

Hier drin ist so viel Zeug, alles eingestaubt, und vielleicht will es noch jemand haben. Badematte mit passendem Toilettenvorleger, Antirutschmatte aus Plastik in der Wanne, ein grünes Einmachglas voller Seifenschlamm, der schleimigen Substanz aus alten Seifenresten, die Janette zum Wäschewaschen benutzt hat. Eine Zahnbürste in einem Becher, unbenutzte Puderquasten in einem schicken roten Plastikgefäß. Eine Zeichnung von Mabel Lucie Attwell mit einer stockfleckigen Ecke: *Bitte dran denken, nicht vergessen*. So viel Kram. Sie gibt den Raum auf und geht ins Schlafzimmer.

Sie schaut auf die Kommode. Alles voll. Ein halbes Dutzend kleine Porzellan-Schäferinnen, alle leicht angeschlagen.

Margo nimmt eine in die Hand. Die kleine Figur lächelt sanft und hat rosige Wangen, einen leuchtend blauen Rock und ein Lamm zu ihren Füßen. Lächerlich romantische Sicht eines harten Jobs: Marie Antoinette beim Maskenball. Margo wischt den grobkörnigen Staub weg und fährt mit dem Finger über eine vergilbte Klebstoff-Garotte um den Hals des Lammes. Janette mochte kaputte Dinge. Sie reparierte gern.

Verzweifelt steckt Margo sie in die Tasche, beugt sich vor und schaut unters Bett. Ein Pantoffel, eine alte Zeitung, zum Kreuzworträtsel hin gefaltet, und eine dicke Schicht grauer Staub auf allem. Ihre Stimmung ist mieser als je zuvor.

Sie steht auf und schließt die Augen, stellt sich vor, wie sie Mülltüten öffnet und mit dem Arm Dinge hineinfegt. Sie probt es in Gedanken wieder und wieder, dann steht sie auf, geht in die Küche, sucht die großen Müllsäcke und kommt zurück. Sie schüttelt einen Sack auf und fegt alles auf der Kommode hinein. Es fühlt sich toll an. Sie öffnet die oberste Schublade, zieht sie heraus und leert sie in den Sack. Thermowäsche und lange Unterhosen. Niemand will sie, aber sie sind im Sack und das ist, wie Lilah sagen würde, ein Triumph. Sie zieht die nächste Schublade heraus, Unterhosen, und tut dasselbe. Nächste Schublade, Thermo-Unterhemden. Nächste Schublade, Unterröcke und langärmlige Thermoshirts. Die nächste Schublade ist leer, weil sie für Janette zu weit unten war, um sie zu erreichen. Die unterste Schublade ist ebenfalls leer.

Mit einem Gefühl wie eine siegreiche Heldin macht sie einen Knoten in den Sack und trägt ihn raus in den Flur, stellt ihn dicht an die Wand, lässt Platz für die vielen anderen.

Zurück im Schlafzimmer schaltet sie das Radio ein, um sich vom Denken abzuhalten, und leert die andere Kommode. Sie ist so in Schwung, dass sie diesen Müllsack nicht mal in den Flur trägt, sie stellt ihn einfach neben die Tür und macht mit dem Kleiderschrank weiter.

Sie schafft es, ihr Gesicht nicht in die Jacken zu drücken oder an den Schals zu riechen oder die hübschen Broschen von den Jackenkrägen abzumachen. Sie stopft sie einfach in Säcke und lädt sie neben der Tür ab.

Sie zieht das Bett ab und steckt das ganze Bettzeug in einen weiteren Sack, stöpselt Janettes geliebte Heizdecke aus – das beste Geschenk, das sie ihr je gekauft haben – und stopft sie ebenfalls hinein. Inzwischen kämpft sie ein bisschen mit Überlegungen, was für eine Verschwendung es ist, all die Sachen wegzuwerfen, dass manche Leute keine schönen Mäntel oder Heizdecken haben und froh darum wären. Das ist Janettes Stimme in ihrem Kopf und sie freut sich darüber, solange sie sich noch an ihren kehligen Klang erinnern kann.

Im Kleiderschank steht ganz hinten im obersten Fach ein Schuhkarton. Sie zieht einen Polsterhocker heran, um dranzukommen. Der Deckel ist staubiger als der Rest des Hauses, als wäre der Karton schon sehr lange dort. Sie öffnet ihn und findet winzige Babyschuhe mit Riemchen und zwei schwarze Kordelzug-Samtbeutel mit Milchzähnen darin.

Sie nimmt sie mit in die Küche, öffnet ihren Laptop und skypt Thomas bei der Arbeit an.

»Was ist?« Er isst am Schreibtisch zu Mittag.

Sie zeigt ihm, was sie gefunden hat.

»Was ist das?«

»Milchzähne. Winzige Schuhe. Die sind von uns.«

»Wirf sie weg.«

»Ernsthaft? Hat das keinerlei sentimentalen Wert für dich?«

»Ich kann mich nicht erinnern, ein Baby gewesen zu sein, du?«

Da ist was dran.

»Du bist das unromantischste Wesen, das ich je kennengelernt habe.«

Thomas grinst, als wäre das ein Kompliment. »Wie läuft's?«

Er meint die Hausentrümpelung.

»Ich finde es schwer. Du würdest dir einfach eine Schubkarre besorgen und es in einen Fluss kippen, oder?«

»Klar.« Er schlürft von seinem Energydrink.

»Soll ich dir eine sorgfältig zusammengestellte Kiste sentimentalen Mist schicken?«

»Danke, nein«, sagt Thomas und rülpst leise. »Ich freue mich darauf, jetzt meinen eigenen nutzlosen Kram anzuhäufen.«

Sie sehen sich an, für einen kurzen Moment lässt die hypnotische Anziehungskraft des eigenen Bildes in der Ecke nach.

»Das ist hart für dich, Margo.«

Margo findet es nett von ihm, das anzuerkennen, aber es wäre netter, wenn er helfen würde. Nur kann sie nicht zugeben, dass sie seine Hilfe braucht. Er schaut jetzt aufmerksam auf den Hintergrund, in die Küche, und er sieht besorgt aus.

»Margie?«

»Was?« Sie schaut über die Schulter auf das, was er sieht: ein Chaos. Tellerstapel auf dem Tisch und geduckte Müllsäcke mit abgelaufenen Trockenlebensmitteln auf der Anrichte. »Das ist alles … äh …«, versucht sie sich zu rechtfertigen, »du weißt schon. Joe und das alles.«

Aber Thomas hat das Chaos gesehen und macht sich Sorgen. »Margo, hast du schon *irgendwas* ausgemistet?«

»Na hör mal, das ist praktisch der letzte Raum, vielen Dank auch.«

Stirnrunzelnd lehnt er sich auf seinem Schreibtischstuhl zurück. »Drehst du durch? Soll ich nach Hause kommen?«

»Tom, halt die Klappe. Es ist bloß, Lilah nervt mich. Warum kann sie sich nicht einfach von dem blöden Richard fernhalten?«

Das scheint ihn ein bisschen zu beruhigen. Er nimmt noch einen Schluck aus seiner Dose. »Richard sagt, sie hat ihm Geld geklaut.«

»Ja«, sagt Margo, »er wird wohl kaum zugeben, dass er sie stalkt, oder? Er muss sie ins Unrecht setzen, um zu rechtfertigen, was er da macht.«

»Stimmt. Sie wollen nicht, dass es vorbei ist, deshalb gehen sie nicht zur Polizei.« Thomas wird sich da nicht einmischen. »Hast du noch mal von dieser Tante gehört?«

»Nee«, sagt sie und weicht seinem Blick aus. »Bin jetzt irgendwie durch damit. Ich hab eins von Janettes Figürchen für dich aufgehoben. Den Schäfer, den du als kleiner Junge mochtest.«

»Ruf eine Entrümpelungsfirma an, Margo. Ich muss weitermachen.« Er legt auf, ohne sich zu verabschieden.

16

Nikki muss zu früh gekommen sein, denn sie steht an der Bar und wartet auf Margo. Diesmal ist sie wie sie selbst angezogen: rosa Satin-Bomberjacke zu himmelblauen Leggings und ein großes pinkfarbenes T-Shirt. Sie versucht keine gescheiterte Umarmung, nickt nur zu viel und sagt zu oft Hallo, aber sie wirkt weniger nervös oder aufgeregt. Margo ist auf der Hut, aber Angst hat sie nicht vor Nikki. Selbst wenn sie den Brief geschickt hat, sind sie hier an einem öffentlichen Ort.

Der Pub in einer Nebenstraße des George Square ist eine Touristenfalle. Innen ist alles voller Schottenkaros mit Zweihandschwertern an den Wänden. Aus winzigen weißen, an die Decke geschraubten Lautsprechern dringt etwas zu lauter Softrock. Riesige Tafeln zeigen die Speisekarte, Steak und Pommes, Haggis und Eis mit Whiskygeschmack. Auf Margo wirkt es sehr teuer, aber das liegt wahrscheinlich daran, dass es auf Touristen zugeschnitten ist, die nicht wissen, dass es zwei Straßen weiter besseres Essen zum halben Preis gibt.

Es ist ruhig. Der Fünf-Uhr-Ansturm ist vorbei, der Abendbetrieb hat noch nicht angefangen. Es sind nur zwei weitere Gäste da: Männer, die weit auseinander in den Ecken des L-förmigen Raumes sitzen, so tun, als läsen sie Zeitung, sich aber eigentlich nur zu Tode trinken. Drei Bedienungen in schwarzen Stoffhosen und weißen Hemden drücken sich hinter der Bar an der Kasse herum, plaudern und drehen den Neuankömmlingen demonstrativ den Rücken zu. Margo versucht ihre Aufmerksamkeit zu wecken, lehnt sich in die eine Richtung, dann in die andere, aber sie übersehen sie virtuos.

»HOI!«, überschreit Nikki die Musik. Alle drei drehen sich

um und sehen sie an. »Große Cola und was meine Nichte hier will.« Sie deutet mit dem Daumen auf Margo und wiederholt es. »*Nichte*«, sagt sie und lächelt.

Ein Barmann löst sich aus der Gruppe und schlendert herüber. Er hat einen massigen Bauch und Kupferakne. Seine Atmung durch die Nase ist eingeschränkt. Margo versucht, nicht zu prognostizieren. Sie bestellt ein Tonic.

Als der Barmann ihre Getränke bringt und nach Geld fragt, steht Nikki so still da wie ein Reh im Scheinwerferlicht. Margo zückt ihre Brieftasche, zahlt, und dann erst erwacht Nikki wieder zum Leben und tut, als wäre nichts gewesen.

Sie gehen hinüber zu einem Tisch im Knick des Raums, so weit wie möglich weg von den Alkoholikern. Nikki setzt sich mit dem Rücken zur Wand und Margo ihr gegenüber.

»Ich hab mich so gefreut, als ich dich im Gericht gesehen hab. Ich war fix und fertig wegen dem, was passiert ist. Hab mit meinen Leuten geredet und die haben mir den Kopf zurechtgerückt. Ich hab kein Recht, dich zu bitten, in die Akten zu schauen. Und ich wusste nicht, dass du dadurch Ärger kriegen kannst. Es tut mir leid.«

»Na ja, woher solltest du das auch wissen? Im Lockdown wurde ein Oberpfleger rausgeworfen, weil er in die Akte seiner Frau geschaut hat. Er wollte nur ihre Medikamentendosis überprüfen. Die nehmen es mit dem Datenschutz unglaublich genau.«

»Hmm.« Nikki nickt. »Na ja, ich kam vom Gericht, und ich dachte, es wäre für dich ganz einfach. Wir haben immer geglaubt, dass es McPhail war. Dachte, einmal kurz reinschmulen – ich hatte einen Scheißtag. Ich hätte nicht so reinkommen und gleich was verlangen sollen.«

»Mach dir keinen Kopf.« Aber Margo ist froh, dass sie das gesagt hat. »Ich habe gestern Jack Robertson getroffen.«

»Der liebt sich echt, was?«

»Ja.«

Nikki klatscht mit der Hand auf den Tisch wie eine Richterin, die das Urteil spricht. »Arschloch.«

Darüber lachen sie zusammen.

»War immer berühmt dafür«, sagt Nikki. »Den schert nichts. Als ob in seinem Kopf ein Stück Verdrahtung fehlt.«

»Na ja, er hat mir erzählt, Susan war clean, als sie gestorben ist.«

»Ah, okay, das stimmt. Ich hab gelogen, tut mir leid, ich wollte, dass du sie magst, dass du denkst, sie *musste* dich weggeben … Ich weiß nicht. Wir hatten uns gerade erst kennengelernt. Du kamst mir nicht gerade … Du weißt schon.«

»Nett vor?«

»Glücklich vor.«

»Gallagher hat gesagt, Susan wurde clean, weil sie mit mir schwanger war.«

»Ja.« Nikki lächelt. »Sie hat's für dich gestemmt. Ganz ohne Treffen oder Methadon oder so was, also war sie die ganze Zeit voll plemplem, aber sie hat's gepackt. Sie wollte auch vom Strich weg, nur vorher noch ein bisschen was ansparen. Sie war unglaublich, diese Susan. Sie hat dich geliebt, Kleines, aber sie konnte dich nicht behalten. Sie konnte dir nur geben, was wir hatten, und das war nicht genug. Sie hatte Ambitionen. Das haben die Leute an ihr gehasst.«

»Hat sie sich ans Sozialamt gewandt, oder haben die ihr nahegelegt, mich wegzugeben?« Das ist wichtig für Margo, zu wissen, ob Susan von sich aus den Wunsch hatte, sie zu verlassen.

Nikki sagt, Susan hat sich nicht ans Amt gewandt. »Die Fürsorge ist nie weit weg, oder?«

»Ist das so?«

»Na ja, bei uns waren die immer in der Nähe. Wir sind im Heim aufgewachsen.«

»Tut mir leid.«

»Nein, nein, nein.« Nikki wedelt mit der Hand vor ihrem Gesicht, als wäre Margos Mitleid ein Schwarm Stechmücken. »Nein, nein, wir sind erst *später* ins Heim gekommen. Da waren wir schon zwölf und zehn, das war nicht so, als wären wir schon als Babys da gewesen. Es gibt, du weißt schon, Unterschiede. Die Babys, die schon im Heim sind, bevor sie sprechen lernen, die haben schlechte Chancen.«

»Jeder braucht jemanden, auf den er herabsehen kann?« Sobald es heraus ist, weiß Margo, das hätte sie nicht sagen sollen, aber Nikki nimmt es gut auf.

»Ist wohl so. Da liegt ein Trost drin, oder? Das Gefühl, besser dran zu sein als andere. Ich weiß nicht, ob es falsch ist, aber du siehst dich um und denkst: Ja, okay …«

Sie ist nett. Margo ist überrascht. Sie lächeln sich zum ersten Mal an, zwei Frauen, die sich ohne Verpflichtung mögen.

»Davor, wo seid ihr zwei aufgewachsen?«

»Oh, wir waren auf dem Land, nur Felder und Bäume und so.« Sie nennt eine Bergarbeiterstadt, wo Margo mal Mutterschutzvertretung gemacht hat. Es ist auf dem Land, aber nur theoretisch. Das Städtchen war hochindustrialisiert, bis das Hüttenwerk geschlossen wurde und alle Zulieferbetriebe pleitegingen. Dann machten die Läden zu und es wurde ein Slum. Sie behandelten genauso viel Asbestose und Krebs wie eine Praxis in der Innenstadt.

Margo sagt, sie kennt das Städtchen ganz gut, also relativiert Nikki ihre Aussage: Na ja, früher war es da schöner. Ihre Mutter, Patsy, ist sowieso mit ihnen nach Glasgow umgezogen, als sie noch klein waren, nach Whiteinch. Das ist ein Hafenarbeiterviertel am Fluss.

»*Patsy?*«, fragt Margo.

»Nach ihr hat Susan dich benannt. Deine Oma.«

»Lebt Patsy noch?«

»Nein. Patsy ist gestorben, als sie Betty besucht hat. Deshalb sind wir ins Heim gekommen. Sie war mitten in der Nacht in einem verlassenen Lagerhaus, ist von einer kaputten Treppe gefallen, hat sich den Schädel aufgeschlagen und war tot.«

»Was hat sie denn mitten in der Nacht in einem Lagerhaus gesucht?«

»Wollte ihre Schwester Betty um Geld anpumpen. Betty wohnte ganz oben in einem großen verlassenen Lagerhaus voller Ratten.« Sie sagt es mit einem gewissen Genuss, und Margo weiß nicht, warum.

»Was hat Betty da gemacht?«

»Sie musste weit weg von anderen wohnen, weil sie die Stimmen von Toten hörte, die Botschaften schickten. Darum musste die Familie sich von ihr fernhalten.«

»War sie schizophren?«

»Nein, Hellseherin. Sie ist damit aufgetreten und so, ist durchs Land gereist, das war ihre Arbeit. Sie konnte nicht auf zwei Kleinchen aufpassen. Betty war richtig gut, das kann ich dir sagen. Ich weiß, du glaubst nicht dran, aber sie war unheimlich. Ich hatte voll Panik, dass ich zu ihr geschickt werde, als Patsy starb, aber ich war auch erst zwölf.«

Margo erinnert sich, wie sie mit zwölf war. Das war, als ihr Dad sie alle verließ. Sie erinnert sich in überdeutlichen Schnappschüssen: der Geschmack von stark verdünntem Orangenkonzentrat, weiße und lila Krokusse auf dem Rasen vorm Haus, Janettes gequälte Streitgespräche am Telefon, während ihr Dad am anderen Ende brüllte.

»Wart ihr je in Pflegefamilien?«

Nikki rutscht von einer Hinterbacke auf die andere. »Na ja, ab und zu. Hin und her. Aber immer zusammen. Einmal wollten sie uns aufteilen, sie wegschicken und mich nicht, aber wir haben beide nein gesagt.«

»Ich habe mich gefragt, ob sie noch andere Kinder hatte?«

»Nein. Einmal eine Abtreibung, keine anderen Kinder. Aber da war sie noch klein. Ungefähr dreizehn.«

»Oh. Verstehe.« Bitter. Ein schwangeres Kind. Sexueller Missbrauch. Kinderschänder. Kein Wunder, dass die Fürsorge da war. »Dreizehn ist schrecklich jung. Das Becken ist noch nicht verschmolzen. Der Schaden kann furchtbar sein. Wer hat sie mit dreizehn geschwängert?«

»Barney Keith.«

Bei der Erwähnung seines Namens zuckt Margo zusammen. »Ich habe einen Barney Keith gefunden. Er ist auf Facebook.«

»Er ist nicht tot? Meine Güte, der war schon damals tausend Jahre alt! Sie wollte unbedingt jemanden haben. Sie hat Barney in der Stadt kennengelernt. Kennst du die Ecke Union Street und Argyle Street? Da gab's zwei Cafés, die die ganze Nacht offen hatten, und da hingen früher die Ausreißer rum. Da sind die von der Fürsorge um zwei Uhr morgens mit einem Bus vorgefahren, haben uns alle eingeladen und nach Hause gekarrt.« Nikki sieht, wie traurig Margo darüber ist. »Wir konnten doch sonst nirgends hin, Süße. Barney hatte ein Haus. Nicht alle kriegen eine Jugend. In dem Heim, da gab es Typen, du weißt schon …?«

Margo weiß es nicht, sie hat Angst zu erfahren, was Nikki damit meint.

»Ich meine«, sagt Nikki, »du denkst dir so: Na ja, warum nicht Geld dafür nehmen? Es passiert doch sowieso. Patsy hat's gemacht. Wir wussten, wo wir hinmussten und alles.«

Margo merkt, dass es ihr schwerfällt, sich auch nur vage Andeutungen anzuhören über all das, was Nikki hinter sich hat. »Nikki, es tut mir leid, wenn ich …« Sie weiß nicht, was sie sagen soll. »Es tut mir leid.«

»Du hast keinen Schimmer, wovon ich rede«, sagt Nikki vergnügt.

»Nein, stimmt«, gibt Margo zu.

»Das wollte Susan. Das wollte sie für dich. Sie wollte, dass du es mit nichts davon zu tun kriegst, und ich will das auch. Es ist gut so.«

Aber Margo hat damit zu tun. Nikki weiß es nicht, aber es ist so.

»Kannst du mir trotzdem davon erzählen?«

»Okay, na gut.« Nikki beugt sich vor, räuspert sich und schaut auf den Tisch vor sich. »Patsy hat ganz gut davon gelebt. Ich und Hairy hatten in der Schule immer das Beste, ständig neue Schuhe, neue Klamotten.« Sie streicht über ihre Jacke und lächelt vor sich hin. »Daher hab ich den Hang zu schicker Kluft. Eigentlich war sie meistens zu betrunken zum Wäschewaschen, also hat sie einfach neue Sachen gekauft – aber wir hatten unsern Haarschnitt vom Friseur, und das war damals in Whiteinch für Kinder fast undenkbar.« Nikkis Gesicht wird weich, als sie daran zurückdenkt, und sie blinzelt langsam. »Wir waren wie kleine Königinnen und Patsy war ein Arbeitstier. Sie konnte weder lesen noch schreiben, kriegte keinen anderen Job, aber als wir nach Glasgow zogen, bekam sie schnell raus, wo sie hinmuss und was zu tun ist. Sie war jede Nacht draußen, bei jedem Wetter.«

»Wer hat euch betreut?«

Nikkis Blick wandert durch den Raum. »Mich und Hairy?«

»Wenn Patsy jede Nacht weg war?«

»Wir waren im Bett.«

»Oh.«

»Das war eine andere Zeit. Sie ist in die Stadt gezogen, um von ihrem Kerl wegzukommen. Er hat ihr jede Nacht die Scheiße aus dem Leib geprügelt, und irgendwann fand sie dann, du weißt schon, ›scheiß drauf‹.«

»Euer Vater?«

Nikki schüttelt den Kopf, als hätte sie darüber nie wirklich nachgedacht. »Ich schätze, das war er wohl. Ich meine, er hatte deine Haare, Susans Haare und also … ja. Aber wir waren winzig klein, als wir da weg sind. Ich erinnere mich nicht groß an ihn, Hairy hat ihn gar nicht gekannt. Aber ich erinnere mich an Patsys Gesicht.« Sie hält sich die hohle Hand vors Auge, um zu zeigen, wie geschwollen es war. »In der Nacht hätte sie fast ein Auge verloren, also hat sie einen Müllsack gefüllt und wir sind alle in den Bus nach Glasgow gestiegen. Das war's. Sind nie zurückgegangen. Haben ihn nie wiedergesehen.«

»Mutig«, sagt Margo, denn sie findet, sie sollte etwas Positives sagen.

»Nein, bloß verzweifelt«, gibt Nikki zurück.

»Aber ich meine, auf der Straße zu arbeiten, um für ihre Kinder zu sorgen. Ihr müsst ihr sehr wichtig gewesen sein, wenn sie sich das angetan hat.«

Nikki wirft ihr einen schiefen Blick zu. »Findest du? Sie hat viel davon versoffen.«

»Na ja, ich kann mir vorstellen, dass es ziemlich beängstigend ist da draußen, allein im Dunkeln. Du weißt nie, wer da unterwegs ist …«

Nikki wirkt nicht mehr belustigt. Jetzt ist sie einfach genervt. »Hm.«

»Sie muss ein ziemlich geringes Selbstwertgefühl gehabt haben.«

»Geringes Selbstwertgefühl?« Nikki schnalzt mit der Zunge. »Hör zu: Patsy konnte weder lesen noch schreiben, aber sie ist mit zerschlagenem Gesicht und einem Müllsack voller Pullover losgezogen, weil sie fand, sie hat was Besseres verdient. Sie hat ihre Kinder behalten und einen Weg gefunden, ihren Lebensunterhalt zu verdienen und dabei die ganze Zeit scheiß besoffen zu sein.«

»Ich dachte bloß, du weißt schon, wahrscheinlich macht man so einen Job doch nur, wenn man irgendwie traumatisiert ist.«

Nikki schließt die Augen. »ARM«, sagt sie entnervt.

»Was?«

Sie sieht Margo fest an. »Sie war *arm.* Wir waren sehr arm. Deshalb haben wir es gemacht. Wir waren arm. Es ist keine psychische Krankheit, sie hatte keinen heimlichen Vaterkomplex, für die Mädels da draußen geht es nicht um Sex. Ich meine, den Freiern sagt man so was, wenn sie es hören wollen, aber eigentlich geht es um Geld. Geld verdienen, weil wir arm sind. Das stört den Status quo, was? Deshalb hat man uns so auf dem Kieker.« Nikki schnauft gereizt. »Die Cops sind da, um die Öffentlichkeit zu schützen. Leute wie wir, wir sind nicht die Öffentlichkeit. Wir sind ein Ärgernis *für* die Öffentlichkeit. So sahen es die meisten Cops. Sie haben uns gehasst, wir haben sie gehasst.«

»Diane Gallagher schienst du zu mögen.«

»Ich werde sie immer dafür lieben, dass sie es versucht hat. Bin nicht immer einer Meinung mit ihr, sie hat ihre Ansichten, aber als Mensch – ja. Sie war die einzige Frau bei der Kripo – sie haben sie erst als Polizeisprecherin eingesetzt. Sie hatte damals nicht die Leitung. Sie haben die Morde kaum untersucht, bevor sie übernommen hat.«

»Warum?«

Sie flüstert: »Wir waren nicht wichtig. So haben sie uns gesehen.«

»Aber Menschen wurden ermordet.«

Nikki zieht die Schultern hoch und lässt sie da, eine tiefe Traurigkeit im Blick. »Hör zu, früher in New York, wenn da Obdachlose umgebracht wurden, haben die Cops die Akte mit dem Vermerk NHI abgelegt: *No Humans Involved.* Nicht mal menschlich. Wenn unsereins umgebracht wird, nennen sie uns ›Totstücke‹, als ob wir von vornherein nie wirklich lebendig gewesen wären. Weißt du, wenn Susan Ärztin gewesen wäre, so wie du, dann hätten sie das scheiß Militär aufmarschieren lassen. Du wärst das perfekte Opfer.«

Sie wendet den Blick ab und Margo überlegt, ob sie gerade bedroht worden ist. Das überrascht sie, denn so etwas fragt sie sich nicht oft, und sie beschließt, dass sie sich vertan haben muss. Sie legt ihre Hand auf Nikkis.

»Hör mal, ich denke nicht so über Susan. Ich glaube nicht, dass sie wegen dem, was sie für Geld gemacht hat, weniger menschlich ist oder nicht wichtig.«

Nikki schnaubt und schüttelt ihre Hand ab. »Komm mir nicht so.«

»Wirklich nicht.«

»Warum sagst du es dann überhaupt? Würdest du mir erklären, dass du sie nicht für weniger menschlich hältst, weil sie Lehrerin war? Oder Busfahrerin?«

Margo ist baff. Sie hat recht.

»Neulich dachte ich, McPhail würde im Gericht auftauchen, deshalb stand ich ein bisschen neben mir, als ich dich kennengelernt habe.«

»Was, wenn er es nicht war?«

Nikki ist beleidigt. »Er *war's*. Er schreibt mir immer noch Drohbriefe. Der einzige Grund, warum er nie angeklagt wurde, war, weil die Cops ihn gedeckt haben.«

»Das klingt ein bisschen paranoid.«

»Ach ja?«

»Ja, um ehrlich zu sein.«

Sie sitzen jetzt sehr still und Nikki knirscht mit den Zähnen.

»Tja. Weißt du was«, Nikki grinst bissig, »in Sachen Familie musst du nehmen, was du kriegst. Wen hast du erwartet – Jacob Rees-Mogg oder so ein piekfeines Arschloch?«

»Ehrlich gesagt ist das so ziemlich das einzige Szenario, das schlimmer sein könnte als das hier.«

Nikki schmunzelt und Margo lächelt zurück. Nikki grinst und Margo fängt an zu lachen und Nikki auch. Dann können sie nicht mehr aufhören, weil ihr Lachen gleich ist: weit offener

Mund, Kopf nach hinten, Brust raus. Nikki haut auf den Tisch und Margo macht es ihr nach und sie lachen noch lauter.

Die Barkeeper schauen rüber. Einer von ihnen lächelt überrascht, als hätte er schon lange niemanden mehr lachen gehört.

Die Alkoholiker werfen abschätzige Blicke, einer linst seitlich um seine Zeitung herum, der andere über den Rand. Sie glauben, die Frauen sind betrunken, aber das sind sie nicht. Sie sind nur zu traurig, um mit Lachen aufzuhören.

Schließlich, als die Hysterie verebbt, sagt Nikki verschwörerisch: »Ich hab die Briefe, wenn du mal reinschauen willst.«

»Du hast sie dabei?«, sagt Margo und fragt sich, ob Nikki die Drohbriefe gleich im Satz geschrieben hat, ob dies die Falle ist, die sie schon die ganze Zeit gestellt hat.

»Ich hab sie bei 'ner Freundin verstaut, nur ein kleines Stück zu Fuß von hier.«

»Warum bewahrst du sie nicht bei dir auf?«

»Na, falls er einbricht und mich umbringt und sie klaut. Willst du sie sehen?«

17

Sie kommen zusammen aus dem Pub. Die neue Susan vorneweg und dann Nikki-Scheiß-Brodie in dieser pinken Jacke. Sie sind nicht blau, sie schwanken nicht, aber das ist ein Fehler, sie haben die Chance verpasst, sich volllaufen zu lassen, das macht ihre Schicht viel härter, wenn sie unten am kalten Fluss im Dunkeln Typen für einen Fünfer einen blasen.

Sie hat den Brief bekommen, wirkt nervös. Das ist gut, dann ist sie schissig und leichter ins Auto zu kriegen.

Nikki geht vor, trainiert den Nachwuchs, wie sie es immer machen. Sie ist ein vertrockneter Sack. Sie ist ein Schwein, das nicht loslassen konnte. Bloß gut, dass sie in Rente ist. Das will ja keiner anfassen.

Sie müssen jung sein, damit sie gelehrig sind. Man muss sie jung holen und ihnen beibringen, was sie sind. Einer alten Nutte bringst du keine neuen Kunststücke bei. Damit sie richtig arbeiten, muss man sie jung brechen.

Da machen sie nämlich ihr Geld, wenn sie jung sind. Sie ist jünger, aber nicht so jung. Aber sie wird sich schon gut machen.

Sie gehen runter zum Green, wo sie hingehören, überqueren Straßen, schnell bergab, um sich für Geld das Loch aufreißen zu lassen.

Ihr Geruch. Ist das eine Erinnerung? Eine Erinnerung an einen Geruch? Ekelhaft. Versifft. Gammeliges Fleisch. Muss eine Erinnerung sein, aber es hängt in der Nase. Es ist ein Siffgeruch, so einer, wo man sich wegdreht und die Augen zumacht. Verseuchung. Muss weggeputzt werden.

Ihre Sorte dünstet das aus, das liegt ihnen im Blut. Sie können die Nase hoch tragen, sie können Abschlüsse haben, dass sie ihnen zu den Ohren rauskommen, aber man merkt immer, wo es gammelt, wo der Gestank nach Verrottetem ist.

Siff.

18

Die Saltmarket wird langsam exklusiver, aber es gibt noch Inseln der alten rauen Stadt. Es gibt Sackgassen und dunkle Ecken, Bettler und sich prügelnde Betrunkene, aber Margo fühlt sich hier wohl. In der Nähe sind Straßen mit coolen Restaurants und unabhängigen Fotogalerien und eine Bar voller Retro-Spielautomaten, wo bärtige Hipster hingehen.

Es ist sieben Uhr an einem ruhigen Mittwochabend im Stadtzentrum. Die Temperatur ist gefallen, Frost kriecht weiß über den Asphalt, funkelt in der Luft unter den Straßenlaternen. Ab und an zockeln Busse vorbei, über deren Scheiben das Kondenswasser läuft, und die Passagiere schieben sich darin herum wie Fische in schmutzigen Aquarien. Taxis patrouillieren die Hauptstraßen auf der Jagd nach Fahrgästen, aber die nehmen kein Taxi, sie gehen zu Fuß.

Obwohl sie clean und nüchtern ist, hat Nikki immer noch den typischen Gang einer Süchtigen. Sie ist schnell, hebt die Knie hoch wie eine Antilope, schaut sich nie um, ob ihre Begleitung noch neben ihr ist, hält den Blick starr nach vorn gerichtet, sie hat eine Mission. Margo sieht ständig untergewichtige Leute einzeln oder zu zweit auf diese Art durch belebte Straßen gehen. Sie beneidet sie um ihre Zielstrebigkeit, die Gewissheit, dass sie auf etwas zumarschieren, wovon sie sich, wenn sie es nur kriegen können, garantiert besser fühlen.

Nikki geht schnell und nimmt eine Route, die Margo nicht nehmen würde, und Margo folgt ihr, muss sich beeilen, um Schritt zu halten.

Sie umrunden Brachen, eilen durch eine Gasse, in der sich nach Pisse stinkende Matratzen stapeln, überqueren einen

Parkplatz mit schartigem Asphalt. Nikki nimmt nicht die Straßen, die von designten Lokalen und Läden gesäumt sind. So sieht die Gegend für sie nicht aus.

Sie gehen unter einer niedrigen Eisenbahnbrücke durch und schlängeln sich durch eine Ansammlung von Rauchern vor einem Pub. Margo wappnet sich gegen unsachliche Kommentare, Anzüglichkeiten, Beleidigungen, aber keiner der Raucher sieht auch nur hoch. Sie wirken alle niedergeschlagen, konzentrieren sich auf ihre Zigaretten oder E-Zigaretten. Es ist jetzt so kalt, dass dichter gefrorener Atem kaum noch von süßlich riechenden Vape-Wolken zu unterscheiden ist.

Plötzlich bleibt Nikki am Bordstein stehen und schaut über die breite Straße hoch zu einem hell erleuchteten Fenster im zweiten Stock. Ihr Gesicht wird weich.

Sie guckt nach links und rechts, runter zur Brücke und den Gorbals, rauf zum Trongate Tower, wo früher Hexen verbrannt wurden. »Los.« Sie eilt über die leere Straße, und Margo folgt ihr.

Sie erreichen die Tür eines hohen Mietshauses und Nikki drückt den Summer. Die Tür öffnet sich. Sie hält sie für Margo weit auf. Margo zögert: Ist das leichtsinnig? Sie hat keine Ahnung, was da drin ist oder wer Nikki wirklich ist.

Nikki hält immer noch die schwere Tür und lächelt. »Schick einer Freundin eine SMS mit der Adresse. Sie soll die Polente rufen, wenn sie nichts mehr von dir hört.«

Margo ist ein bisschen verblüfft. Genau das sollte sie tun und exakt das hat sie auf dem Weg gedacht. Sie muss es nicht mal heimlich machen, weil Nikki es ihr selbst vorschlägt.

Nikki wartet, hält mit dem Rücken die Tür auf, sieht geduldig zu, wie Margo Lilah schreibt und dann ihr Handy wegsteckt. Ihr wird bewusst, dass eine Sexarbeiterin wahrscheinlich genau das tut, wenn sie in ein Gebäude geht, das sie nicht kennt. Sie tritt ein, und Nikki lässt die Tür los.

»Machen Leute das auch, wenn sie …« Sie kennt das Wort nicht. Sie zeigt zur Straße hinaus. »Da draußen sind?«

»Ja.«

»Hättest du es dann deinem Zuhälter geschickt?«

Nikki bellt ein hohes, spöttisches Lachen. Es ist umwerfend und ehrlich. »Wir hatten keine Zuhälter, nicht in Glasgow, wir brauchten jeden Penny selber.« Aber dann wedelt sie mit der Hand und korrigiert sich: »Nee, das waren die alten Zeiten. Jetzt läuft ja alles per Webcam und Heimarbeit, die zahlen allesamt Steuern. Aber wir nie.«

Je länger sie mit ihr zusammen ist, desto lieber mag Margo Nikki. Sie traut ihr nicht, aber sie mag sie. Sie hofft, sie hat ihre Grazie, eine leicht versetzte Art, sich zu bewegen: Becken, dann Beine, Schultern, dann Wirbelsäule, Handgelenke, dann Finger. Einstweilen genießt sie Nikkis Nähe und ihre Offenheit.

Die Tür zur Straße schließt sich sanft, wird beim Zugehen langsamer, dann ein lautes Klickgeräusch, das klingt wie ein Finale.

Es ist ein schmuckloser Eingang, keine schicken Wandfliesen oder Böden, nur grün glanzlackiert bis auf Schulterhöhe und darüber cremefarben.

Die Schärfe des bitterkalten Abends ist hier drin gemäßigt. Margo riecht gebratenen Speck. Nikki führt sie hoch in den zweiten Stock zu einer angelehnten Tür hinter einer abgetretenen Fußmatte mit Regenbogenflagge. Sie drückt sie auf und sie gehen rein.

Ein quadratischer Vorraum, höher als breit. An den Wänden hängen Klemmrahmen, vollgestopft mit zusammengewürfelten Familienfotos, manche sind runtergerutscht und verdecken andere Fotos. Keins der Bilder sieht gestellt aus, es sind alles Schnappschüsse von Partys und Gesichtern und Leuten mit Baby im Arm auf Sofas.

Aus einem dunklen Raum links ist ein Fernseher zu hören.

Nikki ruft: »Hiya?«

»Nikki, bist du's?« Die Stimme ist so rau, dass sich schwer ein Geschlecht zuordnen lässt. Sie kommt aus der Richtung des Fernsehers.

Nikki betritt das Zimmer und Margo folgt ihr.

Eine Person mittleren Alters, so klein wie ein Kind, sitzt mit dem Rücken zu ihnen in dem einsamen Lehnsessel, ein ergrauender Männerhaarschnitt.

Sie weiß nur, dass es eine Frau ist, weil Nikki »Lizzie« sagt und ihr sanft übers Haar streicht.

Lizzie guckt Fußball auf einem riesigen, an die Wand geschraubten Flachbildfernseher. Das Zimmer ist warm und gemütlich, der Fernseher die einzige Lichtquelle. Der Schwenktisch eines Krankenhausnachtschranks ist vor ihren Sessel gedreht, darauf eine Schachtel Zigaretten und ein Aschenbecher, ein Feuerzeug und eine riesige Tasse mit *I love the boaby*-Aufdruck. Lizzie ist so gefesselt von dem Fußballspiel, dass sie sich nicht zu ihnen umdreht.

»Gut gelaufen, Schatz?«, fragt sie den Bildschirm.

»Aye.« Jetzt schaut Nikki auch Fußball. Sie hat die Arme verschränkt. »Hab sie mitgebracht, um ihr die Briefe zu zeigen. Kann ich sie mir einfach nehmen?«

»Aye, aye«, sagt Lizzie zum Fernseher. »Guck dir bloß diesen Haufen Eselswürste an.«

»Alles Vollidioten«, sagt Nikki liebevoll.

Ein junger Fußballer verfehlt einen Pass. Der Bildschirm ist so groß und klar, dass er fast halbe Lebensgröße hat. Ein anderer Spieler erlangt Ballbesitz und der erste Spieler fällt ohne jeden Grund um und verzieht schmerzerfüllt das Gesicht.

Nikki und Lizzie lachen verächtlich auf. Ihre Blicke kleben fest am Bildschirm.

»Du liebe Zeit«, sagt Nikki. »Und das für dreihunderttausend die Woche.«

»Ich meine …«, Lizzie streckt ihre winzige Hand flehend nach der Glotze aus, »nimm für das Geld doch wenigstens ein paar Schauspielstunden!«

Sie schnauben wieder ihr wissendes Lachen und Nikki dreht sich um und drängt sich an Margo vorbei. »Komm mit.«

Sie führt sie durch eine kleine Küche, murmelt mit beschämtem Unterton Entschuldigungen für das Chaos. Schachteln von Billigkeksen reihen sich auf den Arbeitsflächen und das Spülbecken ist voll mit dreckigen Tellern und Töpfen. Sie langt hoch zu einem Hängeschrank, hinter dessen Tür ein Durcheinander aus Tassen zum Vorschein kommt. Seitlich, flach an der Wand, steckt ein dicker brauner Umschlag. Sie zieht ihn heraus. Er ist abgegriffen und eingerissen und fast voll. Am Tisch fegt sie mit dem Unterarm Briefe und Flyer beiseite, um Platz zu machen. Sie legt den Umschlag hin und sie setzen sich nebeneinander und schauen ihn an.

Nikki sammelt sich, greift in den Umschlag und zieht ein Bündel von zehn oder zwölf durchsichtigen Frischhaltebeuteln heraus, fächert sie auf dem Tisch auf wie ein Deck Spielkarten.

In jedem ist ein handgeschriebener Brief, Papiergröße und Art variieren, manchmal ist es A4, manchmal klassisches Briefpapier, manchmal eine aus einem Schmierheft gerissene Seite.

Alles in derselben Handschrift wie der Brief, den Margo gestern früh in ihrem Flur gefunden hat.

Die Wörter sind nach vorn geneigt, das t und das f immer klein und gerade, genau wie in dem Brief, den sie Robertson gegeben hat. Sie sind von derselben Person geschrieben.

Margo wird plötzlich kalt und sie fühlt sich klein. Sie zwingt sich tief durchzuatmen und nickt Nikki ruhig zu. »Warum sind sie in Plastiktüten?«

Nikki blickt verwirrt darauf hinab. »Ich dachte, wir kriegen vielleicht noch DNA oder Haare oder so, wenn ich sie gut aufbewahre. Hab sie vor ein paar Jahren da reingesteckt.« Sie sieht zu Margo auf, als könnte sie so was wissen. Margo nimmt an, Nikki hat sich nach Schauspielern in Fernsehkrimis gerichtet.

»DNA muss zeitnah gesichert werden, Nikki.«

»Und nun …? Sind die Tüten sinnlos?«

»Tut mir leid.«

Nikki betrachtet sie traurig. »Ich dachte, es wäre einen Versuch wert, weißt du?«

»Ich weiß.«

»Ich tu mein Bestes für sie.«

»Ich weiß.«

Margo schaut auf die Briefe. Bei einem klebt ein Büschel krauser dunkler Haare innen am Plastik. Es könnte ihr Haar sein, wenn sie es nicht ölen würde. Ein zerbröselndes blaues Haargummi hält die Strähne zusammen. In einem anderen steckt ein schmutziger Fetzen Tartan mit demselben Karomuster wie auf dem Tatortfoto: Rot mit Gelb durchsetzt.

Nikki zeigt auf die Haarsträhne, scheut aber davor zurück, sie anzufassen. »Haare«, sagt sie, als müsste das betont werden. »*Ihre* Haare. Er wusste, dass Hairy ihr Spitzname war und dass sie so drahtig waren wie die hier. Und das Haargummi? Das ist ihrs.« Sie reibt sich traurig die Stirn, bewegt die Lippen, als sie Textzeilen liest. »Tja, das hier ist der zweite. Der kam, ein Jahr nachdem Susan tot aufgefunden wurde.«

Margo liest:

An Nikki Brodie: Ich bin der Kerl der deine Huhre von Schwester gekillt hat. Ich hab's abgestochen und gewaschen und auf sie gepisst, als es starb. Sie war ein Stük Scheiße. Ich hab sie Wellington Lane gefunden & zu mir geschaft. Ich [ausgestrichenes Wort] hab's oft mit ihr gemacht aber diesmal war's am besten.
Hat Spas gemacht. Meine Arbeit ist aber lengst nicht getan.
Der Rammbock

Margo liest es noch mal. Dieselbe Handschrift, dieselbe Rechtschreibung, dieselbe Syntax wie in ihrem Brief. Sie denkt an die gender-ambivalente Lizzie, die im Wohnzimmer Fußball guckt, und wahrscheinlich fällt ihr deshalb auf, wie der Briefeschreiber betont, dass er männlich ist. Sie überlegt, wie oft anonyme Briefeschreiber ihr Geschlecht benennen. Und ob die Briefe von einer Frau verfasst sind, die sich als Mann ausgibt, um von sich abzulenken. Nikki könnte sie auch selbst geschrieben haben. »Erbärmlich«, sagt sie, um irgendwas zu sagen.

»Ja.« Nikki räuspert sich. »Aber ich hab auf der Straße schon Schlimmeres zu hören bekommen, das macht mich nicht fertig«, ihre Stimme ist zittrig und belegt, »sondern die Sachen bei den Briefen drin. Er hat sie gekannt. Wirklich. Ich glaube, er war bei ihr, als sie starb.«

Margo schaut zu, wie Nikki ein paarmal schnell zwinkert, um nicht zu weinen. Der Brief ist ziemlich unheimlich.

»Nikki, wie alt warst du, als du den hier bekommen hast?«

»Zweiundzwanzig?«, flüstert sie und reibt sich mit dem Zeigefinger fest zwischen den Brauen, als wollte sie ihre Augen verdecken. Sie nickt und lässt die Hand da. »Hat aufgehört, als McPhail im Gefängnis war. Der letzte kam vor zwei Monaten.«

»Warum hat Gallagher nichts dagegen unternommen? Ihn verwarnt oder so?«

»Sie meinte, die könnten von jedem sein. Aber ich weiß, dass er es ist, und ich weiß, er hat Susan umgebracht. Er war bekannt dafür, dass er auf Mädels gepisst hat. Manchmal hat er bezahlt und dann hinterher auf dich gepisst. Er hatte so schwarze Augen, die Pupillen, tief, irgendwie … schwer zu beschreiben.« Sie saugt an ihren Zähnen. »Jedenfalls gibt's da Details in den Briefen, was sie anhatte, wo er sie geschnappt hat. Das wussten nur die Cops, also sind sie definitiv von ihm. Die Cops hatten zwischendurch mal Interesse, sie haben mir die Briefe abgenommen und sie untersucht, aber dann gesagt, da war nichts. Ich musste sie zwingen, sie mir zurückzugeben.«

»Gallagher?«

»Ja. Der Typ vor ihr wollte nicht mal hingucken.«

»Und in den Briefen standen Einzelheiten, die nur die Polizei kannte?«

»Aye. Echt. Ich hab das nicht erfunden. Sachen, die ich nicht gewusst hab, aber *die* schon. Dass auf sie gepisst wurde. Gallagher hat gesagt, was in den Briefen steht, trifft zu.«

»Wenn McPhail Polizist war, könnte er diese Infos nicht von anderen Cops bekommen und in einen Brief geschrieben haben? Die Deckenfetzen und Haare hatte er vielleicht aus einem Asservatenschrank? Was nicht heißt, dass er sie umgebracht hat, aber er könnte die Briefe geschrieben haben, damit du aufhörst zu verbreiten, dass er's war. Vielleicht weiß die Polizei das sogar, und deshalb wollten sie nicht weiterermitteln?«

»Gott, das könnte sein!« Nikki scheint das zu freuen und sie nickt Margo respektvoll zu. »Das klingt logisch. Er war sauer, weil ich gesagt hab, er hätte was damit zu tun.«

»Robertson hat gesagt, er sei bösartig.«

»Oh aye, bösartig trifft es ziemlich genau.«

Die Tür zur Küche geht auf und Lizzie steht da. Halbzeitpause. Sie hören die Werbung aus dem Fernseher. Lizzie hat einen praktischen Haarschnitt und eine große Bifokalbrille mit durchsichtigem Gestell. Sie ist noch kleiner, als sie in dem ertränkenden Lehnsessel wirkte, kaum eins fünfzig. Sie ist angezogen wie ein Mann mit gerade geschnittener Jeans, grauen Socken und kastenförmigem Sweatshirt. Sie legt den Kopf in den Nacken, damit sie Margo durch die untere Hälfte ihrer Brillengläser ansehen kann, die ihre grauen Irisse vergrößern und verzerren.

19

»Issie das?«, fragt Lizzie und starrt Margo mit Augen wie Untertassen an.

Nikki legt Margo die Hand auf den Unterarm. »Aye«, sagt sie. Sie sieht gleichzeitig stolz und schüchtern aus.

Lizzie kommt näher und besieht sich Margo genau, ein Lächeln blitzt in ihren Augen auf. »Furchtbar schön, dieses kleine Gesicht wiederzusehen.« Sie bricht ab und schluchzt auf, hält sich beide Hände vors Gesicht und weint wie ein Kind. Nikki lacht liebevoll über ihre Reaktion und tröstet sie und überredet sie, sich mit ihnen hinzusetzen.

Sie setzen sie auf Margos Platz, und Nikki lacht sie an und rubbelt ihr den Rücken.

Lizzie schüttelt den Kopf und murmelt durch die Finger: »Das ist die Freude … ich bin froh.« Mit ungleichmäßigen Atemzügen trocknet Lizzie ihr Gesicht am Ärmel und fragt Nikki: »Ist sie auch so scheiß irre wie Hairy?«

Nikki streicht ihr wieder über den Rücken, diesmal fest. »Nein. Sie ist ziemlich gesetzt.«

Margo fragt: »Was meinst du mit ›scheiß irre‹?«

»Nein, nein.« Lizzie wedelt mit der Hand. »Ich meine nicht, dass sie psychisch gestört war. Nur – Susan hatte vor nichts Angst. Gott weiß, sie hatte reichlich Gründe, Angst zu haben, dem Mädel ist genug Schlimmes zugestoßen, aber sie war so eine, die das einfach nicht in sich hatte.«

»Ach, na ja, das stimmt so nicht.« Nikki lächelt wehmütig auf den Tisch hinab. »Hairy hatte durchaus Angst. Sie hat mir mal gesagt, sie hätte eigentlich immer Angst, sogar beim Schlafen, und eines Tages ist ihr klar geworden, dass sie nicht noch mehr Angst haben kann und dass das nicht weggeht, und von da an hat sie einfach gemacht, was sie wollte. Sie meinte, sie hätte nichts mehr zu verlieren, also könnte sie auch alles ausprobieren.«

Lizzie erzählt Margo in ehrfürchtigem Flüsterton: »Sie hatte immer ein *Messer* dabei.«

»Ehrlich?« Margo weiß nicht recht, was sie dazu sagen soll.

Lizzie schaut sie kritisch an, ihre gebändigten Haare, ihren langweiligen Konfektionsmantel und ihren cremefarbenen Kaschmirpulli mit Rundhalsausschnitt.

»Ist es okay? Weiß sie, was wir sind? Ich hab hier in meiner Bude keine Lust, mich zu verleugnen.«

»Sie ist erwachsen, Lizzie«, sagt Nikki nervös, »ich hab's ihr erzählt.«

Lizzie legt, plötzlich aggressiv, den Kopf schief. »Du weißt Bescheid, ja?«

Margo ist nicht sicher, worum es gerade geht.

Lizzies Blick wird hart. »Wir sind *Prostituierte.*« Sie faucht das Wort und wartet auf eine Reaktion, schwelgt in der Spannung.

Nikki sagt tonlos: »Lizzie, sie weiß es schon. Ich hab's ihr schon gesagt.«

Lizzie hält Margos Blick fest. »*Huren*. Klar, was ich damit meine?«

»Sex für Geld?«, sagt Margo vorsichtig, will in keinen Fettnapf treten.

»Aye. Die meisten Leute finden, wir sollten das leugnen, uns anders bezeichnen, irgendwie lügen, aber ich mach das nicht. Wir sind Huren. Kannst es nicht sagen, oder?«

Der Blick aus großen, nassen Eulenaugen bohrt sich in sie. Margo weiß nicht, wie sie in dieser Situation richtig reagieren soll. »Ist das das Wort? Ich weiß nicht, was okay ist und was beleidigend.«

»Ach, Wörter.« Lizzie verschränkt die Arme und presst die Lippen zusammen, nickt süffisant. »Scheiß auf Wörter. Verschon mich mit dem Scheiß. Die Stadtmission wollte ein Jahr lang nicht, dass man uns Prostituierte oder Sexarbeiterinnen nennt, ein ganzes Jahr hatten sie überhaupt kein Wort für uns. Wir werden da draußen gekillt, und diese scheiß Politärsche streiten um Wörter.«

Nikki sieht nervös aus und murmelt: »Das interessiert sie nicht, Lizzie.«

»Tja, das sollte es aber! Wir können nicht alle Tanya fucking Williams sein! Es sollte sie interessieren! Das sollte es!« Aber je heftiger Lizzie insistiert, desto weniger überzeugt klingt sie.

»Was war anders an Tanya Williams?« Margo hat ein bisschen Angst vor Lizzie.

»Oh, sie war ganz anders als wir anderen.« Lizzie ist stinkwütend. »*Ganz* anders. Hatte eine Familie. Hat mal auf einem Pferd gesessen.«

»Komm schon, Lizzie, Tanya Williams war eine arme kleine Seele wie wir auch«, sagt Nikki, aber dann sagt sie zu Margo: »*Das* war anders. Die Cops haben ermittelt und Zeugen haben sich gemeldet und alles. Solange nur *wir* angegriffen wurden, hat sich niemand gemeldet.«

»Warum?«

Lizzie verpasst ihr einen harten Blick. »Sag du's mir. *Du* bist die Öffentlichkeit. Sag du's mir.«

Nikki will darüber nicht reden. »Es ist so, Tanyas Leute waren reizend, sympathisch. Sie sind im Fernsehen aufgetreten. Sie war jung, sie hatte ein trauriges Leben. Deshalb wurde dann richtig ermittelt.«

Margo kann das nicht glauben. »Man muss doch wohl nicht *nett* sein, damit die Polizei einen Mord untersucht?«

»Doch.« Lizzie nickt langsam. »Muss man.«

»Aber dazu ist die Polizei doch da.«

Nikki tätschelt ihre Hand. »Für dich ist sie da. Und für Tanya. Für uns nicht.«

»Fairerweise muss man sagen«, Lizzie wedelt mit der Hand in Richtung Margo, »der Öffentlichkeit ist es auch scheißegal. Wenn's um unsereins geht, tun alle so, als wär nichts passiert. Sie steigen auf der Straße über uns weg. Du würdest auch auf der Straße über uns wegsteigen.«

»Würde sie nicht«, sagt Nikki leise.

»Aye, würde sie.«

»Würde sie nicht«, sagt Nikki mit halbem Lächeln. »Sie ist Ärztin.«

»Ehrlich?«

»Aye. Eine echte Ärztin in der Familie.«

»Gott, sie ist wie sie, oder? Und sie ist Ärztin«, sagt Lizzie bewundernd. »Wahnsinn.«

»Ich weiß.« Nikki nickt stolz.

Nikki und Lizzie lächeln und mustern Margo wie eine besonders hübsche Zuchthündin. Margo muss etwas sagen, und sei es nur, um zu beweisen, dass sie es kann. »Hielt die Polizei McPhail für den Mörder von Tanya Williams?«

Lizzie und Nikki kichern verschwörerisch.

»Nein, wir sollten darüber nicht lachen – es ist nicht lustig«, sagt Nikki. »Sie war ein nettes junges Mädel, und was passiert ist, war schlimm.«

»Du hast recht«, sagt Lizzie. »Ihre arme kleine Mutter.« Sie wendet sich an Margo: »Wir lachen nicht darüber, was der armen Kleinen passiert ist, sondern über die Cops … sie sind einfach scheiß Vollidioten. Und weißt du was«, sagt Lizzie, »wenn sie die anderen Fälle mal untersucht hätten, die Vergewaltigungen und Übergriffe und die anderen Morde, dann hätten sie ihren Job anständig machen können, als Tanya umgebracht wurde, klar? Aber sie haben es *grandios* verkackt.«

Nikki schnalzt missbilligend und versucht es Margo zu erklären: »Weißt du, die Cops hatten beschlossen, dass es diese Türken waren. Haben denen zwei Jahre lang ihr Café verwanzt. Haben sie alle angeklagt. Meinten, sie hätten sie beim drüber Reden erwischt. Und dann, als die Anwälte der Verteidigung die belastenden Bänder von zwei Jahren gekriegt haben, stellt sich raus, dass da nichts drauf war, nur gedämpfte Geräusche und wie die ein türkisches Kartenspiel namens ›Versteck die Dame‹ spielen. Hat Millionen gekostet. Der Fall ist geplatzt. Die Polizei hat ein Riesenbudget abgestellt, um zu untersuchen, was bei der Ermittlung schiefgelaufen ist. Dann kam raus, das haben sie komplett verbraten, um rauszukriegen, wer der Presse gesteckt hat, dass sie verkackt haben. Sie haben illegal das Telefon aller Cops abgehört, die was verraten hatten.«

»Heilige Scheiße.«

»Heilige Scheiße, und ob«, sagt Lizzie ernst wie eine Nachrichtensprecherin. »Und das passiert, wenn ihnen was wichtig ist.« Sie schiebt sich die runtergerutschte Brille hoch und betrachtet die Briefe, wühlt sie durch, bis sie den mit dem schmutzigen karierten Stofffetzen findet. »Wer immer er ist, er ist ein beschissenes Arschloch. Der Mord an Susan hat uns zerbrochen, ja, das hat er.« Sie steigert sich in irgendeine Erinnerung hinein und läuft rot an. Nikki reibt ihr fest die Schultern, sagt, sie soll es abschütteln. »Sogar Betty. Sie war nie wieder dieselbe.«

»Die Hellseherin Betty?«, fragt Margo. »Hast du sie gekannt?«

»Seit sie in der Washington Street gehaust hat«, sagt Lizzie. »Sie wohnte über einem Lagerhaus. Der Schuppen war voller Ratten.«

»Das klingt schrecklich. Warum hat sie ausgerechnet da gewohnt?«

Lizzie zieht die Brauen hoch und lässt Nikki antworten.

»Na, die Stimmen in ihrem Kopf«, sagt die. »Sie musste allein sein.«

Lizzie fängt einen strengen Blick von Nikki auf und unterdrückt ein Grinsen. »Na ja, wer weiß, vielleicht hat sie wirklich die Toten gehört und wollte nicht bloß ihrer gestörten Familie aus dem Weg gehen.« Sie steht auf und tritt beiseite.

»Sie *war* Hellseherin«, sagt Nikki fest. »Etwa nicht, Lizzie?«

»Tja –« Lizzie klopft sich mit ihren Minihänden auf ihren winzigen Bauch und verschiebt ihr Gewicht auf den Fuß, der der Tür am nächsten ist, »also wenn nicht, hat sie es jedenfalls gut hingekriegt, so zu wirken.« Und dann zwinkert sie Margo schnell zu und verlässt die Küche. Sie hören, wie im Fernsehen das Fußballspiel weitergeht.

Nikki schüttelt den Kopf. »Betty verlor das zweite Gesicht in der Nacht, als Susan starb.«

Margo schaut auf die Umschläge. »Alle mit demselben Poststempel?«

»Alle aus Easterhouse, wo ihre kleine Leiche gefunden wurde.« Nikki seufzt und schüttelt den Kopf, als hätte sie dieses Gespräch schon oft geführt. »Du glaubst mir nicht.«

Margo will ihr nicht von ihrem Brief erzählen. Wenn Nikki ihn geschickt hat, wartet sie nur darauf, und wenn nicht, wird es ihr Angst machen, also sagt Margo nichts.

Nikki spricht leise. »McPhail hat Susan umgebracht. Niemand glaubt mir.«

»Jack Robertson glaubt dir.«

»Nein, ich glaube *ihm*. Da ist mir klar geworden, dass es McPhail war, als sein Buch rauskam. Nicht zu glauben, dass McPhail immer noch da ist.«

Wenn sie diese Briefe nicht selbst schreibt, denkt Margo, dann ist Nikki schutzlos, und jemand treibt ein Spiel mit ihr. Sie nimmt an, dass Nikki die Person wahrscheinlich kennt, dass es jemand in ihrer Nähe ist, der oder die sieht, wie sie sich aufregt, und sich daran aufgeilt. Vielleicht Lizzie. Vielleicht der Exfreund, der ihr die Zähne ausgeschlagen hat. Aber diese Person macht einen Fehler, indem sie Margo schikaniert, denn sie hat einen Hochschulabschluss und ein Auto. Sie glaubt nicht an Hellseherei oder Magie oder geniale Serienmörder. Margo kann die Polizei einschalten, und man wird auf sie hören. Sie ist nicht Nikki.

Nikki sammelt die Briefe ein und steckt sie sorgfältig in den braunen Umschlag zurück, tätschelt das fette Päckchen und lässt ihre Hand darauf liegen.

»Susan«, sagt sie traurig.

Margo möchte etwas Hilfreiches sagen. »Es tut mir leid, Nikki«, sagt sie. »Hör mal: Was kann ich tun?«

Es ist eine Floskel, die sie bei Patienten in der Praxis benutzt, um zum nächsten Teil der zehnminütigen Beratungszeit überzuleiten, nachdem sie ihre Beschwerden dargelegt und ein bisschen geweint haben. Sie bereut es, das jetzt gesagt zu haben, denn es klingt steril, fast abweisend.

Aber Nikki ist begeistert, dass sie das sagt. Sie richtet sich auf. »*Interessier dich dafür*, was mit deiner Mum passiert ist. Kein Mensch interessiert sich dafür. Wenn ich mal nicht mehr da bin, ist es, als hätte es sie nie gegeben. Dann hat er sie wirklich vernichtet.«

20

Margo geht jetzt. Sie waren zwei Stunden zusammen, aber es fühlt sich an wie ein Monat. Sie kann es kaum erwarten, allein zu sein und gründlich über alles nachzudenken.

Nikki holt einen Post-it-Block und einen winzigen Ikeableistift aus der Schublade und schreibt ihre Adresse auf, eine E-Mail-Adresse, ihre Handy- und ihre Festnetznummer. Sie gibt Margo den Zettel und dann den Block und den Stift. Margo fühlt sich in die Enge getrieben, sie hat schon genug um die Ohren, aber Nikki starrt sie an, den Block, den Stift, also schreibt sie. Sie schreibt ihre Handynummer auf, ändert aber die letzten drei Ziffern. Sie gibt eine Adresse im Norden der Stadt an, in der Gegenrichtung zu ihrer echten Adresse auf der Southside. Sie gibt eine E-Mail-Adresse an, die einfach aus einem Durcheinander von Buchstaben und Zahlen besteht.

Nikki nimmt den Zettel, liest und lächelt, sie faltet ihn sehr sorgfältig. Sie steckt ihn in ihre Hosentasche und tätschelt sie, lächelt Margo an, die sich nun fühlt wie eine scheinheilige Kuh. Dann sagt Nikki, sie bleibt bei Lizzie, um das Spiel zu Ende zu gucken, besteht aber darauf, Margo noch runter zur Haustür zu bringen und sich dort zu verabschieden.

Margo würde sich lieber in der Wohnung verabschieden, wo sie unter sich sind, falls Nikki wieder weint, aber Nikki findet das unmöglich, sie kommt aus einer Kultur mit anderen Sitten und sagt, Margo nicht runterzubringen wäre sehr unhöflich. Draußen im Flur zieht sie Pantoffeln und einen blauen Morgenmantel über, beides zu groß für Lizzie. Margo fragt sich, ob die Frauen ein Paar sind.

Sie verlassen die Wohnung und tapern runter zum Ausgang,

erreichen die Haustür und Nikki macht sie auf und lässt die kalte Nacht herein.

»Ich kann dir nicht genug danken, dass du auf mich zugekommen bist, Nikki.«

Nikki umarmt sie unbeholfen und lässt los. Sie sagt, vielleicht können sie sich wiedertreffen, in ein paar Wochen, jetzt hat Margo ja all ihre Kontaktdaten und ihre Adresse. Margo sagt ja, sehr schön, und du hast meine.

Sie wissen nicht, wie sie zum Ende kommen sollen. Margo tritt in die Nacht hinaus und dreht sich noch einmal um, sieht, wie die Tür zufällt und Nikki durch die Glasscheibe mit dem engmaschigen Netz schaut. Margo winkt zum Abschied und dreht sich weg. Sie ist allein und Erleichterung flutet sie.

Endlich allein.

Sie wirft einen Blick zurück und sieht, dass Nikki immer noch lächelnd durch die schmale Glasspalte späht. Sie nickt und lächelt auch und Nikki winkt, geht aber nicht weg. Margo wendet sich ab und hält demonstrativ nach einem Taxi Ausschau. Sie blickt hinunter in Richtung Fluss und Brücke, aber da kommt nichts. Sie schaut bergauf, an der Eisenbahnbrücke vorbei, zur hell erleuchteten Trongate. Kaum Autos, keine Taxis, aber sie sieht Bewegung in der Dunkelheit unter der Brücke.

Zweihundert Meter weg, im Schatten, kommt eine Gruppe betrunkener Männer auf sie zu. Drei Männer gehen nebeneinander, aber der vierte ist ein Kundschafter. Er ist der kleinste, der betrunkenste. Sie lassen sich zurückfallen. Er merkt es nicht, geht voraus, schwenkt die Arme und grölt. Als er aus der Dunkelheit unter der Brücke auftaucht, rutscht ihm auf dem eisigen Asphalt der Absatz weg. Er fängt sich noch rechtzeitig und brüllt ein Schimpfwort. Sein weißer Trainingsanzug hat hinten einen Matschstreifen. Er ist schon mal hingefallen.

Er sieht Margo allein an der Bordsteinkante stehen und johlt: »HAA HO! PRACHTWEIB!«

Er pflügt auf sie zu, die Arme steif ausgestreckt wie ein Baby, das auf den Arm will. Seine Freunde werden langsamer, es ist ihnen peinlich, sie gehen auf Abstand. Er ruft etwas, aber sie versteht es nicht, also lächelt sie vage in die Gegend, fühlt sich unbehaglich, weiß nicht, was sie tun soll. Sie dreht sich weg, sucht nach dem Bernsteinauge eines rettenden Taxis, sieht aber keins. Er ist gleich bei ihr. Sie eilt über die leere Straße, um ihm auszuweichen, scheinbar auf der Jagd nach Taxis, die nicht kommen.

Er ändert seine Flugbahn, überquert die Straße ebenfalls und ruft irgendwas. Sie wirft einen Blick zurück und merkt, dass er erschreckend nah ist, zwanzig Meter, und er ist schnell. Seine Freunde sind unter der Brücke stehen geblieben und geben vor, ihn nicht zu kennen. Einer dreht sich um in die Richtung, aus der sie gekommen sind, dann tun die anderen dasselbe.

Der Betrunkene nähert sich, läuft schneller, auf den Zehenspitzen, als ob er gleich auf sie fällt. Er ist schon so nah, dass Margo ein dickes rotes Erythem an seinem Mundwinkel erkennt und eine geplatzte Kapillare im linken Auge. Seine Augen gehen zu, als er sie einholt, noch zwei Schritte, mit erhobenen Händen stürzt er auf sie zu. Margo ist noch nie auf der Straße angefallen worden. Mit jäh erwachendem Entsetzen wird ihr bewusst, wie nah und dunkel Glasgow Green ist. Der Eingang zum Park ist hundert Meter entfernt. Er könnte sie da reinzerren, ins Dunkle.

Die Margo ihrer Tagträume würde ihm einen Fausthieb verpassen, mit ihrer Tasche nach ihm schlagen, ihm in die Eier treten, in ihrer Vorstellung war sie immer ziemlich patent und fuchtig, aber das hier ist das wirkliche Leben. Sie erstarrt, schließt die Augen und hält den Atem an.

Ein scharfer, lauter Knall erfüllt die Straße, hell und klar in der kalten Luft. Das Geräusch hallt als Echo durch die steinerne Schlucht der Mietshäuser.

Margo guckt.

Hinter ihm sprühen Glasscherben über den Asphalt. Lizzie hängt aus dem Fenster im zweiten Stock und schreit: »Verpiss dich!« Der Mann ist erstarrt, keine drei Meter von Margo entfernt, seine schmutzigen Fingernägel zielen auf ihr Gesicht. Sein Mund steht offen und Margo sieht die Risse in dem gelben Pelz auf seiner Zunge.

Lizzie lehnt sich noch weiter aus dem Fenster und lässt etwas fallen. Es ist aus Metall und schwer und fällt direkt vor dem Haus auf den Gehweg, wo es scheppert wie eine Gerüststange. Sie nimmt noch eine Flasche, hält sie hoch in die Luft, zielt direkt auf ihn.

Die Haustür fliegt auf und knallt an die Wand und Nikki rennt auf sie zu und schreit: »LASSIENRUH!LASSIENRUH!«

Eine zweite Flasche von Lizzie trifft den Mann an der Schulter. Sie prallt von ihm ab und zerschellt auf der Fahrbahn.

Er weicht zurück, überrascht, die Hände erhoben, ruft: »Ho! Ho! Mä-dels!«, unter seinen Füßen knirscht Glas. »War nur Spaß! Kommt schon!«

Nikki schwenkt einen Baseballschläger aus Metall überm Kopf und der flauschige blaue Morgenmantel bläht sich hinter ihr. Sie fletscht ihre falschen Zähne und brüllt erneut: »LASSIENRUH!« Sie zielt zwischen Margo und den Mann, schreit und schwingt den Schläger in Form einer Acht, um sie auseinanderzubringen.

Margo sieht in Nikkis Richtung, aber die schaut an ihr vorbei, die Augen irre aufgerissen. Der Mann stürzt sich auf Margo, sein Fingernagel ritzt ihre Wange, aber Nikki holt aus, trifft ihn seitlich am Knie und haut ihn um. Er landet schwer auf der Schulter, auf dem Rücken, und heult auf.

Nikki schlägt nach seiner Stirn. Der Metallschläger macht ein seltsam slapstickhaftes *Fump*, als er seinen Schädel trifft. Sie sagt ihm, dass er ein Arschloch ist.

Er sieht hoch, Stirn gerunzelt, Augen kalt und wütend, und schreit: »IHR LESBISCHEN SÄUE, IHR.« Ihm geht die Luft aus und er winselt seinen Freunden zu: »Sie hat mir das scheiß Knie zerschmettert!«

Margo ist ziemlich sicher, dass er sich nichts gebrochen hat, aber sein Knie dürfte sehr wehtun. Jetzt wälzt er sich in Glasscherben, was auch nicht gut sein kann.

Nikki hebt den Schläger und lässt ihn hart auf seine Hand niedersausen. Er schreit. Die ist definitiv gebrochen. Margo sieht es von hier aus. Sie überlegt, wer heute Abend im Royal in der Notaufnahme ist, wer ihn reinbekommt.

»NEIN! NEIN! NEIN!« Er kriecht weg, hält sich die Hand, schrammt mit der Hüfte über die Scherben.

Nikki folgt ihm langsam, die Spitze des Schlägers schleift laut über den Boden. Er hält still und sie geht hin und spuckt ihm ins Gesicht. Ein dicker Speichelklumpen trifft ihn am Kinn und läuft daran runter. Lizzie lacht laut am Fenster.

»Ihr da!«, ruft Nikki seinen Kumpels zu, die sich unter der Brücke verstecken. »Schafft euren kleinen Scheißer hier WEG!« Sie spricht jetzt mit ihrem echten Akzent, schmelzend und guttural, die Konsonanten stoßen auf die Vokale herab. »Los, abholen! Der gehört zu euch. Aye, wir ham euch gesehn. Du da, der Arsch mit Glatze …«

Der Arsch mit Glatze fühlt sich unwohl dabei, herausgestellt zu werden. Er heuchelt Überraschung, hebt die Hand zur Brust.

»Aye, du. Glatze. Komm her und hol ihn. Überlass das nicht mir und meiner kleinen Freundin da oben. Nicht unser scheiß Problem, oder? *Du* bist mit dem unterwegs.«

Widerstrebend kommt Glatze heran und zieht den kleinen Mann grob am Arm hoch, hält den Blick von Nikki abgewandt, zerrt ihn zurück zu den anderen Männern, die sich hastig davonmachen. Margo bemerkt, dass der kleine Mann das Bein belastet. Sie ruft ihnen nach: »Mit der Hand muss er ins Krankenhaus.«

Er hat Blutflecken an Hüfte und Bein vom Wälzen in den Glasscherben. Keiner der Schnitte ist tief. Er verliert nicht viel Blut. Sie schauen den Männern nach, die es eilig haben, wegzukommen.

Nikki ist beschämt. »Ach Lämmchen, es tut mir so leid. Es tut mir leid, dass dir das passiert ist.«

Margo hört auf der stillen Straße ihr eigenes Blut rauschen. Sie ist voller Schrecken und Bewunderung für Nikki, weil die nicht erstarrt ist. Sie hat gehandelt. Gegenüber öffnet sich ein Fenster und ein empörter Mann erscheint. Er schaut zu Lizzie an ihrem Fenster hinüber. »Habt ihr das eben gesehen?«

Lizzie grinst. »Strafstoß.«

»Heilige Scheiße!«

Er schaut nach unten und fragt Nikki, ob alles klar ist. Sie sagt, ihr geht es gut, und bittet ihn, ihrer Nichte ein Taxi zu rufen. Er sagt Aye, kein Problem, geht wieder rein und schließt das Fenster.

Der Metallschläger fängt das Licht der Straßenlaterne ein und blendet Margo kurz.

»Nikki, du warst unglaublich«, sagt sie.

»Ach wo.«

Margo hätte das nicht gekonnt.

»Ich weiß nicht, was ich gemacht habe, dass er rübergekommen ist.«

»Schlag dir diesen Mist aus dem Kopf. Du hast gar nichts gemacht.«

»Ich hätte von der Wohnung aus ein Taxi rufen sollen.«

»Oh, aye: hätte, wäre, wenn.« Nikki schaut die Straße entlang zu der Ecke, wo die Männer verschwunden sind. »Dieses kleine Arschloch wär jetzt heimgegangen und hätte seine arme Frau oder Ma verprügelt. Deshalb hab ich ihm auf die

Hand gehauen. So was machen sie nämlich, wenn ihnen jemand Kontra gibt.«

Sie hören ein Fenster zuschlagen, blicken auf und sehen, dass Lizzie wieder reingegangen ist. Sie sind allein auf der Straße. Nikki rührt mit der Schlägerspitze in den Scherben.

Margo hätte nicht herkommen sollen, sie hätte von vornherein nicht zur Adoptionsagentur gehen sollen. Das ist Trauervermeidung. Sie gelobt sich, Nikki nicht wiederzusehen, aber sie hat ein schlechtes Gewissen. Sie möchte ihr gute Erinnerungen an ihr Treffen dalassen.

»Ich meinte eben zu Lizzie, dich kennenzulernen, Margo, also, deine kleine Mum wär hin und weg gewesen.« Sie sieht mit feuchten Augen auf und Margo weiß, Nikki hat nie versucht, ihr zu drohen. Sie hat den Brief nicht geschrieben. Nikki ist nur ein Opfer. »Du bist echt 'ne kleine Lady«, sagt Nikki, als ob es das Netteste ist, was sie zu einer Frau sagen kann.

»Danke.«

»Ehrlich«, sagt sie scheu. »Hoffe, es stört dich nicht, was wir sind.«

»Überhaupt nicht. Ich finde, ihr seid beide beeindruckende Frauen.«

»Viele Leute stört es, aber irgendwann hast du die Lügen satt. Ich und Lizzie, wir sind zu alt, um noch so zu tun, als wären wir wer anders.«

»Das solltet ihr auch nicht nötig haben.«

»Du suchst dir das nicht aus. Du rutschst da einfach rein und dann kommst du schwer wieder raus und du kannst so was nicht einfach abschütteln.«

»Ich kann es mir vorstellen.«

»Was uns alles so passiert, über so was kommst du nie ganz weg. Weißt du … du brauchst«, sie nickt zu Lizzies Fenster hoch, »du brauchst andere, damit du mal du selbst sein kannst, und zum Reden. Diese Politiker, die sie vorhin gemeint hat, die wollen nicht, dass wir wir selbst sind. Sie wollen, dass wir uns nicht kennen. Sie halten uns lieber getrennt. Aber du brauchst das, sonst bringt die Scham dich um.«

»Lizzie ist eine gute Freundin.«

»Das ist sie. Sie ist eine gute Freundin.« Sie sieht Margo an und wirkt plötzlich jung und schüchtern. »Mit dir kann man gut reden. Du bist nicht so voreingenommen. Zu vielen Leuten kann man so was nicht sagen, weißt du, weil sie einen gleich für Abschaum halten, aber du bist anders.«

»Als Ärztin musst du zuhören lernen. Das Richtige sagen.«

Nikki blinzelt. Sie weiß nicht, ob sie gerade beleidigt wird. »Na ja, mir gefällt's.«

Ein oranges Licht taucht in Margos Augenwinkel auf und sie dreht sich um und sieht ein schwarzes Taxi halten, um sie wegzubringen. Sie ist so erleichtert, dass sie Nikki spontan umarmt, Brust an Brust. Nikki raunt ihr »Kleine Patsy« ins Ohr.

Margo sagt, sie wird Nikki ganz bald anrufen und wiedersehen, und nennt dem Fahrer durchs offene Fenster ihre Adresse, bevor sie einsteigt.

Nikki tritt zurück auf den Gehweg, das Taxi fährt auf der leeren Straße einen engen Bogen und steuert südwärts auf die Brücke zu. Sie kommen an Nikki vorbei. Ihre Hand ruht auf dem Metallschläger, ihr Kopf ist seltsam schief gelegt, ihr Mund steht offen. Margo hebt die Hand und winkt, aber Nikki winkt nicht zurück. Ihr ausdrucksloses Gesicht folgt Margo am Taxifenster.

Da ist ein Schimmern, ein Moment, nur wahrnehmbar, als das Laternenlicht sie in einem bestimmten Winkel trifft. Dicke Tränen laufen über Nikkis welke Wangen. Dampf kriecht aus ihrem Mund.

Nikki ist am Boden zerstört.

21

Das Taxi rollt durch die Gorbals, und Margo versucht zu begreifen, was da eben passiert ist. Sie versteht nicht, warum Nikkis Stimmung so abrupt umgeschlagen ist und warum sie geweint hat.

Vielleicht fand sie die Umarmung überwältigend. Es könnte generelle emotionale Labilität sein. Vielleicht hat Nikki bereut, vor ihren Augen handgreiflich geworden zu sein, wünscht, es wäre nicht passiert, und schämt sich für ihren echten Akzent. Vielleicht wollte sie Margo diese Seite von sich nicht zeigen und denkt, sie hat sie enttäuscht. Aber nichts davon kommt ihr plausibel vor, denn so fragil ist Nikki nicht.

Sie ist ein bisschen verrückt, aber uneingeschränkt handlungsfähig. Sie hat zwar Wahnvorstellungen über einen Serienkiller, aber gleichzeitig pflegt sie Freundschaften über lange Zeiträume, sie hat unzählige widrige Kindheitserlebnisse überstanden sowie mehrere gewaltsame Tode in ihrer Familie und eine Heroinabhängigkeit. Und das sind nur die Katastrophen, von denen Margo weiß. Bestimmt gibt es noch mehr. Den gewalttätigen Partner, der ihr die Zähne ausgeschlagen hat. Sie sind noch nicht mal dazu gekommen, über Nikkis Leben seit Susans Tod zu sprechen.

Aber etwas ist passiert, das sie veranlasst hat, zu weinen wie ein verlorenes Kind.

Auf der Rückbank des klapprigen Taxis spielt Margo ihre letzten Momente noch einmal durch und erschrickt, als ihr klar wird: Es war nichts, was Nikki getan hat, weswegen sie weinen musste. Es war etwas, was Margo getan hat.

Nikki hat gehört, wie Margo den Taxifahrer anwies, sie zur Holly Road zu bringen statt zu der Adresse, die sie aufgeschrieben hatte. Nikki weiß jetzt, dass ihre Kontaktdaten Bullshit sind. Nikki weiß, Margo hat gelächelt und ihr in die Augen gesehen, hat all die richtigen Dinge gesagt, nur um sich von ihr loszueisen. Sie weiß, dass Margo sie nie wiedersehen will.

Margo wird übel. Sie hat diese Dinge gesagt: *Es stört mich überhaupt nicht, Lizzie ist eine gute Freundin, ihr seid beide beeindruckend*, um wegzukommen, weil sie ein Snob ist und Nikki, Susan und Lizzie für Abschaum hält. Sie würde auf der Straße über sie wegsteigen. Sie glaubt, sie sind weniger wert.

Margo sinkt nach vorn und bedeckt das Gesicht mit den Händen. Es reicht jetzt. Noch mehr unliebsame Wahrheiten über sich selbst hält sie heute nicht aus. Nikki war zugewandt und ganz pünktlich und hat Margo mit zu ihrer Gefährtin oder Freundin genommen. Sie hat sie vor einem besoffenen Mann gerettet.

Sie hat Angst, allein in die Holly Road zurückzugehen. Sie schreibt Lilah und bittet sie, dort hinzukommen, aber Lilah antwortet nicht. Vielleicht ist ihr Handy wieder mal aus, was sehr nervig ist, aber dann fällt Margo ein, was Tracey gesagt hat: Alle haben ein Recht auf Grenzensetzen. Lilah tut gut daran, das manchmal zu machen, und Margo sollte sich nicht so mies vorkommen, weil sie sich nicht von Nikki ersticken lassen will. Falls sie sich wiedersehen, wird sie ihr das sagen.

Sie setzt sich auf und stellt sich vor, wie sie sich Nikki gegenüber verteidigt, entwirft plausible Entschuldigungen: Sie ist mit dem Taxi gar nicht nach Hause gefahren. Sie probt ein Gespräch mit Nikki, das sie nie führen wird. Sie wollte zu einer Freundin. Einer kranken Freundin an der Southside. Nikki sagt: Oh! Ein Glück bist du Ärztin! Hahaha!

Falls sie Nikki je wiedertrifft, falls sie sich zufällig auf der Straße über den Weg laufen, wird sie ihr genau das sagen. Sie wird mit Gelächter abtun, dass sie bewusst gelogen hat, weil sie eine versnobte überhebliche Zicke ist. Hahahaha, wird sie sagen, von wegen! Nur weil einfach so viel los war, hat sie sich nicht mehr gemeldet, das ist alles. Und Nikki wird antworten: Das verstehe ich vollkommen, denn ich hatte mit meinem Leben auch alle Hände voll zu tun. Und dann trennen sie sich im Guten. Es klingt nicht überzeugend, denn Margo kann keine Dialoge schreiben.

Aber wenn Nikki sie anzurufen versucht, ist der Anschluss nicht verfügbar, E-Mails sind nicht zustellbar. Nikki weiß, dass Margo gelogen hat. Nikki weiß, warum sie gelogen hat. Margo hat sie gedemütigt. Könnte sie eine Karte mit ihren echten Kontaktdaten bei Nikki zu Hause einwerfen? Würde es das wiedergutmachen?

Sie googelt die Adresse, die Nikki ihr gegeben hat, und geht die Treffer durch. Das kann nicht stimmen. Nikki kann doch nicht in einem Bungalow in einer schicken Gegend im Osten der Stadt leben. Sie wohnt doch nicht in einem Bungalow, der vor kurzem für dreihunderttausend Pfund verkauft wurde. Margo schaut sich den Eintrag an: Das Haus hat brandneue Doppelverglasung und einen Steingarten. Es hat eine Alarmanlage und ein rollstuhlgerechtes Bad.

Da wird ihr klar: Nikki hat auch gelogen.

22

Lilah wartet vor ihrem Haus, sitzt auf einer Ziegelmauer gegenüber. Wenn man von ihrem rosa Seidenkleid und der grünen Kunstpelzjacke ausgeht, war sie aus. Sie öffnet ihr die Taxitür und brüllt in den Wagen: »HUHU!« Sie ist ein bisschen blau.

»Ich bin kein idealer Bodyguard«, erklärt sie dem ungerührten Fahrer. »Aber ich hab deine SMS gesehen und bin anmarschiert.«

»Ich dachte, dein Handy ist aus.«

Lilah sagt nichts. Margo denkt, sie hat bloß keine Lust, ranzugehen.

Margo zahlt und steigt aus. Sie gehen über die Straße zur Tür.

Lilah erklärt, dass sie mit Deborah was trinken war, um sie aufzuheitern. Deborah hat in der Bar mit einem Kerl angebandelt. Hat direkt da in der Bar zu knutschen angefangen. Margo ist schockiert. »Für so was sind wir ein bisschen zu alt.«

»Viel zu alt. Sie hatten ihre Hände überall – er ist ihr unters Kleid gegangen, um Himmels willen. Im Blythswood! Widerlich.« Lilah lächelt. »Sie sagt, sie hat ihn da schon mal getroffen.«

»Das wird Paul nicht gefallen.«

»Tja, sie ist ein Häufchen Elend, was soll's?«

»Es ist nett, dass du herkommst, nur weil ich Angst habe.«

»Ich saß sowieso im Taxi nach Hause. Richard ist im Blythswood aufgekreuzt und ich hab Reißaus genommen.«

»Wie findet er dich bloß immer? Postest du deinen Aufenthaltsort?«

»Wohl kaum.«

Aber Margo kann erkennen, dass sie es aufregend findet, im Mittelpunkt eines Dramas zu stehen.

»Eines Tages tut er dir was an, Lilah. Du solltest ihn anzeigen.«

»Ich hab beim Warten deine Tür auf Mörder hin beobachtet: nichts zu vermelden.«

»Na, das ist ein Segen.«

Durch die Sicherheitstür. Lilah sagt: »Gott, ich hasse diese Bude.«

Margos Wohnung liegt im obersten Stock. Als sie die Treppe hochgehen, hören sie durch jemandes Wohnungstür ein Radio und hinter einer anderen das leise Miauen einer Katze.

Lilah geht vor ihr her und versucht sie aufzuheitern, indem sie erzählt, dass Deborah heute Abend eigentlich ziemlich witzig war: Sie hat einen Cousin in Hongkong, der hat auf dem Rücken einen Grützbeutel in Form einer winzigen Coladose. Hat ihr ein Foto gezeigt und alles. Margo hält den Kopf gesenkt, konzentriert sich auf Lilahs Geplapper und zwingt einen Fuß vor den anderen. Sie will nicht wieder da raufgehen.

Lilah bleibt eine Stufe vor der obersten stehen. »Oh, Scheiße!«

Margos Wohnungstür ist aufgebrochen. Sie betreten den Treppenabsatz und starren den gesplitterten Türrahmen an, entsetzt über das Ausmaß der Gewalt. Das Schloss wurde mit einem Brecheisen aufgestemmt, das Holz ist zerborsten und die Tür hängt schief.

»Könnte es einfach ein Einbruch sein?«, fragt Margo.

»Bisschen laut …«

Sie sehen sich an und begreifen gleichzeitig, dass die Person, die das getan hat, noch in der Wohnung sein könnte. Lilah krallt sich ihren Arm und sie rennen auf Zehenspitzen runter in die Lobby, wo sie wie erstarrt stehen bleiben, Rücken zur Wand, Blick zur Treppe, ohne die leiseste Ahnung, was zu tun ist.

Sie lauschen beide angestrengt auf die Geräusche im Treppenhaus: Die Katze ist jetzt still. Das Radio läuft noch. Sonst hören sie niemanden.

»Da oben ist niemand«, flüstert Lilah, aber keine von beiden rührt sich.

Margo kommt langsam zu sich. Sie zückt ihr Handy.

»Was tust du?«

»Die Polizei rufen.«

»Das dauert Stunden«, sagt Lilah. Sie joggt wieder nach oben, als die Tür mit dem Katzenmiauen aufgeht. Eine Frau in gelbem Pyjama steht da, hält ihre Katze im Arm und wartet auf sie.

Margo wird langsamer und sagt: »Haben Sie Krach von da oben gehört?«

»Ja. Das war ungefähr vor einer halben Stunde.« Die Frau schaut nach oben. »Ich hab ein mächtiges Krachen gehört. Ich dachte, es wär das Computerspiel von diesem Typ, aber die Katze hat sich zwanzig Minuten hinter der Waschmaschine versteckt. Ich hab sie gerade erst wieder rausbekommen.«

Aber Margo versucht, mit Lilah Schritt zu halten, und ruft hinter sich: »Könnten Sie bitte die Polizei für uns anrufen?«

Lilah nimmt die letzten Stufen und Margo folgt ihr eilig. Sie betreten den Flur und schalten alle Lichter ein. Die Wohnung wurde auf den Kopf gestellt, aber es sieht inszeniert aus. Bücher auf den Boden geschmissen, das Sofa umgeworfen, Aktenordner und Lampen verstellt, aber es scheint nichts geraubt worden zu sein. Die Glotze ist noch da. Das Radio und ein altmodischer CD-Player. Sogar die CDs sind in Unordnung, aber nicht weg.

»Reiner Vandalismus?«

»Vielleicht haben sie was gesucht?«, mutmaßt Lilah. »Fehlt was?«

Margo schaut sich um, in der Küche, im Wohnzimmer und im Bad. Nichts fehlt. Sie stehen im Flur, als Margo sagt: »Hör mal, wenn du gehen willst, bevor die Polizei hier ist, das ist okay.«

»Will ich nicht.«

»Ich weiß, du gehst ihnen seit Emmas Babyparty aus dem Weg. Du musst nicht mit mir warten.«

»Ich gehe ihnen nicht aus dem Weg. Es ist nur langweilig, das ist alles.«

Margo schaut über Lilahs Schulter und bemerkt, dass ihre Schlafzimmertür zu ist.

»Du brauchst sie sowieso«, sagt Lilah. »Damit die Versicherung die Wohnungstür erstattet.«

Margo lässt die Schlafzimmertür immer offen, weil die Sonne durchs Fenster hereinscheint und das Zimmer zu heiß wird. Sie ist sicher, dass sie die Tür offen gelassen hat.

»Ich hab keine Angst vor den Cops«, plappert Lilah. »Mir ist nur das mit Richard peinlich. Es ist demütigend, weißt du? Ich will nicht, dass mein Name in einer Woche gleich in zwei Polizeiberichten auftaucht.«

Margo streckt die Hand nach der Schlafzimmertür aus und öffnet sie. Die Bettdecke liegt auf dem Boden und ist zertrampelt, das Bettlaken halb abgezogen. Eine Flasche Chanel N°5 wurde über die Matratze geschüttet und leer auf den Boden geworfen. Die hat ihr Janette geschenkt. Das Parfum war zu alt für sie. Sie hat es nie benutzt. Aber wer das auch war, er hat nichts gestohlen: Ihr Laptop liegt auf dem Nachttisch.

»Was ist das denn? Das Arschloch war in deinem Schlafzimmer.« Lilah steht hinter ihr in der Tür. »Das ist gruselig. Ruf die Cops, Margo!«

Margo fummelt ihr Handy aus der Tasche und ruft an, wird von einer Instanz zur nächsten durchgestellt, weil es kein Notfall ist und weil es keine Bedrohung gibt oder so was.

Sie hängt ziemlich lang in der Warteschleife, und währenddessen steht sie in der Tür und schaut ihr Bett an.

Endlich wird sie verbunden und erklärt einem Constable, was passiert ist.

»Also nur ein Einbruch?«

»Ja, und so was wie Sachbeschädigung.«

»Nichts gestohlen?«

»Nein. Ich glaube, es ist als Drohung gemeint. Heute früh wurde mir auch ein Drohbrief durch den Türschlitz geworfen. Tut mir leid, dass ich nichts Genaueres sagen kann, aber ich weiß nicht, was los ist.«

Sie wird angewiesen, auf Officers zu warten, die kommen und einen Bericht aufnehmen. Sie fragt, wie lange es dauern wird, aber man hat aufgelegt.

»Können wir wenigstens ein Fenster aufmachen?«, fragt Lilah, und erst da wird Margo bewusst, dass der Geruch sich an ihr Gesicht und die Kleidung heftet.

Sie reißen alle Fenster auf und hocken sich im Wohnzimmer unbehaglich auf die Sofakante, abwartend und nervös. Lilah schlägt vor, Margos Sachen zusammenzupacken, solange sie hier festsitzen, aber Margo sagt, es ist vermutlich besser, nichts anzufassen.

»Um was für eine Scheiße geht es hier?«, fragt Lilah.

»Susan Brodie? Die Drohbriefe?«

»Ich kenn mich ungewöhnlich gut mit so was aus, und mein Urteil lautet: ziemlich lausige Drohungen, komplett unzulängliche Plünderung. Das hier ist extrem dumm. Ich meine, wenn jemand vor dreißig Jahren einen Mord begangen hat und nicht geschnappt wurde, warum davor zurückschrecken, einen Laptop zu klauen?«

»Und wie hat man mich gefunden?«

»Wie findet Richard mich? Verfolgt er mich?«

»Das hättest du gemerkt.«

Sie wissen beide, dass das stimmt. Richard ist groß und massig, sieht eindeutig wie ein reicher Londoner aus und verhält sich nicht gerade dezent.

Die süßen Noten einer halben Flasche Chanel steigen ihnen

in die Nase und Lilah schüttelt leicht den Kopf. »Scheiß Spiel. Das ist uncool hoch zwei.«

Sie sitzen eine Weile zusammen, kalte Luftströme wehen durch die offenen Fenster um ihre Knöchel.

Lilah nimmt Margos Hand. »Also gut, nicht Island, aber können wir uns nicht einfach verpissen, bis das alles vorbei ist? Wegfahren, rauf nach Norden oder so? Wir könnten in ein Hotel ziehen, Gleneagles oder irgendwas mit viel Security.«

»Was ist mit Muttley und Pitstop?«

»Die nehmen wir mit. Komm schon!«

Margo ist zu müde, um Lilah eine gesichtswahrende Lüge aufzutischen. »Weißt du, Janettes Pflege war so teuer, und ich zahle gerade praktisch drei Wohnsitze. Ich hab im Moment einfach nicht das Geld dafür.«

»Ooh, wirklich?« Lilah ist baff, dass sie das gesagt hat, denn sie sind selten so ehrlich miteinander. Sie kramt in ihrer Handtasche und drückt Margo einen dicken Packen Scheine in die Hand. »Guck mal, siehst du? Das sind fünftausend. Nimm sie. Nimm du sie. Für mich.«

Margo schaut auf das Bündel Fünfzig-Pfund-Scheine, zusammengehalten von einer Papierbanderole. »Wo kommt das her?«

Lilah zuckt die Achseln. »Wo kommt Geld schon her? Von meinem Konto. Warum?«

»Wie viel Geld hast du Richard geklaut?«

Lilah lächelt. »Ich hab immer eine Notfallreserve dabei. Ich wette, jetzt bist du froh drüber.«

Margo kommt es nicht richtig vor, das Geld zu nehmen. Sie hat das Gefühl, sie wird damit irgendwie in etwas hineingezogen. »Warum will Richard die Polizei raushalten?«

»Na ja, vielleicht hat er auch keine blütenweiße Weste. Antiquitätenhändler mögen Cops nicht besonders.« Lilah sieht sich im Wohnzimmer um. »Du musst der Polizei alles sagen, okay? Mach nicht auf tapfer und spiel es nicht runter, es ist in

Ordnung, Angst zu haben und um Hilfe zu bitten. Denk dran: Es gab schon einen Mord.«

Aber Margo weiß, wer auch immer Susan umgebracht hat, ist nicht hier eingebrochen. »Lass uns im Auto warten. Hier riecht es, als wäre Elizabeth Taylor explodiert.«

23

Sie sitzen in Margos Mini. Seit einer Stunde und zehn Minuten sitzen sie da und warten, und jetzt spekulieren sie, wer es gewesen sein könnte.

»Es könnte die Tante gewesen sein.« Lilah schnappt nach Luft und packt sie am Ärmel. »O mein Gott! Sie war's!«

»Nein, sie nicht. Ich war heute Abend mit ihr zusammen. Bei ihrer Freundin, da komme ich gerade her. Ich war stundenlang bei ihnen.«

»Du hast sie wiedergesehen? Wenn ich meine Stirn bewegen könnte, würden meine Augenbrauen jetzt an meinem Haaransatz hängen.«

Sie betrachten ein Weilchen die Straße. Ein junges betrunkenes Pärchen schwankt kichernd an der Autotür vorbei. Eine Laterne am anderen Ende der Straße blinkt hektisch. Margo kann den basslastig donnernden Soundtrack vom Computerspiel ihres Nachbarn bis hier raus auf die Straße hören.

Sie erblicken sie gleichzeitig: zwei Polizeikräfte in Uniform, ein Mann und eine Frau. Beide haben unförmige Signalwesten an und schleppen eine Menge Ausrüstung auf den Schultern und am Gürtel. Sie sehen sich nach Margos Adresse um, finden sie, gehen zur Haustür und klingeln. Sie öffnet die Autotür und Lilah bietet an, mit raufzukommen, um zu zeigen, dass sie der Polizei nicht aus dem Weg geht, aber Margo kann nicht gleichzeitig Lilah und die Polizeibeamten handhaben.

Sie lässt sie im Wagen und eilt hinüber, erklärt den Cops, dass sie mit einer Freundin drüben im Auto gewartet hat, weil es da oben ziemlich unheimlich ist, und dann, nur weil sie so humorlos wirken, kichert sie.

Die beiden Officers schauen sich an. Sie weiß, dass sie Argwohn erregt. Der Mann ist teigig und die Frau klein und schlank, ihre dunklen Haare hat sie zu einem festen Knoten hochgesteckt. Sie tragen beide Stichschutzwesten, was ihr wie eine präventive Anschuldigung vorkommt. Sie fragen nach ihrem Namen und ob sie angerufen hat, ihre Sprechweise ist seltsam, ihre Syntax klingt fremd und gewürgt. Sie nimmt an, sie werden gefilmt oder aufgenommen.

»Wir hätten gern«, sagt der Mann, »eine Aussage von Ihnen zum Verlauf der Ereignisse.«

Margo will sofort mit nasaler Stimme entgegnen, dass sie selbstredend bereit ist, voll zu kooperieren und eine solche Aussage zum Verlauf der Ereignisse abzugeben, aber ihr fällt gerade noch rechtzeitig ein, dass die Polizei zu verarschen wahrscheinlich keine gute Idee ist.

»Natürlich«, sagt sie. »Natürlich …«

Sie tippt den Code ein und weist darauf hin, wie unsicher dieses ganze Ding mit dem Ziffernfeld ist. Sie lässt sich zu lange darüber aus, was sie nervös macht, weshalb sie sich noch länger darüber auslässt. Sie folgen ihr nach oben. Als sie die kaputte Wohnungstür sehen, sagt die Polizistin: »Bestnote für den Aufwand jedenfalls.«

Sie untersuchen das Riegelschloss. Wo ein Werkzeug angesetzt wurde, ist das Holz eingedrückt.

»Haben Werkzeug mitgebracht«, sagt der Mann.

Es ist keine solide Tür und war vermutlich nicht schwer kaputtzukriegen. Auf den zweiten Blick sieht es nicht mehr so gewalttätig aus. Als sie in die Wohnung kommen, hat sich der Geruch wegen der offenen Fenster verflüchtigt. Sie fühlt sich ein bisschen albern und melodramatisch und versucht sich zu entschuldigen. »Ich hab einen Schreck bekommen, wenn ich ehrlich bin. Ich wollte nur noch raus. Ich weiß nicht, warum jemand so was tut und dann nichts mitnimmt.« Sie führt sie herum und zeigt ihnen alle Wertgegenstände, die man hätte stehlen können.

»Ich weiß also nicht, warum sie das gemacht haben«, schließt sie.

Die Polizistin hält Margos Blick und nickt, als hätte sie etwas sehr Tiefsinniges gesagt. Dann sagt sie: »Ja.«

Margo weiß, dass sie das tut, um ihre Gefühle anzuerkennen. Sie hat selbst so einen Kurs zum Umgang mit Menschen gemacht.

Sie folgen ihr ins Schlafzimmer und bleiben ernst nebeneinander am Fuß des Bettes stehen, das jetzt plötzlich aussieht wie ein Bett, auf dem jemand versehentlich Parfum verschüttet hat. Margo fühlt sich dumm, aber sie weiß, warum sie so alarmiert davon ist. Es hat deutliche, bewusste Anklänge an Susans Tatortfoto.

»Kann eine Katze die Flasche umgeworfen haben?«, erkundigt sich die Polizistin.

»Nein, ich glaube, es wurde da hingekippt, weil es nach etwas anderem aussehen soll. Ich habe Sie nicht angerufen, weil ich mein Parfum verschüttet habe«, sagt Margo. »Die Flasche liegt nicht mal in der Nähe vom Bett.«

Sie zeigt auf die leere Flasche am Boden und fragt sich, ob die Polizistin glaubt, dass ihr Schlafzimmer immer so riecht. Sie sagt ihr, dass sie gestern zudem einen Drohbrief bekommen hat, persönlich durch den Briefschlitz gesteckt, und erklärt den Zusammenhang, dass sie Nikki kennengelernt und das mit Susan erfahren hat. Sie zeigt ihnen das Tatortfoto in Robertsons Buch und weist auf die Ähnlichkeiten zu ihrem Schlafzimmer hin. Am Ende fühlt sie sich wie eine Idiotin.

»Oh, ja, ich hab davon gehört«, sagt die Polizistin und zeigt es ihrem Kollegen, »ich hab von diesem Buch gehört.«

Er murmelt ihr zu: »Das ist doch der, den dieser Ex-CID-Typ verklagt, oder?«

Die Officers werfen sich Blicke zu, wechseln aber das Thema. Er wendet sich formell an Margo: »Dürften wir den Drohbrief sehen?«

Sie erklärt, dass sie ihn dem Mann gegeben hat, der das Buch geschrieben hat, er wollte ihn untersuchen, falls er von dem Ex-CID-Typ kommt. Sie schauen sich wieder an, jetzt misstrauischer gegenüber Margo.

»Nun ja«, sagt er, »können Sie ihn zurückholen und vorbeibringen und uns zeigen?«

»Ja, das mache ich.«

Margo klingt wie eine panische Idiotin, die zu viel fernsieht. Sie möchte ihnen sagen, dass sie Ärztin ist, weiß aber nicht, wie sie das anbringen soll, ohne wie eine protzende panische Idiotin zu klingen.

Der Polizist macht mit einem Handy Fotos vom Bett. Er macht sie aus verschiedenen Blickwinkeln.

»Es ist schrecklich, wenn eingebrochen wird«, sagt die Polizistin, ein seltener Moment der Formlosigkeit durchbricht ihre professionelle Maske.

»Ja, nicht wahr?«, sagt Margo, froh über den menschlichen Kontakt.

»Können Sie irgendwo anders übernachten?«

»Ja.« Sie gibt ihnen Janettes Adresse und ihre Handynummer. Sie merkt an ihrem großzügig eingesetzten Nicken, dass sie sie abschätzen und sich fragen, ob sie eine Irre ist, die ihre eigene Tür eingeschlagen und ihr Bett ruiniert hat. Es klingt alles übertrieben ausgefeilt und unplausibel, vor allem, als sie ihnen von dem Gang zum Gericht erzählt. Beim Erzählen stellt sie sich eine Splitter-Margo vor, deren Mum gerade gestorben ist, eine schwer angeschlagene Frau, die zum High Court geht und das Drama um den Mordfall mitansieht und denkt, sie hätte auch gern was davon, und dann nach Hause kommt und so tut, als würde sie einen Brief kriegen. Sie blickt auf und sieht die Cops nicken, sich Notizen machen, ihr Blick eine Spur verschleiert, weil sie sich insgeheim allerlei Gedanken über sie machen. Sie denkt an Nikki und Lizzie und fragt sich, wie die Polizei reagieren würde, wenn die sie wegen so einer Lappalie holen.

»Die anderen Briefe, die Sie da haben.« Die Polizistin schaut in ihre Handtasche. »Was ist das?«

Es sind Nikkis Briefe an die Adoptionsagentur. Sie fühlt sich schon dumm genug. »Das sind nur Briefe von meiner Mum. Sie ist vor kurzem gestorben. Ich hab sie gern bei mir.«

Sie nicken beide und verarbeiten das: vor kurzem einen Verlust erlitten, ein bisschen am Abdrehen.

»Es tut mir leid, was Sie durchmachen«, sagt die Polizistin und durchbohrt sie förmlich mit ihrem antrainiert empathischen Blickkontakt.

»Danke, dass Sie das sagen«, sagt Margo und revanchiert sich mit derselben Nummer.

Als sie ihnen alles erzählt hat, fragen sie: Fällt Margo jemand ein, der ihr etwas antun will?

Niemand.

Sie fragen nach den Nachbarn, sie wissen, es gab Proteste vor dem Haus, als diese Wohnungen gebaut wurden. Gab es irgendwelche Vorfälle, seit sie eingezogen ist? Nein, sagt sie, und sie kennt die Nachbarn nicht gut genug, um Zwistigkeiten mit ihnen zu haben. Sie ist erst seit einem Monat hier.

Gibt es Sicherheitskameras im Gebäude?

Nein, alles hier ist billig gemacht.

Sie fragen nach Exfreunden. Sie erklärt das mit Joe, dass sie sich vor ein paar Monaten getrennt haben und sie ausgezogen ist. Das interessiert die beiden, aber sie sagt nein, nein, Joe ist ein netter Mensch und würde ihr so was nie im Leben antun, weder ihr noch anderen. Sie nicken und sagen, also gut. Können sie seine Adresse und Telefonnummer haben, damit sie ihn ausschließen können? Sie gibt sie ihnen und sie sagen ihr, sie soll sich keine Sorgen machen, sie wollen nur kurz mit ihm sprechen. Margo möchte nicht, dass Joe damit belastet wird. Er ist ein guter Kerl und hat mit seinem Fahrradladen sehr viel zu tun. Sie selbst ist übrigens Ärztin. Da, sie hat es untergebracht und schaut hoch und sieht ihnen an, dass sie denken, sie hat sich das entweder ausgedacht oder erwähnt es nur, um sich aufzuwerten, was ja stimmt. Aber der Mann schreibt es auf und die Frau hält ihren Blick und nickt gütig.

Am Ende der Befragung erkundigen sie sich, ob sie noch etwas hinzufügen möchte. Sie starren sie an, hoffen vielleicht auf eine Enthüllung über Joes gewalttätige Vergangenheit oder darauf, dass sie lacht und gesteht, sie hat eine teure Flasche Parfum verschüttet und sie angerufen, damit sie das Geld von ihrer Hausratversicherung zurückbekommt.

Margo lächelt so zurechnungsfähig, wie sie kann, wodurch sie das Gefühl hat, geistesgestört auszusehen, und sagt nein, eigentlich nicht. Nur der Einbruch und der Brief. Sorry.

»Nein«, sagt der Mann, steht auf und zieht seine Stichschutzweste gerade, »Sie müssen sich nicht entschuldigen. Genau dafür sind wir doch da.« Und dann werfen sie sich wieder einen Blick zu.

Margo glaubt nicht, dass sie zur Polizei gegangen sind, um nach Chanel N°5-Verschüttern zu suchen, aber es ist nett von ihnen, zu heucheln.

Sie gehen. Die Frau sagt Margo, sie soll so schnell wie möglich die Tür reparieren lassen, denn ihre Versicherung wird den Inhalt ihrer Wohnung nicht abdecken, wenn sie es so lässt. Eine offene Tür ist für manche eine Einladung. Dann lassen sie sie im Flur stehen, sie lauscht ihren sich entfernenden Schritten auf der dröhnenden Treppe. Donner dringt durch den Fußboden herauf. Die Katze unten fängt an zu greinen. Sie öffnen die Haustür und ein kalter Luftzug fegt von der Straße hoch, wirbelt durch die Wohnung, peitscht den Geruch auf. Die Außentür fällt langsam zu.

Die Kopfnoten des Parfums sind verflogen und die Wohnung riecht durchdringend süß. Sie kommt sich bescheuert vor.

Sie steht im Flur und merkt das, da passiert genau gleichzeitig zweierlei: Ihre Wohnungstür fällt vollends ab und kracht mit ohrenbetäubendem Lärm zu Boden, und es klingelt. Sie braucht einen Moment, um zu sortieren, welches Geräusch wozu gehört.

An der Sprechanlage ist Lilah: »Lass mich rein.«

Sie kommt hoch und hilft Margo ihre Sachen packen, geht mit offenen Kartons durch die Wohnung, schaufelt alles hinein und trägt sie runter zum Auto.

Mehrere Touren später ist die Wohnung bis auf die großen Möbel leer. Sie ist froh, da rauszukommen.

»Du musst nie wieder hierher zurück«, verspricht Lilah. »Gib mir die Schlüssel. Ich lass die Tür reparieren.«

Unendlich dankbar gibt sie ihr die Schlüssel und Lilah umarmt sie und sagt, sie soll sich keine Sorgen machen, okay? Schlaf ein bisschen und mach dir keine Sorgen. »Ruf an, wenn was ist, ja?«

»Das mach ich.«

»Okay.« Lilah sieht, dass sie mit den Gedanken woanders ist. »Okay?«

»Ja, mach ich. Kommst du hier zurecht?«

»Ich schaff das schon. Sag nur keinem, dass ich hier bin, okay?«

»Okay.«

Margo geht runter zum Mini. Als sie unten ankommt, schaut sie zum Fenster hoch; ihr ist gar nicht wohl dabei, Lilah da oben allein zu lassen.

24

Sie ist wieder in diesem Haus. Es ist wie ein Palast. Dicke Blühsträucher im Garten und ein bisschen Gras. Das Haus ist alt, solide, aus Stein. Die Haustür ist leuchtend rot lackiert. Auf den oberen Stufen stehen passende blaue Töpfe. Piekfeiner Scheiß. Und da drin dann so eine wertlose Schlampe.

Hat drüben die Cops gerufen. Das war aufregend. Sie muss so was von Schiss haben. Unglaublich, dass sie das getan hat. Der Brief muss ihr Angst gemacht haben.

Sie hat ihn gelesen und geheult und die Cops gerufen. Als würden die sich einen Scheiß um einen Brief scheren. Haben sie noch nie.

Ist wegen dem Brief ausgezogen, zu viel Angst, um dazubleiben. Nur ein Brief, kein Messer, kein Schlag auf den Kopf, nichts Echtes. Es ist aufregend.

Geborener Angsthase wie ihre Mutter. Sie ist ein leichtes Ziel, hat sich eingeschissen, als der Typ auf der Saltmarket sie anpacken wollte. Kriegt leicht Angst. Die braucht einen, der die Kontrolle übernimmt und ihr sagt, wo's langgeht.

Diese neue Straße hier ist eng und das ist ein Problem. Überall Parkverbot. Muss in Bewegung bleiben. Kann mir keinen Strafzettel leisten, also immer in Bewegung bleiben, das Haus beobachten, die Straße beobachten, manchmal umparken, wenn eine neue Lücke frei wird, damit sich keiner zu sehr drauf einschießt, dass das Auto am selben Platz steht.

Sie ist allein da drin.

Mal kurz parken. Aussteigen und durch eine Lücke in der Hecke schlüpfen. Ein niedriges Fenster zur Küche.

Sie ist allein.

Seh sie durchs Fenster, läuft rum, macht Tee, setzt sich hin. Sie sieht fertig aus. Heult am Tisch. Hat keinen, der ihr sagt, was sie tun soll. Sie ist ganz aufgelöst.

Zurück ins Auto und Motor an, wenden, zur Hauptstraße und noch mal zurück, letzte Runde.

Da ist wer, jemand geht rein.

Das Tor quietscht, Metall kratzt über den Zementweg. Es ist ein Mann, dünner Kerl, drahtig, groß, Fahrrad über der Schulter und Radlerhelm auf. Ein verschissener Kerl.

Kacke.

25

»Bedrohe ich dich?«

»Joe, es ist zwei Uhr morgens.«

Er steht auf der obersten Stufe, sein Rad auf der Schulter. Sie spürt, wie sich ihre Pupillen weiten, als sie in seinem Anblick schwelgt. Er sieht ziemlich bekloppt aus mit seiner Radlerhose, der Signaljacke und dem weißen Fahrradhelm. Er kauft Fahrradsachen nur im Sonderangebot, weil er sie überteuert findet, und weil er nur Sonderangebote nimmt, haben seine Sachen oft die falsche Größe und passen nie zusammen. Heute trägt er schwarze Radlerhosen und eine hautenge Radlerjacke mit Taschen am Rückensaum, vollgestopft mit Stofftaschentüchern, Chipspackungen, Kaugummis und Schlüsselbund. Seine Oberschenkel sind überentwickelt und seine Hose so eng, dass sie seinen Schienbeinknochen sieht.

»Ich will es bloß wissen. Die Polizei war bei mir und hat mich gefragt, ob ich mich dir gegenüber bedrohlich verhalte. Tu ich das?«

»Nein. In der Holly Road ist eingebrochen worden und sie wollten wissen, ob ich einen Freund habe, das ist alles.«

»Eingebrochen?« Er nickt. »Hast du geweint?«

»Nein.«

»Ist es okay, dass ich hier bin?«

»Warum sollte es nicht?«

»Kann ich reinkommen?«

»Was bist du, ein Vampir? Natürlich ist es okay.« Sie drückt die Tür weit auf. »Komm rein.«

Er sieht sich im Flur nach einer Stelle um, wo er sein Rad

lassen kann. »Verdammte Scheiße, so viele Kartons. Was ist das alles?«

»Kartons mit Kram aus der Holly Road und das Zeug aus allen Zimmern oben«, lügt sie, »Janettes Sachen.«

Er kommt reingeschlurft und lehnt sein Rad an eine Düne aus Müllsäcken.

Sie bittet ihn in die Küche. Als sie durch den Flur vorausgeht, spürt sie seine Gegenwart so deutlich, als hätte sie einen voll aufgedrehten Elektrokamin im Rücken.

»Hast du gehört, was im Blythswood los war? Richard wurde schon wieder von der Polizei hopsgenommen.«

»Oh Scheiße, nein.«

»Er bleibt über Nacht in Haft. Wollte sich mit dem Türsteher anlegen. Sein Gesicht ist ein Schlachtfeld.«

Joe könnte über Richards Niedergang auftrumpfen. Er ist der Hippieversager und Richard war der ganze Stolz ihrer Eltern. Er war ein kapitalistischer Senkrechtstarter, hat das große Geld gemacht, ist um die Welt gereist, um rare Antiquitäten zu kaufen, und wollte, dass sie alle es wussten. Er zahlte beim Essengehen für alle und bei Besuchen daheim buchte er schicke Suiten in Boutique-Hotels. Er mietete für einen Monat einen Bungalow auf St. Lucia, damit Lilah ihre Freunde und Verwandten in die Karibik einladen konnte.

Als Joe nach Glasgow zog, nachdem sie sich kennengelernt hatten, lief er nicht Margo nach, ihm gefiel einfach die Kunde von niedrigen Mieten in den unfeinen Vierteln. Wie um mit Vorsatz alle zu enttäuschen, machte er einen Fahrradladen auf und schlug sich mit Mühe und Not durch. Seine Leidenschaft ist Rennen fahren und Erwachsenen Radfahren beibringen. Immer wieder begegnete Margo ihm im Queen's Park, wenn sie mit Janette in ihrem Rollstuhl draußen war. Sie lernten sich im Laufe eines Jahres langsam kennen. Margo lief ihm nach.

Sie ging hin und hockte in seinem eiskalten Laden, um mit ihm zu reden, während er arbeitete, sie tranken Tee und hörten gemeinsam Radio.

Er ist exzentrisch, das weiß sie. Er meint es gut, das weiß sie auch. Früher fand sie das alles süß und war sowieso nie darauf aus, dass ein Mann sie durchfütterte. Der Bruch wegen Lilah und Richard wäre wahrscheinlich mit der Zeit geheilt, aber sobald ihr klar wurde, dass sie schwanger war, verschob sich alles. Joes Exzentrik war nicht mehr charmant, sondern wirkte eigentlich ziemlich gestört. Er verschwand für Wochen am Stück, weil sein Team Etappenrennen fuhr, lebte von der Hand in den Mund, weigerte sich, ein Haus zu kaufen oder auch nur über eine Hypothek nachzudenken. Über all das zerbrach sie sich den Kopf, da kam eine Frau mit drei Kindern in ihre Praxis, die alle Mittelohrentzündung hatten und vor Schmerz brüllten. Der Ehemann steckte von Kopf bis Fuß im Celtics-Trikot. Er wirkte ausgeruht und setzte sich auf den einzigen freien Stuhl. Während des ganzen nervenaufreibenden Termins sagte er nichts, saß nur da und lächelte leutselig, während die erschöpfte Mutter ihre Kinder tröstete und erklärte, das Paracetamol helfe nicht und sie sei seit Tagen auf den Beinen.

Margo liebt Joe, aber alles fühlt sich so schwierig an. Sie denkt, allein ist sie vielleicht besser dran.

»Oh«, sagt Joe in der Küche zwischen den Kisten und immer noch vollen, offen stehenden Schränken.

Margo seufzt. »Ich weiß. Hier hab ich kaum was geschafft. So viel Zeug.«

»Thomas findet, du solltest eine Entrümpelungsfirma beauftragen.«

»Das stimmt«, sagt sie. »Das sollte ich machen.«

Joe setzt sich an den Küchentisch und späht über dicke ordentliche Stapel Papiere hinweg, die durchsortiert werden müssen, Korrespondenz von Banken und Janettes Anwälten und Gerade-erst-erfahren-Bekannten.

»Also, was ist passiert? Die Cops meinten, jemand ist eingebrochen und hat dein Bett verwüstet.«

»Ich glaube, jemand wollte mir Angst machen.«

»Kann ich hierbleiben?«

»Joe …«

»Lass mich bei dir bleiben.« Er spricht ruhig, aber sein Blick zeichnet die Linie ihres Halses nach, ihren Haaransatz, seine Augen sagen, dass er sie liebt, dass er daran denkt, sie zu berühren. Ihre Augen sagen, dass auch sie daran denkt und dass Joes Anblick Balsam für sie ist, dass sie den Geruch seines Teerseifeshampoos liebt. Sie kann sich nicht erinnern, warum sie nicht zusammen sind, weiß aber, dass es wichtig ist.

Sie sehen sich an.

»Triffst du dich mit jemandem?«

»Nein.«

»Gut.«

»Und du?«

»Nein.«

»Gut.«

Die Uhr tickt laut und Margos Schutzschilde sind aktiviert. Sie sitzen in der staubigen Küche und Janettes knirschender Geist wirbelt um sie herum und erinnert Margo daran, dass jemanden hinreißend zu finden nicht heißt, dass es eine gute Idee ist, Kinder mit ihm großzuziehen.

»Machst du dir Sorgen um Richards Geisteszustand?«

»Ja«, sagt er. »Und ich mach mir Sorgen um dich. Thomas auch.«

»Mir geht's gut«, sagt sie, klingt aber richtig wütend.

Er schaut sich in dem Chaos um, nickt vor sich hin. Er guckt auf die Uhr. »Es ist Viertel nach zwei. Ich könnte bleiben?«

Sie kann ihn nicht sehen lassen, wie es oben ist, wie wenig

sie getan hat, kann nicht zugeben, dass das Zeug im Flur nicht alles ist und sie schon an dieser einen kleinen Aufgabe komplett gescheitert ist. Also sagt sie nein und es fühlt sich endgültig an.

Im Flur stemmt er sich sein Rad auf die Schulter, hat Mühe, sich zwischen den Kartons umzudrehen. Sie öffnet die Tür in die kalte Nacht und will nicht, dass er geht. Er schiebt sich an ihr vorbei, umständlich wegen des Fahrrads, der Kartons und der Enge des Flurs.

»Warum hast du mit mir Schluss gemacht?«, fragt er. »Die Anzeige gegen Richard kann doch nicht der ganze Grund sein. Ist es, weil Lilah wieder in Glasgow ist?«

»Nein.«

»Wirst du es mir je verraten?«

Margo zuckt die Schultern. Sie ist wirklich müde. Janette ist tot und ihre Wohnung geplündert. Ihre Augen brennen.

»Es geht um Lilah. Ich weiß, dass es so ist.«

Er mag die grelle, bissige Lilah nicht, er hält sie für ein Arschloch, aber Margo denkt daran, wie Lilah mit ihr in die Wohnung gegangen ist, mutig die Treppen hochgejoggt ist, obwohl sie nicht wussten, ob die Gefahr vorbei war. Sie denkt daran, wie Lilah sich um Pitstop und Muttley kümmert und ihr die Sachen packt und sich um sie kümmert.

»Mach's gut.«

»Mach's gut, Joe.«

Sie steht ganz still im Flur, bis sein Schatten hinter der Milchglasscheibe verschwunden ist. Dann macht sie das Licht aus und bleibt da stehen, bis sie zu müde zum Stehen ist.

26

Sie wacht im Bett ihrer Kindheit auf, spontan getröstet vom vertrauten Klang des Hauses und der Form des Raums. Die Decke ist hoch und fällt schräg zu einem hellen vorhanglosen Fenster ab. Draußen wiegt sich ein alter Ahorn. Das Bett ist klein mit einer Federkernmatratze, die hüpft, wenn sie sich bewegt. Doch als sie den Mund öffnet, merkt sie, dass ihre Zunge trocken ist und ihre Fingerspitzen gerunzelt vom Staub.

Auf dem Nachttisch sieht Margo die geklebte Figur, die sie in Janettes Schlafzimmer gefunden hat. Das Lamm blickt anbetend zur Schäferin auf, seine Augen zwei kleine Punkte, der Winkel seines Halses drückt Liebe und Vertrauen aus. Doch der Hals ist zerbrochen, zwar repariert, aber da sind die gelblichen Kleberspuren der Bruchstelle. Ihr fällt ein, dass Janette tot ist und sie sich hier verkrochen hat, dass dieses Haus voller Zeitdruck und Aufgaben ist. Sogar in diesem Zimmer gibt es ein klotziges Regal voller Bücher und Tagebücher und defektem Blechspielzeug. Eigentlich liegt sie hier auf einer dreistöckigen To-do-Liste.

Sie verspricht sich einen Kaffee, wenn sie aufsteht, wenn sie jetzt einfach aufsteht und die nächste Stunde oder so angeht. Sie hievt die Beine über die Bettkante, meidet den Blick auf das Zimmer voller Vorwürfe, da hört sie das schwache Ping-Ping der Türklingel unten im Flur.

Das muss Lilah sein oder Joe. Sonst weiß niemand, dass sie hier ist. Sie zieht einen Pulli über und geht zur Treppe.

Heller Morgen leuchtet hinter der Milchglas-Haustür. Im Flur stapeln sich Kartons und Einkaufstüten.

Sie erstarrt, denn dort, in einem Lichtfleck, liegt ein blauer

Umschlag, Gesicht nach unten wie ein Ertrinkender. Margo hält sich am Geländer fest, ihr Atem geht flach.

Sie blinzelt schnell, versucht das Bild sauberzuwischen. Der Flur ist hell und unruhig, eine große Schusterpalme, die nicht eingehen will, sämtliche Kartons aus der Holly Road, ein Hutständer voll mit Kopfbedeckungen für jedes Wetter und ein paar für besondere Anlässe, das frostig weiße Licht, das durch das Glas der Haustür dringt, und die Schachbrettfliesen auf dem Boden. Sie blinzelt, aber jedes Mal, wenn sie die Augen aufmacht, ist der Brief noch da. Steifbeinig geht sie eine Stufe abwärts, hält sich am Geländer fest.

Es ist bloß ein Briefumschlag.

Sie zwingt sich, tief durchzuatmen, macht noch einen Schritt, aber ihre Hand schwitzt und klebt am Holzgeländer fest, zerrt an der Haut. Sie heftet den Blick auf die Tür und nimmt Stufe um Stufe mit beiden Füßen, vorsichtig, bis sie unten an der Treppe steht. Der Umschlag liegt vor ihr.

Sie schaut auf ihn runter, fordert ihn heraus, sie zu beißen, aber nichts passiert.

Plötzlich wütend, hebt sie ihn auf, dreht ihn um und stellt fest, er ist adressiert »an die Scheißschlampe Brodie, Marywood Sq.«. Gleiche Handschrift: klein, t und f gerade, sonst eilig nach vorn geneigte Buchstaben.

Der Umschlag ist schwerer als der letzte. Er fühlt sich schwammig an. Etwas ist drin, etwas Flaches und Schweres.

Sie öffnet ihn grob, reißt die obere Kante ab und zieht ein einzelnes Blatt Briefpapier heraus. Aus dem gefalteten Blatt fällt etwas auf den Boden.

Es ist ein Fetzen Tartan, schwer vor Alter und Schmodder, oll und aasig und dreckig, als ob er drei Dekaden lang befummelt und gerubbelt wurde. Er liegt auf Janettes Fliesen.

Margo lässt ihn da liegen und liest den Brief. Derselbe gequirlte Scheiß. Drohung, Schmähung, Beschimpfungen, weiß, wo du wohnst, piekfeine Schlampe, ruf doch die Cops, wenn du willst, mach dich auf was gefasst. Zieh um, sooft du willst, du kommst nicht davon.

Margo schaut auf die Haustür. Sie geht darauf zu, zieht einen schweren, knotigen hölzernen Gehstock aus dem Hutständer und hebt ihn über den Kopf.

Sie reißt die Tür auf und steht da, bereit zum Angriff.

Die Straße ist still.

In einem Baum weiter weg kreischt eine Elster. Der Wind zaust die Büsche neben der Tür. Sie blickt die Straße hoch und runter, sieht aber niemanden.

Mit dem Gehstock auf der Schulter geht sie wieder hinein.

Der Fetzen Karodecke liegt auf Janettes restauriertem Fliesenboden. Janette hat Wattestäbchen und Abbeizer benutzt, um die Dreckschichten abzukriegen. Sie hat sich jede einzeln vorgenommen. Es hat Monate gedauert, und jetzt liegt dieses verrottende Ding darauf.

Margo hebt es auf.

Sie kann die leuchtend gelben Schussfäden durch das Altersgrau erkennen. Es passt zu Nikkis kleinem abgeschnittenem Viereck, es stammt von der Wolldecke, die unter Susans Leiche lag. Susan, die sparte und voller Potenzial steckte. Susan, die nie eine Chance bekam und trotzdem danach griff.

Ihr Schrecken lässt langsam nach und sie wird kalt.

Sie liest den Brief wieder und wieder, im Stehen im Flur, und ihr fällt etwas auf: Der Einbruch in der Holly Road wird nicht erwähnt.

Sie geht nach oben und zieht sich schnell was über, bindet die Haare fest zurück.

Unten in der Küche schnappt sie sich Autoschlüssel und Handtasche und nimmt den schweren Gehstock aus dem Flur mit zum Auto.

Sie gibt Nairn Drive, High Blantyre, ins Navi ein.

27

Die Straße ist nass, aber der Regen hat aufgehört, stattdessen blendet die Sonne, blitzt auf nassen Autos und Gehwegen.

Margo sitzt in ihrem Auto und beobachtet Martin McPhails Haus. Sie hält den Gehstock fest umklammert. Sie sieht, wie sich in McPhails vorderem Zimmer jemand bewegt.

Die Scheiben sind dreckig; die vergilbten Netzgardinen hängen schwer und grau im Fenster. Sogar von hier aus kann sie erkennen, dass es das Haus eines starken Rauchers ist.

Es ist ein Wohntrakt mit vier Eingängen, gute städtische Bausubstanz mit üblen Mietern. Sie dechiffriert die Straße. So weit weg von der nächsten Schule, wie es geht, keine Spielplätze oder Läden. An allen Straßenlaternen gut sichtbare Überwachungskameras mit Schildern, die Passanten warnen, dass sie beobachtet werden. Es ist eins dieser seltsamen kinderfreien Gebiete, die nur Sinn ergeben, wenn man Bescheid weiß. Hier werden Sexualstraftäter einquartiert.

Auf der Straße gibt es wenig Autos und nichts rührt sich. Eine Katze tigert von einem Betonvorgarten zu einem Laternenpfahl und verschwindet hinter einem der Häuser.

Und sie sieht, wie McPhails Tür sich ein Stück öffnet, wieder zu- und dann weit aufgeht. Sie hält den Atem an, aber niemand kommt raus. Zwei Metallgriffe schieben sich nach draußen, eine Hand packt die Außenseite des Türrahmens, und McPhail zieht sich aus dem Haus. Er sitzt im Rollstuhl.

Mühsam drückt er sich rückwärts zur Tür heraus, setzt die Füße auf und schiebt den Stuhl mit den Fersen nach hinten. Er hebt eine Krücke, die auf seinem Schoß liegt, hakt sie in die Türklinke, versucht die Tür zuzuziehen, aber es ist ein unbeholfenes Manöver – sie sieht, wie er flucht. Er kriegt sie nicht zu. Er hält sich an der Wand fest, beugt sich im Stuhl vor und streckt sich nach der Klinke. Die hinteren Räder heben ab, als sich der Stuhl nach vorn neigt und er die Tür zuzieht. Er prüft sie zweimal. Dann lehnt er sich zurück, steckt die Krücke hinten am Rollstuhl fest, benutzt die Greifringe, um sich in Richtung Straße zu drehen, und schiebt sich mit Hilfe seiner Füße langsam vorwärts bis zum Bordstein. Dort hält er an, stellt die Bremse fest und schaut die Straße hoch. Er wartet auf jemanden.

Martin McPhail ist ein ausgebrannter Mann. Margo hat solche Männer schon reihenweise vor Krankenhäusern sitzen sehen, braune Finger und fehlende Gliedmaßen, sie leisten einander beim Sterben Gesellschaft. Das sind die eingefleischten Raucher, die es niemals aufgeben, Männer und Frauen mit einer unverwüstlichen Sucht, die sie von innen heraus auffrisst. Nicht alle erwischt es so. Manche Raucher halten noch Jahre durch, manche sterben an anderen Krankheiten, aber solche hier nicht. Es ist ein ganz bestimmtes Aussehen.

Martin ist eine graue Hülle. Sein Fleisch ist fort und sie weiß, das Foto, das Robertson ihr gezeigt hat, war nicht von der Entlassung. Auch wenn seine Polizeifreunde ihm das gesagt haben. Der Mann, den sie vor sich hat, ist nur noch die Hälfte des Mannes auf dem Foto. Er hat sich einen silbergoldenen Bart wachsen lassen, aber rings um die Kluft seines Mundes ist er verfärbt, braun und schmutzig. Er sieht ihr Auto, sieht, dass sie wartet, und eine graue, rissige Zunge schlängelt sich aus dem Loch in seinem Gesicht, um den Mundwinkel zu lecken.

Margo steigt aus und nimmt ihren Gehstock mit.

»Sind Sie Martin McPhail?«

Er linst zu ihr hoch. »Wer zur Hölle sind Sie?«

»Sind Sie Martin McPhail?«

»Von der Fürsorge? Sie war ja nicht mal hier.«

Die Bemerkung bringt Margo aus dem Konzept. »Wer war nicht hier?«

Aber McPhail mustert ihren schweren Gehstock, er mustert sie – eine große, gesunde Frau, die auf einer leeren Straße vor ihm steht und eindeutig wütend ist. Er glaubt, sie wird ihn schlagen. Sie weiß nicht recht, ob er da falsch liegt.

»Vergessen Sie's.« Er weiß, er hat das Falsche gesagt und wendet den Blick ab. Seine Hand hebt sich auf halbe Höhe und er zeigt auf einen Pfahl mit einem Schild, das Anwohner warnt, dass sie unter Beobachtung stehen. Die Hand zittert. Er hat Angst vor ihr.

Dann fällt ihr Blick auf seine Oberschenkel. Die Jogginghose übersät mit Kleckerspuren und Flecken, die Falten voller Krümel. McPhail würde nie die Stufen zu Janettes Haustür hochkommen. Er steht auch nicht auf, wenn niemand es sieht. Er zieht nicht mitten in der Nacht durch die Stadt und schleicht sich in Wohnungen, um Drohbriefe dazulassen. Die Briefe sind nicht von ihm.

Ein kleiner Elektrobus biegt am Ende der Straße um die Ecke und kommt lautlos auf sie zu. McPhail schaut sie wieder an. Seine Wangen sind nassgeweint vor Angst.

»Wer sind Sie überhaupt, verfluchte Scheiße?«, fragt er, als der Bus hält.

Sie sieht zu, wie der Fahrer aussteigt, nach hinten geht, die Türen öffnet und den Knopf drückt, um die elektrische Rampe abzusenken.

McPhail löst die Handbremse mit einem Ruck und wirft ihr einen letzten Blick zu. »Weiß noch nicht mal, wer Sie sind, verdammt«, sagt er und dreht sich weg, schiebt seinen Rollstuhl mit den Füßen von ihr weg und auf das Heck des Busses zu.

»Ich bin Susan Brodies Tochter.«

McPhail hält inne. Er sackt nach vorn, als hätte ihn jemand in den Magen getreten.

Der Fahrer hat die Rampe unten und späht um den Bus herum, will weiter. »Los, Marty, ich hab nicht den ganzen Tag Zeit.«

McPhail bäumt sich auf, holt so tief Luft, dass sich sein Körper nach hinten biegt. Er dreht den Kopf, sieht Margo in die Augen und sagt:

»Ich war's nicht.«

28

Der schwere Gehstock liegt im Fußraum vor dem Beifahrersitz. Sie hätte ihn geschlagen. Wenn er auf sie los wäre, hätte sie mit dem Stock auf seine Schläfe gezielt. Sie weiß, dass sie es getan hätte, und es erschreckt sie. Sie hätte nicht gedacht, dass sie so ist.

Sie schließt das Auto ab, geht durchs Tor, und erst als sie an der Haustür den Schlüssel ins Schloss stecken will, fällt ihr auf, dass das Tor offen stand. Sie hat es beim Weggehen zugemacht.

Die Haustür schwingt nach innen auf und sie weiß, dass jemand drinnen war.

Sie braucht einen Moment, um einzuordnen, woher sie es weiß. Es ist der Gestank. Pissegestank.

Sie tritt zurück auf die Stufen, hofft irgendwie, dass ihre Wahrnehmung ihr einen Streich spielt. Aber jetzt riecht sie es auch hier draußen. Stark, konzentriert. Sie lässt die Tür offen und geht zum Auto zurück.

Mit dem Gehstock bewaffnet nähert sich Margo erneut der offenen Tür. Sie betritt den Flur und horcht. Sie kennt die Geräuschkulisse so gut, vertraut bis in die Knochen das Knacken der Holztreppe an einem Sommerabend, das leise Ächzen im Putz, das gedämpfte Gurren der Holztauben, die auf dem Schornsteinkopf hocken.

Das Haus ist leer.

Sie überprüft den Flur. Alles wie sonst. Mit hoch erhobenem Gehstock tritt sie in die Küche. Auf dem Tisch wurde nichts weggenommen, die Tellerstapel auf den Arbeitsplatten sind unberührt.

Da vor der Spüle. Eine Pfütze stinkende gelbe Pisse, halb aufgesaugt von den schwammigen Plastikfliesen auf dem Boden, die auszutauschen Janette nicht mehr geschafft hat. Zwei Fußabdrücke daneben, und sie sind allein: keine dazugehörigen Abdrücke vom Reinkommen aus dem Flur oder von der Hintertür, keine Abdrücke vom Rausgehen. Und ein neues Stück verdreckte Tartandecke mittendrin.

Margo weiß, so flüssig pisst kein Mann über dreißig und niemand kann zum Pissen in einen Raum kommen, ohne den Boden zu berühren.

Sie holt Robertsons Buch raus und schlägt Susans Tatortfoto auf, betrachtet die Tartandecke unter ihrer Leiche. Sie dachte, die Ecke sei umgeklappt, aber jetzt sieht sie, dass sie abgeschnitten ist.

Plötzlich hämmert es an der Haustür, woraufhin sie das Buch fallen lässt. Sie hebt den schweren Gehstock, hält ihn hoch und schiebt sich dicht an der Wand entlang in den Flur.

Ein Schatten im Milchglas wächst, als die Person draußen näher an die Tür tritt. Margo wappnet sich, doch dann taucht eine Hand auf und pocht dreimal. Das erste Klopfen war gar kein Hämmern, sie ist bloß schreckhaft.

»Huhu!« Es ist Lilah.

Margo versteckt den Stock und öffnet die Tür einen Spalt.

Lilah hat eine fettige Tüte mit Brötchen in der Hand. »Huhu?«

»War da draußen jemand, als du angekommen bist?«

Lilah schaut sich um. »Nein.« Sie sieht Margo an. »Immer noch fertig wegen gestern Abend?«

»Nein. Hab noch einen Brief gekriegt und heute Morgen ist hier jemand eingebrochen.«

Sie gehen in die Küche und betrachten die Pisse.

»Verfluchte Scheiße«, sagt Lilah. »Wir können nicht schon wieder die Polizei rufen, oder?«

»Ich glaube nicht«, antwortet Margo. »Die würden bloß denken, wir sind eine müßige Zwei-Frauen-Gurkentruppe, die ihre Zeit verschwendet.«

Lilah übernimmt das Kommando. Sie setzt Margo auf einen Stuhl und befiehlt ihr, eins der Brötchen zu essen, während sie mit Küchenpapier die Pisse aufwischt. Das macht ihr nichts aus, sagt sie, weil sie das bei den Hunden auch ständig muss, man gewöhnt sich dran. Ehrlich.

Den Tartanfetzen wirft sie weg, bekommt aber den Gestank mit Putzmittel nicht raus und die Kunststofffliesen lösen sich an den Rändern sowieso schon auf, also reißt sie sie raus und stopft sie in einen Müllsack und schrubbt den Boden darunter mit Stahlwolle und Scheuerschwamm. Dann wischt sie die Dielen mit Desinfektionsmittel.

»Widerlicher Scheißkerl«, sagt sie, als sie das Ergebnis ihrer harten Arbeit betrachten. Jetzt hängen pissegetränkte Schwammfetzen an den vom Desinfektionsmittel aufgequollenen Dielen.

»Das ist fast noch schlimmer«, sagt Margo, und dann stehen sie da und lachen über die Sauerei, bis sie zu weinen anfängt. »Verfluchte Kacke, wie soll ich das alles hier bloß hinkriegen?«

Lilah setzt sie wieder auf den Stuhl und sagt, pass mal auf, es geht doch voran. In der Holly Road ist ein Mann gekommen, um eine neue Tür einzusetzen. Sie war heute Morgen da, um ihn reinzulassen. Also tut sich was, es scheint nur so, als ob es nicht vorangeht. Sie hat aus der Holly Road Margos Post mitgebracht und gibt sie ihr.

Ein Kontoauszug. Margo macht ihn nicht auf, sie hat genug von schlechten Neuigkeiten. Außerdem ein neuer brauner Umschlag mit ihrem Namen und ihrer Adresse in schwarzer Handschrift.

Sie öffnet ihn und findet einen Brief von Jack Robertson auf geprägtem Papier. Der Drohbrief vom Rammbock steckt zusammengefaltet darin. Jack dankt ihr fürs Abendessen und dass sie ihm diesen entsetzlichen Drohbrief (beigefügt) leihweise überlassen hat. Er hofft, sie hat nichts dagegen, dass er aus Sorge um ihr Wohlergehen und ihre persönliche Sicherheit informell die Polizei verständigt hat. Bitte teilen Sie es der Polizei unbedingt mit, wenn noch etwas passiert, und falls er irgendwie helfen kann, stehen seine Kontaktdaten oben im Briefkopf, sie muss sich nur an ihn wenden.

»So ein Stück Scheiße«, sagt Margo und erzählt Lilah von ihm. »Daher kam das Tatortfoto im Internet. Es war in seinem beschissenen Drecksbuch.«

Sie zeigt ihr *Schrecken auf den Straßen*, und Lilah schnaubt über die vulgäre Covergestaltung und ist erschüttert von dem Tatortfoto. Doch dann sieht sie das Autorenfoto auf der Rückseite.

Jack mit trockenem Schmunzeln. Seine Haare sind voluminös. Seine Rolex ist deutlich zu sehen. Sie ist fassungslos. »Das ist er?«

»Ja.«

»Du machst Witze.«

»Ich weiß, er sieht ganz gut aus, aber glaub mir, er ist ein totaler Scheiß–«

»Nein, nein, nein, Margo, er war gestern Abend da. Bei deiner Wohnung. Ich hab ihn aus dem Haus kommen sehen, als ich auf dich gewartet habe. Ich hab ihn da gesehen. Ich hab mit ihm geredet.«

»In der Holly Road?«

»Ich hab ihn rauskommen sehen, und ehrlich gesagt fand ich ihn ziemlich schmuck und hab mich gefragt, ob er ein Nachbar von dir ist.« Sie sieht verlegen aus. »Wegen der Haare fiel er mir auf. Verstehst du?«

Natürlich ist er Lilah aufgefallen. Er ist genau ihr Typ: groß, schlank und ein richtiges Arschloch.

»Er hat gefragt, ob ich mich verirrt habe, weil ich da auf dich gewartet habe.«

»Was hast du gesagt?«

Sie hebt eine Schulter. »Bloß so was wie, du weißt schon, hey Seemann.«

»Was hat er da gesucht?« Margo greift nach dem Umschlag, in dem sein Brief war. »Hat er das abgegeben?«

»Nein, das kam heute Morgen mit der Post. Es kam zusammen mit den Kontoauszügen, als der Türmann am Ausmessen war. Was hatte er da zu suchen?«

Margo erklärt, dass Jack durch den Rufschädigungsprozess ein Vermögen verlieren kann, egal ob er gewinnt oder verliert. Es hat ihn verdrossen, dass sie ihren Drohbrief nicht der Polizei gemeldet hat. Wahrscheinlich hat er die Wohnung verwüstet, damit sie die Cops ruft.

»Vielleicht hat er ja auch den fiesen Brief geschrieben?«

Aber als Margo Jacks Handschrift mit der des Drohbriefs vergleicht, ist die Schrift vollkommen anders.

»Kann er nicht einfach mit der anderen Hand geschrieben haben oder so?«

»Keine Ahnung. Geht das?«

»Schau's nach.«

Lilah gibt »Kriminaltechnik« und »Handschrift« in ihr Handy ein und findet auf YouTube ein zehnminütiges Fernsehinterview aus den Achtzigern. Sie setzen sich dicht nebeneinander, Kopf an Kopf, und sehen es sich an.

Die sachverständige Schriftexpertin hat eine große blonde Helmfrisur und eine gelbe Schluppenbluse, wie eine sexy Version von Margaret Thatcher mit einem starken New Jersey-Akzent. Sie hat die Briefe des Zodiac-Killers analysiert, das mag eine Empfehlung sein oder ein vernichtendes Armutszeugnis, je nach Blickwinkel.

Sie erklärt, dass die Zodiac-Briefe in Druckschrift verfasst waren, das heißt, die Buchstaben hingen nicht zusammen, im Gegensatz zur Schreibschrift, wo alle verbunden sind. Die Handschrift war außerdem »flüssig«, was heißt, dass schnell geschrieben wurde. Man erkennt das an den »fliegenden Enden« der einzelnen Buchstaben, da, wo sich am Ende eines Buchstabens der Stift vom Papier hebt. Das zeigt eine schnelle Hand und dass der Verfasser seine Alltagshandschrift benutzt hat. Es ist sehr schwierig, die Handschrift zu verstellen, sagt sie. Wäre sie verstellt, dann gäbe es keine fliegenden Enden, und die Größe der einzelnen Buchstaben wäre im Schriftstück uneinheitlich. Verstellte Handschrift sieht eher wie gezeichnet aus, kostet viel Anstrengung, und der Stift bewegt sich anders auf der Seite.

Margo überprüft die Drohbriefe und den von Robertson, und es gibt in beiden Fällen fliegende Enden, der Text ist flüssig geschrieben in der natürlichen Handschrift des Verfassers.

Margo schlussfolgert: »Er war's nicht, aber er ist trotzdem ein mieses Stück Scheiße.«

Lilah hält Robertsons Brief hoch. »Hier ist seine Adresse. Gehen wir hin und sagen ihm, dass er ein Wichser ist.«

Das scheint eine gute Idee, vor allem, weil Margo unbedingt hier rauswill, sie sind beide wütend und Margo weiß, sie kann es sich in letzter Minute anders überlegen. Sie schnappen sich ihre Mäntel und Taschen und schließen das Haus ab, machen sich auf den Weg zum Auto.

Sie steigen ein, Lilah gibt die Adresse in ihr Handynavi ein und Margo fährt los.

»Au Scheiße.« Lilah rutscht hastig im Sitz nach unten. »Mist, Richard.«

Richard steht vier Gartentore von Janettes Haus entfernt und schaut stirnrunzelnd auf sein Handy, als Margos Mini an ihm vorbeigleitet. Sein Kiefer ist stark geschwollen und er hat ein blaues Auge.

Mit klammen Händen, aber sehr ruhig biegt Margo auf die stark befahrene Hauptstraße ein und hält an der nächsten Ampel. »Wie zum Teufel hat er uns gefunden?«

Lilah sitzt da und umklammert ihr Handy.

»Ist das dein altes Arbeitshandy? Benutzt du immer noch das Telefon, das er dir geschenkt hat?«

»Na ja, warum nicht?«

Margo fährt links ran und zwingt Lilah, ihr die Handyeinstellungen zu zeigen. Der Tracker ist an.

»Deswegen findet er dich immerzu.«

»Ach, Scheiße. Dann weiß er auch, wo ich übernachte, ja?«

»Er weiß immer, wo du bist. Lilah, Richard ist nicht gesund.«

»Ich weiß, du hast recht, ich weiß das, ja.«

»Du musst unbedingt diesen Tracker ausgeschaltet lassen. Du musst dich von ihm fernhalten. Und du kannst auch nicht zurück zu Deborah.«

»Okay.«

»Er will dir was tun.«

»Okay.«

»Er wird dir was antun. Ich kann nicht fassen, dass du mir nicht gesagt hast, wie schlimm es ist, wie krank er ist.«

»Na ja, ich wusste doch, was du sagen würdest.«

Margo schnalzt mit der Zunge. »Nein, wusstest du nicht.«

»Doch. Du würdest sagen, ich soll mich von ihm fernhalten, und das wollte ich nicht.«

»Also bin ich jetzt die Böse, weil ich nicht will, dass du in einer Missbrauchsbeziehung steckenbleibst?«

»Nein, aber es heißt, ich kann erst mit dir reden, wenn ich so weit bin, ihn zu verlassen. Und das war ich nicht.«

Margo weiß nicht, was sie dazu sagen soll, denn da ist etwas Wahres dran.

29

Jack Robertsons Haus steht im grünen Vorort Newton Mearns. Die Häuser sind groß hier, sie stehen in weitläufigen Gärten mit Auffahrten und Nebengebäuden.

Das Navi führt sie zu einem weiß getünchten zweistöckigen Art-déco-Haus mit großen Bleiglasfenstern. Alte Bäume schirmen es von der Straße ab, aber sie können die Zufahrt hoch in einen großen Vorgarten spähen. Er ist jetzt überwuchert, völlig verwildert, das Gras ungemäht und windzerzaust. Ein riesiger weißer Rhododendronbusch gedeiht mitten auf einer weißen Kieseinfahrt.

Ein gewaltiger Ford Ranger mit offener Ladefläche, leuchtend orange und glänzend poliert, parkt vor dem Haus. Zu groß und zu sauber, um nützlich zu sein.

Eine Garage, die wie eine Miniatur des Hauses aussieht, steht an der Seite, und durch eine Gasse zwischen Garage und Haus haben sie direkten Blick in einen riesigen Garten auf der Rückseite. Er scheint sich meilenweit hinzuziehen. Ein verrostetes Schaukelgerüst steht dem Haus zugewandt, und das Gras ist kniehoch.

»Gar nicht mal schlecht«, murmelt Lilah.

Auf den zweiten Blick ist das Haus mächtig heruntergekommen. Alter Lack blättert von den Holzfensterrahmen. Der weiße Kies ist ausgedünnt, hier und da scheint schlammige braune Erde durch.

Lilah führt aus, dass solcher Kies regelmäßig geharkt gehört. »Er hat seinen Gärtner entlassen. Erst vor ein paar Monaten, wie es aussieht.«

Zögernd sitzen sie noch ein paar Minuten in Margos Auto, weil sie sich nicht ganz einig sind, wie sie vorgehen sollen.

Lilah will hingehen und an die Tür klopfen und ihm sagen, sie wissen, dass er eingebrochen ist und das Haus beschmutzt hat, und er soll sie ja in Frieden lassen, weil sie ihm sonst die Fresse polieren und dann die Bullen rufen.

Margo weiß nicht, ob das eine gute Idee ist. Sie findet, sie sollten ihm nur sagen, dass Lilah ihn gestern Abend gesehen hat und dass er sie in Frieden lassen soll. Sie hat Lilah nicht erzählt, dass sie bei McPhail war, aber das Erlebnis hat sie vorsichtig gemacht. Sie wissen gar nichts über Robertson. Sie wissen nicht, worauf sie sich da einlassen, und der Garten wirkt ziemlich abgeschieden. Sie könnten in eine Falle stolpern.

»Der ist nicht gewalttätig oder so was«, sagt Lilah. »Er ist ein Schreiberling.«

»Auch Schreiberlinge können gewalttätig sein. Norman Mailer hat seine Frau erstochen. William Burroughs hat seine Frau erschossen. Dieser holländische Schriftsteller hat seine Frau umgebracht, es geleugnet und dann ein Buch darüber geschrieben.«

»Also dann heiraten wir ihn besser nicht.«

Sie steigen aus. Als sie sich dem Haus nähern, wünscht Margo, sie hätte ihren Gehstock dabei. Er liegt so schön knüppelig in der Hand. Sie hat gar nichts bei sich für den Fall, dass das hier nicht gut läuft.

In der Straße herrscht diese gruselige tote Atmosphäre von Vorstadt am helllichten Tag. Margo wirft einen Blick auf all die dunklen Fenster, die über Rasen und asphaltierte Einfahrten hinwegspähen, und fühlt sich beobachtet, als ob sie von Überwachungskameras gefilmt wird.

Sie knirschen zur Haustür, ihre Füße rutschen auf unerwarteten Kiespfützen, als sie um den Ranger herumgehen. Margo denkt immer noch daran zu kneifen, aber Lilah klingelt sofort.

»Ich war noch nicht bereit.«

»Tja, scheiß drauf«, sagt sie und streicht sich die Haare glatt.

Stille. Niemand da.

Lilah flüstert: »Wir können ja einbrechen und mal *sein* Haus aufmischen.«

Genau da rührt sich drinnen etwas, eine Tür wird geöffnet, Schritte kommen durch einen Flur auf die Haustür zu. Sie schwingt weit auf und der Sound von »What Up Gangsta« von 50 Cent dringt aus dem Keller hoch.

Jack Robertson steht rotgesichtig und außer Atem da, mit einem Schweißfilm bedeckt, T-Shirt und Jogginghose dunkel, nass und schwer.

»Oh!«, sagt er. »Hallo? Margo, oder? Hallo noch mal.« Er sieht Lilah an.

Lilah saugt die Wangen ein.

»Tja, okay.« Er wendet sich wieder Margo zu, unterdrückt ein Lächeln. »Sie sind hier? Tut mir leid, ich hab Ihnen den Brief per Post zurückgeschickt. Er müsste morgen da sein, wenn Sie ihn nicht schon ...«

»Er ist heute Morgen gekommen«, sagt Margo, »aber ich war nicht da. In meine Wohnung wurde gestern Abend eingebrochen. Ich musste woanders übernachten.«

»O Gott. Wie schrecklich. Das ist wirklich verstörend. Himmel!«

»Das sollte man meinen, oder?«

»Gott, ja. War er das, was glauben Sie?«

»Wer?«

»McPhail? Nach dem Brief hatte ich so ein Gefühl, er könnte was anderes versuchen.«

»Haben Sie McPhail in letzter Zeit mal gesehen?«

»Ich? Nein.«

»Ich habe ihn heute Morgen gesehen.«

»Hat man ihn festgenommen? Mussten Sie ihn identifizieren?«

»Nein, ich habe ihn aufgesucht. In High Blantyre.«

»Um ihn zu identifizieren?«

»Er sitzt im Rollstuhl.«

»Oh.« Robertson wusste es nicht. »Dauerhaft?«

»Ja. Kein Vertun. Er hat auf den Fahrdienst gewartet.«

»Ach?«

Er richtet seine Aufmerksamkeit auf Lilah. »Wer ist das?«

Lilah streicht sich die Haare glatt. »Erinnern Sie sich nicht an mich?«

Robertson erinnert sich ganz eindeutig. Er zieht langsam die Brauen hoch, wartet darauf, dass sie ihn zur Rede stellt.

»Wir haben uns gestern Abend in der Holly Road getroffen.«

»Entschuldigung – wo?«

»In der Holly Road. Ich saß auf einer Mauer und habe auf sie gewartet, und Sie kamen raus und fragten, ob ich mich verirrt hab.«

»Oh.«

»Und ich habe gesagt: ›Wieso, sehe ich fehlgeleitet aus?‹, und Sie haben gesagt: ›Nein, Sie sehen toll aus.‹ Wissen Sie noch?«

Sie lächeln sich unterdrückt an, sie flirten. Das ist nicht die Fick-dich-Konfrontation, für die Margo sich gestählt hat.

»An Sie würde ich mich doch erinnern, meine ich.«

»Das meine ich auch. Die meisten Leute erinnern sich an mich.«

Robertson hebt den Saum seines T-Shirts an, um sich den Schweiß vom Gesicht zu wischen. Margo kann erkennen, dass er ein breites Lächeln zu verbergen sucht. Sie wirft Lilah einen Blick zu, aber die starrt sein Sixpack an.

»Hören Sie, da scheint etwas ein wenig aus dem Ruder gelaufen zu sein. Möchten die Damen vielleicht reinkommen?«

»Passen Sie mal auf, Sie alter Scheißer«, Lilah klingt aggressiv, aber sexy, »wir wissen Bescheid, das mit dem Einbruch waren Sie.«

»Ich habe keine Ahnung, wovon Sie sprechen.« Er ist ein grauenhafter Lügner. Sein Gesichtsausdruck wechselt zwischen regelrechtem Frohlocken und schlecht gespielter Schockiertheit. »Wie kommen Sie denn auf so was?«

Lilah schnalzt mit der Zunge. »Wir werden gleich mal die Polizei benachrichtigen.«

»Wenn Sie wollen, kann ich die Polizei anrufen«, sagt er. »Ich habe viele Freunde bei der Polizei.«

Aber sie können nicht die Polizei benachrichtigen, denn Lilah war diese Woche in zwei Richard-Vorfälle verwickelt und hat möglicherweise viel Geld gestohlen, und Margo kommt sich immer noch dumm vor wegen gestern Abend.

Sie stehen eine Weile so da, bis Lilah fragt: »Warum sind Sie so verschwitzt?«

Leicht verlegen, weil man ihn erwischt hat, deutet Robertson hinter sich ins Haus. »Ich hab ein Laufband ...«

Lilah späht in den Flur. »Sie haben einen Fitnessraum?«

»... im Keller.«

»Oh.« Lilah und Robertson schauen sich in die Augen.

»Ist er groß?«

»Lilah, Scheiße noch mal!«

»Entschuldigung.«

»Hören Sie –« Margo zeigt mit dem Finger auf Robertsons feuchte Nase, »lassen Sie mich in Ruhe, Sie heimtückisches Arschloch. Ich bin keine Komparsin in Ihrem blöden Prozess. Ich hoffe, er gewinnt ihn, ich hoffe, Sie verlieren Ihr Haus.«

Jetzt grinst er, und Lilah auch.

»Sie haben meine scheiß Tür zerstört.«

»Das war ich nicht. Und ich hab auch kein Parfum auf Ihr Bett gekippt.«

Lilah schnaubt. »*Das haben wir bisher noch nicht mal erwähnt!*«

Sie fangen an, konspirativ zu lachen, und Lilah gibt Robertson einen Klaps auf den Arm. Er ist von ihr bezaubert und ein bisschen peinlich berührt.

»Himmel«, er lächelt, »hören Sie, ich bin einfach so verzweifelt – er wird mich ruinieren. Er ist ein Vergewaltiger, er hat es verdient – es tut mir so leid. Ich habe nichts kaputtgemacht, ich hab nichts mitgenommen, ich dachte bloß, wenn ich etwas Unordnung mache, rufen Sie die Polizei und zeigen ihn an, und das würde uns helfen zu beweisen, was für ein Scheißkerl er ist. Irgendwie kam es mir gar nicht so schlimm vor, als ich es tat. Es tut mir so leid, wenn ich Ihnen Angst gemacht habe.«

Aber er klingt nicht, als täte es ihm leid.

»Es *hat* mir Angst gemacht.«

»Sie sind ein gottverdammter Idiot.« Lilah sagt es wie ein Kompliment.

»Kommt doch rein und ich mach uns allen einen Kaffee oder so was? Ich ersetze das Parfum, ich mach es wieder gut.« Jack redet jetzt nicht mal mehr mit Margo, nur noch mit Lilah.

»Nein!« Margo packt Lilah am Arm und zerrt sie energisch weg. »Nein. Nicht noch ein verfluchter scheiß Irrer, Lilah, nein.«

Sie hält ihren Arm eisern fest, während sie unelegant über den Kies schlittern und knirschen und dann ins Auto steigen.

»Scheiße, du warst so hilfreich wie ein verdammter Pickel«, sagt sie.

Lilah kichert. »Es tut mir so leid.«

»Es tut dir genauso wenig leid wie ihm.«

Sie schnallt sich an und bemerkt, dass Robertson noch in seiner offenen Tür steht, er lehnt am Rahmen. Er und Lilah sehen sich an.

»Himmel, Lilah, du bist doch nicht zu retten. Der Mann steht kurz vor der Pleite, er hat meine Bude verwüstet, um vor Gericht gegen einen Mann besser dazustehen, dessen Leben er ruiniert hat. Mach deine verdammten Augen auf. Ich will nicht zugucken, wie du von einer Riesenscheiße direkt in die nächste schlitterst.«

Sie fahren los, Lilah schweigt einen Moment, schaut aus dem Seitenfenster und murmelt dann vor sich hin:

»Aber fit.«

30

Keine Alarmanlage am Haus.

Ein Haus auskundschaften ist schön. Entspannt, Pläne machen und beobachten. Feine Sache das.

Dieses Haus ist ein Kinderspiel. Hinten gibt's ein lockeres Fenster. Das Haus ist groß genug, dass man Geräusche von unten vielleicht nicht überall hört. Man kann rein und rumlaufen, und keiner merkt was.

Das Fenster, das lockere, ist bei einer Tür, die kaputt war und repariert ist, aber ganz leicht einzudrücken.

Hier könnte nachts jeder reinkommen, rauf zu den Schlafzimmern schleichen. Ihr Licht geht im Eckzimmer an.

Jeder könnte dieses Licht sehen und wissen, wo sie schläft. Jeder könnte da rein.

Keine Nachbarn gleich hinter den Wänden. Keiner, der eine Schlampe quieken hört. Schon gar nicht mit der Hand auf ihrem Mund. Mit der Hand auf ihrem Mund und einem kleinen Kampfmesser in ihrer Titte.

So ungeschützt, da kann man auch gleich die Tür zur Straße auflassen. Jeder könnte da rein. Jeder, der will.

Warum sich überhaupt die Mühe machen und einbrechen, wenn man einfach zur Tür gehen und sie eintreten kann?

31

Sie weint im Wohnzimmer, als ihr Handy klingelt.

»Oh, hallöchen, ich wollte nur mal kurz durchrufen, um zu sehen, wie es Ihnen heute geht und ob –«

»Tracey?«

»Ja, hallöchen, hier ist Tracey von der Adoptionsagentur, ich ruf nur an, um –«

»Hören Sie«, sagt sie, »es tut mir leid, aber diese ständige Kontaktierung, Betreuung, das ist mir zu viel.«

Was sie eigentlich sagen möchte, ist: Geh kacken.

»Okay. Margo?«, sagt Tracey leise. »Hören Sie zu, ich stehe direkt vor Ihrem Haus. Ich weiß, dass Sie allein sind. Kann ich reinkommen und mit Ihnen reden? Es dauert nur zwei Minuten.«

»Oh, tja, ich bin leider gar nicht in der Holly Road, ich bin …«

»Marywood Square, ja. Das ist die Adresse, die wir im Büro haben, wissen Sie noch?«

»Oh.«

»Ich komme jetzt zur Tür.«

Das Telefon klickt und die Verbindung ist tot.

Margo legt auf. Sie steht auf und geht in den Flur, versucht zu atmen, ihr Magen verkrampft sich missmutig, als sie einen grauen Tracey-Umriss vor der Glasscheibe sieht. Ein zögerliches Klopfen am Glas.

Sie starrt auf Traceys Schemen, sieht, wie sie sich umdreht und die Straße entlangschaut, den Rücken an der Tür, sich die Haare richtet, ihre Kleidung glattstreicht.

Sie öffnet halb und Tracey schlüpft in den Flur und fängt sofort an zu reden. Oh, danke, dass sie reinkommen darf! Sie hat nämlich Arthritis, also ist es gut, aus der Kälte da draußen rauszukommen, so ist es eben. Sie schaut sich im Flur um, macht ein paar Schritte weiter ins Haus und sagt: Wow, was für ein großes Haus, Sie haben Glück, sehr vollgestopft, was? Was für ein hübsches kleines Lämpchen da oben mit dem Buntglas und so. Ja, also, danke fürs Reinlassen, das ist wirklich nett. Prima. Ja.

Sie sind jetzt irgendwie in die Küche vorgedrungen und Traceys Blick heftet sich auf die Teedose und den Kessel.

Margo verschränkt die Arme. »Was kann ich für Sie tun, Tracey? Ich bin ziemlich beschäftigt.«

»Oh, aye. Klar.«

Sie stehen schweigend da. Tracey holt tief Luft und zögert.

»Was wollen Sie?«, fragt Margo.

»Aye.« Tracey wird plötzlich genierlich und ringt die Hände. »Also, möglicherweise ist Ihnen ja schon aufgefallen, dass ich mich bei Ihnen ein klein bisschen mehr reinhänge, als es vielleicht angemessen wäre, und ich möchte mich dafür entschuldigen. Ich weiß aus meiner eigenen Erfahrung als Adoptivkind, dass dies eine ziemlich schwierige Zeit in Ihrem Leben ist und so weiter. Ähm. Mein eigener, ähm, Kontakt mit meiner leiblichen Mutter war nicht so ein gelungenes …« Sie betrachtet das Fenster. »Ist das da Hausschwamm?«

Margo dreht sich um und mustert einen grauen Schatten über dem Sturz. Er kommt von oben. »Ich glaube nicht. Das war da schon immer.«

»Sie sind schon lange hier, was?«

»In diesem Haus?«

»Ja.«

Sie betrachtet den alten Stuck rings um die Decke und den Herdofen.

»Tracey?«

»Entschuldigung, ja, also. Ich wohne um die Ecke, wie gesagt, schon seit zehn Jahren und so weiter. Drüben in der Nähe der Tankstelle? Sie wissen schon, bloß das kleine Stück da rauf, ja, gleich beim Park, und, also na ja, was ich eigentlich fragen will: Kann ich Ihr Haus kaufen?«

Margo ist so überrascht, dass sie loslacht.

»Ich weiß«, Tracey weint fast. »Es ist unangemessen, dass ich hier bin, aber in dem Moment, als ich Ihre Adresse auf dem Formular gesehen habe und alles, also, wir haben hier schon überall Zettel verteilt, um die Leute zu fragen, ob sie verkaufen möchten, aber die sind alle saniert bis zum Abwinken und top ausgestattet und das brauchen wir nicht, wir suchen bloß ein Wohnhaus für die Familie in dieser Gegend, weil unsere Kinder auf die Grundschule direkt hier um die Ecke gehen und der Vermieter versucht uns aus unserer Wohnung rauszukriegen und die ist so teuer. Ich bin aber nicht wegen des Hauses zu der Gerichtsverhandlung gekommen, da war ich nur, weil ich mir Sorgen gemacht habe, dass sie Ihnen eine donnert. Sie ist ja schon ein bisschen furchteinflößend, Ihre Tante, und in dem Moment, wo ich sie gesehen hab, hab ich still bei mir gedacht: ›Die wird diese Frau lebendig verschlingen‹, aber es scheint ja, als ob es letztlich in Ordnung gegangen ist. Ist es in Ordnung?«

»Bisher schon, ja.«

»Es tut mir leid, dass ich überhaupt nach dem Haus frage. Sagen Sie einfach nein, das ist schon okay, aber ich hätte mich in den Hintern gebissen, wenn ich nicht wenigstens ein Mal gefragt hätte, ich hab eine Weile gebraucht, bis ich so weit war. Das ist der ganze Grund, warum ich hier bin, nur damit ich mich später nicht in den Hintern beiße, wenn ich die Kleinen zur Schule bringe und hier zwei Luxusdoppelhäuser stehen mit einem Atelier im Garten.«

Margo schmunzelt.

»Möchten Sie ein Tässchen Tee, Tracey?«

Sie setzen sich eine Weile an den großen alten Tisch und Margo verspricht ihr nichts, aber es gefällt ihr sehr. Abseits der Arbeit und ohne heimliche Hintergedanken ist Tracey herzallerliebst.

Sie erzählt Margo, wie sie ihre leibliche Mutter kennengelernt hat, wie die Frau ihr erzählt hat, dass sie fünfzehn Jahre im Gefängnis saß, weil sie aktives Mitglied der IRA war. Tracey war mächtig beeindruckt, bis sie ein Buch über Dolours Price las und ihr klar wurde, dass sie ihre Geschichte geklaut hatte. Dann kam raus, dass ihre leibliche Mutter im Suff mit einer Stielkasserole ihren Freund totgeschlagen hatte. Sie deckte ihn zu und ließ ihn in der Küche liegen. Kochte für die Untermieter, stieg dabei über ihn weg, bis Wochen später jemand die Polizei rief.

»Aber das war natürlich in London«, sagt sie, als sei so etwas dort üblich.

Margo sagt ihr, dass sie das Haus nicht leerkriegt. Sie kann nicht mal eine Entrümpelungsfirma beauftragen, denn sie weiß, die würden Janettes gesamten Kram an Trödelläden verkaufen, und sie stellt sich die ganze Zeit vor, wie Patienten in ihre Praxis kommen, die Janettes Broschen tragen oder eine von ihren Plastikhandtaschen. Sie hat Angst, sie geht an Secondhand-Läden vorbei und wirft einen Blick hinein und ihr bestes Porzellanservice vergilbt im Schaufenster, Angst, dass sie Janettes Samen über die ganze Stadt verbreitet, bis sie eines Tages aufgehen und ihre Zukunft mit solchen Hinterhalten füllen.

»Nein«, sagt Tracey und schaut sich um, »das heißt nur, dass Sie noch nicht so weit sind. Manchmal muss man sich einfach hinsetzen und die Dinge fühlen, damit sie vorbeigehen. Es wird nicht immer so schlimm sein. Geben Sie sich einen Monat Zeit oder so.«

»Ich habe aber keinen Monat. Mein Bruder denkt, ich bin nächste Woche fertig.«

»Haben Sie ihm gesagt, wie schwer es ist?«

Hat sie nicht.

»Sagen Sie es ihm«, sagt Tracey. »Lassen Sie sich Zeit.«

Sie steht auf, um zu gehen, und Margo sagt, sie wird darüber nachdenken, ihr das Haus zu verkaufen, aber Thomas hat ein Mitspracherecht.

»Hören Sie«, sagt Tracey auf der obersten Stufe, »Sie wissen, ich bin nur hier, weil ich mich in den Hintern beißen würde, wenn ich nicht gefragt hätte. Es hat keine Eile, lassen Sie sich einfach Zeit und denken Sie drüber nach. Egal, wie Sie sich entscheiden, es ist prima.«

Sie umarmen sich auf der Stufe und Tracey eilt davon, um ihre Kinder vom Schulhort abzuholen. Margo winkt von der Schwelle aus.

Tracey will ein schöneres Haus. Margo hat gedacht, ihre Motive seien zwielichtig, aber sie sind so banal wie Milch.

Sie nimmt ein langes Bad, sieht ein Weilchen fern, dann macht sie sich bettfertig. Sie versucht Lilah anzurufen, aber die hat ihr Telefon ausgeschaltet.

Sie schreibt ihr eine SMS:

Wieder mal das Handy aus? Oder ist es gar nicht aus? Wo steckst du?

Margo starrt ihr Handy an, bekommt aber nichts zurück. Während sie wartet, schickt sie eine Nachricht an Diane Gallagher und bittet um ein Treffen, nimmt an, sie wird vielleicht in ein paar Tagen von ihr hören, aber sie bekommt sofort Antwort:

Haben Sie morgen Zeit?

Ein klein wenig überrascht erwidert Margo ja, danke, das wäre toll, und Diane schreibt ihr eine Uhrzeit und eine Adresse.

Margo geht ins Bett, froh, dass sie den Tag hinter sich hat, und schläft über einem Podcast über die Erfindung der Viskose ein.

Als sie schläft, tief in der Nacht, schleicht jemand die knarrenden Stufen in Janettes Haus hinauf. Betritt Margos Zimmer und schiebt sich an der Wand entlang zur allerdunkelsten Stelle und beobachtet sie.

32

Es ist später Nachmittag, als sie in die steile Senke zwischen Maryhill und Cranstonhill eintaucht. Margo weiß, dass sie höchstwahrscheinlich gründlich durchleuchtet worden ist, bevor man sie hierher einlud, dass Gallagher vielleicht Leute kennt, die sie kennt oder mit denen sie mal gearbeitet hat. Schottland ist klein, und man muss nur zuhören, mehr braucht es nicht. So oder so weiß sie, dass jemand für sie gebürgt haben muss, denn Ex-DCI Diane Gallagher hat Margo zu sich nach Hause eingeladen.

Die ganze Siedlung ist neu. So neu, dass die roten Backsteinstraßen noch nicht mal schmutzig sind. Margo folgt dem Navi zu der Adresse am Ende einer langen, abschüssigen Kehre, vorbei an Häusern aus fröhlichem gelbem Backstein.

Die Häuser sind klein und hübsch, jedes extra ein bisschen anders konstruiert als seine Nachbarn, um die Gewachsenheit einer organischen Siedlung zu imitieren, aber die Legende verfängt nicht: Sie sind alle aus demselben Material und haben identische Fenster und Türen.

Margo findet die Adresse. Der frisch ausgelegte Rasen ist so perfekt, dass er wie Kunstrasen aussieht, und rings um die Veranda gedeiht Weißer Germer in Töpfen. Sie parkt, löst den Sicherheitsgurt, nimmt die Keksschachtel vom Beifahrersitz, dreht sich um und sieht, dass Diane Gallagher schon die Haustür aufzieht. Sie trägt einen blasslila Pullover und einen cremefarbenen Rock und sie lächelt.

Margo fragt sich plötzlich, ob sie zur Sicherheit diese Adresse an Lilah schicken sollte, aber Gallagher wird sie schon nicht erwürgen. Die Adresse ist im Navi ihres Autos, und Gallagher hat sie ihr per SMS geschickt.

Gallagher heißt Margo mit festem Händedruck und warmem Lächeln bei sich willkommen, nimmt die Keksschachtel, dankt ihr und führt sie in eine warme, helle Küche, wo schon eine Kanne Tee bereitsteht und auf einem Teller aufgefächerte Shortbreads. Große graue Klemmmappen stapeln sich an einem Ende des Tisches. Er ist mit zwei Tassen auf Untertassen und kleinen Tellern gedeckt. Gallagher ist so gut vorbereitet, dass es ein bisschen einschüchtert. Eine umsichtige Person, eine strategische Denkerin, noch immer deutlich eine Kriminalermittlerin. Gallagher wirkt sicher. Seit ihrer Zeit in der Notaufnahme hat Margo nicht mehr viel mit Kriminalbeamten zu tun, aber in Gallaghers köstlicher Gewissheit, ihrer militärischen Gepflegtheit erkennt sie etwas wieder. Sie sieht geordnet aus und hat ein geordnetes Zuhause und einen geordneten Verstand. Alles hat seinen Platz: die Guten, die Bösen, Gesetzesübertretungen. Joe hätte auch einen guten Cop abgegeben, wenn er nicht solche Probleme mit Autorität hätte.

»Erzählen Sie mir alles über das Leben als Ärztin«, sagt sie und füllt am offenen Kühlschrank Milch in ein Kännchen. »So ein interessanter Beruf.«

Sie werden nicht sofort über Susan reden, das steht eindeutig weiter hinten auf dem Plauderplan.

»Nicht verglichen mit einer Kriminalermittlerin«, sagt Margo.

»Trotzdem«, sagt Diane. »Trotzdem – Ärztin!« Sie nickt Margo zu, und ihr Blick streift Margos Haare, ihre Augen, ihre Brauen. Sie sieht Susan in ihr, und Margo findet das toll. Sie hofft, sie wird nette Sachen über Susan sagen, so wie sie es bei Jason gemacht hat. Es ist egal, ob es nur Floskeln sind, sie braucht einfach etwas, woran sie sich festhalten kann.

Also setzt sie sich auf den Küchenstuhl, der ihr zugewiesen wurde, und merkt dann, dass sie vor einer kahlen Wand sitzt. Das hier ist ein informelles Treffen mit allem Schnick und Schnack, zwei Frauen trinken zusammen Tee und essen Shortbread, aber trotzdem sitzt sie vor einer kahlen Wand und auf einem ihr zugewiesenen Stuhl. Das ist wahrscheinlich Befragungstechnik, damit sie sich konzentriert. Sie denkt, Diane muss eine sehr gute Kriminalermittlerin gewesen sein.

»Vielleicht setz ich mich einfach hier rüber.« Margo begibt sich auf die andere Tischseite gegenüber dem Fenster. »So kann ich Ihren Garten sehen. Er ist so hübsch.«

Diane registriert, wie sie übernimmt und die Macht im Raum verlagert. Durch ihren Blick huscht ein Lächeln. »Gärtnern Sie?«

»Nein. Meine Mum war Gärtnerin. Sie ist vor kurzem gestorben.«

»Oh, das tut mir so leid. Wie alt war sie?«

»Achtundsechzig.«

»Jung.«

»Ja.«

»Hat Sie das dazu bewogen, Kontakt zu Nikki aufzunehmen?«

»In gewisser Weise.«

Diane sieht sie ein paarmal an, während sie den Tee einschenkt. »Was wissen Sie über die Brodies?«

»Die Familie? Nur dass Patsy bei einem Sturz gestorben ist und Betty – sie hieß doch Betty?«

Diane lächelt. »Ja.«

»Und Betty trat als Hellseherin auf?«

Diane lacht in sich hinein. »Sie war gut! Habe ich gehört – ihre Show hab ich nie gesehen, aber sie war sehr beliebt. Die Brodies waren regelrecht berühmt. Harte Nüsse. Clever – kriminell, aber clever. Beängstigende Leute. Patsy konnte nicht mal lesen, und Sie sind jetzt Ärztin. Stellen Sie sich vor, was sie hätte erreichen können, wenn sie eine Chance bekommen hätte. Sie sehen Susan sehr ähnlich, wissen Sie.«

»Ich bin froh, dass Sie sie kannten.«

Diane nickt dem Tisch zu, denkt zurück. Margo hat den Eindruck, dass sie nach etwas Nettem sucht, was sie sagen kann. »Sie war eine sehr starke Persönlichkeit. Hat sich von niemandem was bieten lassen, so viel kann ich sagen. Ich hab mich drauf gefreut zu sehen, was noch aus ihr wird, aber dann … na ja … sie war eine Naturgewalt, mit der man rechnen musste.«

Sie hat Mühe damit, etwas Positives über Susan zu sagen. Sie ist eine Kriminalbeamtin, die häufig verzweifelte Hinterbliebene besänftigt hat, sie muss eine ganze Sammlung an tröstlichem Bullshit parat haben. Aber sie ist Diane Gallagher, und sie lügt nicht. Sie besitzt Integrität.

»Sie mochten sie nicht?«

»Nun ja, es ist eine seltsame Beziehung, Cop und Kriminelle. Das ergibt keinen runden Blick. Ich bin sicher, an ihr war mehr dran, als ich gesehen habe. Lassen Sie mich nachdenken …«

»Schon gut, Sie müssen nicht lügen. Ich bin traurig, dass sie nicht besonders nett war, keine … Sie wissen schon …« Sie beißt ein Stück von einem Shortbread ab, das sie gar nicht will.

Diane nippt an ihrem Tee. »Wissen Sie, Sexarbeiterinnen fragt man oft, warum sie das machen. Die Antwort, die jede Frau gibt, ist sehr aufschlussreich. Es ist wie ein kleiner Persönlichkeitstest. Manche sagen: ›Ich mag es‹, die sind trotzig. Manche sagen: ›Ich muss‹, die sind fatalistisch. Susan hat immer gesagt: ›Ich spare auf ein Haus.‹ Sie hatte die Kontrolle, oder jedenfalls wollte sie die Leute das glauben machen.« Gallagher lächelt vor sich hin. »Viele haben sie dafür gehasst. Beamte haben sie dafür gehasst. Ich auch ein bisschen. Aber je älter ich werde, desto mehr denke ich über sie nach und warum sie uns alle wütend gemacht hat. Wir haben doch versucht, Menschen zu retten, wissen Sie? Also einige von uns.

Für manche von uns ist das eine Mission. Nicht für die mit Erfolg, die sind Politiker. Aber man braucht das Gefühl, dass man die Hand nach unten ausstreckt, um Leute zu retten, und Susan war immer so – na ja, so *stolz*. Eines Nachts wurde sie mal wieder eingebuchtet, da hat sie den Officer, der sie festnahm, gefragt, was er verdient. Hat ihm erklärt, dass sie jede Woche das Doppelte seines Monatsgehalts macht, und sie hatte recht. So was macht Leute wütend.«

Margo denkt an Lizzie und versucht, nicht zu grinsen.

»Denn die meisten von ihnen waren ja übel dran und brauchten unsere Hilfe«, sagt Diane. »Susan war ungewöhnlich. Die meisten mussten Drogen nehmen, um das machen zu können.«

»Ich dachte, sie tun es, um Drogen zu kaufen?«

Gallagher zuckt die Achseln. »Henne und Ei.«

Susans Geist sitzt zwischen ihnen, sie passt in niemand anderes Geschichte, gibt sich keine Mühe, gemocht zu werden, trifft falsche Entscheidungen und weigert sich, sie zu bedauern oder zu bereuen.

»Nikki sagt, sie haben es getan, weil sie arm waren und abhängig und das war's.«

»Ja, schon, trotzdem muss man ein spezieller Typ Mensch sein, eine spezielle Mentalität haben. Viele Abhängige tun es nicht. Sie waren die härtesten, robustesten menschlichen Wesen, die man nur finden kann. Sie konnten die Kälte ignorieren, ihre Körper, die Gewalt, wie sie behandelt wurden und die Gefahren.«

»Hat McPhail sie umgebracht?«

»Nein. Hören Sie, ich weiß, es interessiert Sie, weil sie Ihre Mutter war, aber das waren seltsame Zeiten, und vielleicht lassen Sie es lieber –«

»Das würde ich gern, aber ich kann nicht. Seit ich Nikki kennengelernt habe, wurde an zwei Orten eingebrochen, wo ich wohne. Man hat mir anonyme Drohbriefe geschickt. War es McPhail?«

»Nein. Er hatte ein Alibi. Haben Sie diese Vorfälle der Polizei gemeldet?«

»Das habe ich. Robertson denkt, McPhails Alibi ist gefälscht.«

»Robertson.« Sie nickt langsam. »Warum glaubt er, wir würden McPhail ein falsches Alibi geben?«

»Weil McPhail damals Polizist war. Weil die Polizei haftbar wäre.«

»Wofür?«

Darüber hat Margo noch nicht ernsthaft nachgedacht. »Keine Ahnung.«

»Wir sind für gar nichts haftbar. McPhail war längst suspendiert. Kurz danach hat er seine Kündigung bekommen. Aber was, wenn das Alibi nicht gefälscht ist? Dann hätte Robertson ein Buch geschrieben und veröffentlicht, das einen Mann anschwärzt, der das möglicherweise verdient hat. Er ist ein übler Typ. Er wurde wegen Vergewaltigung verurteilt, vielleicht wird das in der Berufung aufgehoben, das werden wir sehen, aber glauben Sie mir, als Susan Brodie starb, lag er mit kollabierter Lunge im Krankenhaus. Er hatte ein schlimmes Drogenproblem. McPhail war eine traurige Gestalt, aber er war kein Mörder.«

»Ich war bei ihm. Er sitzt im Rollstuhl.«

»Ach?« Diane kann sie nicht ansehen.

»Hatte er einen Schlaganfall oder so was?«

»Nein. Ich glaube, er wurde mehrmals überfallen. Angreifer unbekannt. Hirnschaden. Einfach grässlich. Ganz egal, was man von ihm hält.« Sie beschäftigt sich mit Tee-Nachschenken. Milch? Bedienen Sie sich. Alle mögen ihren Tee anders, was?

»Es ist lieb von Ihnen, dass ich hier sein darf«, sagt Margo. »Danke. Ich weiß das wirklich zu schätzen.«

»Gern«, sagt Diane und schaut ihr in die Augen. Sie beißt ein Shortbread durch.

»Dann müssen Sie Robertson damals gekannt haben?«

Sie kaut und seufzt. »Ja. Damals war er jung, aber schon ganz derselbe …«

»Ich finde, er ist ein waffenfähiges Stück Arschloch.«

Diane lacht unerwartet los, prustet Krümel über den Tisch. Glucksend wischt sie sie auf und entsorgt sie auf ihrer Untertasse. »Tja, da bin ich ganz bei Ihnen. Dieses Buch.« Sie schüttelt den Kopf. »Dieses Buch …«

»Es gibt darin ein Foto vom Tatort. Es muss ein Polizeifoto sein. Woher hatte er das?«

Sie wirkt beschämt, als sie sagt: »Er kennt ein paar von den, Sie wissen schon …«, sie deutet hinauf zu den Göttern, »… *denen*. Sie müssen ihm Zugang zu den Akten verschafft haben. So was darf nicht sein. Es ist unprofessionell. Und dann schreibt er *das*. Macht Unterhaltung aus dem, was diese armen Familien durchgemacht haben. Die dunkelsten Tage ihres Lebens.«

»Vielleicht dachte er, es interessiert mehr Leute, wenn es geschrieben ist.«

»Ein paar von uns hat es schon vorher interessiert.«

»Aber nicht genug. Es reicht nicht, wenn es ein paar Leute interessiert. Diese Geschichten werden sonst vergessen.«

Diane ist anderer Meinung. Es gehört sich nicht, sagt sie, es als spannende Story zu schreiben. Es ist nicht respektvoll. Es ist anders, wenn man die Leute tatsächlich kennt. Es ist keine unterhaltsame Story. Es ist ihr Leben. Und so was schreiben immer Idioten, die wichtige Dinge missverstehen.

Nun ja, sagt Margo, sie ist Ärztin, trotzdem mag sie Krankenhausserien ganz gern, auch wenn sie völliger Quatsch sind, sie denkt, so was hat immer noch Bildungswert, aber Diane sagt, es geht um Polizeiarbeit und Polizeiarbeit ist anders. So oder so hat Robertson einen Mann schwarz auf weiß des Mordes beschuldigt. So was konnte er nur veröffentlichen, weil er es im Selbstverlag gemacht hat. Ein richtiger Verlag hätte nein gesagt.

»Und jetzt wird er verklagt«, sagt Margo. »Er denkt, er wird sein Haus verlieren.«

»Veröffentliche es und trag die Folgen, sagte Wellington. Tja, nun trägt er die Folgen.«

Margo denkt, das wird er wohl müssen.

»Wissen Sie, Susan ist in höllischen Umständen aufgewachsen. Das Kinderheim, in dem sie waren, wurde nach einer Überprüfung dichtgemacht. Sie war hart im Nehmen.«

»Sie war mit dreizehn schwanger, so viel weiß ich.«

»Wusste ich gar nicht. Von Barney?«

»Nikki nimmt es an.«

»Barney sagt, sie ist gegen Ende mehr seine Pflegerin gewesen als seine Freundin. Er sagt, sie hat ihm geholfen. Er wusste nicht, dass sie extra sparte, um ihn zu verlassen.«

»Wie konnte er das nicht wissen?«

»Barney wusste insgesamt nicht viel. Wir haben ihn zur Befragung reingeholt und er hat die meiste Zeit geschlafen. Ich habe nie ein erbärmlicheres Individuum getroffen, und ich war Polizistin in Glasgow.«

»Nikki sagt, er könnte mein Vater sein.«

Gallagher schaut ihr ins Gesicht, liest ihre Züge. »Hm. Ich weiß nicht. Ich kann nur Susan in Ihnen sehen.«

Margo denkt, wahrscheinlich kann Diane Spuren von Barney in ihr sehen, will es aber nicht sagen.

»Sie hatten ihn nie in Verdacht?«

»Barney? Nein, ich glaube nicht.«

»Hatte er ein Alibi?«

»Ja. Er war außer Landes, ich glaube in Holland. Wir mussten ihn praktisch ins Auto kübeln, um ihn zur Befragung zu holen, daran erinnere ich mich lebhaft. Sie müssten ihm nur mal begegnen, dann wüssten Sie, warum er nie verdächtig war. Im Übrigen würde er wohl kaum wie neulich im Gericht aufkreuzen, wenn er schuldig wäre.«

»Barney war da?«

»Ja. Ich war erstaunt, dass er noch lebt.« Sie stellt ihre Tasse ab und beugt sich vor. »So«, sagt sie, »erzählen Sie mir von diesen Briefen. Was hat die Polizei gesagt?«

»Eigentlich habe ich nur den Einbruch gemeldet. Die Briefe hab ich tatsächlich bei mir.« Margo zieht sie beide heraus und legt sie auf den Tisch. »Ehrlich gesagt ist Robertson so scharf darauf, dass die Polizei von ihnen erfährt, dass ich mich schon gefragt habe, ob er sie geschrieben hat.«

Gallagher macht sich keine Sorgen um etwaige Kontaminierung von DNA oder Faserspuren. Sie öffnet sie, streicht das Papier mit der Handkante glatt und liest. Als sie durch ist, nickt sie. »M-hm. Tja, das scheint zu passen, soweit ich mich erinnere. Gleiche Schrift wie bei Nikkis Briefen, gleiche Rechtschreibung. Sehen Sie hier: ›geschaft‹? Ja, das ist eine Übereinstimmung. Es ist hängen geblieben, weil ich dieses Wort noch nie so geschrieben gesehen hatte.« Sie zuckt die Achseln. »Ich weiß nicht recht, was ich dazu sagen soll. Ich bezweifle, dass Robertson dahintersteckt. So ein guter Autor ist er nicht.«

»Haben Sie die von Nikki auf DNA untersucht?«

Diane bemüht sich, nicht zu lächeln. »Nein. DNA war damals kein Standard, und wir waren nicht der Ansicht, dass eine Verbindung zum Mörder bestand. Sie waren bösartig, aber sie enthielten praktisch keinerlei Wissen über die anderen Morde. Ich sehe, in diesem hier ist die Bleiche erwähnt.«

»Weist das für Sie darauf hin, dass er vom Mörder kommt?«

»Wahrscheinlicher ist, dass die Information durchgesickert ist.«

»Den hier hab ich gestern Morgen bekommen. Da war ein Stückchen Karodecke drin.«

»Eine Eskalation ...?«

Margo weiß nicht recht, was sie damit meint, also holt sie den schmuddeligen Stofffetzen heraus und zeigt ihn Gallagher auf ihrer Hand. Sie möchte ihn nicht auf den schönen sauberen Tisch legen.

Gallagher sieht hin und nickt. »Hatte Nikki nicht auch so einen in ihren Briefen?«

»Ja. Sie bekam auch Stückchen von Susans Kleidung aus der Nacht, in der sie ermordet wurde.«

»Nein. Wir wussten nicht, was Susan in dieser Nacht anhatte. Sie wurde nackt gefunden. Es gab nichts zu vergleichen. Barney war gar nicht im Land, aber er hat allen erzählt, was er *dachte*, was sie vielleicht anhatte, es war in den Zeitungen und alles. Der Briefschreiber kann es da gelesen haben. Man bekommt bei solchen Fällen häufig falsche Schuldbekenntnisse – wir hatten ein sehr glaubhaftes Geständnis in diesem Fall. Einen Monat, nachdem Susan gefunden wurde, kam eine Frau zu uns und erklärte, sie sei es gewesen. Wir haben eine Woche gebraucht, ehe klar wurde, dass das gequirlter Mist war und sie zur Tatzeit in der Geschlossenen des Woodilee Psychiatric Hospital saß. Was ich damit sagen will: Selbstbezichtigung heißt noch nicht unbedingt, dass der Briefeschreiber der Mörder war.«

»Wer sollte Nikki dann solche schrecklichen Briefe schreiben?«

»Ehrlich –«, Diane wirft hilflos die Hände in die Luft, »wir wissen es nicht.«

»Warum haben Sie nicht ermittelt?«

»Hören Sie, es gab keinen Hinweis darauf, dass die Briefe mit den Morden zu tun hatten. Es war zehn Jahre nach dem Yorkshire Ripper. Wir wollten nicht dieselben Fehler machen wie

West Yorkshire, die haben nämlich die Hälfte ihrer Ressourcen darauf verschwendet, den Verfasser fingierter Briefe und Kassetten zu suchen. Sie haben Sutcliffe neun Mal befragt, ihn dann aber laufen lassen, weil er nicht denselben Akzent hatte wie der Mann auf dem Band. Er hat noch drei Frauen umgebracht, nachdem sie beschlossen hatten, ihn gehen zu lassen. Es war schmachvoll, es war stümperhaft, und es gab *nichts*, was die Briefe mit den Morden in Verbindung brachte. Wir waren entschlossen, diesen Fehler nicht zu machen. Menschen schreiben solche Briefe einfach so.« Sie öffnet hilflos die Hände. »Wir wissen nicht, warum, aber sie tun es.«

»Ich habe mich gefragt: Könnten die Briefe von einem anderen Cop stammen?«

»Nein.«

»Woher wollen Sie das wissen?«

»Ich weiß es einfach.«

Diane wirft ihr einen strafenden Blick zu, und Margo knickt ein und versteckt ihr Gesicht in ihrer Teetasse.

»Wissen Sie«, sagt Diane, »als ich angefangen habe, gab es sehr wenige weibliche Officers. Bei Vergewaltigungen und Überfällen auf Prostituierte kam es praktisch nie zur Anklage. Einmal, sehr früh in meiner Dienstlaufbahn, da ging ich noch Streife, fing gerade meine Schicht an, und ich stolperte über eine Frau, die übel zugerichtet war, sie lag in einer Gasse. Ihr Gesicht war regelrecht zu Brei geschlagen und ihr Bein gebrochen. Sie hat mir erzählt, drei Stunden, bevor ich kam, hat sie es geschafft, einen Streifenwagen anzuhalten, aber die erklärten ihr, sie hätte nur bekommen, was sie verdient. Ein Cop hat das zu ihr gesagt. Sie sind weitergefahren und haben sie einfach da liegen lassen. Die von der alten Garde, die nannten diese Frauen ›Straßenmöbel‹. Bei denen Verantwortungsgefühl zu wecken war wie der Versuch, einen Tanker zu wenden. Auf Anhieb lief da gar nichts, und dann der Drogenaspekt, das machte alles noch schlimmer. Auf dem Drag herrschten schon vorher raue Sitten, aber dann wurde es chaotisch und hektisch und echt dreckig. Fixer ... jede Menge Blut und Spritzen. Heroin kann dazu führen, dass man ...« Sie zuckt und macht mit der Hand eine Kotzgeste. »Sehr heftig, eine körperliche Überforderung für Männer, die immer noch schockiert waren, wenn eine Frau in der Öffentlichkeit rülpste.«

Darüber lächeln sie einander an.

»Bei der Polizeiarbeit sind Ambitionen wichtig, aber das Streben nach Perfektion darf nicht einer deutlichen Verbesserung im Weg stehen.«

»Robertson hat mir McPhails aktuelle Adresse geschickt.«

»Ja, die in High Blantyre.« Gallagher wirft ihr einen langen Blick zu, der sagt, dass auch sie ihn im Auge behält.

Margo fragt sich, wie viele Frauen McPhail beobachten, ihm nachspüren, mit angehaltenem Atem darauf warten, dass er stirbt.

»Also gut. Die Briefe könnten von einem Cop gewesen sein. Susan wurde mit Bleiche gewaschen«, sagt Gallagher, »das war ein Detail, das wir nicht an die Presse weitergegeben haben. Sie roch extrem stark danach, als wir sie fanden. In einem Brief an Nikki war davon die Rede, das weiß ich noch, aber ich will nicht, dass Sie denken, McPhail könnte sie umgebracht haben, denn er war zu der Zeit im Krankenhaus. Aber ich muss zugeben, die Briefe *könnten* von ihm oder einem anderen Officer sein. Wir sind auch Menschen.«

»Warum haben Sie der Presse das nicht gesagt?«

»Um die falschen Geständnisse besser aussieben zu können.«

»War Barney wütend, dass sie vorhatte, ihn zu verlassen?«

»Er wusste nichts davon, erst nachdem sie tot war. Er hat sogar noch ihre Ersparnisse in einem Versteck im Haus gefunden und sie aufs Revier gebracht. Dachte, es wären Beweismittel, du lieber Gott. Ein Haufen schmierige Fünfer und Zehner in einer Supermarkt-Plastiktüte. Er dachte, sie hätte vielleicht einen Freier erpresst und der hätte sie umgebracht, aber wir wussten von anderen Frauen, dass sie Pläne hatte. Niemand wollte es ihm sagen, er war schon so gebrochen. Wir haben gelost, und der Verlierer musste reingehen und ihm sagen, dass Susan gespart hatte, um ihn zu verlassen. Mussten ihn überreden, das Geld zurückzunehmen. Armer Barney. Ich schwöre, er war fünf Zentimeter kleiner, als er an dem Abend das Revier verließ. Er war besessen davon, den Mord an ihr aufzuklären. Es war Barney, der auf die Idee verfiel, es gäbe einen Serienmörder, dann entschied er, es müsste ein Cop sein, daher hat es Jack Robertson.«

Sie schaut auf ihre Armbanduhr und Margo entschuldigt sich, sie so lange aufgehalten zu haben.

»Überhaupt nicht. Manche Dinge tun einfach zu weh, um sie hinzunehmen. Diese Frauen wurden von lauter verschiedenen Männern umgebracht: von Vätern, Brüdern, Ehemännern, Nachbarn, und die meisten davon haben wir nicht erwischt. Sie sind immer noch da draußen. Einen Verdächtigen hab ich neulich im Fernsehen gesehen, beim Fußball im Publikum, mit einer Palästinenserflagge. Sie sind immer noch da. Das geht auf mein Konto.«

»Ich habe in der Zeitung gelesen, wie Sie gedroht haben, zu den Leuten nach Hause zu kommen. Haben Sie wirklich gewusst, wer in dieser Nacht in der Gegend war?«

»Ja, wir wussten es. Wir waren Nacht um Nacht da unten und haben Nummernschilder und Gesichter erfasst. Wir wussten, es würde wieder passieren. Aber als wir erst mal die Sexualstraftäter, die Gaffer und die Familie aussortiert hatten, tja, da bleibt dann nur noch eine Auswahl von ziemlichen Durchschnittsmännern.«

»Die *Familie*?«

Diane brummt. »Familienangehörige haben die Frauen oft während der Schicht aufgesucht. Man kann da nicht Geld mit sich rumtragen, nicht dort.«

»Aber was genau meinen Sie mit *Familie*?«

»Ehepartner, Kinder, Mütter.«

»*Mütter?*«

Gallagher nickt. »Abhängigkeit ist generationsübergreifend. Ein Junge, den ich kannte, ein Junkie, der kam früher zweimal pro Nacht zum Drag, um sich von seiner Mum sein Geld abzuholen. Sie war abhängig und fühlte sich verantwortlich – wollte nicht, dass ihr Junge Sexarbeit machen muss. Überdosis, der Junge. Sie auch, ein paar Monate danach. Ich denke oft an sie. Das hat etwas Heroisches. Ich könnte das nicht für meine Kinder.

Der Prozess neulich: Wir hatten Moorov damals gar nicht auf dem Schirm. Sein Name ist nie aufgetaucht. Volle zwanzig Jahre hatte er nie irgendwelchen Ärger, und dann wurde wegen etwas anderem seine DNA-Probe genommen und eingespeist. Die SCAS-Datenbank hat ihn diesem Mord zugeordnet, und nur dem. In der Zwischenzeit war er verheiratet gewesen und hatte drei Kinder. Er ist ein guter Vater. Überrascht Sie das?«

»Ja.«

»Mich nicht.«

Während Diane erzählt hat, scheint die Bürde all dessen ihr die Farbe ausgesaugt zu haben.

Der Tee ist alle, und Gallagher wird keinen neuen anbieten. Sie wirft einen Blick auf die Wanduhr und zeigt, sie möchte, dass Margo aufbricht.

»Ich gehe dann mal«, sagt Margo, »ich habe schon genug von Ihrer Zeit beansprucht.«

»Nein«, Gallagher steht auf, um Margo hinauszubringen, »überhaupt nicht.«

An der Tür nach draußen nimmt Diane Margo an den Schultern und sagt nette Sachen über Susan. Sie verwendet ein paar von genau den Floskeln, die sie Jason serviert hat: die Art, wie sie abgetreten ist, schlechte Karten mit Würde ausgespielt. Und obwohl es nur eine Wiederholung ist und Margo annimmt, dass Diane diese Sätze oft zu vielen verschiedenen Familien gesagt hat, berührt es sie doch sehr.

Sie steigt in ihr Auto, lässt den Motor an und fährt davon.

Die Sonne geht gerade unter, als sie über den Hügel kommt. Sie stellt sich für einen Moment die Vielzahl der Trauernden vor, all die Freunde und Kinder und Familien und Sozialarbeiterinnen und Cops, all die Leben, die der Verlust dieser Frauen ruiniert hat. Sie denkt an die Männer, die es getan haben, Männer, blind für den Wert der Menschen, die sie verletzt und umgebracht haben.

Und sie denkt darüber nach, wie viele von ihnen wie Moorov sind, wie viele von ihnen so etwas getan und dann geheiratet haben, Väter geworden sind, Onkel und Arbeitskollegen. Ihr wird klar, dass sie überall sind.

33

Sie biegt ab in den Marywood Square, wird langsamer, um zu parken, da fällt ihr Blick auf ein hinter ihr einbiegendes Auto. Recht alt für die Gegend: eine große eckige Honda-Limousine in Grün. Nicht retro-alt, sondern einfach alt. Es passt nicht hierher. Es sieht aus, als ob vorn jemand sitzt und auf Janettes Haus guckt. Es sieht aus wie der Wagen bei der Mitchell-Bibliothek. Hinterm Lenkrad erahnt sie eine schmale Gestalt im Dunkel des großen eckigen Innenraums.

Die Übereinstimmung beunruhigt sie genug, dass sie ranfährt und das Auto vorbeilässt, aus dem Augenwinkel beobachtet, wer am Steuer sitzt, aber wieder ist die Sonnenblende unten, genau wie vor der Bibliothek. Sie sieht nur den Schatten eines Gesichts und Hände auf dem Lenkrad. Der alte Wagen fährt hurtig vorbei und hält dann acht Wagenlängen weiter vorn am Kantstein.

Margo fährt wieder an und darauf zu, tut ganz normal, achtet auf gleichmäßiges Tempo. Es mag harmlos sein, es muss überhaupt nichts zu bedeuten haben. Sie schaut betont nach vorn, spielt die Rolle einer ganz gewöhnlichen Person, die vielleicht im Laden was vergessen und es gerade eben gemerkt hat und – du meine Güte! Sie fährt am besten einfach gleich noch mal zum Supermarkt zurück und holt es. Doch als sie vorbeirollt und ihre Schulter genau auf Höhe des Fahrers ist, dreht sich der Kopf und sieht sie direkt an. Sie wird schneller, biegt an der Ecke ab und folgt den Einbahnstraßen zur Hauptstraße. Dann im Bogen zurück zu Janettes Straße, aber der merkwürdige alte Wagen ist weg.

Margo parkt an der Stelle, wo das grüne Auto gestanden hat. Was verdammt noch mal ist hier los? Es fühlt sich bedrohlich an, aber sie wüsste nicht mal, wie sie das jemandem beschreiben sollte. Da hat ein Wagen geparkt? Ein Wagen ist weggefahren? Ein Fahrer hat sie angesehen?

Die Sonne geht vollends unter und Janettes Haus steht dunkel und kalt da. Irgendwer ist dort drin, da ist sie sicher. Sie steigt aus, versucht Lilah anzurufen, aber deren Handy ist aus.

Plötzlich überzeugt, dass das grüne Auto hinter ihr ist, schreckt Margo zusammen und wirbelt auf dem Absatz herum, sieht, dass da niemand ist. Es ist dunkel, die Straßenlaternen scheinen auf der Hauptstraße, aber in dieser Straße noch nicht.

In Panik rennt sie die Stufen hoch, öffnet die Haustür, macht Licht, bevor sie reingeht. Sie weiß nicht, ob sie die Tür besser zumacht oder offen lässt. Sie kann sich nicht entscheiden. Sie steht da, starrt die Tür an, versucht, gar nichts zu tun, aber sie kann nicht gar nichts tun. Nichts tun bedeutet, die Tür offen zu lassen, nichts tun ist etwas tun.

Sie bleibt starr stehen und dann kommt der Geruch von Desinfektionsmittel.

Sie weiß nicht, wie jemand hier reingekommen ist. Sie weiß nicht, ob jetzt wer hier ist. Aber sie kann sich nicht rühren. Sie hat zu viel Angst, das Falsche zu tun.

Das Entsetzen steigt durch die Dielen hoch, sie ist machtlos. Es kommt in mächtigen schwarzen Wellen, die sie lähmen und ertränken, sie runterziehen an einen gefrorenen Ort.

Lange steht sie vor der offenen Tür, unfähig, sich zu bewegen. Zweimal versucht sie sich hinzusetzen, aber ihr Körper gehorcht nicht.

Die Zeit dehnt sich aus, die Sekunden ziehen sich so in die Länge, dass ihr Ende nicht zu erkennen ist. Sie steht da, bis ihr die Knöchel wehtun und die Nacht durch die offene Tür eindringt.

Ihre Gebärmutter ziept, als würde sie von jemandem in die Seite gepikst. Sogar während sie hier steht, stocksteif, wächst das Leben.

Da muss sie an Susan denken, die Angst hatte, wenn sie schlief, die nicht noch mehr Angst haben konnte und deshalb tat, was sie wollte.

Dann setzt sich Margo in Bewegung.

Sie bewegt sich wie eine Fremde in ihrem eigenen Körper, sie packt eine Tasche und steigt ins Auto, lässt den Motor an, schnallt sich an und fährt los.

Es dauert eine Weile, bis sie überhaupt merkt, dass der Honda ihr folgt.

34

An der Kreuzung zur Hauptstraße ist viel Verkehr. Margo fährt unsicher, sie muss sich Zeit lassen, weil sie es schwierig findet, sich zu konzentrieren. Alles, woran sie denken kann, ist Janette, ihre Abwesenheit, wie falsch sich das anfühlt. Sie wirft einen Blick in den Rückspiegel, um zu sehen, ob hinter ihr jemand wartet, hofft, dass da niemand ist, sodass sie vorsichtig sein und sich Zeit lassen kann, ohne jemanden zu verärgern.

Eine Windschutzscheibe füllt ihren Rückspiegel aus, ein Auto ist direkt hinter ihr, zu dicht dran, um es zu sehen. Das Duftbäumchen schwingt langsam am Rückspiegel: Der Wagen ist gerade erst herangerollt. Anscheinend ohne Eile und es ist ein altes Auto, wahrscheinlich gehört es auch einer alten Person. Sie fährt vorsichtig an, biegt nach rechts ab Richtung Shawlands.

Auf der Pollokshaws Road hält sie an einer Ampel, fährt rechts, als sie grün wird, vergisst, wo sie hinwill und warum, biegt links ab in eine ruhige Seitenstraße, um sich zu besinnen, bremst und guckt automatisch hoch in den Rückspiegel.

Ist das nicht dasselbe Auto? Ein genauso aussehender Wagen ist immer noch hinter ihr, das ist schräg. Ihre Stimmung hebt sich etwas. Das Atmen wird wieder leichter. Sie fährt erneut links in eine weitere schmale Straße voll parkender Autos, und da konzentriert sie sich und sieht, dass es der Honda ist. Er folgt ihr, jetzt mit mehr Abstand, versucht, ihre Aufmerksamkeit nicht auf sich zu ziehen.

Margo wird langsamer. Der Honda bleibt stehen. Margo biegt wieder ab, nach rechts zur Kreuzung mit einer stark befahrenen Straße. Sie hält an und sieht zu, wie der Honda langsam um die

Ecke schleicht und stehen bleibt, als er merkt, dass sie wartet. Dann fängt er an, auf sie zuzukriechen, wird schneller.

Margo schießt vorwärts, schwingt sich untypisch halsbrecherisch in den schnell fließenden Verkehr, haarscharf in eine Lücke zwischen zwei Autos. Sie denkt jetzt kaum noch an Janette und macht sich keinen Kopf, wie das hier endet. Sie gibt Gas und wechselt die Spur, überholt einen Bus, der eine Haltestelle anläuft. Der Honda ist noch da, ziemlich weit hinter ihr, aber noch da.

Sie gelangt auf eine breite, gerade Straße, die zur Autobahn führt, und gibt Gas, fährt schnell, schaut so oft prüfend in den Rückspiegel, dass sie praktisch darauf vertraut, dass der Verkehr vor ihr sich selbst regelt. Der Honda folgt. Sie kann kein Gesicht erkennen, nur schmale Hände und ein schmales Kinn, weil es dunkel ist und das Auto weit zurückliegt, aber es ist da. Sie hält an der Ampel und sieht, wie es sich vier Wagen hinter ihr einreiht.

Sie weiß, Rasen und Schlangenlinien fahren ist keine Lösung – sie hat genug Unfallopfer gesehen, um das zu wissen. Sie sollte irgendwo hinfahren, wo viel los ist, sich unter eine Menschenmenge mischen und sichtbar bleiben, bis sie durchblickt, was hier läuft.

Die Ampel wird grün. Vor ihr fädeln sich die Wagen träge auf die Autobahn. Margo zittert jetzt, atmet aber tief ein, hält die Luft an, um nicht zu hyperventilieren. Sie fährt dicht auf den Wagen vor ihr auf, stupst ihn symbolisch die Auffahrt zur Autobahn entlang. Der Verkehr fließt locker, aber gleichmäßig: vier Spuren PKWs und Lastwagen, die sich anmutig ineinanderweben und wieder auseinander in Erwartung der Gabelung, die vor ihnen liegt.

Margo bleibt auf der zweiten Spur. Der Honda folgt ihr, fällt etwas zurück, hängt unentschlossen zwischen der ersten und zweiten Spur, hält Ausschau nach einem Hinweis von ihr.

Margo ist die Strecke schon oft gefahren. Sie weiß, dass die Gabelung vor ihr die Autobahn teilt: Zwei Spuren führen schräg links auf die M74, zwei verlaufen nach rechts auf die Kingston Bridge über den Fluss. Sie hält sich links und der Honda tut es ihr nach, Margo auf der zweiten Spur, der Honda auf der Innenseite. Im allerletzten Moment brettert Margo über die Markierungsknöpfe auf die Abfahrt nach Kingston und schlüpft zwischen zwei Lastwagen. Der Honda gleitet links vorbei, wird langsamer, er weiß, er hat sie verloren.

Sie fährt über die Kingston Bridge, atmet tief durch, das Herz in der Kehle.

Jemand hat gewartet, sie ausgespäht, ist ins Haus gekommen. Fragen überschlagen sich in ihrem rasend arbeitenden Verstand, ihr Puls hämmert in ihrem Hals und Schweiß kribbelt auf ihrer Stirn.

Der Autobahnzubringer M8 ins Stadtzentrum steigt von der Brücke aus an, steigt an wie die Rampe eines Stunt-Fahrers, und macht dann einen Bogen nach rechts. Sie fährt mit starr ausgestreckten Armen, nervös und ängstlich und sich ihrer Grenzen bewusst, redet beruhigend auf sich ein wie ein heldenhafter Passagier, der ein Flugzeug landen muss. Bremsen-bremsen-bremsen, sie hält vor der Ampel. Rückspiegel checken, in den ersten Gang schalten. Danke, Ground Control.

Sie braucht eine Position, die sie verteidigen kann, einen Ort, wo sie schnell wegkommt. Sie fährt runter zur Squinty Bridge. Hier gibt es Hotels, viele Hotels.

Dieses Hotel ist neu und geschniegelt und es wirkt sicher. Es steht frei mitten auf einem riesigen Parkplatz, hat überall Kameras und ist umgeben von Straßen, die zur Autobahn führen, ins Stadtzentrum, über den Fluss.

Sie ruft Lilah an und hinterlässt eine Sprachnachricht: »Ich bin im Radisson Red. Ich bin drauf und dran, meine Karriere zu ruinieren. Kannst du herkommen?«

35

Sie parkt den Mini hinter dem Gebäude auf einem Privatparkplatz, der nicht zum Hotel gehört. Er ist von der Straße aus nicht zu sehen, und selbst wenn man ihr Auto findet, führt das noch nicht automatisch zu diesem Hotel.

Sie eilt hinein.

Vielleicht ist hier gerade jemand Berühmtes abgestiegen, denn aufgeregte Teenager stehen davor und drinnen lungert ein Fotograf herum. Alle im Foyer wirken leicht verdutzt und ein bisschen erfreut. Rechts im Foyer liegt ein zwanglos wirkendes Restaurant, abgeschirmt durch einen riesigen weißen Kunststoff-Raumteiler, aber sie kann hineinsehen. Die Tische und Barhocker sind voller betrunkener Leute. Alle sind angeregt und reden und lachen zu laut.

An der Rezeption fragt Margo nach einem Zimmer, und der Rezeptionist erklärt ihr, dass heute sehr viel los ist: Jemand, von dem sie noch nie gehört hat, spielt im Hydro, aber wegen der Möglichkeit, dass es unerträglich laut werden könnte, kann er ihr eine Suite unter der SkyBar zum halben Preis anbieten. Dort findet die After-Show-Party statt. Es kostet immer noch dreihundert Pfund mehr, als sie sich leisten kann.

Margo nimmt die Suite. Nein, sagt sie, sie wird nichts beim Zimmerservice bestellen, sie möchte ihm ihre Kreditkarte nicht geben.

Er händigt ihr eine Schlüsselkarte für die Tür und das WLAN-Passwort aus. Sie nimmt den Aufzug in den siebten Stock.

Das Design ist desorientierend. Der Korridor ist rot, Wände, Decke und Teppichboden im selben Blutrot. Nur die Türen sind weiß.

Margo findet ihre Zimmertür und zieht die Karte durch. Es ist eine Ecksuite mit einer verglasten Ecke und Aussicht auf den Fluss und die Stadt.

Sie lässt ihren Mantel von den Schultern auf den Boden gleiten, holt ihren Laptop heraus und tut etwas, was sie bis vor einer Woche niemals getan hätte. Sie loggt sich in die elektronische Datenbank des National Health Service ein und ruft Martin McPhails Patientenakte auf. Sie braucht eine Weile, um sie zu finden. Sie muss seine Adresse zur Hilfe nehmen, um die Suche einzuschränken. Das System gibt ihr die Chance, das Richtige zu tun: fragt sie mehrmals, ob sie befugt ist, auf diese Akte zuzugreifen.

Sie lügt, scrollt weiter bis zu der Frage, ob sie »einem aktuell in die Betreuung involvierten Experten unterstützend und beratend zur Seite steht«. Sie bejaht das, wohl wissend, dass ein Oberpfleger für genau diese Aktion vor drei Monaten gefeuert wurde. Egal, sie ist drin.

Was sie findet, ist eine enorm umfangreiche Patientenakte. McPhail war in Schlägereien verwickelt und hatte jede Menge Krankheiten und Unfälle, häufige Knochenbrüche und mehrere Gehirnerschütterungen.

In jüngster Zeit war er oft im Krankenhaus, verträgt seine Medikamente gut, nimmt ambulante Termine wahr. Er hat Parkinson, vor vier Jahren diagnostiziert, sowie Glaukome und eine durchs Rauchen ausgelöste chronisch obstruktive Lungenerkrankung.

In den neueren Einträgen gibt es eine handgeschriebene Patientenverfügung, Anweisungen, wie McPhail behandelt werden möchte, falls er bewusstlos ins Krankenhaus eingeliefert wird. Er will nicht wiederbelebt werden. Er will alle Medikamente, die sie ihm geben können. Wenn er stirbt, will er, dass seine Exfrau sich um seinen Hund kümmert. Der Schrieb ist eingescannt und seine Schrift ist groß und zittrig, gezackt.

Er hat die Briefe nicht geschrieben. Sie durchsucht die ganze Akte, geht weit, weit zurück und findet ein Aufnahmeformular des Hairmyres Hospital. Patient mit kollabierter Lunge aufgenommen. Das Datum ist vier Monate nach ihrer Geburt.

Sie stellt sich im Dunkeln an die bodentiefen Fenster. In den Wohnungen direkt gegenüber auf der anderen Straßenseite beleuchten Lampen Schnappschüsse anderer Leben: allein essen, fernsehen, am Esstisch arbeiten, während im Nebenzimmer jemand Videospiele spielt. Das Bett hinter ihr ist aufgeplustert wie der Marshmallow Man, riesig und weiß; aus dem Bad kriecht der Geruch von Jasmin-Lufterfrischer. Die Nacht hängt weich über dem Fluss. Sie betrachtet den langsamen Strom roter Rücklichter über die hohe Kingston Bridge und ihr wird klar, dass hier das alte Hafenviertel ist, der raueste Teil der Altstadt. Sie kann von hier aus den Drag sehen. Gleich hinter der Kingston Bridge liegt die Washington Street, wo Susan entführt wurde, wo neun Frauen ihr Leben verloren haben.

Die Stadt baut jetzt Luxusapartments und Restaurants und Musik-Eventhallen über das alles, über sie alle weg. Susan wird gleich noch mal begraben und vergessen, ohne Trara, einfach mit Dreck zugeschüttet, während die Stadt weitermacht.

Margo zieht ihren Mantel an, nimmt die Autoschlüssel und macht sich auf den Weg zum Drag.

36

Es ist wie ein Traum, sie hier zu sehen, Susan ist zurück. An diesem stinkenden Ort hier, wo so viel passiert ist, in so vielen Nächten.

Jetzt ist es ruhig hier, sie kommen nicht mehr so her wie früher. Manche schon, die Verzweifelten, die neuen Schlampen in der Stadt, die nicht wissen wohin, um es drinnen zu verkaufen. Damals musste ein Mädchen clean sein, um drinnen arbeiten zu dürfen, präsentabel. Sie mussten fit antreten und die ganze Nacht bleiben, aber jetzt nicht mehr.

Jetzt nehmen sie jede, aber es sind immer noch ein paar übrig, die im Dunkeln und in der Kälte herumstolpern. Hoffnungslose Fälle. Verzweifelt. Tags betteln sie, gucken auf den Boden und nehmen Costa-Kaffee und Sandwiches an, die ihre Gier nicht stillen. Was sie brauchen, ist Cash, nicht noch ein scheiß Latte. Sie brauchen Cash und dann, wenn sie nicht genug schnorren können, kommen sie hier raus in ihren Anoraks und Jeans, mit ihren Schmutzfingern und Zahnlücken, und machen alles fürn Zehner, alles, um dem Gefühl zu entgehen, was sie fühlen. Bloß um ein paar Stunden davon wegzukommen, wie es sich anfühlt, sie zu sein. Die ficken schon für ein Bett und eine Tüte Pommes. So mies sind sie. Wertlos. Nichtse.

Sie riecht schon stärker, dieser Gestank: Essig und geschwürige Einstiche. Was Übles, ein Signal der Natur, dass was nicht stimmt. Wie können sie sich ertragen? Hier gehören sie her, diese Mädchen, die Susans.

Susan stolziert über die Straße, den steilen Hügel hoch und dann runter zum Drag.

Wertlos, mieser als Scheiße, mieser als ein Köter.

Da geht sie die dunkle Straße lang an den verrammelten Büros vorbei, geht mit Susans Gang, so ein Wiegen und Stolzieren, guckt links und rechts, sieht, wer draußen ist und was in der Nacht los ist.

Sie wird's da unten probieren, und wenn sie erst kaputt sind, gehen sie nie mehr zurück. Die da kommt nie mehr zurück.

37

Das Dunkel hier unten fühlt sich scharfkantig und spröde an. Es lauert in Ecken, schlitzt plötzlich über den Asphalt, schneidet ihr die Füße ab. Die Gassen, wo die Geschäfte laufen, sind so dunkel, dass Margo meint, davon verschluckt zu werden. Da sind Frauen, da unten im Dunkeln, sie hört Geraschel und sieht Bewegung, aber keine Gesichter, keine Stimmen, kein Leben.

Sie hat am Fuß des Hügels geparkt und geht seit vierzig Minuten zu Fuß, erst rauf nach Blythswood, die Gegend um den alten Busbahnhof. Dann wieder runter, die West Campbell Street entlang, ein steiles Gefälle bis direkt zum Fluss, überall Bürogebäude mit dunklen Fenstern und schicken Messingschildern und imposanten Eingängen. Die Bürogebäude sind hoch, und diese Höhe sorgt für die tiefe Dunkelheit in den Gassen, die dazwischen verlaufen.

Sie stellt sich Susan vor, neunzehn, noch wund vom Gebären, wie sie hier langläuft, friert, in den finsteren Gassen steht und das Geld zusammenkratzt, um ihr junges Leben neu anzufangen.

Der Wind peitscht vom Fluss herauf, sie fröstelt und zieht die Schultern hoch. Über Generationen sind dies die Straßen gewesen, wohin Frauen kamen, um das zu tun. Wohin Männer kamen, um das zu kaufen. Sie fragt sich: Was sahen die Männer, wenn sie diese mageren Frauen in Not anblickten, die da in der Kälte standen, bereit, für Geld alles zu tun? Wie kamen sie zu der Entscheidung, sie zu ficken und ihnen noch mehr wehzutun und dann in ihr Leben und zu ihren Frauen zurückzugehen und am nächsten Morgen zum Job?

Sie kommt zur Waterloo Lane, tritt ins Dunkel, versucht sich Susan an eine feuchte Hauswand gelehnt vorzustellen, kann aber ihr Bild nicht heraufbeschwören. Margo steht einfach bloß in einer stinkenden Gasse und tut sich leid. Sie muss laufen.

Als sie den Waterloo Pub erreicht, beschleicht sie das Gefühl, den Drag um eine Meile oder eine Querstraße verfehlt zu haben, keine Ahnung, wo er hin ist, aber sie überquert die Argyle Street, hell und voller Verkehr, am Hauptbahnhof hängt die erleuchtete Glasfront über der Straße und strahlt weiß in die Nacht, und ihr wird klar, das ist alles, was noch übrig ist: ein Grüppchen von zwei, drei Frauen, die in einer dunklen Gasse zusammenstehen, um den Lichtschein eines Handys gedrängt, als ob es wärmt.

Margo starrt die Frauen an. Sie hat keine Ahnung, wie sie sie ansprechen soll.

Eine der Frauen schaut auf und bemerkt ihren Blick. Sie nickt, als ob sie sie erkennt, und hebt die Hand zu einem höflichen kleinen Winken. Margo winkt unsicher zurück. Die Frau zieht die Brauen hoch, was sucht Margo hier? Sie gehört ganz klar nicht hierher.

Sie hastet zu ihrem Auto, steigt schnell ein und fährt weg.

Dann steht sie an der Ampel in der George Street, einer ruhigen Bürogegend, wie ausgestorben, weil es zehn Uhr abends ist.

Ein Auto hält in der Querstraße, fünf Meter vor der Kreuzung. Eine Frau steigt an der Beifahrerseite aus. Wegen der eigentümlichen Dynamik erregt die Szene Margos Aufmerksamkeit: Die Frau steigt schnell aus. Vom Auto abgewandt knallt sie die Tür zu und schaut sich nicht nach der Person im Inneren um, kein Abschied.

Die Augen des Fahrers liegen im Schatten verborgen, doch die untere Hälfte seines Gesichts ist im Schein der Straßenbeleuchtung deutlich erkennbar. Es erinnert sie an den Hondafahrer, und sie sieht, dass dieser Mann jung ist, seine Zähne gut, sein Mund entspannt, als würde er gleich etwas sagen oder lächeln. Es dreht ihr den Magen um, sie findet das abstoßend, weiß aber nicht recht warum. Er ist etwa Mitte zwanzig, grauer Kapuzenpulli. Er könnte jeder sein. Kaum ist die Tür zu, rast der Wagen auf der leeren Fahrbahn davon.

Alleingelassen auf der Straße, greift die Frau unter ihrem rosa Anorak nach ihrem Hosenbund und zieht sich die Jeans hoch. Sie ist angezogen wie zu einer Wanderung, in wasserfester Jacke, einem großen unförmigen Pulli, Jeans und schmutzigen Turnschuhen.

Langsam sucht sie die Straße ab, sieht nichts und kommt dann direkt auf Margos Auto zu, stolpernd auf Zehenspitzen, Gesicht voraus, ein bisschen wacklig. Sie hat irgendwas genommen und muss sich beim Gehen konzentrieren.

Margo greift nach dem Zentralverriegelungsknopf und verschließt alle Türen. Aber die Frau will gar nicht zu ihr, sie überquert bloß die Straße. Sie taucht durch die hellen weißen Scheinwerfer und schaut zu Margo herein, stellt Blickkontakt her, blinzelt langsam.

Es ist Susan. Es ist Tanya Williams.

Sie hält Margos Blick, während sie um die Motorhaube herumtrippelt, dreht den Kopf mit, hält Verbindung und löst sie dann plötzlich, um zu gucken, wohin sie geht. Der Verlust des Blickkontakts entsetzt Margo. Sie drückt spontan einen Knopf und die Frau hört das Fenster runterfahren und dreht sich um. Sie bleibt stehen. Sie tritt ans Auto heran.

»So so, aye?«, sagt sie, als wären sie mitten in einem Gespräch.

Margo weiß nicht, was sie sagen soll.

»Steig ich ein, oder?«

Wieder weiß sie nicht, was sie sagen soll, also nickt sie. Die Frau nickt zurück.

»'kay.« Dann nickt sie noch mal und legt die Hand auf die Motorhaube, tastet sich zur Beifahrerseite herum. Will die Tür öffnen, doch die ist verschlossen. Margo ist nicht ganz klar, warum sie das tut, aber sie entriegelt sie. Die Frau steigt ein und sitzt da, starrt nach vorn, als wäre das hier irgendwie vorherbestimmt, als wäre schon immer klar, dass sie diese Fahrt zusammen machen.

Das Auto legt mit seinem Warngedudel los, weil sie nicht angeschnallt ist. Sie nickt dem Armaturenbrett zu: »Aye, okay«, und greift mit rissigen und geschwollenen Händen nach dem Gurt, zieht ihn rüber und lässt ihn einrasten.

Die Ampel wird grün und Margo fährt wieder los mit einer Fremden in ihrem Auto.

Sie hat die Kälte der Nacht mit reingebracht. Sie hängt wie eine Aura um sie herum und strahlt im Schwall von ihr ab, wenn sie sich in ihrem raschelnden Anorak rührt. Sie sitzt aufrecht, schaut sich im Auto um, überprüft, wo sie ist und was ihr hier passieren könnte. Margo wird klar, dass die Frau keine Ahnung hat, wer sie ist, wohin sie mit ihr fährt oder wozu. Es muss beängstigend sein. Sie muss verzweifelt sein.

»Kennst die Preise, aye?«

Sie fahren jetzt einen sehr steilen Hügel hoch. Margo schaltet runter und sagt: »Ich würde gern mit Ihnen reden, wenn das in Ordnung ist.«

»Aye. Fünf Mäuse.«

»Zwanzig«, sagt Margo, die sich schlecht damit fühlt, dass jemand für einen Fünfer zu einer Fremden ins Auto steigt.

Die Frau stößt ein wegwerfendes Lachen aus. »'kay.« Dann fällt ihr ein möglicher Haken ein. »Wie? Wo fahrn wir hin, jetzt?«

»Na ja, wohin möchten Sie gern? Haben Sie eine Wohnung?«

»Näh. Wohn im Hostel. Un' ich geh eh nich mit in irgend'n scheiß Haus. Hab ich mal gemacht …«

Sie starrt Margo an, sucht nach Anzeichen von Bedrohlichem, weiß nicht recht, was los ist, ein bisschen ängstlich von der Ungewissheit. Margo hält es nicht mehr aus. Sie lenkt Nase voran in eine Parklücke am Blythswood Square und zieht die Handbremse an.

»Ist es hier okay?«

Misstrauisch schaut die Frau auf die Straße hinaus. »Aye.«

»Oder sollen wir lieber irgendwo eine Tasse Tee trinken gehen oder so?«

»Näh.« Ihr fällt auf, dass neben ihnen ein Parkplatz frei ist, sie beugt sich ruckartig vor, sieht auf der anderen Seite noch einen. »Kommt da noch wer?«

»Nein.«

»Ich bin nicht … ich check nicht, was Sie wolln.«

Margo hat ihr Angst gemacht und weiß nicht, wie sie das handhaben soll. »Ich wollte nur mit Ihnen reden …«

»CASH«, bellt sie und starrt aus dem Beifahrerfenster. Ihre Nase ist schmal und lang und sie hat die Haare so fest zurück- und hochgebunden, dass Riefen ihrer mondweißen Kopfhaut sichtbar sind. Es sieht schmerzhaft aus. Sie könnte in jedem Alter zwischen achtzehn und vierzig sein.

Margo tastet in ihrer Tasche und pellt hundert Pfund ab.

Die Frau nimmt die Scheine und schaut Margo an, als ob sie sie jetzt zum ersten Mal sieht. »Was soll das?«

»Ich wurde adoptiert«, sagt Margo. »Ich hab gerade erst erfahren, dass meine echte Mum diesen Job gemacht hat. Darf ich Sie dazu befragen?«

Sie sieht das Geld an. Sie sieht Margo an. »Es ist kein Job.«

»Was ist es dann?«

»'ne Art, an Geld zu kommen.« Sie wedelt mit den Scheinen nach Margo. »Anders als 'n Job.«

Margo spürt, wie sie die Situation überdenkt und ihr klar wird, dass sie keine Bedrohung ist. Jetzt fürchtet sie sich ein bisschen vor der Frau, denn die kann sehen, wie schwach und bedürftig Margo ist. »Wie ist das?«

»Was?«

»Das. Das zu machen. Wie ist das?«

Die Frau lacht auf, laut und bitter, ein Rat-tat-tat-Bellen, und verpasst ihr einen harten Blick. Dann lacht sie wieder, Margo direkt ins Gesicht. Es ist ein Drohlachen. Margo möchte weinen. Sie ist dermaßen dumm. Wozu hat sie bloß diese Gestörte in ihr Auto gelassen?

Die Frau greift nach vorn, legt langsam die Hand flach aufs Armaturenbrett. Ihre Finger biegen sich gemächlich zur Faust, und mit der anderen Hand zieht sie ihre Kapuze über den Kopf und sieht weg.

Margo erwartet, dass die Faust herumschwingt und sie trifft, aber dann hört sie die Frau flüstern: »So leben is' kein Leben. Wegen Ihrer Frage … So 'n Leben. Ich nehm Drogen, um nich dran zu denken. Wie's is. Was es mit dir anstellt.«

Margo sieht jetzt, dass sie in Wahrheit jung und verängstigt ist. Plötzlich fürchtet sie, dass die Frau ihr Einzelheiten von sexuellen Erlebnissen erzählt, von grausamen Nächten und wunden Tagen, die sie dann nie wieder aus dem Kopf kriegt. »Hören Sie, es geht mich gar nichts an –«

»NEIN!«, schreit sie ihre Knie an. Dann senkt sie die Stimme. »Ich hab Kiddies. Also, in Pflege. Kann sein, die komm' eines Tages und wolln was wissen.«

Margo entnimmt daraus, dass sie sie weder ausrauben noch schlagen wird, aber sie bedauert, was sie gefragt hat, denn es ist so übergriffig. Sie hat verlangt, dass sie über genau das redet, woran sie nicht denken will, nämlich was sie tut und wie es ihr damit geht.

»Tut mir leid«, sagt sie, »ich hab nicht nachgedacht, es tut mir so leid.«

Die Frau sieht Margo an, ihr Kinn zuckt und sie flüstert: »*Das ist ein totes Leben.*« Dann fängt sie an zu weinen.

»Ach, nein«, Margo weint plötzlich auch, »es tut mir so leid, ich hätte nicht fragen sollen.«

Die Frau verbirgt ihr Gesicht und krümmt sich in Margos Richtung, schämt sich für das Letzte, wofür sie sich noch schämen kann, nämlich dass es ihr was ausmacht, was mit ihr los ist.

Sie halten einander im Arm und weinen.

Sie haben beide Angst, die Fremde neben sich loszulassen, also klammern sie sich fest, die Arme umeinandergeschlungen, das Gesicht am Hals der anderen vergraben. Jedes Mal, wenn Margo es schafft, Luft zu holen, riecht sie ihr Haar. Es riecht nach Kokos. Margo stammelt wieder und wieder, wie leid es ihr tut, und die Frau sagt nein, neinneinnein. Nein. Nein nein nein. Nein.

Die Frau löst sich von ihr. Margo reicht ihr aus ihrer Handtasche eine frische Packung Taschentücher. Sie reißt das Plastik ab und zerrt den Packen Papiertücher heraus, benutzt sie, um ihr Gesicht zu verstecken, presst sie sich auf die Augen, als wollte sie die Tränen wieder reindrücken.

»Fuck.« Sie sagt es wie ein Seufzen.

Margo hätte ganz gern eins von den Taschentüchern, um sich das Gesicht abzutrocknen, aber sie wagt nicht, rüberzugreifen und sich eins zu nehmen. Sie wischt ihr Gesicht einfach mit der Hand ab.

»Meine Mutter und meine Tante haben es gemacht«, sagt Margo. »Hab's jetzt erst erfahren.«

Die Frau nickt. »Kann ewig weit zurückgehn. Wer weiß.«

»Ist das üblich? Dass es über Generationen weitergegeben wird?«

»Weiß nicht. Kenn meine Ma nich. Ham sie's rausgeschafft?«

Margo kann ihr nicht sagen, dass Susan ermordet wurde, und sie dann damit aussteigen lassen. Sie denkt an Nikki. »Ja. Haben sie. Sie ist seit vier Jahren clean.«

»Deine Ma?«

»Nein, meine Tante. Ich glaube, meine Mutter war dabei schon clean.«

»Verfluchte Scheiße. Knallhart. Da hat sie aber bestimmt scheiß viel Kohle gemacht. Da steckt Geld drin, aber nicht viele halten es aus.« Sie grinst ihre Knie an und nickt zu Margo hoch. Ihre Zähne sind verfault. »Wie's sie clean geworden?«

»Ich weiß es nicht. Sie hat's einfach gemacht.«

»Na, alle Achtung.«

»Haben welche von den anderen Frauen Kinder?«

»Wir reden nicht wirklich und so.«

»Sind die anderen nicht wie Kolleginnen?«

»Näh.«

»Sind Sie denn ganz allein hier draußen?«

»Aye.« Sie schnäuzt sich. »Allein.«

»Nicht ungefährlich, in fremde Autos zu steigen, oder?«

»Na ja«, ihre Miene hellt sich auf, »wenn ich mich nich sicher fühl, mach ich so hier –«, sie zerrt an ihren Haaren, »ich reiß bisschen was raus und steck's hier so –« Sie legt die imaginären Haare unter ihren Sitz und sieht zufrieden drein. »Wenn man dann verschwindet, gibt's … du weißt schon. Dann können sie dich finden.«

Das ist so trostlos, dass Margo nicht weiß, was sie sagen soll. »Haben Sie noch Familie? Einen Partner oder …?«

»Näh, aber manche haben Männer zu Hause, das schon.«

»Was tun die, was tun solche Männer?«, überlegt Margo. »Nur zu Hause sitzen? Sind sie Zuhälter?«

»Näh, die sind mit dir zusamm. Auf 'ne Art unterstützen sie dich, und du sie auf 'ne andere, du weißt schon …«

»Eigentlich nicht. Wie läuft das? Ich frage, weil ich gern

wüsste, ob sie einen Mann zu Hause sitzen hatte, als sie hier draußen war, verstehen Sie?«

»Frag sie doch.«

Margo hat vergessen, dass sie Susan wiedererweckt hat. »Das ist mir peinlich.«

»Aye. Klar. Die Kerle, die bleiben einfach zu Hause, und das Mädel bringt ihnen die Kohle und kauft für sie beide Sachen. Läuft nicht gleich immer so, aber 's is 'n einsames Leben. Schon schön, wenn da wer ist, wenn du heimkommst, weißte? Aber die verhaften den Partner, wenn er Geld nimmt. Nennen es Zuhälterei. Ist verdammt einsam.«

Margo weiß nicht, was sie noch fragen kann, ohne sie wieder aus der Fassung zu bringen. Sie greift in die Tasche und zieht den Rest von Lilahs Geldbündel heraus. Sie gibt es ihr, froh, dass sie es los ist. Sie erwartet Dankbarkeit oder Überraschung oder Entzücken, aber die Frau reagiert überhaupt nicht. Sie nimmt es einfach entgegen und steckt das Geld in ihre Innentasche, dabei heben sich ihre Augenbrauen. Dann zieht sie den Reißverschluss ihres Anoraks hoch und schaut weg. Sie nimmt an, Margo hat sich vertan, hat ihr das falsche Geld gegeben, und rechnet damit, dass sie es zurückfordert.

Als Margo das nicht tut, wirft sie ihr einen schnellen Blick zu, fragt sich vielleicht, ob sie noch mehr hat.

»Aye. War's das?«

Margo sagt ja, denn ihr fällt nichts mehr ein, was sie fragen könnte. Aber sie will nicht, dass es vorbei ist, denn sie hat das überwältigende Bedürfnis zu helfen, diese Frau zu retten, wer auch immer sie ist. Sie in Sicherheit zu bringen, runter von der Straße, raus aus diesem Leben. Realistisch betrachtet würde das bedeuten, ihr das Recht abzusprechen, schlechte Entscheidungen zu treffen. Realistisch betrachtet würde das bedeuten, sie in Geiselhaft zu nehmen.

»Tut mir leid, dass ich Sie zum Weinen gebracht habe.«

»Aye.«

»Kriegen Sie denn da draußen irgendwelche Unterstützung?«

»Stadtmission. Die geben einem Tee und Kekse und so.«

»Wo ist das?«

»Da unten.« Sie zeigt mit dem Daumen über die Schulter. »Crimea Street.«

»Kann ich Sie irgendwo absetzen?«

»Crimea Street.«

Margo parkt aus.

Die Frau hat immer noch Angst, ist unsicher, ob sie für das Geld noch etwas tun oder es wieder rausrücken muss.

»Hören Sie«, sagt Margo, »ich weiß, das ist viel Geld, aber ich will, dass Sie es haben.«

»Weil?«

»Ich will das einfach. Meiner Mum zuliebe.«

»Aye«, sagt sie, aber sie ist bewegt von Margos Geste. Sie kann sie jetzt gar nicht mehr ansehen. Sie zieht sich den Rand der Kapuze noch weiter übers Gesicht, kichert in sich rein, kreuzt dann die Arme über dem Packen Geld und schnieft und lacht auf.

Dann fängt sie an zu reden.

Sie ist aus Dundee hierhergezogen, um von etwas oder jemandem wegzukommen, das ist nicht ganz klar. Möglicherweise hat sie da oben in einer Wohnung mit einer Person oder mit Leuten zusammengelebt. Ihre Art zu erzählen ist gewöhnungsbedürftig, denn sie benutzt praktisch keine Substantive. Sie ersetzt ziemlich viele Wörter durch »Dingsda« und benutzt Füllsel, »so eben« und »weißt schon«. Margo hört auf zu unterbrechen oder nachzufassen und lässt sie einfach reden, und irgendwie wird die Geschichte so klarer.

Sie hat's in Dundee auch gemacht, aber es ist sehr klein. Alle kennsich. Sie ist drogensüchtig und das ist schwer zu bezahlen. Sie ist nach Glasgow, weil sie versuchen wollte, das mal anzugehen, ist aber wieder bei Sexarbeit auf dem Straßenstrich gelandet. Ein Mädchen im Hostel hat immer was von McDonald's mitgebracht und zu so komischen Zeiten und sie wusste einfach, dass sie auf der Straße anschafft. Sie hat sie gefragt und das Mädchen nahm sie mit und jetzt ist sie wieder hier. Sie hat zwei Kinder, in Fürsorge, die sind noch in Dundee, glaubt sie.

Margo sagt, Fürsorge ist nicht das Schlimmste, was einem Kind passieren kann, und ihre Begleiterin sagt, ja, es könnte *viel* schlimmer sein. Sie kriegen zu essen, sie haben ein Dach überm Kopf und gehen zur Schule und alles. Margo sagt: *Und* sie haben es warm, und Heime sind viel besser als früher.

»Erst wenn du aus dem Heim raus bist«, sagt die Frau, »dann fliegt dir alles um die Ohren.«

Ihre Stimme ist herrlich, tief und samtig, und sie erzählt Margo, dass sie vom Rauchen so geworden ist und vom zu lauten Singen. Sie singt gern.

Margo biegt in die Crimea Street ein. Das hier ist eine vernachlässigte Ecke dicht am Fluss, ein Brachland aus Abrissgrundstücken und riesigen viktorianischen Lagerhäusern mit Gittern vor den Fenstern und Stahlbändern, die sie zusammenhalten. Hier wurde der Reichtum des Empire sortiert und gelagert, direkt von den Frachtschiffen aus Jamaica und Ceylon. Jetzt besteht der größte Ehrgeiz der einst prächtigen Lagerhäuser darin, nicht auseinanderzubröckeln.

Sie parkt vor der Stadtmission. Die Organisation wirbt nicht für sich. Es ist ein eckiger verglaster Neubau, unscheinbar, mit Fensterfront zur Straße. Im Innern sieht Margo müde Menschen in Straßenkluft, hauptsächlich Männer, die an Tischen auf Böcken von Plastiktellern essen. Sicherheitskameras sind auf die Tür gerichtet.

»Da isses«, sagt die Frau. »Machen bald zu.« Aber sie rührt sich nicht von der Stelle. Tätschelt das Geld in ihrer Tasche.

»Soll ich dir was singen?« Sie klopft sich an die Brust. »Fürs Geld so?«

Margo sagt, das wäre schön.

Sie singt für sie: »Die In Your Arms«, einen Justin Bieber-Song mit reichlich Sprüngen und Tonleitern. Ihre Stimme ist kräftig und warm, erfüllt das Auto. Sie schwingt die Hände, um sich zu dirigieren, macht symbolische Ausfallschritte mit den Schultern, um im Takt zu bleiben. Ihre Stimme macht, dass Margos Kopfhaut kribbelt und ihr Gesicht sich zu einem breiten Lächeln verzieht. Und dann ist es vorbei.

Sie dreht sich zu Margo. »Na was sagste?«

»Ich habe Gänsehaut.«

Sie ruft laut »HA!« und klatscht entzückt in die Hände. »Mein erster bezahlter Gig!« Dann stößt sie die Tür auf und steigt grinsend aus. Sie geht vor dem Auto vorbei, schaut nicht zu Margo zurück, aber klopft zum Abschied zweimal auf die Motorhaube.

Margo sitzt im Auto, und der liebliche Song und das Klopfen aufs Blech hallen noch lange nach, als die Frau längst durch die Tür verschwunden ist.

Margo hat ihr die Kohle nicht gegeben, weil sie so ein guter Mensch ist oder die Frau ihr leidtut. Sie hat sie ihr wegen Susan gegeben, damit sie eine Nacht freihat.

Sie lenkt das Auto auf die Straße und merkt, dass sie sie nicht mehr bemitleidet. Sie erinnert sich an den Song und die herrliche raue Stimme der Frau, denkt an Susan, die vor einem herablassenden Polizisten hockte und sein Mitleid parierte, indem sie sich brüstete, das Mehrfache seines Gehalts zu verdienen, so dreist, dass man sich noch nach dreißig Jahren daran erinnert. Susan, die tat, was sie wollte, weil sie sich eh nicht noch schlimmer fühlen konnte.

Für sie als Susan Brodies Tochter könnte das ein Geschenk sein.

38

Sie hat Hunger. Ihr Magen knurrt laut, als sie neben dem Hotel einbiegt. Das Konzert im Hydro hat angefangen. Das Hotel verfügt über für Gäste reservierte Parkplätze, aber sonst sind überall Autos, so weit das Auge reicht, sie reihen sich auf Gehwegen und stehen in Ladebuchten. Die Beleuchtung am Hydro strahlt hell und wechselt, ein flüssiges Ausbluten von Pink nach Lila, und als sie aus dem Auto steigt, spürt sie das Wummern der Bässe durch ihre Schuhsohlen.

Auf den Stufen zum Hotel holt sie ihr Telefon raus und ruft Joe an.

»Ich bin schwanger.«

»Du bist schwanger?« Er ist baff. »Wo bist du? Kann ich rüberkommen? Ich komme.«

»Nein, Joe, ich bin nicht zu Hause. Ich bin am Verhungern, ich muss jetzt unbedingt was essen, und dann komme ich zu dir.«

Sie hört im Hintergrund eine andere Männerstimme murmeln. »Wer ist das? Wer ist da bei dir?«

»Thomas ist hier.«

»Thomas?«

»Er ist hier, er ist zurück.«

»Warum ist Thomas zurück? Warum hat er mir nicht gesagt, dass er nach Hause kommt?«

»Er ist …« Joe spricht vom Telefon weg: »Warum bist du zurück?«

Thomas murmelt etwas.

»Er traut mir nicht zu, dass ich das Haus ausräume, oder?«

»Nein. Er glaubt, du brauchst Hilfe.«

Thomas hat Joe das Handy abgenommen. »Ich traue dir nicht und ich war schon da, also versuch nicht, mir Scheiß zu erzählen. Warum riecht es so nach Desinfektionsmittel? Drehst du durch?«

»Machst du dir *Sorgen* um mich, Tom?«

»Halt die Klappe.« Sie hört, dass er lächelt. »Ich werde Onkel?«

»Ja.«

»Von einem Baby!« Er klingt sehr aufgeregt.

»Ich will in diesem Stadium noch nicht ins Detail gehen, aber ja, es wird anfangs ein Baby sein.«

»Okay.«

Sie ist heilfroh und merkt erst jetzt, dass sie geglaubt hat, Thomas hätte sie satt, dass er sie langweilig findet und bieder und geistlos. Joe holt sich das Telefon zurück, und er ist so aufgeregt, dass sie ihn gar nicht loswird, aber ihr Magen fühlt sich an, als ob er gleich zusammenklappt.

»Ich muss mir was zu essen besorgen.«

»Hast du es Lilah erzählt?«, fragt Joe. »Bitte sag mir, dass du es mir zuerst gesagt hast.«

»Ich hab noch gar nichts gesagt, aber ich erreiche Lilah im Moment auch nicht. Sie geht nicht ran.«

»Ich weiß nicht, wo sie steckt, aber Richard ist auch abgetaucht«, sagt Joe. »Ich hoffe, sie sind nicht wieder zusammen.«

»Mist.«

»Hör zu, lass uns einfach einen Abend freinehmen.« Sie hört sein Grinsen. »Lass uns heute Abend mal nicht an sie denken und glücklich sein.«

»Okay.« Sie kann nicht aufhören zu lächeln. Der Wind, der vom Fluss her weht, trocknet ihre Lippen aus. »Ich bin sehr glücklich.«

»Ich auch.«

Sie hören einander eine Weile beim Atmen zu und sie weiß,

es wird nicht perfekt sein, aber sie ist bereit, es drauf ankommen zu lassen. »Also«, sagt sie, »ich bin in einer Stunde da.«

»Okay.«

Als sie zur Eingangstür geht, fällt eine Zigarette von einem Balkon, die rote Spitze trudelt in ihren Tod. Sie steht da und sieht ihr beim Fallen zu, Euphorie flattert in ihrer Brust, und sie gelobt sich, herauszufinden, wer ihr diese Briefe geschickt hat, und die an Nikki, und herauszufinden, wer ihre Mum umgebracht hat.

Drinnen fängt sie einen Blick vom Rezeptionisten auf. Er ruft sie zu sich und gibt ihr einen Umschlag mit einem Zettel drin. Es ist eine handschriftliche Nachricht von Lilah: »Huhu. War hier, um dich zu sehen. Telefonieren wir morgen.«

Typisch Lilah, undurchsichtig wie immer. Sie ist nicht zu erreichen und es ist nicht klar, ob sie anrufen wird oder ob Margo es tun soll. Aber Margo ist zu glücklich, um sich zu ärgern. Thomas ist wieder da und sie hat Joe gesagt, dass sie schwanger ist. Sie summt den Justin-Bieber-Song vor sich hin, als sie durch die Lobby zum Restaurant geht und am Empfangstresen wartet.

Sie riecht einen Hauch von Essig und gegrilltes Fleisch und ihr läuft das Wasser im Mund zusammen.

Im Saal hebt eine Kellnerin den Finger, um zu signalisieren, dass sie sie gesehen hat. Sie kommt zwischen den Tischen hindurch auf sie zu, nimmt unterwegs eine Speisekarte von einem Stapel und lächelt höflich. Margo erwidert das Lächeln, doch als die Kellnerin näher kommt, sieht sie am anderen Ende des Raums einen Mann aufstehen, um sie zu begrüßen. Er trägt Jeans, weißes Hemd und Jackett. Er sieht sie erwartungsvoll an, als wären sie hier verabredet. Es ist Richard. Sein blaues Auge wird an den Rändern gelb, die Schwellung am Kinn ist zurückgegangen. Er sieht derangiert aus.

Er nickt Margo zu, als ob er auf sie gewartet hat.

»Tisch für eine Person?«, fragt die Kellnerin.

»Ich habe gerade, ähm, einen Bekannten entdeckt«, sagt Margo, umrundet sie verlegen und geht auf seinen Tisch zu.

Richard tupft sich den Mund mit der Serviette in seiner Hand ab und kommt ihr zur Begrüßung entgegen. Schon aus fünfzig Schritt Entfernung kann sie sehen, dass er gereizt ist.

»Hallo, Richard. Was machst du denn hier? Joe sucht dich.«

»Ach ja, hallo.« Er küsst sie auf beide Wangen, obwohl sie dafür eigentlich nicht vertraut genug sind.

Er scheint seinen Blick nicht scharfstellen zu können. Sie merkt, wie sie unwillkürlich seine Pupillen überprüft. »Bist du hier abgestiegen? Im Hotel?«

»Und Lilah?« Er sieht Margo an, leicht verblüfft, als ob es ihn erneut überrascht, dass sie da ist. »Ich dachte, sie ist hier. Ist sie doch, oder?«

»Ich glaube nicht. Keine Ahnung.«

»Wohnt sie hier? Hamburger.« Er lacht abrupt auf und setzt sich hin. »Der Wahnsinn. Probier mal.« Er hält ihr den Teller entgegen. »Ehrlich, probier mal! So gut.«

Margo schüttelt den Kopf. Irgendwas stimmt mit Richard ganz und gar nicht.

»Ja.« Er schaut an ihr vorbei. »Ist sie bei dir?«

»Nein, sie ist nicht bei mir. Wie kommst du darauf, dass sie hier ist?«

Er atmet flach. Er riecht ungepflegt und sieht nicht ganz zurechnungsfähig aus. Seine Augen sind geweitet und rot, sein Gesicht blass und angespannt. »Ist sie hier?«

»Richard«, sagt sie vorsichtig und berührt seinen Arm, »hast du Lilah hierher verfolgt?«

»Nein.« Er weiß, er sollte nicht hier sein. Er weiß, dass er sich damit verrät.

»Sie ist nicht hier.«

»Ich glaube, sie ist hier. Ich glaube, dass sie sehr wohl hier ist, und ich glaube, du lügst für sie, weil sie mich nicht sehen will.«

»Sie war hier.« Sie gibt ihm die Nachricht, die sie an der Rezeption bekommen hat. »Aber jetzt ist sie wieder weg. Ihr Handy ist aus. Ich nehme an, du trackst ihr Handy und machst ihr Angst.«

»Du weißt, dass sie mir Geld gestohlen hat?«

Die Kellnerin mit dem Megawatt-Lächeln kommt mit hoch erhobener Speisekarte herbei. »Also, wie soll es nun werden?«, flötet sie. »Zusammen essen? Getrennt essen? Überhaupt was essen?«

Margo bestellt das, was Richard hat. Die Kellnerin konfisziert die Karte und lässt sie allein. »Richard?«

Er nimmt einen großen Happen vom Burger, reißt die Augen auf, kaut und gestikuliert, dass er den Mund voll hat. Er lacht – haha – und ein Stück mayo-beladenes Salatblatt fällt ihm aus dem Mund und landet mit einem leisen Klatschen auf dem Tisch. Sie wartet, bis er runterschluckt.

»Richard? Alles klar bei dir?«

Er schüttelt den Kopf, als hätte er sie nicht gehört. »Was?«

»Du siehst nicht gut aus.«

»Wie sehe ich aus?«

»Als ob du extrem unter Druck stehst.«

Er lacht bitter auf, nimmt noch einen Happen, und dann passiert etwas Seltsames. Richards Schultern heben sich, sein Blick wird hart und die leicht alberne Verwirrtheit in seinem Augenspiel fällt von ihm ab. Er ist eine andere Person. Margo bekommt auf einmal nicht mehr gut Luft. Sie registriert eine Narbe auf seinen Fingerknöcheln, die Breite seiner Schultern, die kalte Wut in seiner Haltung.

»Du weißt, dass Lilah mir Geld gestohlen hat.« Seine Augen verengen sich tückisch.

»Du solltest die Polizei einschalten.«

»Wo ist sie jetzt?«

Sie wird drüben bei Pitstop und Muttley sein und mit ihnen die letzte Gassirunde des Tages gehen. Wenn er sie in der vergangenen Woche getrackt hat, muss er das Muster bemerkt haben. Es ist nur eine Frage der Zeit, bis er einsieht, dass sie nicht oben ist.

»Das ist eine Ja-Nein-Frage, nick einfach. Ist Lilah oben?«

Margo nickt.

»Seid ihr im selben Zimmer?«

»Sie ist im Zimmer neben meinem.« Sie greift in ihre Tasche, zieht ihr Telefon raus und zeigt es ihm. »Soll ich sie anrufen?«

»Nein, ruf sie nicht an. Ist sie da?«

»Ja.«

Ihre Blicke treffen sich. Richard lächelt. »Nein, ist sie nicht.«

»Doch, doch, sie ist gerade oben.« Das Handy liegt auf ihrem Schoß. Ohne hinzusehen tippt sie die PIN ein, sieht aber, dass es nicht entsperrt. »Ich ruf sie für dich runter.«

»Mach das nicht.«

»Ich bitte sie, sofort runterzukommen und mit dir zu sprechen.«

Sie versucht es erneut mit der PIN und bekommt es diesmal hin. Sie ruft die Verbindungsliste auf und drückt die letzte Nummer.

Richard sieht das Telefon in ihrer Hand. »Sie ist nicht oben. Sie führt diese Hunde spazieren.«

»Nein, tut sie nicht, sie ist oben.« Sie legt das Handy auf den Tisch, aber es rutscht ihr weg und Richard sieht, dass sie Joe angerufen hat.

»LEG AUF.« Er wird plötzlich rabiat, packt ihr linkes Handgelenk, verdreht die Haut. Er ist schon halb über den Tisch, stößt Geschirr um. »LEG DAS SCHEISSDING AUF.« Er brüllt sie an, seine freie Hand angelt nach ihrem Telefon, aber es fällt in ihren Schoß.

»Hallo?« Joes Stimme klingt leise und weit weg, tausend Meilen entfernt. »Margo? Wo bist du? Ist das Richard?«

Richard packt sie an den Handgelenken und zerrt sie auf die Beine, reißt sie an sich, bis seine Nase nur Zentimeter vor ihrer ist. Margo entwindet ihm einen Arm und erwischt ihr Handy, als es an ihrem Schenkel runterrutscht, hält es hoch und schreit: »Joe, Richard ist hier und er tut mir weh.«

»Margie? Ich kann dich nicht hören.«

Richard hält ihr Handgelenk so fest, dass die Haut brennt, und biegt mit der anderen Hand ihre Finger auf, um ihr das Telefon wegzunehmen.

»Margo? Bist du da? Alles in Ordnung?«

Richard ragt drohend über ihr auf, er wird nicht loslassen, und zum ersten Mal versteht sie Lilah, ihren Wunsch zu beschwichtigen, zu bemänteln und auszuweichen, denn er ist wirklich angsteinflößend.

»Richard?«

»Was?«

»Fick dich.«

Richard holt weit aus und Margo schreit ins Handy: »RUF DIE POLIZEI!«

Da fährt seine geschlossene Faust durch die Luft und knallt ihr das Telefon hart gegen die Schläfe.

Ein lauter Chor des Schreckens erhebt sich im Restaurant, als das Handy zu Boden fällt, zerspringt und Glasscherben übers Parkett schlittern. Margo fällt rückwärts auf ihren Stuhl, benommen und halb blind.

Richard steht über ihr, der Bauch seines weißen Hemdes voll mit Ketchup, Senf und Salat. Margo duckt sich, die Arme über dem Kopf, hält ihm den Rücken hin, lehnt sich in Richtung Tisch, um ihren Bauch und das Baby zu schützen.

»Margo? Margo!«, ruft Joe vom Boden. Das zersprungene Handy funktioniert noch, und Richard verlässt den Tisch.

»Scheißkerl!«, schreit eine Frau quer durch den Raum.

»Ho!«, ruft ein Mann und rennt auf Margo zu. Sie denkt, er kommt, um sie zu beschützen, aber das hier ist Glasgow, und er läuft an ihr vorbei und verfolgt Richard, um eine Prügelei anzufangen.

Er ist klein und dicklich und er holt Richard ein, der ruhig das Restaurant verlässt. Margo lässt die Arme sinken und sieht zu, wie der kleine Mann hoch auf Richards Rücken springt, ihm die Arme um die Kehle schlingt. Aber Richard ist riesig. Er schüttelt ihn ab wie einen dicken schweren Schal, ohne auch nur hinzusehen. Und dann, als wäre rein gar nichts passiert, wendet Richard sich ab und spaziert aus dem Hotel.

Margo fällt auf die Knie und schreit in ihr Handy: »Joe, ruf Lilah an! Warn sie! Sie ist bei den Hunden. Richard weiß das. Er kommt!«

Aber der Bildschirm ist schwarz und Joe ist weg. Plötzlich läuft ihr warmes Blut ins Auge. Sie hat eine Platzwunde. Sie muss Lilah retten.

39

Margo rennt zu ihrem Auto und springt rein. Ihr Schädel blutet stark, sie muss sich ständig Blut aus den Augen und von der Stirn wischen, schmiert es mit dem Ärmel weg. Die Platzwunde ist nicht tief, es ist nichts getroffen, aber Kopfwunden bluten heftig. Als sie rückwärts aus dem Parkplatz setzt, sieht sie sich kurz im Rückspiegel. Wilder Blick, die Haare blutverklebt.

Kaum hat sie die Schranke des Hotelparkplatzes passiert, stellt sie fest, dass die Straße voller Leute ist. Sie kommen aus dem Konzert, wollen zurück zu ihren Autos, sie sind erregt und glücklich, strömen aus dem großen Maul des Hydro in Richtung Fluss. Es schert sie nicht, dass Margo ihre Freundin retten muss, sie verarbeiten ihren Abend, tanzen und schlängeln sich zwischen geparkten Autos hindurch, ergießen sich vom Gehweg auf die Straßen, blockieren Taxis und Busse und Autos, die hupen und versuchen, um sie herumzufahren. Sie umringen das Auto, jemand haut aufs Dach. Eine Frau in hautengem Kleid fällt gegen Margos Scheibe, fängt sich lachend wieder.

Margo schiebt sich Zoll für Zoll durch Schwaden aus Gehupe, wischt sich Blut vom Kopf, ignoriert die entsetzten Blicke von Konzertpublikum, das ihr blutiges Gesicht durchs Fenster sieht, während sie behutsam durch die Menge manövriert. Plötzlich ist die Straße, ist sie frei.

Die Lichter der nächtlichen Stadt schwirren vorbei, als sie durchs West End zur Wohnung von Pitstop und Muttley rast. Dass sie zu spät kommt, ist auf den ersten Blick klar. Die Haustür steht offen, eine Mülltonne durch die Scheibe geworfen. Richard ist oben.

Margo hält mitten auf der Straße und springt raus, lässt den Warnblinker an, zieht die Jacke aus und wischt sich damit das Blut vom Gesicht, während sie die Treppe hochstürmt.

Die offene Tür zeigt nur den unbeleuchteten Flur.

Als Margo ins Dunkel tritt, hört sie tiefer in der Wohnung etwas zu Boden fallen.

Eine Frauenstimme. Lilah weint irgendwo im rückwärtigen Flur.

»Lilah?«

Lilah gibt leise Klagelaute von sich, immer wieder, wie ein Tier unter Schock.

Einen Moment lang schaut sich Margo nach einer Waffe um, einer Vase, einer Statue oder einem Tablett, aber das ist jetzt zu kompliziert und ihr läuft immer noch Blut in die Augen, also tappt sie einfach weiter auf die Stimme zu.

»Lilah?«

Margo betritt den niedrigeren Flur und wird erneut von Dunkelheit verschluckt. Sie hört hinter sich ein Geräusch, Krallen auf Holzboden, wirbelt herum und sieht Muttley im Flur, hechelnd, die Ohren aufgestellt, er beobachtet sie.

»Hilf mir.« Lilahs Stimme, jetzt näher, kommt aus dem Schlafzimmer links.

»Ich bin hier, Lilah, alles gut.«

Sie späht kurz um den Türrahmen in einen noch dunkleren Raum. Ihre Augen müssen sich wieder neu justieren. Ein Fuß in einem schwarzen Herrenhalbschuh aus Leder, gleich hinter der Tür auf einem abgewetzten Teppich. Margo drückt sich flach an die Wand, dann schiebt sie sich zur Tür, ihr Blickfeld öffnet sich, jetzt sieht sie den zweiten Fuß. Beide rühren sich nicht. Männerfüße auf dem Boden. Richards Füße.

»Lilah?«

»Margo?« Ihre gedämpfte Stimme kommt von hinter der Tür.

»Wo bist du?«

»Hier drin.«
»Mit Richard?«
»Ja!«
»Kann ich Licht anmachen?«
»NEIN! NEIN! NICHT!«
»Okay, Lilah, schon gut, ist okay.«
»ICH KANN NICHT HINSEHEN. ICH ERTRAG ES NICHT.«
»Okay, schon gut.«

Margo macht einen Schritt in den Raum. Richard liegt auf dem Rücken. Sein Gesicht ist bleich, aber gesprenkelt, blutrote Flecken verteilen sich auf seiner Stirn und seinem senfbeschmierten Hemd. Dann sieht sie die dunkle, schwarze Pfütze auf dem Boden.

Sie fällt neben ihm auf die Knie, tastet nach dem Puls, aber sein Hals ist glitschig vom Blut. Sie tastet sich durch all die kalte Nässe. Da ist nichts. Wie eine Taucherin, die erneut runtergeht, holt sie tief Luft und tastet noch einmal, versucht, sich diesmal zu konzentrieren, als könnte sie ihn von den Toten erwecken, wenn sie sich nur genug Mühe gibt, aber ihre Knie rutschen auf dem nassen Boden weg, ihre Finger sind taub, und sie weiß, es ist hoffnungslos. Sie versucht es am Handgelenk. Nichts. Richard ist tot.

Sie hockt sich auf ihre Fersen und starrt ihn an. Seine Halsschlagader ist durchtrennt. Es dürfte nur wenige Minuten gedauert haben, bis er verblutet ist.

Sie braucht einen Moment, bevor sie das Wimmern dicht neben sich vernimmt, dann dreht sie sich um und sieht Lilah gekrümmt in der Ecke kauern, den Rücken gegen die Wand gepresst, die Knie angezogen. Sie ist nackt, voller Blutspritzer, die Augen leuchten gehetzt im Dunkeln.

»Lilah?«

Ihr Mund steht offen, sie weint geräuschlos, starrt Margo an, starrt zu Richard, auf die Blutlache um ihn herum.

»Lilah?« Sie streckt die Hand aus, will sie trösten.

»WAS VERFLUCHT IST MIT DIR LOS?«

Sie zeigt entsetzt mit dem Finger auf Margo. Verspätet wird Margo bewusst, dass auch sie voller Blut ist und furchterregend aussehen muss.

»Platzwunde am Kopf. Hast du Richard erstochen?«

»Ist er tot?«

»Ist er. Hast du ihn umgebracht?«

»Nicht ich.« Lilah schüttelt den Kopf. »Er war's.«

Erst jetzt bemerkt Margo, dass das Bettzeug zurückgeschlagen ist, das Bett wurde benutzt. Plötzlich hört sie noch ein anderes Geräusch, keuchenden, kratzenden Atem und unvermitteltes Würgen. Es kommt aus dem Zimmer gegenüber. Sie sieht Lilah fragend an, aber Lilah kann weder sprechen noch sich rühren. Ihr Blick trudelt panisch zur Tür.

»Bitte …« Eine Männerstimme aus dem Bad. Er klingt, als ob er am Ertrinken ist. Er hat Probleme.

Margo steht auf, rutscht in dem zähflüssigen Blut seitlich weg, fängt sich gerade noch und tritt hinaus in den engen Flur.

»… helfen Sie mir.«

Jetzt sieht sie, was ihr eben entgangen ist: Blutige Fußspuren und verschmierte rote Handabdrücke an den Wänden ziehen sich durch den Flur ins Bad, werden blasser, je weiter sie sich vom Zimmer entfernen.

Margo geht unbeholfen zur Badezimmertür, ihr Körper gehorcht ihr nicht ganz. Die Lampen sind an und drinnen ist es grün, das Licht prallt von den blassgrünen Wandfliesen ab. Es ist ein langer schmaler Raum mit einer großen weißen Wanne. Am hinteren Ende ist eine Toilette hinter einer Sichtblende aus Silikatglas.

Dahinter bewegt sich ein Schatten, eine blutige Hand an der Scheibe.

»Verdammt …«

Es ist ein Mann. Er bückt sich und kommt wieder hoch, bückt sich und kommt wieder hoch, als ob er sich verbeugt. Lautes vergebliches Würgen.

Er wirft heftig den Kopf zurück und taumelt hinter der Sichtblende hervor. Er ist nackt, Haare und sein Gesicht so blutüberströmt, dass sie ihn nicht gleich wiedererkennt.

Jack Robertson ist nicht verletzt. Sie eilt auf ihn zu, aber er sieht, dass sie voller Blut ist und erschrickt heftig und wehrt sie ab, dann klappt er wieder über der Toilette zusammen. Sie untersucht ihn auf Verletzungen, während er würgt: Er hat keinerlei Wunden. Er ist bloß komplett bedeckt mit Richards Blut.

40

Man lässt sie still dastehen, es fühlt sich an wie drei Stunden, dauert aber wohl eher zwanzig Minuten. Ständig sagen ihr Leute von der Polizei, sie soll sich ja nicht bewegen, während sie auf die Tatortfotografen warten.

Margo reagiert fieberhaft folgsam: Klar, klar, natürlich, kein Problem, überhaupt kein Problem.

Sie arbeiten um sie herum, bemühen sich zu begreifen, wie sie am Schauplatz eines Mordes schon blutüberströmt eintreffen konnte. Margo versucht sich zu beruhigen, indem sie sich auf Joe und Thomas konzentriert. Sie stehen draußen im Treppenhaus, schauen zu und warten auf sie, mit Pitstop und Muttley an der Leine. Die Hunde wurden aus der Wohnung entfernt, weil sie Richards Blut vom Boden aufgeleckt haben und den Ermittlungen in die Quere gekommen sind.

»Margo«, ruft Joe irgendwann, »alles klar bei dir?«

»Alles bestens.« Was für eine dumme Ansage. »Und bei dir?«

Er nickt, aber er schaut über ihre Schulter. »Tschuldigung, Officer? Tut mir leid, wenn ich störe, ich sehe, Sie sind sehr beschäftigt, aber diese Lady ist schwanger und steht unter Schock.«

»Mir geht's prima«, sagt sie. »Officer, das ist der Bruder des Mannes auf dem Boden. Sein jüngerer Bruder. Der andere Mann bei ihm da draußen ist mein Bruder.«

»Verstehe«, sagt ein Cop, der weder irgendetwas davon aufschreibt noch wirklich zuhört.

»Ich glaube«, ruft Joe, »sie steht vielleicht unter Schock.«

Der Cop glaubt das auch. Er geht sich die Erlaubnis holen, dann kommt er zurück und sagt, sie soll sich vorn ins Wohnzimmer setzen.

Erst als Margo sich zu bewegen versucht, stellt sie fest, dass sie voll mit getrocknetem Blut ist, dass sich an ihrer Schläfe eine riesige Kruste bildet, dass ihre Knie sie nicht richtig tragen und sie womöglich umfallen wird. Der Officer hebt sie mit einem Arm um die Taille an und trägt sie zum Sofa, sagt ihr, sie soll den Kopf zwischen die Knie stecken und ein paarmal tief durchatmen. Alle sind sehr nett.

Sie ist so benommen, dass sie nicht mitbekommt, wie sie Thomas beauftragen, Joe vom Tatort wegzubringen. Er ist nur plötzlich nicht mehr da.

Sie sitzt im Wohnzimmer. Mit Blitzlicht werden überall in der Wohnung Fotos gemacht, was sie zunächst blendet, bis sie ins Schlafzimmer abwandern.

Die Atmosphäre ändert sich, als vier Männer in Anzügen eintreffen. Die sind nicht nett. Sie verdonnern sie dazu, ihre Schuhe abzugeben, falls etwas daran ist, und schnauzen sie an, sie soll vorführen, wie sie in die Wohnung gekommen ist, was sie angefasst hat, wo ihre Füße waren. Dann gehen zwei von ihnen mit ihr runter.

»Es tut mir so leid«, sagt Margo in der Hoffnung, dass sie sie dann mögen.

Draußen regnet es und ihr Auto ist weg. Sie hat keine Schuhe an und weiß nicht mehr, warum. Sie geht durch die Nässe, durch Pfützen, das macht ihre Füße kalt und sauber, holt sie aus dem nebligen Schockzustand heraus, bis zu einem Streifenwagen, wo sie sie auf den Rücksitz verfrachten und die Tür schließen.

»Ich habe ein Auto«, sagt sie, als die zwei Männer vorne einsteigen. Was sie meint, ist: *Wo ist mein Auto?*

»Ach ja?«, sagt der eine und fixiert sie im Rückspiegel, wartet vielleicht darauf, dass sie gesteht.

Das alles fühlt sich an, als würde es überhaupt nicht gut laufen.

Sie fahren durch Regen, der so stark ist, dass sie aus dem Fenster nichts sieht. Sie könnten überall sein, zu irgendeiner beliebigen Zeit, nur dass jetzt Richard tot ist. Sie erschrickt jedes Mal, wenn sie sich an seinen Anblick erinnert. Sie erinnert sich alle fünf Sekunden daran.

Dann fahren sie durch die Stadt, so leer wie eine Flasche am Neujahrstag, kommen am Glasgow Green vorbei und am Fluss, durch breite leere Straßen mit Abrissgrundstücken links und rechts, bis sie zu einem großen Glasbau kommen, auf dessen Fassade das Polizeilogo prangt.

Man öffnet ihnen Türen per Summer und sie gehen Korridore entlang. Steigen Treppen hoch und erstatten Leuten Bericht. Margo gibt ihren Mantel ab, alles, was hilft.

Was ist mit Lilah? Wo ist Joe?

Lilah ist im Krankenhaus, sagen sie ihr, sie wurde ruhiggestellt. Joe wird gerade in einem anderen Raum befragt.

Dann ist sie in einem fensterlosen Raum mit hoher Decke, zwei Lehnsesseln und skurrilerweise dem gleichen Ikeasofa wie neulich bei der Adoptionsagentur. Sie starrt es lange an und fragt sich, was das bedeutet, warum es das gleiche ist. Bildet sie sich das nur ein? Aber es ist so. Es ist genau das gleiche. Warum? Sie hat sich das Gesicht gewaschen, und ihre Haut fühlt sich sehr trocken an. Die Platzwunde an ihrem Schädel ist winzig, nicht mal einen Zentimeter lang, und rechtfertigt kaum die zwei Schmetterlingspflaster, die sie draufgetan hat. Dann hat jemand ihr eine Decke gegen das Zittern gegeben. Sie trägt klobige rosa Turnschuhe, die ihr nicht gehören.

Zwei Männer in den Lehnsesseln reden mit ihr. Sie sitzt auf dem Sofa. Dies sind andere Männer, nicht die, die sie hergebracht haben, nicht in Uniform, aber ihre Sachen sind gebügelt und sauber, einer im blauen Hemd, einer im grauen T-Shirt. Haarschnitt und Auftreten weisen sie genauso als Polizisten aus, wie es eine Uniform täte. Einer hat blaue Augen und eine

Rugbyspieler-Nase. Der andere ist klein und seltsam nichtssagend. Er sieht aus wie ein Phantombild, weil sein Gesicht so ohne Merkmale ist, die braunen Augen normal, der dunkelblonde Bart langweilig gestutzt. Bei jedem Blinzeln vergisst sie, wie er aussieht. Sie kann sich sein Gesicht nicht einprägen.

Sie erzählt die ganze Geschichte ohne Auslassungen, wie Joe Richard bei der Polizei angezeigt hat, von Emmas Babyparty, wie Richard hinkam und ein Fenster zerschlug. War sie bei der Babyparty?

Nein, sie war nicht da.

Wer war da?

Immer wieder macht sie Anstalten, ihnen Handynummern zu geben, kann aber ihr Handy nicht finden. Wie seltsam. Sie starrt auf ihre leeren Hände. Sie kann es nicht finden. Dann fällt ihr ein, wie Richard ihr Handy zertrümmert hat, im Hotel. Sie erzählt ihnen davon.

Sie lassen sich nichts anmerken, aber sie schreiben alles auf.

»Richard ist tot, oder? Ich war etwas kopflos, ich hab das doch nicht falsch verstanden? Habe ich was falsch gemacht?«

Rugby übernimmt es, ihr zu sagen, dass er wohl leider tot ist. Er sieht recht traurig aus.

»Wer hat ihn umgebracht?«

»Tja, das wissen wir noch nicht mit Sicherheit.«

»Joe ist mein Partner.«

»Aha«, sagt er, aber sie glaubt, das weiß er schon. »Der Mann mit all den Hunden?«

»Lilah MacIntosh hatte einen ansehnlichen Betrag Bargeld in ihrer Handtasche. Wissen Sie irgendetwas darüber?«

Margo weiß nichts.

Sie sind fertig mit ihr, ziehen es aber in die Länge. Einer geht raus, um nach etwas zu fragen, der andere wartet im Raum. Dann tauschen sie für ein Weilchen, und schließlich sagen sie, sie kann gehen.

Rugby führt sie nach unten, durch das stille Bürogebäude bis in die Lobby und zu der Glastür.

Joe und Thomas dösen im Sitzen neben der Tür, unbequem zusammengesackt auf festgeschraubten Stühlen. Darunter schlafen Muttley und Pitstop, blutverkrustet. Margo muss sie wecken. Joe hat getrocknetes Blut am Hals und schwarze Ränder unter den Fingernägeln.

Er erzählt ihr, was in der Wohnung geschehen ist, bevor sie hinkam: Robertson und Lilah waren im Bett, als Richard einbrach. Richard griff sich den Brieföffner von der Kommode und stürmte ins Schlafzimmer, aber Jack entwand ihn ihm und sprang Richard dann an. Er stach nur einmal zu.

Er verblutete ausgesprochen schnell.

»Er war ein lieber Kerl, im Grunde«, sagt Joe leise. »Ich weiß nicht, ob du das je in ihm gesehen hast, aber er war …«

Thomas hört traurig zu und nickt. Als Joe abbricht, legt er ihm eine Hand auf den Unterarm und lässt sie da liegen. »Ach, Kumpel.«

Joe nickt, würdigt die seltene Berührung eines unaufdringlichen Freundes. »Ja.«

Margo küsst Thomas auf die Wange, weil sie schier platzt vor Liebe zu ihm, und nimmt Joes blutige Hand in ihre. All das geronnene Blut ist ihr egal, denn darunter ist Joe.

»Gehen wir nach Hause«, sagt er.

Rugby drückt den grünen Knopf an der Wand, und die Türen öffnen sich, doch alle drei verharren vor der frischen Luft. Sie haben Angst, wegzugehen.

»Na los«, sagt Rugby. »Gehen Sie heim.« Er sieht diese Reaktion nicht zum ersten Mal, hat sie das Gefühl. Er kennt diese Art Schockverhalten. »Widmen Sie sich einfach Ihrem Alltag. Wir finden Sie schon.«

Sie treten nach draußen und die Türen gleiten hinter ihnen zu.

Es ist vier Uhr früh. Die Nacht ist still. Der Regen hat die Welt wieder saubergewaschen. Sie trägt rosa Turnschuhe.

Alles ist falsch, aber sie hat Joe und Thomas, sie hat die Hunde von einem Wildfremden, und Lilah ist wohlauf, aber vor allem ist sie Susan Brodies Tochter, Susan Brodie von den Whiteinch-Brodies, und die kommen mit allem klar.

41

Es ist zwei Tage später, und auf dem Belag der Saltmarket glitzern immer noch Glasscherben. Vorbeifahrende Autos haben sie in den Asphalt gemahlen.

Margo klingelt bei Wohnung 2/1. Sie weiß nicht, ob Lizzie um diese Uhrzeit da ist. Es ist früher Abend und der Verkehr hinter ihr ist so dicht und laut, dass sie sich zur Sprechanlage vorbeugen muss, um etwas zu hören.

»Wer ist da?«

»Ist da Lizzie?«

»Aye. Wer ist da?«

»Margo.«

Lizzie sagt nichts.

»Nikkis Nichte von neulich.«

»Oh. Oh, okay.« Die Tür öffnet sich mit einem Klicken.

Margo drückt und hält inne, erinnert sich an die Sicherheitsmaßnahmen vom letzten Mal. Sollte sie jemandem Bescheid geben? Normalerweise würde sie Lilah eine SMS schicken, aber das geht nicht. Sie möchte auch nicht Joe simsen und ihn beunruhigen. Thomas kann sie nicht Bescheid geben, er würde nur fordern, dass sie nach Hause kommt. Scheiß drauf, denkt sie und geht rein, ohne jemandem Bescheid zu geben.

Lizzie hat wieder die Tür einen Spalt aufgelassen, aber als Margo sie aufdrückt, steht sie wartend im Flur.

»Hallo?«, sagt Lizzie atemlos und verwirrt. Sie weiß nicht, warum Margo hier ist.

»Ja, hey«, sagt Margo und macht die Tür hinter sich zu.

Lizzie wartet ab, nickt ermutigend, wartet darauf, dass sie etwas sagt. Aber Margo weiß nicht, was sie sagen soll.

»Also … was ist los?«

Oben bellt ein Hund dreimal. Es klingt, als würde er gleich richtig loslegen.

»Ich muss dich etwas fragen, wegen meiner Tante Nikki«, sagt Margo.

Lizzie durchdenkt das. »Lust auf'n Keks?«

Margo lügt und sagt ja. Lizzie nimmt sie mit in die Küche und öffnet eine Packung Jaffakekse. Eine Edelversion: dunkle Schokolade mit Limetten-Mango-Gelee in der Mitte. Sie setzen sich hin, und Lizzie sagt, die hat sie noch nie probiert. Sie hat sie im Laden gesehen, aber noch nicht probiert. Sie isst einen, mit Aufmerksamkeit, sieht ihn an beim Kauen. Erklärt ihn für »ganz gut«.

»Du isst ja viele Kekse«, sagt Margo, die sich in der Küche umschaut.

Lizzie lacht und sagt: »Das stimmt wohl.«

Sie lächelt. Sie sieht sehr gut aus, stellt Margo fest, gute Haut und graue Augen und ausgeprägte Wangenknochen, aber sie hat es sorgsam kaschiert. Ihre Kleidung ist zu weit, ihr Haarschnitt rein funktional, als hätte sie Angst, hübsch zu sein, Angst davor, was das nach sich zieht.

»Kann ich dich etwas zu Nikki fragen?«

Lizzies Gesicht spannt sich abwehrend. »Muss dich da wohl warnen, wenn du nämlich was Schlechtes über sie sagst, hau ich dir auf die Fresse.«

»Das hab ich nicht vor. Ich will nur fragen –«

»Gut.«

»Ich glaube, ich hab ihre Gefühle verletzt.«

»Stimmt.« Lizzie zeigt mit ihrem halben Jaffa auf sie. »Du hast ihr eine falsche Nummer gegeben. Sie hat versucht dich anzurufen, die Nummer ist Grütze.«

Margo sagt, sie hat sich gefürchtet. Sie hat mit Ex-DCI Gallagher geredet, und die hat ihr erzählt, die Brodies wären berüchtigt harte Nüsse. Und an die Serienkiller-These glaubt sie auch nicht. Sie meint, die haben Jack Robertson und Barney Keith in die Welt gesetzt.

»Ach, aye.« Lizzie wirkt gedankenverloren. »Armer Barney, der ist irre geworden. Susan war die Liebe seines Lebens, das ist sicher. Nach ihrem Tod war er ein anderer Mann. Ist nie drüber weggekommen.«

Margo öffnet Facebook auf ihrem Handy und zeigt Lizzie Barneys Profil.

»Mein Gott, er lebt noch …« Lizzie scrollt durch die Fotos. »Das *ist* Barney. Gott, sieht der alt aus. Muss jetzt 'ne Million sein.«

Margo fragt, ob Lizzie glaubt, dass er ihr Vater ist.

Lizzie mustert Margos Gesicht. »Wahrscheinlich«, sagt sie.

»Mochtest du ihn?«, fragt sie.

Lizzie zuckt die Achseln. »Er war alt. Ich hab mir keine Gedanken über ihn gemacht.«

»Mochte Susan ihn?«

Lizzie grinst, als ob sie gleich etwas Nettes über Barney sagt. »Na ja, er hatte ein Haus. Sie war obdachlos. Es war ein ziemlich nettes Haus. Ich meine, es gab Türen und keine davon war eingetreten oder so. Er hat es saubergehalten und hatte Essen und Kram. Er hatte gemachte Betten, ich weiß noch, das war eine große Sache. Mit Laken und allem. Einmal hatte er ein Glas Nescafé.« Sie mimt Ehrfurcht. »Hammer! Echt. Wo wir herkamen, gab es *nichts*, rein gar nichts. Wir waren leicht zu beeindrucken, weißt du?«

Margo nickt aus Freundlichkeit, aber sie hat keine Ahnung, wie das ist, und das wissen sie beide.

»Aber er war ziemlich stabil für einen Junkie. Er hat Susan geliebt. Sie wäre weitergezogen, als sie erwachsen war. Er war einer von den Sprungbrett-Kerlen. Leute, über die man rauswächst. Wahrscheinlich ist er dein Vater. Auf der Straße haben wir alle Kondome benutzt, ich meine, das waren die späten Achtziger, HIV war kein Geheimnis.«

»Nikki sagt, er hat Susan geschwängert, als sie dreizehn war.«

Lizzie nickt und windet sich und gibt ein leises Grummeln von sich.

»Das ist sehr jung.«

Sie grummelt wieder unverbindlich, zuckt die Achseln und nimmt sich noch einen Keks. »Kann ich dir auch nicht erklären.«

»Ist er da nicht ein Pädophiler?«

»Ja, genaugenommen. Aber dann war er mit ihr zusammen, bis sie neunzehn war, also wie ist das? War er es dann nicht mehr? Was folgt daraus?«

Margo weiß es nicht. Sie hat halb gehofft, Lizzie würde sagen, Susan war mit dreizehn sehr reif, aber sie hat ihre Leiche mit neunzehn gesehen und die sah nicht aus, als wäre sie je erwachsen gewesen.

»Barney hatte auch so einiges hinter sich. Keine Ahnung. Ich weiß nicht, wie ich es dir leichter machen kann.« Auf einmal sieht sie sehr traurig aus. »Es war eine andere Zeit. Wir haben getan, was wir mussten. Du solltest nett zu Nikki sein, weißt du. Sie ist eine tolle Person.«

»Ich weiß, dass sie viel hinter sich hat.«

»Nein, weißt du nicht.« Sie legt den halb gegessenen Keks hin und klopft sich die Hände ab, während sie weiterspricht. »Pass mal auf, wir wissen, wer wir sind. Ich und Nikki, ob du's glaubst oder nicht, wir haben den ganzen Scheiß erlebt: Fürsorge, Tod, Geficktwerden ... von hinten und vorn vergewaltigt und angespuckt. Uns haben Cops aufgegriffen und Besoffene angepöbelt, und wir waren trotzdem im Einsatz, wie die Luftwaffe, wir haben das Außenseitertum zu unserem Ding gemacht. Uns konnte keiner brechen oder zum Lügen zwingen. Wir wussten, wer wir sind. Keine Ahnung, wie's gekommen wär, wenn wir nicht Freundinnen geworden wären, aber dass wir uns kannten, das war wichtig. Wir mussten nie so tun, als wären wir wer anders, oder irgendwas erklären, kennst du das?«

»Eigentlich nicht, ehrlich gesagt.«

Lizzie schmunzelt. »Du bist ehrlich. Das gefällt mir. Was ich sagen will: Wenn du am Pranger stehst wie wir, wir Huren, dann kommt so religiöses Volk und so an und will Erklärungen: wie du dazu gekommen bist, was bei dir das Allerschlimmste war, wie sehr du es bereust. Die wollen, dass du die Freier hasst. Ich hab auch liebenswerte Männer getroffen, mit manchen von denen wär ich befreundet geblieben, wenn ich die Wahl gehabt hätte. Ich denk immer noch an sie, frag mich, wie's ihnen geht. Es gab auch üble Scheißkerle, da kommst du nicht drum rum, aber die waren nie Stammkunden, bloß Eintagsfliegen. Es gab auch schräge Momente von Zärtlichkeit in Autos und Gassen und muffigen Buden.« Sie schüttelt den Kopf. »Aber die ganze Geschichte will niemand hören. Ich kannte einen Alten, der war im Krieg und hat nie drüber geredet, weil er meinte, alle dachten immer nur: ›Er war im Krieg, das ist traurig‹, aber es war alles Mögliche. Es war aufregend und ausgelassen und witzig und er hatte Kumpels und so. Aber für Leute, die nicht im Krieg waren, war es nur traurig. So geht es mir und Nikki auch. Fünfzehn Jahre unseres Lebens, wichtige Jahre, aber alle wollen nur die traurigen Stückchen oder die schmutzigen Stückchen oder die Jesus-hat-mich-gerettet-Stückchen, bloß nicht das Ganze, nie die ganze verzwickte Wahrheit. Nur die Stückchen, die ihnen in den Kram passen.«

»Ärzten wird eingeschärft, keine geschlossenen Fragen zu stellen, weißt du, Fragen, wo die Antwort schon vorgezeichnet ist?«

»Aye, ›wie unglücklich sind Sie‹ und solche Sachen. Bei so was benutzen sie dich genauso wie die Freier, meistens geht's nämlich nur darum, wie hilfreich es ist, wenn man einen guten Job und eine Rente hat. Aber ich und Nikki, wir kennen das Ganze. Wir brauchen uns nicht anlügen. Sie's meine Schwester.«

Margo fühlt sich geehrt, in Lizzies Küche zu sitzen. »Dann bist du gewissermaßen auch meine Tante.«

»Ich kenn dich doch kaum, du Küken«, sagt Lizzie und lacht, um die Zurückweisung abzumildern, aber sie meint es schon so.

Margo weiß, was sie gesagt hat, war zu dreist, aber sie hätte gern, dass es wahr ist. »Darf ich dir etwas zeigen?« Sie zieht die Briefe aus der Tasche und hält sie Lizzie hin.

Lizzies Gesicht verdüstert sich beim Lesen.

»Oh nein.« Sie blickt auf. »Oh nein. Woher hast du die?«

»Sie wurden mir durch den Türschlitz geschoben. Der erste kam, gleich nachdem ich Nikki kennengelernt hatte. Ich hab es ihr nicht gesagt, ich dachte, es würde ihr Angst machen.«

»Ach, Süße, nicht doch.« Lizzie steht auf. »Wir müssen ihr die unbedingt zeigen. Wir müssen sofort los.«

42

Sie parken vor einem weißen Bungalow im vornehmen Teil des East End, in einer Straße mit Villen und gepflegten Gärten. Es ist früher Abend in der Altedamenvorstadt und nichts rührt sich. In den Fenstern flackert der Widerschein der Abendnachrichten. Weit entfernt raucht ein müder grauer Mann seine Pfeife und geht mit einem müden grauen Hund spazieren.

Hausnummer 52 liegt hoch über der Straße, quadratisch mitten auf einen künstlichen Hügel gebaut. Ein Garten aus Rasen zieht sich an drei Seiten ums Haus, von der Straße getrennt durch eine niedrige Mauer. Der Bungalow ist solide und weiß getüncht, mit neuer Plastik-Doppelverglasung und Jalousien an beiden Vorderfenstern.

Lizzie sagt, es wäre ein bisschen überfordernd für Nikki, wenn sie einfach an die Tür klopfen. Sie könnte anfangen zu weinen und sich dafür genieren. Margo soll die Festnetznummer anrufen und Nikki vorwarnen, dass sie hier sind und reinkommen.

Nach dem ersten Klingeln meldet sich eine kurzatmige alte Frau. Margo fragt nach Nikki. Die Frau fragt, was sie sagen kann, wer dran ist, bitte? Margo nennt ihren Namen.

»Ach du Scheiße«, murmelt die Frau und brüllt: »Hey! Nikki! Telefon! Schnell!«

Margo hört sie reden und dann schnappt Nikki sich das Telefon. Ach! Ist das Margo? Sie ist überrascht, von ihr zu hören, um ehrlich zu sein. Sie versucht ihren Unmut über die falsche Telefonnummer zu verbergen, aber er purzelt ihr aus dem Mund. *»Nummer nicht vergeben«*, faucht sie. Margo sagt die Wahrheit: Sie hatte Angst und wusste nicht, ob sie ihr vertrauen kann. Sie erklärt, dass sie sich leicht überfordert und überwältigt gefühlt hat, da ruft Nikki jemandem im Hintergrund zu: VERDAMMT, HALT'S MAUL, OLLE ZICKE. Nicht du. Ich meinte wen anders. Margo hat jetzt nicht mehr das Bedürfnis, sich für ihre Reserviertheit zu entschuldigen. Nikki hat ihr das abgenommen.

»Ich sitze im Auto vor deinem Haus. Lizzie ist bei mir.«

»Was!« Die senkrechten Blenden an einem Fenster klappen auf. Sie sieht einen länglichen Streifen von Nikkis Gesicht. »Bist du das? In dem Mini?«

Margo winkt. Nikki winkt wild zurück und gestikuliert, sie sollen reinkommen.

Sie steigen aus, schließen das Auto ab. Die Straße ist vollkommen leer.

»Scheißgruslige Ecke zum Wohnen, wenn du mich fragst«, sagt Lizzie, als sie die drei Backsteinstufen zum Garten hochgehen.

»Hast du Verbindung zu deiner Familie, Lizzie?«

»Tja, die meisten sind tot. Einer sitzt in England im Knast.«

»Habt ihr Kontakt?«

»Näh. Sind nie gut klargekommen. Nicht wie bei Hairy und Nikki. In meiner Familie hat da immer was gefehlt, verstehst du? Wir mochten uns nicht besonders.«

»Standen sich Nikki und Susan nahe?«

»Aye.« Sie bleibt an der Haustür stehen. »Nikki ist bei weitem die Nettere von beiden. Susan war eine gestörte Zicke. Aber mutig. Hat sich von keinem was bieten lassen.«

Nikki öffnet die Tür zu einem weißen Flur. Der Teppich ist weiß, die Wände sind weiß, seitlich steht ein kleiner weißer Tisch. Hinter ihr ist eine sehr alte Frau, stützt sich auf eine Gehhilfe. Altersbedingte Bandscheibendegeneration. Sie ist so verkrümmt, dass sie den Hals verrenken muss, um hochzuschauen, und sie ist schon lange so. Die Schwerkraft hat

Spuren in ihrem Gesicht hinterlassen, ihre schlaffen Wangen hängen nach vorn statt nach unten. Sie lächelt den Boden an.

»Oh, aye, also das ist Betty«, sagt Nikki. »Unser Tantchen. Stimmt's, Betty?«

»Aye«, sagt Betty zum Teppich.

»Sie ist deine … Großtante?«

»Das ist richtig, aye, das kommt hin.«

Nikki nimmt in dem engen Flur Margos Mantel, öffnet einen picobello ordentlichen Garderobenschrank und hängt ihn auf einen Drahtbügel, während Betty an ihrer Gehhilfe herumschlurft, um dem Geschehen zu folgen, aber in den Weg gerät.

Nikki fragt Lizzie, wie kommt's, dass sie mit Margo hier ist, und Lizzie hält sich freundlich bedeckt und sagt, Margo wusste nicht, wo sie hinmuss, und wollte Nikki sprechen. Sie muss sie etwas fragen.

»Worum geht's?«, fragt sie, angerempelt von Betty, die versucht, sich zu den Besucherinnen umzudrehen.

»Vielleicht setzen wir uns?«, schlägt Lizzie vor.

»Oh.« Nikki denkt, es ist etwas Unheilvolles. »Aye, klar. Kommt rein.«

Sie öffnet die Tür zu einer blütenweißen Küche mit einem großen weißen Tisch und sechs hochlehnigen Stühlen. Alles im Haus sieht nagelneu aus.

»Was für ein hübsches Haus«, sagt Margo, als sie nacheinander durchgehen.

Lizzie lächelt. »Nikki hält es hübsch.«

Ein schwacher Putzmittel-Zitrusduft steigt von den schwarzen Granitarbeitsflächen auf, die unter weißen Hängeschränken funkeln, und noch ein anderer Geruch, es riecht behaglich nach geschmolzenem Käse.

Nikki hilft Betty ihre Gehhilfe durch die Tür manövrieren, und Lizzie sagt, Nikki putzt den ganzen Tag und macht sich jeden Abend Listen, was sie morgen putzen kann. Sie ist eine von diesen Putzneurotikerinnen. »Sie ist schon ein bisschen zwangsgestört.« Margo sagt, sie ist nicht sicher, ob man das so nennen kann, aber Nikki nimmt die eigenartige Diagnose an wie ein Kompliment. »Ich tu mein Bestes.«

Betty stolpert zweimal beim Durchqueren der Küche und Nikki schimpft mit ihr. Sie sollte nicht aus ihrem Rollstuhl aufstehen, wenn sie so schlecht geschlafen hat, sie will bloß vor Margo angeben.

»Du beeindruckst hier niemanden«, sagt sie.

»Doch, ein bisschen beeindruckt ist sie«, sagt Betty und grinst den Boden an.

»Das bin ich tatsächlich«, bestätigt Margo.

»Mein nächster Trick ist ein Handstand, also halt ein paar Münzen zum Werfen bereit.« Betty bringt diese beiläufigen Späße an wie ein müdes Elternteil, das sich mehr selbst aufmuntern als einem Publikum gefallen will. Als sie den Tisch erreichen, zieht Nikki einen Stuhl zurecht, und Betty fädelt sich sorgfältig davor ein, wobei sie piepst wie ein Müllwagen im Rückwärtsgang. Niemand lacht oder geht darauf ein, weshalb Margo vermutet, dass sie diesen Witz schon oft gemacht hat. Nikki bleibt in Bereitschaft, bis Bettys Beine hinten die Sitzfläche berühren, dann hält sie den Stuhl fest, während Betty rückwärts zählt, drei-zwei-eins, und sich fallen lässt. Mühelos, als liefe er auf Rädern, schiebt Nikki den Stuhl mit Betty darauf an den Tisch.

»Okay. Tee.« Nikki wirkt in dieser Umgebung ganz anders, solide und in Anspruch genommen. Während sie allen Tee macht, in zusammenpassenden Bechern, fragt Margo, wie es kommt, dass sie zusammenwohnen.

Nikki sagt, als sie clean wurde, musste sie aus der Wohnung ausziehen, die sie sich mit einem Haufen anderer Junkies geteilt hat. Sie war obdachlos, und Betty brauchte eine Pflegerin.

»Es ist schön.« Sie lächelt. »Eine schöne Lösung. Wir können gut miteinander, was, Betty?«

Betty dreht ihre Schultern zu Margo. »Sie hält mich hier gefangen. Ruf die Bullen!« Und sie alle lachen, obwohl Margo gar nicht wissen kann, ob da etwas Wahres dran ist.

Der Tee ist serviert, und endlich sitzt die Ratsversammlung um den Tisch. Nikki fragt, worüber sie mit ihr sprechen will.

Lizzie wappnet sich. Als Margo die Briefe aus der Tasche holt und auf den Tisch legt, ziehen sich Nikkis Hände über den Tisch zurück.

Sie starren sie an. Die Briefe sind gefaltet, entfalten sich aber beim Hinsehen. Man kann ein paar Wörter erkennen: *Rammbock, PS, rich deine Fotze.*

»Ist das ein Dolch, was ich vor mir erblicke?« Das kommt von Betty, intoniert mit theatralisch zitternder Stimme.

»Lass das, Betty«, schnauzt Nikki. »Das ist nicht lustig. Woher hast du die?«

Margo berichtet von den Anlässen und den zwei verschiedenen Adressen.

»Also wirst du beschattet?«

»Ich denke schon. Ein paarmal habe ich ein grünes Auto gesehen. Ich glaube, einmal hat es mich verfolgt.«

Nikki nickt den Tisch an. Sie hat Tränen in den Augen. »Ich hab einen gekriegt, als ich hier eingezogen bin, stimmt's, Betty?«

»Hm.« Ausnahmsweise macht Betty keinen Witz. »Um ihr Angst einzujagen.«

»Also«, sagt Lizzie, »wer schreibt diese Briefe?«

»Wer schreibt sie schon seit Jahren?«, fragt Margo. »Gibt es Konsequenzen? Ist je etwas passiert, nachdem du einen Brief bekommen hast?«

Nein, sagt Nikki, eigentlich kam da nichts. Nur die Verstörung, sie sollte wissen, man weiß, dass sie umgezogen ist, die alte Wunde soll nicht heilen.

Margo versucht es kleinzureden. »Was, wenn da gar nichts weiter kommt?«

»Ich weiß«, sagt Nikki. »Es ist nur der Gedanke, dass jemand, der dich kennt, so tief sinken kann. Es ist so *gemein.*« Wieder schaut sie auf die Briefe, furchtsam, blinzelt Tränen weg.

Mit dem Gefühl, so mutig wie Susan zu sein, nimmt Margo die Briefe vom Tisch und knüllt sie zu einer Kugel zusammen. Sie stopft sie zurück in ihre Handtasche. »Das ist bloß Scheißdreck. Ich werfe sie auf dem Heimweg in den Müll. Nicht bedeutsamer als ein Supermarktbon, oder? Ich dachte, sie sind vielleicht von Barney Keith.«

»Barney?«

»Barney lebt noch«, sagt Lizzie. »Sie hat ihn auf Facebook gefunden. Zeig es ihnen!«

Margo ruft sein Profil auf ihrem Handy auf.

»Himmel!« Das Handy beleuchtet Bettys Gesicht von unten. »Er sieht aus wie geschmolzen. Aber sehr viel fetter als früher. Ist wohl clean geworden. Ich bin einfach davon ausgegangen, dass er tot ist, weil er so alt war und so.«

»Er ist jünger als du«, sagt Lizzie, »und du lebst noch.«

»Ja, weißt du: Ich bin unsterblich.«

»Ehrlich?« Lizzie klingt interessiert.

»Ja«, sagt Betty lässig.

»Du Glückliche.«

»Ironie des Schicksals: Ich sehne mich nach der süßen Umarmung des Todes.«

»Echt jetzt, Betty?«

Sie schnalzt mit der Zunge. »Ach, bloß morgens. Am Nachmittag bin ich normalerweise wieder auf dem Damm.«

»Aber Barney hat Susan geliebt.« Nikki nickt Margo zu. »Auf seine Art war er gut zu ihr. Gott weiß, was er gemacht hätte, wenn sie sich berappelt und ihn verlassen hätte.«

Margo ist nicht geneigt, ihn als tragischen Helden zu sehen. »Er hat sie geschwängert, als sie dreizehn war. Er hat sie anschaffen geschickt.«

Nikki seufzt und saugt laut an ihren Zähnen. »Hm. Susan war nicht gerade eine, die sich rumschubsen ließ. Im Grunde hatte sie da die Oberhand, glaub ich. Barney war der, der geputzt hat und all so was. Er hat die Hausarbeit gemacht und sie hat gemacht, was sie wollte. Er war berufsunfähig geschrieben. Ihm ging's nie besonders gut. Er hat nicht über Susan verfügt, beim besten Willen nicht. Sie war manchmal ein bisschen ein Besen, deine Mum, musst du wissen.«

Margo lehnt sich zurück. »Hat irgendwer etwas Gutes über Susan zu sagen?«

Die drei Frauen denken angestrengt nach.

»Na ja, sie hat dich bekommen.« Nikki lächelt.

Lizzie und Betty grinsen, aber es ist Nikki, der sie anerkennend zulächeln.

»Ich weiß was«, sagt Betty und lehnt sich nach vorn, die Hände verschränkt wie eine Nachrichtensprecherin. »Sie ist von den Drogen weg, und das war hart, und sie hat es getan, weil sie dachte, sie würde dich wiedersehen.« Sie bricht ab und räuspert sich, schaut auf den Tisch. Dann räuspert sie sich wieder.

Das, denkt Margo, ist Betty im Zustand tiefer Ergriffenheit.

»Sie dachte, sie würde dich vielleicht eines Tages wiedersehen. Wenn du erwachsen bist.« Sie kämpft wieder mit ihrer Kehle und blinzelt heftig, ihre Augen röten sich. »Und sie wollte, dass du sie in einem schönen Haus antriffst, eine nette cleane Lady. Das wollte sie. Sie hat sich für dich so angestrengt.«

Margo spürt Susans Geist mit ihnen am Tisch, sie greift rüber und drückt Bettys Hand. Betty kann sie nicht ansehen, drückt aber zurück.

»Sie wollte, dass du stolz auf sie bist«, flüstert Betty. »Sie war nicht stolz drauf, wo sie herkam. Sie wollte ihr Leben für dich ändern, weg von der Straße, weg von Barney, falls du sie suchen kommst. Aber das ist dann nie passiert.«

Margo drückt noch einmal zu. »Jetzt schon.« Sie umschließt die Küche mit einer Handbewegung. »Und seht, was ich gefunden habe.«

Betty grinst dankbar zu ihr hoch, scheu, weil sie aufrichtig ist.

»Wusste Barney, dass sie ihn verlassen wollte?«

»Ja, ich glaube schon«, sagt Betty, »Susan war nicht berühmt für ihre Diplomatie. Barney war ein Teil von dem Scheiß, den sie loswerden wollte.«

»War er da nicht wütend? Warum sind alle so sicher, dass er sie nicht umgebracht hat?«

Betty schnaubt höhnisch. »Er war körperlich eingeschränkt. Barney Keith konnte bei starkem Wind kein Taschentuch festhalten. Susan war sehr stark.«

»Außerdem«, sagt Nikki, »war er in der Woche in Amsterdam. Er war dort seit Montag oder so. Sein Pass war gestempelt und alles. Er hat's uns gezeigt.«

»Was hat er da gemacht?«

Betty wirkt unbehaglich. »Was machen Männer in Amsterdam? Er hat wohl keine Holzschuhe anprobiert, oder?«

Margo fällt das Interview in der Zeitung ein. »Er wurde doch gleich danach interviewt und hat gesagt, er hätte Susan an dem Abend im Taxi wegfahren sehen.«

»Nein, er war in Amsterdam, als sie gestorben ist. Es kam später raus.«

»Diane Gallagher glaubt nicht, dass Barney wusste, dass Susan ihn verlassen wollte.«

Betty zuckt mit einer Schulter. »Na ja, den Cops erzählt man sonst was.«

Sie kommen auf die Briefe zurück. Wer auch immer sie geschickt hat, wusste, dass Margos Name Patsy war und dass sie die anderen Briefe gesehen hat. Wer wusste über all das Bescheid? Nur Nikki und Lizzie. Haben sie es sonst noch jemandem erzählt? Nikki hat es anscheinend allen erzählt, denen sie begegnet ist. Manchen Leuten gleich mehrmals.

»Sie war ziemlich aufgeregt«, erklärt Betty.

Nikki ist beunruhigt, weil Margo allein in Janettes Haus übernachtet, aber Margo sagt, keine Sorge, sie schläft –

»SAG'S MIR NICHT!«, ruft Nikki melodramatisch und erklärt: »Du machst dich zu angreifbar. Was, wenn doch *ich* dahinterstecke? Oder *Lizzie*?«

Eine dramatische Pause entsteht.

»Warst du es?«, fragt Betty beiläufig und verpatzt die Spannung.

»VERDAMMTE SCHEISSE, BETTY!«

Aber Betty prustet in sich hinein, lacht alle an, sucht Verbündete für ihren Schalk. Als niemand darauf eingeht, flüstert sie Margo zu: »Drama: eine Familienkrankheit.«

Margo lächelt sie an. »Warum hast du sie dann nicht?«

Betty zieht die Brauen hoch. »Ich hab's aus meinem System entfernt.«

»Als du Bühnenhellseherin warst?«

»Genau. Ich war gut.« Sie linst augenrollend in der schönen Küche umher. »Ganz groß in den Achtzigern. Das Motherwell Civic Centre war ausverkauft. Ich hatte gut zu tun. Darum war ich den Mädchen so eine schlechte Tante.« Sie streckt die Hand nach Nikki aus.

»Du hast dein Bestes getan«, sagt Nikki.

Betty brummt. »Nein. Ich hab sie im Stich gelassen, weil ich Angst vor Patsy hatte, ihrer Mum. So gestört Susan auch war, Patsy konnte sie nicht das Wasser reichen.«

Lizzie sagt, sie ruft sich ein Uber, weil sie nach Hause will. Heute läuft ein Fußballspiel und hier kann sie es nicht sehen, weil Nikki nicht die richtigen Sender hat. Sie bestellt ein Auto, in vier Minuten ist es da. Nikki bringt sie noch raus und lässt Betty und Margo am Tisch allein.

Betty grinst Margo an, mit offenem Mund und wackelnden Augenbrauen, als wollte sie Margo zu einem Trick auffordern.

»Und, Betty, bist du nun Hellseherin?«

Betty runzelt die Stirn, senkt die Stimme und wirft einen Blick zur Tür. »Sie sagt, du bist Ärztin. Du glaubst doch wohl nicht an solche Sachen, oder?«

Margo hat nur versucht, anderer Leute Vorstellungen zu respektieren, aber Betty scheint enttäuscht von ihr zu sein. »Nein, eigentlich nicht. Aber Nikki ist davon überzeugt.«

»Ja.« Betty hebt eine Schulter. »Es war ein Auskommen. Anfangs hab ich zum Spaß Séancen abgehalten und dann für Geld, und dann hab ich die Show in Hallen verlegt und es ging richtig ab. Hauptsächlich Zufallstreffer. Wie dieser Vogel Robertson und sein Buch, du kannst das nicht wissen, weil du nicht da warst, aber manchmal lässt sich so einiges austüfteln. Varieténummern. Ich hab gut davon gelebt, alles legal. Hab dies schöne Haus hier gekauft.«

Betty hält sie mit einer Hand zurück, als Lizzie von draußen im Flur auf Wiedersehen ruft. »Sag das nicht vor Nikki«, zischt sie. »Sie ist eine wahre Gläubige. CIAO, LIZZIE!«

»CIAO«, echot Margo.

Die Haustür fällt ins Schloss und Nikki kommt zurück. »Geh nur kurz aufs Klo«, sagt sie und geht durch die Küche in ein großes Bad weiter hinten.

Betty wartet, bis sie aus dem Zimmer ist. »Ich hatte großes Glück. Ich sehe es gern so, dass es ein bisschen Trost gespendet hat. Man trifft viele Leute, die leiden, weißt du? Aber nach

Susans Tod war ich nicht mehr mit dem Herzen dabei. Fürs Geld musste ich weitermachen. Viele Leute fanden, ich sei danach besser geworden ... Ich weiß nicht.«

»Hast du Susan nahegestanden?«

»Nein. Ich kannte die Mädchen eigentlich gar nicht so gut. Ihre Mum war ein ziemliches Biest, das kann ich dir sagen. Ich wollte nicht in Patsys Nähe sein. Unsere Familie –« Sie wirft einen schuldbewussten Blick zur Badezimmertür. »Das sind alles Irre. Richtig schlimme Fälle. Von ihnen wegzukommen war mein einziger Ehrgeiz, als ich jung war. Ich hab in einer alten Fabrik unten an den Docks gehaust, weil ich wusste, da haben sie Angst, mich zu besuchen. Sie wären jederzeit gegen einen Gorilla angetreten, aber mit Spuk kamen sie nicht klar. Unten war eine verlassene Fabrik und keine Beleuchtung in der Straße oder sonst was. Klopfgeräusche die ganze Nacht, von den alten Rohren und den Löchern im Dach. Der gruseligste Ort, wo ich je war. Ich war weg von ihnen und das war gut so, aber ich habe die Mädchen nicht kennengelernt. Ich hatte Angst vor ihrer Mum. Sie hat mich immer verprügelt und mir mein Geld geklaut. Sie ist gestorben, als sie raufkam, um mich auszurauben. Ist die Treppe runtergefallen. Ich hab mich gefühlt, als hätte ich eine Armbanduhr gewonnen. Sie war ein furchteinflößendes Miststück. Ich weiß noch, wie ich auf diesem löcherigen Boden hockte und zu ihr runtersah und überlegte, ob das wahr sein kann.« Sie lächelt versonnen vor sich hin. »Die beste Nacht meines Lebens. Ich bin nie religiös gewesen, aber in der Nacht hab ich ein Dankgebet gesprochen. Trotzdem hab ich mich den Mädchen gegenüber nicht anständig verhalten. Ich hab sie manchmal im Heim besucht, aber ich war selbst jung, und bevor ich es gemerkt hab, waren sie ausgeflogen und haben ihr Ding gemacht.«

»Wie hat dir Susans Tod dann den Spaß daran verdorben?«

»Ich hab eine andere Seite kennengelernt. Hellseher, Leute, die ich kannte, die waren im Fernsehen und haben sich in Susans Fall eingemischt. Ich weiß, was sie da taten, ich war vom Fach. Also seh ich Leute, die ich kenne, Leute, die mich kennen, wie sie Tipps geben, die Zeitungen anrufen. Leute, mit denen ich darüber geredet habe, was wir tun: raten, Blödsinn reden, das Publikum ausnehmen, verstehst du? Leute, mit denen ich ehrlich war. Und die machen das im Fernsehen. Das hat es mir vergällt.«

»Vielleicht wollten sie ehrlich helfen?«

Betty seufzt und schüttelt den Kopf. »Nein. Wir haben unter uns über diesen Schwindel geredet, was man für tolle Publicity kriegt, wenn man richtig liegt, aber ich hab geglaubt, das sei harmlos. Du sagst einfach was Vages wie ›ein Ort mit Wasser‹. Verstehst du das Konzept? Gruselig. Kein Teich, sondern ›ein Ort mit Wasser‹. Das ist bloß Show, aber wenn du einen Treffer landest und die Leiche im Wasser gefunden wird, hast du vielleicht ausgesorgt. Ich meine, manche setzen alles auf so was. Okay, gut, das gehört zum Spiel, sie versuchen, genug Publicity für eine Provinztournee durch Fife zu kriegen, aber es fühlt sich anders an, wenn du beteiligt bist und die Polizei sucht nach einem ›Ort mit Wasser‹ statt nach der Person, die deine Nichte abgestochen hat. Für jeden gibt es Grenzen im Spiel, und das war meine. Es geht um Macht, darum, Macht über andere zu haben. Das wollte ich eigentlich nie. Die Leute, die du ausnimmst, müssen dir ganz egal sein. So kommt es dann: Ich war die Leute.«

Sie nippt an ihrem Tee und stellt die Tasse ab.

»Betty, was glaubst du, wer hat Susan umgebracht?«

Sie zuckt traurig die Achseln. »Hätte jeder sein können.« Sie nickt zur Toilettentür hinüber. Sie hören das leise Zischen, als Nikki Lufterfrischer versprüht. »Ich weiß noch, einer der

Freier war damals im Radio, anonym, er war aus Birmingham und sie haben ihn gefragt, warum er hier raufkam, um zu Prostituierten zu gehen, und er hat gesagt: ›Na, hier oben *können wir mit denen alles machen*. Die Cops tun uns nichts.‹ Ich hab ihn gehört. Das hat er wirklich gesagt. Bist du Lesbe?«

»Nein.«

»Nein, ich auch nicht.« Betty schaut finster auf den Tisch. »Ich wünschte, ich wär's. Hast du dir je Gedanken über Männer gemacht? Über Männer und Sex? Die dunkle Seite davon? Was ist da los? Tiere und Kinder, Leute angrabschen, Gewalt und dieses ganze irre Pornozeugs … Ich meine, was *stimmt* nicht mit denen?«

Betty will es ehrlich wissen, aber Margo hat keine Antwort darauf. »Ist mir ein Rätsel, um ehrlich zu sein.«

»Ich weiß es auch nicht. Nikki möchte, dass ein Monster sie umgebracht hat. Ein Haufen Leute möchte das. Kennst du die Nummer, wenn alle überrascht sind, weil er doch so ein Stiller war und sich immer abseits hielt? Das liegt daran, dass sie sich wünschen, dass es was ganz Besonderes ist, aber das ist es eben nicht. Es ist ein Teil vom ganz Normalen. Es ist ganz beiläufig. Ich glaube, es war irgendjemandes lieber alter Opa. Ich glaube, ein ganz gewöhnlicher Mann hat sie umgebracht und ist dann abgehauen und hat sein Leben weitergelebt und sie kriegen ihn nie.«

»Vielleicht hast du recht. Es ist so lange her.«

»Ich sag dir was: Wenn du ihn hinsetzt und ihm einen Film davon zeigst, wie er es tut, würde er sich nicht erinnern. Er würde es anders sehen. Sie reden doch immer darüber, dass Opfer sich nicht richtig erinnern können, nicht? Ich wette, die Männer, die so was tun, schieben es sofort ganz weit von sich weg. All die ungeklärten Morde, die Männer, die sie begangen haben, die sind alle da draußen, laufen rum, feiern Weihnachten und können mit sich leben.« Sie nickt zum Fenster hinüber, als ob sich die Männer draußen auf dem Rasen versammeln.

Die Tür geht auf, und Nikki kommt aus dem Bad. Ein künstlicher Blumengestank weht mit ihr heraus und überfällt sie am Küchentisch.

Betty rümpft die Nase und wedelt mit der Hand vor ihrem Gesicht. »Scheiße, Nikki, du bist die einzige Person, die ich kenne, die Rosen kackt.«

43

Es regnet stark, als sie die Tür öffnet, um zu gehen. Sie verabschieden sich liebevoll und vereinbaren, dass sie nächsten Sonntag in Janettes Haus bei ihr zu Mittag essen. Margo bietet an, sie abzuholen, damit sie nicht zu nervös sind, wenn sie kommen und Joe und Thomas kennenlernen. Sie leben alle drei zusammen, solange sie Janettes Haus ausräumen, und haben beschlossen, für eine Weile dort zu bleiben. Tracey wird das Haus kaufen, aber sie wartet nur zu gern, bis sie alle so weit sind. Margo möchte, dass Nikki und Betty in Janettes Haus sind, wenn sie ihnen von dem Baby erzählt. Falls es ein Mädchen wird, will sie sie fragen, ob sie es Susan nennen kann.

Nachdem sie eine Uhrzeit für Sonntag verabredet haben, besteht Margo darauf, dass Nikki und Betty drinnen bleiben, wenn sie zum Auto läuft. Sie weiß, ein Abschied auf der Schwelle könnte eine Stunde dauern, und der Regen ist heftig und kalt, fegt in stürmischen Wellen durch den Lichthof der Straßenlaternen.

Sie rennt zu ihrem Auto, steigt ein, startet den Motor und schnallt sich an. Sie will gerade das Licht einschalten, als sie einen Blick in den Rückspiegel wirft und den Honda sieht.

Sie erstarrt.

Die lange Motorhaube kommt um die Ecke, der Strahl der Scheinwerfer tastet über den Rand der Gartenmauer. Margo rutscht auf ihrem Sitz nach unten.

Der Honda biegt hinter ihr in die Straße ein, rollt langsam weiter, kommt an ihr vorbei. Es regnet zu stark und sie ist zu weit runtergerutscht, als dass die Person am Steuer sie entdecken könnte. Aber sie sieht einen Hinterkopf, als das Auto gemächlich vorbeifährt, der Kopf dreht sich in Richtung Bungalow, Blick aufs Fenster. Margo atmet kaum, beobachtet, wie der Wagen rechts abbiegt und langsam durch eine Querstraße davonfährt. Parkt das Auto? Wohnt die Person hier? Sie erwägt auszusteigen und danach zu suchen, aber ihre Hand hebt sich von selbst zur Autotür und verriegelt sie.

Sie bleibt abgetaucht, versucht zu entscheiden, was sie tun soll, betrachtet den strömenden Regen auf der Windschutzscheibe, da spürt sie das Grollen eines Motors in ihrem Rücken. Der Honda hat eine komplette Runde gedreht. Er kommt wieder an ihr vorbei. Diesmal starrt die Gestalt auf dem Fahrersitz ganz ungeniert nur auf Bettys Fenster, dreht den Kopf, blickt hinauf, und Margo sieht das Gesicht. Sie erkennt es. Der Honda rollt vorbei, jetzt ist er hundert Meter weiter, verpasst die Querstraße, in die er beim letzten Mal eingebogen ist, beschleunigt und fährt geradeaus zur stark befahrenen Baillieston Road.

Margo setzt sich auf, löst die Handbremse und folgt ihm.

Sie hat aus seinen Fehlern gelernt und bleibt weit zurück, lässt ihre Scheinwerfer aus, bis sie an der Hauptstraße ankommt. Der Regen ist hilfreich, die Sicht ist schlecht, aber sie hält sich mit ihrem kleinen Auto fein säuberlich hinter SUVs und Vans. Der Honda fährt vorsichtig, stellt sie fest, mit Umsicht, aber man kennt die Strecke eindeutig gut. Lange vor dem Abbiegen leuchtet schon der Blinker auf, man fädelt sich auf die richtige Spur ein, bevor die Schilder lesbar sind. Man muss hier schon oft entlanggefahren sein.

Sie sind jetzt auf der M8, gleiten an unschönen Sozialsiedlungen vorbei, die durch dürre Bäume vor Blicken geschützt sind, umfahren fensterlose Einkaufszentren, schieben sich durch Glasgows Stadtzentrum und auf die vier Spuren, die zur Kingston Bridge führen.

Hoch oben überqueren sie den Clyde und Margo bleibt auf der falschen Spur, sie weiß, dass man auf der langen geraden Brücke in den Rückspiegel schauen wird. Sie bleibt auf der Spur zum Flughafen, als der Honda sich links einordnet, auf die Zubringerspur zur M77. Erst eine halbe Meile weiter wechselt sie die Spur, fällt weit zurück, duckt sich dicht hinter das Heck eines Supermarktlasters. So folgt sie dem Honda zwei Meilen weit, bis sie sieht, dass er vor einer Ausfahrt langsamer wird. Sie verlassen die Autobahn gemeinsam.

Sie weiß, wem sie folgt, lange bevor sie bei der Adresse ankommen. Sie umrunden einen Kreisverkehr, fahren Richtung Nitshill, langsam und vorsichtig über breite Straßen voller Schlaglöcher, biegen um Ecken, noch mehr Kreisverkehre, folgen dem Weg zu Barney Keiths Haus.

Er parkt auf einem Behindertenparkplatz vor etwas, das nach einer sehr bescheidenen Reihenhaussiedlung aussieht. Margo hat schon Hausbesuche in solchen Gegenden gemacht.

Sie kann durch den offenen Bogen schauen, der das Gebäude in der Mitte teilt. In diesem Durchgang gibt es vier Haustüren, ein weißes Plastikgeländer läuft außen entlang und eine Betonrampe für Rollstühle führt hinauf.

Es ist ein Sozialbau mit zwei Wohnungen oben und zwei unten, gute Qualität, die Parterrewohnungen jeweils barrierefrei für Menschen mit besonderen Bedürfnissen. Allerdings ist es heruntergekommen. In den struppigen Hecken steckt Müll, davor stehen städtische Mülltonnen auf Rädern Wache, die Deckel offen, eine liegt wie volltrunken auf dem Rücken im dürren Gras.

Barney Keith öffnet seine Autotür und steigt aus. Er hat einen Stahl-Gehstock mit vier Füßen bei sich, eine Gehhilfe für Wacklige, die hält er in der Mitte wie eine Schaufel. Er schließt das Auto ab und dann, gebeugt gegen den starken Regen, hastet er über den Asphalt, durch das Tor und die

Rampe hoch, wirft einen Blick auf die umgekippte Mülltonne, als er unterm Dach ankommt. Sie sieht nicht, zu welcher Tür er geht, aber nach kurzer Zeit geht in einem Erdgeschossfenster ein helles Licht an. Die Jalousie ist zu, aber sie weiß, er ist im Erdgeschoss links.

Margo wartet, schaut zu, wie sich die Straße durch den Regen auf den Autofenstern verzerrt, horcht auf das Fauchen des heftigen Platzregens, der vom Asphalt abprallt. Sie sitzt da, umklammert das Lenkrad und wird immer wütender und ihr wird immer wärmer, bis sie mit einem Ruck die Autotür aufstößt, in den kalten Regenschleier hinaustritt und Barney Keiths Spur zu seiner Haustür folgt, um die gefallene Mülltonne herumgeht, hört, wie sich die offene mit Regen füllt.

Nitshill ist höher gelegen, zehn Kilometer von Glasgow entfernt. Barneys Siedlung ist an beiden Enden offen, und die hellen Lichter der fernen Stadt schimmern warm durch den Bogen an der Rückseite, verschwommen und einladend durch den Regenvorhang.

Sie will nicht hier sein. Sie will ihn nicht kennenlernen, aber sie weiß, sie kommt nicht drum rum. Sie wird so lange Angst haben, bis sie Barney Keith klarmacht, er soll sich verpissen und aufhören, sie zu verfolgen. Deshalb klingelt sie.

Zu diesem Zeitpunkt hat sie nicht die Absicht, dass irgendwem ein Leid geschieht.

44

Sie hört das scharfe elektrische Summen der Türklingel im Flur. Drinnen schlurfen Füße. Der Türspion wird dunkel, aber Margo tritt beiseite, so dass man sie von innen nicht sieht.

»Wer ist da?« Die Stimme ist hoch und nervös.

Sie antwortet nicht, sondern streckt die Hand aus und drückt erneut auf die Klingel.

Einen Moment später öffnet sich die Tür einen Spalt. Sie ist mit einer Kette gesichert. Wärme schwemmt heraus in den kalten Betontunnel, und mit ihr der süße Dunst von Curry.

Barney Keith späht zu ihr heraus, in seinen kleinen Augen flackert Erkennen. »Wer sind Sie?«

»Du weißt, wer ich bin«, sagt sie.

Er mustert sie von oben bis unten und schließt die Tür, löst die Kette und öffnet sie dann weit. Er benutzt jetzt den Gehstock und stützt sich schwer darauf.

Barney ist dünn und krumm und kahl. Seine Augen liegen tief in den Höhlen, so wie Margos, und sie sieht schwache Spuren ihrer selbst in seinem schmalen Kiefer. Er ist siebzig, aber noch drahtig, mit einer wässrigen Wampe. Er hat trockene gelbliche Haut, seine Leber funktioniert wohl schon lange nicht mehr gut, und seine Gesten wirken unsicher.

Er fühlt sich gemustert, er streicht sich angespannt über den Kopf, als wollte er sich abschirmen, und seine Finger zittern ein bisschen.

Er hat seine nassgeregneten Sachen gegen ein T-Shirt und eine graue Jogginghose ausgetauscht, die um die Taschen herum schmierig ist. Seine Füße sind nackt und sie bemerkt, dass die Zehennägel geschnitten sind. Das sagt viel bei einem

Mann seines Alters. Die meisten Patienten in der Geriatrie sind nicht beweglich genug, um ihre Füße zu pflegen, aber Barney kann sich noch runterbeugen. Trotzdem spielt er weiter den Behinderten, stützt sich schwer auf seinen Stock, schlurft von einem Fuß auf den anderen, als täten ihm die Beine weh.

Sofort ist sie froh, dass sie ihm hierher gefolgt ist. Sie ist zehn Zentimeter größer als er. Sie ist jünger als er. Sie ist Ärztin und hat nie eine Dreizehnjährige vergewaltigt. Dieser Mann ist ein Nichts.

»Was wollen Sie?«, fragt er.

»Du verfolgst mich. Ich habe es der Polizei gesagt, aber du bekommst eine Warnung von mir: Schluss damit.«

Er kichert ungläubig. »Ich weiß ja nicht mal –«

»Ich habe Fotos von deinem Auto vor meinem Haus«, lügt sie. »Die Polizei hat deinen Namen, dein Autokennzeichen und diese Adresse. Hör auf, mich zu verfolgen.«

»Oh … Die wissen, dass Sie hier sind, dass Sie mit mir reden, ja? Sie dürfen nämlich nicht –«

»Nein, das wissen sie nicht. Ich warne dich nur, mich in Ruhe zu lassen.«

»In Ordnung.« Er lächelt schwach.

Dies ist der Moment, in dem sie sich umdrehen und gehen sollte, aber sie tut es nicht. Sie wartet auf etwas, ein Eingeständnis, dass er ihr Vater ist, oder dass er ihr zeigt, dass er kein Arschloch ist, sie weiß nicht genau, worauf, aber sie zögert.

Er sinkt in sich zusammen, sieht verletzt aus und sagt: »Bist du Susans Baby? Bist du Patsy?«

Aber sie ist sicher, dass er ganz genau weiß, wer sie ist.

»Hör auf, mir zu folgen. Die Polizei weiß, wer du bist.«

Er öffnet den Mund, um etwas zu sagen, hält aber inne. Er mustert sie wieder von oben bis unten. Der Regen an beiden Enden des Durchgangs ist plötzlich stärker, ein lautes Rauschen auf der Straße.

Barney flüstert ihren Füßen zu: »Siehst aus wie sie.« Er hält sich die freie Hand vor die Augen und schluchzt, atmet so heftig aus, dass sein Knie nachgibt. Er taumelt seitwärts, verliert fast den Halt und Margo muss dem Reflex widerstehen, den Arm auszustrecken und ihn zu stützen. Barney braucht keine Unterstützung. Er ist ein Betrüger. Sie steht da und schaut hinein, knetet ihre Hände, während er sich wieder einkriegt. Er lässt die Hand sinken und sie sieht, dass Augen und Gesicht trocken sind. Barney Keith ist ein alter Lügensack.

»Es ist … Ich hab – Arthrose.«

»Mhm.« Das ist eine lähmende Krankheit, eine schmerzhafte Entzündung der Gelenke, meist nach Selbsteinschätzung diagnostiziert, ideal für verlogene Simulanten.

»Aye. Da wirst du vielleicht aufpassen müssen … Ich glaub, ich könnte dein Vater sein?«

Margo zuckt die Achseln. »Jemand hat so etwas gesagt, ja.«

»… *Jemand* hat das gesagt?«

»Jemand, ja.«

»Wow! Ich, ein Daddy. Stell dir das vor.« Er murmelt mehr in sich hinein: »Ich hab wirklich große Schmerzen.«

»Ach ja?«

»Aye. Schmerzhaft«, sagt er, schaut an ihr vorbei, sein Blick ist verschleiert, der Mund zusammengepresst. Es ist ein seltsamer, ausdrucksloser Blick. Sie weiß nicht, was das bedeutet.

Jetzt wandert sein Blick über ihr Gesicht, und das ist nicht direkt schlimm, aber es ist seltsam und unbehaglich. Sie zieht die Möglichkeit in Betracht, dass er unter starken Medikamenten steht und dass sie vielleicht in alles zu viel hineininterpretiert.

Sie späht an ihm vorbei in den Flur. Sauber. Die Wände vor kurzem gestrichen, nicht sehr gut und in einem düsteren Kriegsschiffgrau, nicht sehr schön, aber immerhin bemüht. Am Griff des Flurschranks hängt eine blaue Plastiktüte mit leeren Alu-Essensbehältern. Er hat Takeaway-Curry gegessen und die Tüte da hingehängt, so dass er nicht vergisst, sie zu entsorgen, damit der Geruch nicht in der Wohnung hängenbleibt. Margo hat Hausbesuche bei Leuten gemacht, die nicht klarkamen, und die Zeichen hier sind deutlich: Barney ist handlungsfähig. Er streicht seine Bude, gönnt sich gutes Essen, hat ein Leben.

Sie merkt, dass er sie direkt ansieht, in seinen Augen blitzt ein schwaches Lächeln auf. »Du bist das Ebenbild meiner Susan. Ich bin dir gefolgt, das tut mir leid, aber ich hab dich an dem Tag im Gericht gesehen. Ich wollte dich nur noch mal anschauen.«

Sie denkt an die Bohne, die in ihr wächst. Wenn sie ihr Baby weggeben müsste und es dann als Erwachsene wiedersähe, würde sie es vielleicht auch beschatten. Ihm womöglich Angst machen mit ihrem überbordenden Interesse. Vielleicht auch so dermaßen erbärmlich wirken.

Er öffnet die Haustür weiter und linst hoffnungsvoll ins Wohnzimmer. »Willst du nicht kurz reinkommen?«

Sie schüttelt den Kopf.

Er hebt beschwichtigend die Hand. »Schön, nein, ist gut. Will dich nicht nötigen. Mach einfach, was dir richtig vorkommt …«

Sie stehen da und sehen sich an.

»Was ich dir noch sagen will«, sagt Barney, »ist das: Ich wollte dich nicht abgeben. Das war Susan. Ich will, dass du das weißt.«

Er denkt, Margo ist wütend darüber, weggegeben worden zu sein, er irrt sich, das ist sie nicht, und er wälzt es auf Susan ab, die nicht da ist, sich nicht verteidigen kann, und das ist doch wohl ein ganz billiges Manöver.

»Tja«, sagt Margo, »sie hat mir damit einen Gefallen getan. Es muss schwer gewesen sein, aber es war das Richtige. Für mich ist es gut gelaufen.«

»Ja, ich wollte nicht – war nicht meine Idee. Sie dachte, sie wär keine gute Mum. Hat sich selber nicht so gemocht. Ich hab ihr gesagt, du würdest sie trotzdem lieben, aber – na ja, sie war hitzig, die Susan, willensstark.«

Margo lächelt. »Davon habe ich gehört.«

Barney lächelt zurück, guckt schüchtern. »Ja, sie war schon eine. Was Besonderes.«

Und beide nicken leicht, Margo über das ängstliche und stolze Mädchen, das nichts zu verlieren hatte, Barney über wofür auch immer er Susan hielt.

»Ich wünschte, du hättest sie kennenlernen können statt mich.« Er lässt das Kinn auf die Brust fallen und flüstert: »Dachte nicht, dass du einen wie mich kennenlernen willst. Tut mir leid, dass ich dir gefolgt bin … Für mich ist nichts mehr gut, seit McPhail sie umgebracht hat.«

»Barney, wer hat dir erzählt, dass es McPhail war?«

»Ich hab's rausgekriegt.« Barney reckt trotzig das Kinn. »Die Bullen haben nach Susans Tod kaum was getan. Die Mädels wollten nur mit ihresgleichen reden und sie kannten mich alle, kannten Susan, wussten, wie sehr ich sie geliebt hab. Sie haben mit mir geredet.«

»Jemand hat es dir gesagt, nicht wahr? War es Jack Robertson?«

»Nein!« Er lacht. »Nein! *Ich* hab es *ihm* gesagt. Ich war das, der es ihm gesagt hat, und er hat es in sein Buch geschrieben. Ich meine, ich hab nichts dagegen, ich will nur Gerechtigkeit für Susan. Jack ist ein toller Kerl. Hast du ihn kennengelernt?«

»Ja.« Sie will ihm nicht erzählen, dass Jack wegen Totschlags angeklagt wird. »Jack ist unglaublich.«

»Die Mädels haben mir vertraut, die meisten Journalisten würden solchem Gesocks wie mir nie zuhören, für die bin ich Abschaum.«

Er lässt eine Pause, damit Margo ihm widersprechen kann.

Vielleicht ist er Abschaum, sie weiß es nicht. »Aber wer hat dir gesagt, dass es McPhail war? War es eine von den Frauen?«

»Ich mag nicht ... ich würde ein Versprechen brechen.« Er späht in den Durchgang. »Aber es war eine Frau, ja.«

Der Druck des Regens löst einen kalten Luftzug aus und die Wärme strömt aus der überheizten Wohnung, fast als streichle sie ihr über die Wange. Barney fröstelt. »Es ist höllisch kalt hier draußen. Sicher, dass du nicht reinkommen willst?«

Sie will irgendwie schon, aber sie weiß zu viel über ihn. Sie platzt heraus: »Du hast sie geschwängert, als sie dreizehn war. Du warst zweiunddreißig.«

»Sie war fünfzehn.«

»Nein, war sie nicht. Sie war dreizehn.«

»Sie konnte sonst nirgendwohin.«

»Sie war in einem Kinderheim.«

Er lehnt sich schwer an den Türrahmen und sieht trostlos aus. »Susan wollte sich umbringen, als ich sie traf. Sie war dort nicht sicher. Die sind da jede Nacht über sie hergefallen. Sie kam zu mir. Wohin hätte sie gehen sollen? Niemanden schert es. Es geschieht auch jetzt, und es schert niemanden. Die Leute interessiert es erst hinterher, wenn sie erwachsen sind und nichts mehr zu machen ist, dann sind sie ach so traurig darüber, aber es passiert jetzt in diesem Moment, und es ist allen egal. Aber mir war's *nicht* egal, weil mir so was auch passiert ist. Mich hat es geschert. Sie wollte bei mir sein. Bei wem, der sie liebt. Wir waren glücklich. Wir haben uns geliebt, bis dieser Bastard McPhail sie gekillt hat.«

»Wer hat dir gesagt, dass es McPhail war?«

Er zögert, antwortet fast, sagt dann aber: »Du kannst reinkommen, wenn du magst ... Ich beiß schon nicht.«

Margo schaut hinter ihm in den Flur und er interpretiert das als Ja. Er schlurft rückwärts, macht ihr Platz. Argwöhnisch betritt sie das Haus ihres Vaters.

Er schließt die Tür hinter ihr. »Tschuldige das Chaos.« Er lächelt und deutet ins Wohnzimmer.

Es ist ein eigenartiger Raum, weitläufig und breit mit einem großen Panoramafenster zur Straße und einem heruntergelassenen Papier-Rollo davor. Er hat diesen Raum im selben tristen Grau gestrichen wie den Flur. Es gibt ein braunes Sofa, flach- und blankgesessen, wo sein Sitzplatz ist, mit einem kleinen Block aus Schlackenbeton als Tisch. Eine leere Bierdose steht darauf. Aber die ganze Situation fühlt sich schief und falsch an: Die Birne in der Deckenlampe ist zu hell, das Licht ist blau und forensisch und drei alte Laptops stehen aufgeklappt nebeneinander auf dem Boden. Sie haben alle externe DVD-Brenner und Stromkabel, die sich um sie herumschlängeln. An der Seitenwand steht ein voller Karton mit DVDs ohne Case. Manche davon stecken in vergilbten Papierhüllen, manche sind staubig, manche sauber. Das sind die DVDs, die er kopiert, nicht die, die er brennt.

Sie weiß nicht, was hier läuft, und das ist ihr suspekt. Sie hat ihm den Rücken zugekehrt, ist sich aber bewusst, dass er ziemlich dicht hinter ihr steht. Sie schiebt sich vorwärts, um ein bisschen Platz zwischen sie zu bringen, und sieht etwas hinter dem Rollo versteckt. Eine weiß-blau pastellfarbene Porzellanfigur, ein Lamm hockt zu Füßen einer Schäferin, um den Hals eine vergilbte Klebstoff-Garotte. Genau wie bei der, die Janette repariert hat, die in ihrer Sammlung.

»So schön, dich hierzuhaben.« Barneys Stimme ist ganz belegt vor Gefühl.

Herzukommen war ein Fehler. Er ist zu nah. Margo wirbelt herum und weicht zurück, zeigt auf die Laptops. »Was soll das da?«

»Ach«, sagt er, »DVD-Raubkopien. Bloß paar dumme alte Filme und so. Verkauf ich billig. Okay, is' nicht ganz legal – 'n bisschen Taschengeld …« Seine Tarngeschichte ist falsch.

Er scheint nicht zu wissen, dass die Leute keine raubkopierten DVDs mehr kaufen, sie laden sich die Filme einfach umsonst runter. Sie will nicht wissen, was auf den DVDs ist, aber sie kann es sich denken.

»Warum brennst du immer drei auf einmal?«

»Alle wollen doch immer dasselbe, oder?«

Barney ist anders hier drin, er steht jetzt fest auf seinen Beinen, zu nah, mit seinem Ausdruck stimmt etwas nicht. Es ist nichts Konkretes, sie weiß nur, dass das hier gefährlich ist. Barney, dieser Barney, ist der Grund, warum Susan Margo weggegeben hat. Sie wollte sie von ihm weg haben.

»Magst du Filme?« Er blickt auf ihren Mund.

»Manche.«

Er steht zwischen ihr und der Tür.

»Ich hab da paar Filme, die du dir ansehen kannst …« Seine Hand schießt vor und berührt ihren Hals und sie macht einen Satz rückwärts.

»Was soll der Scheiß? Fass mich nicht an!«

Barney lächelt, als wären die letzten zwei Sekunden nicht passiert. »Und warst du ein glückliches kleines Mädchen?«

»Was?«

»Wie du aufgewachsen bist: Warst du ein glückliches Mädchen?« Er lächelt und legt den Kopf schief. »Weil mir und Susan das nämlich am wichtigsten war. Dass *du* glücklich bist.«

»Was ist auf den DVDs?«

»Kannst dir eine nehmen, wenn du magst.« Er lächelt. »Oder wir könnten uns zusammen eine anschauen.«

Sie muss dafür sorgen, dass er weiterredet. »Wer hat gesagt, dass es McPhail war?«

»Hey, hör mal: Hast du deine Tante Nikki gesehen?«

»Nikki?« Sie schiebt sich unruhig Richtung Tür.

»Aye.« Er grinst. »Deine kleine Tante Nikki. Hast du sie gesehen?«

»War es Nikki, die gesagt hat, dass es McPhail war?«

»Nikki geht's gut in letzter Zeit, was? Hat sie gut gemacht, was? Bei Betty wohnen und so.«

»Hast du sie auch verfolgt?«

»Von wegen! Die dreckige Nutte –« Er lächelt und nickt zu den DVDs hinüber. »Nimm dir doch eins von den Filmchen, guck, ob du's magst ...«

Margo will ihre Fingerabdrücke nicht darauf hinterlassen. Sie will hier drin überhaupt nichts berühren. »Wer hat gesagt, es war McPhail?«

»Diane Gallagher. Die hat's mir erzählt. Dass er Susan gekillt hat. Gallagher hat's mir selbst erzählt.«

Margo mustert ihn und erinnert sich, wie Diane gesagt hat, sie habe nie ein erbärmlicheres Individuum getroffen. Gallagher wird diese Seite von ihm nie gesehen haben, niemand mit irgendeiner Form von Macht hat das. Nur Susan und die anderen kleinen Fische.

»Das ist gelogen. Gallagher weiß, dass er es nicht war. Sie hat es immer gewusst.«

»Gelogen, ja?«

»Diane Gallagher würde das nie sagen.«

»Du warst da, ja?« Er ist auf einmal wütend und irgendwie deutlich verändert. Ihre Nackenhaare stellen sich kribbelnd auf.

Und dann steht er da mit offenem Mund, steht zu lange still. Sein Blick ist verschleiert, sein Gesichtsausdruck leer. Hier ist irgendwas oberfaul. Sie weiß nicht, was es ist.

Margos Blick schlüpft wieder zu der Porzellanfigur auf dem Fensterbrett. Sie nimmt sie hoch, hält sie in der Hand, sieht sie an. Das garottierte Lamm blickt zu ihr auf, treuherzig, liebevoll. Das ist eindeutig Janettes Figürchen.

»Warst du bei mir im Haus?«

»Was?«

»Warst du bei mir im Haus?«

»Was erzählst'n du fürn Scheiß?«

»Bist du eingebrochen und hast in meine Küche gepisst? Was ist auf diesen DVDs?«

Barney Keith blickt ihr in die Augen und richtet sich auf. Plötzlich ist sie nicht mehr größer als er. Er behält sie im Blick, bückt sich, nimmt den Gehstock an der Stange hoch, richtet die vier Füße mit den Gumminoppen auf sie.

»*Clevere Schlampe.*« Barney hebt den Stock über den Kopf und lässt ihn auf ihr Gesicht niedersausen.

Margo hört es krachen, als ihr Nasenrücken bricht. Weiße Lichter explodieren in ihren Augen. Sie schlägt blind nach Barney und ihre Faust trifft irgendwas. Ein Knacken, sie denkt, es ist ihr Finger, aber der war es nicht: Sie hält immer noch Janettes Figürchen gepackt. In Panik haut sie damit um sich, schrammt an etwas entlang und taumelt dann rückwärts, als der Schmerz durch ihre Augen gellt. Er nimmt ihr den Atem. Ihre Knie geben nach. Sie spürt den Schmerz nicht in der Nase, sondern im ganzen Körper, und sie hat plötzlich Angst, ohnmächtig zu werden oder sich zu erbrechen.

Sie tut weder das eine noch das andere.

Sie steht still, keucht und blinzelt, bis sie in dem hellen Raum wieder verschwommene Umrisse sehen kann.

Barney ist weg. Das Zimmer ist leer. Die Tür ist frei. Erschrocken macht sie einen Schritt nach vorn, die Hände ausgestreckt, und ihr Fuß bleibt an etwas Schwerem hängen.

Sie schaut nach unten, blinzelt heftig und sieht Barney auf dem Boden. Er rührt sich nicht. Sie stolpert von ihm weg Richtung Tür, schaut dann zurück, aber sie kann nichts sehen.

Sie will gehen, aber sie ist doch Ärztin. Sie kann nicht einfach gehen. Sie muss helfen.

Sie steht da, keucht und zittert – aha, das ist das Schockzittern, das sie von anderen kennt – und schließt die Augen, um ihre Sicht zu klären.

Barney ist hingefallen, mit der Schläfe auf den Betonblock geknallt und zur Seite gerollt. Sie blinzelt weiter angestrengt, und jedes Mal sieht sie ihn eine Sekunde glasklar, bevor ihr Blick wieder trüb wird, in Schnappschüssen. Sein Schädel ist zertrümmert, über dem linken Auge tief eingedrückt. Er stirbt. Es bleibt nicht viel Zeit. Sie muss einen Krankenwagen rufen. Die Schäferin liegt zerbrochen auf dem Boden und ein tiefer Kratzer von ihr ist in Barneys Wange eingemeißelt. Seine Lider flackern, der Körper des Lammes steckt in einem Auge. Doch sie hat einen Schock und schlottert. Sie sollte mit ihrem Handy einen Krankenwagen rufen. Aber dann kommt die Polizei, und sie hat schon Ärger wegen Jack und Lilah und Richard.

Sie stolpert raus in den Flur. Sie muss das in Ordnung bringen. Die Situation in Ordnung bringen. Die Situation richten. Aufräumen. Janettes Haus aufräumen, herrichten. Es tut ihr so leid.

Draußen im Flur sackt sie gegen die Schranktür, angstvoll und reumütig, sie weiß, sie sollte etwas tun, sie nimmt die blaue Plastiktüte vom Griff des Garderobenschranks und trägt sie raus.

Sie zieht die Tür fest hinter sich zu. Ihre Augen schwellen zu, sie spürt schon, wie sie schmaler werden.

Sie ist Ärztin. Die Zeit drängt. Sie muss anrufen.

Der kalte Regen ist Balsam für ihr heißes Gesicht. Ihr Gesicht schwillt an, sie spürt es, und sie blickt auf zu den flackernden Lichtern von Glasgow, die durch den Regen funkeln, rot und gelb und weiß. Zieht ihr Handy aus der Hosentasche, tippt die PIN ein und wählt 999.

Sie hört, wie es am anderen Ende klingelt, und sieht ihre Lage durch die Augen von Fremden. Das sieht nicht gut aus. Benimm dich einfach ganz normal. Sag die Wahrheit. Aber es sieht übel aus. Sie merkt, dass sie die blaue Tüte mit Barneys Müll in der Hand hat: Wieso hat sie die mitgenommen? Sie lässt sie in die offene Mülltonne fallen, hört es platschen, als sie ins angesammelte Wasser fällt. Das wirkt doch auch verdächtig, Tüten mit seinem Müll wegwerfen, was tut sie denn da? Aufgelöst und verwirrt klappt sie den Deckel der Tonne zu.

»Rettungsdienst«, sagt eine leise Stimme aus ihrem Handy, »was für einen Notfall möchten Sie melden?«

Margo starrt auf den Tonnendeckel.

»Hallo, Anrufer? Sind Sie da?«

Kalter Regen prasselt auf ihren Kopf, schlängelt sich durch ihre Haare auf ihre Kopfhaut, rinnt ihr am Hals entlang.

»Anrufer, ich höre Sie atmen … Können Sie nicht sprechen?«

Ein Schild ist mit Tesa auf den Deckel geklebt, eine Botschaft an die Nachbarn. Sie steht ganz still da, ist sich bewusst, dass Barney gerade hinter der Mauer neben ihr stirbt.

»Hallo, Anrufer? Brauchen Sie Polizei, Feuerwehr oder Kranken–«

Margo legt auf. Sie braucht keinen Krankenwagen. Sie klatscht mit der flachen Hand auf den Mülltonnendeckel, dann kratzt sie an dem Klebeband, pult das Schild ab. Sie nimmt es mit. Sie geht weg. Sie wird nie irgendwem sagen, dass sie hier war. Sie steigt in ihr Auto und fährt zurück in Richtung Stadt.

Drei Meilen entfernt hält sie an einer roten Ampel und betrachtet das nasse Schild, das auf dem Beifahrersitz liegt.

Es ist handgeschrieben.

BITTE Leute nicht den Deckel auf lassen

Die Handschrift ist charakteristisch. Die Buchstaben neigen sich nach vorn, als hätten sie es eilig, zum Rand des Papiers zu kommen. Jedes t und das f sind ganz klein und gerade.

Dank

Großen vielfachen Dank, wie gehabt, an meine Lektorin Jade Chandler, die tat, als wäre sie überrascht, dass dieses ganze Ding hier letztlich komplizierter wurde, als es bei meinem ursprünglichen Vorschlag klang, und die souverän so getan hat, als würde ich das nicht bei jedem verfickten Buch sagen. Außerdem an Jon und Henry Dunow für all ihre Unterstützung.

Dank wie immer an meine Familie: Steve und Owen und Edith für Beköstigung und Schulterklopfen an langen Tagen.

Besonderen Dank an die vielen Personen, die sich Zeit genommen haben, mir von ihren Erfahrungen zu erzählen, und für den Großmut, dass ich Teile dieser Interviews in einer fiktionalisierten Geschichte verwenden durfte. Ich habe versucht, alles zu verstehen und allem gerecht zu werden, und wo immer ich darin versagt habe, seid versichert, es war nie mit Absicht.

Und ein Riesendank an Nanette Pollock und *Routes Out Of Prostitution* für all die Zeit, Geduld und Hilfe bei der Recherche.

Pieke Biermann

Das Berlin-Quartett

Pieke Biermann erwischt die Stadt mitten im Umbruch. Tolle Charaktere vom Strich bis zu den Bullen, bilderstark, realistisch, poetisch, berlinerisch: ein Großstadt-Jahrzehnt so hart und wild wie das Leben.

Potsdamer Ableben

Ariadne 1256

Westberlin ’87, lässig und laut. Ein Manager will statt Mädchenbands deutsche Kerle zu Pophelden küren. Leider liegt unterm Buffet eine tote Radiomoderatorin. Kriminalhauptkommissar Karin Lietze findet den Fall chaotisch, weil in der Popszene jede ihr eigenes Süppchen kocht.

Violetta

Ariadne 1257

Hitzewelle im Sommer ’89, Flimmern und grelle Farben: Lietze und Konsorten haben alle Hände voll zu tun. Am Winterfeldtplatz wird eine misshandelte tote Hure gefunden. Und jemand killt nette Männer nach dem Sex. Eine Serienmörderin? Hochgradig unwahrscheinlich, aber wer weiß das schon in dieser komplett durchdrehenden Stadt?

Herzrasen

Ariadne 1258

Großstadtmief bis zur Atemnot: Die Mauer ist weg, die Quote da. Nun soll man zusammenwachsen, aber es fremdelt gewaltig. Ob Wessibullen und Ossibullen oder Huren aus allen Himmelsrichtungen: die Gerüche, Reflexe, Bezugssysteme sind nicht kompatibel. Und während in Lietzes Team Verliebtheit grassiert, steigt der Gewaltpegel in der Stadt.

Vier, fünf, sechs

Ariadne 1259

Mai ’94: Wahlkampf, dazu Bauboom in Berlin, da wird spekuliert und kassiert, dass es nur so raucht. Der Flughafen Tempelhof dünstet Geschichte von den Nazis bis zu den Amis, aber kaum wer kennt das mit Reichsmark gebaute Tunnelsystem. Bis oben am Gepäckband ein Polizeidirektor gesprengt wird, was Lietzes Truppe auf den Plan ruft.

Liza Cody

»Wer nach Geschichten sucht, die das Genre transzendieren, wird von Liza Cody begeistert sein.« Marcus Müntefering, *Der Spiegel*

Gimme more

Deutsch von Pieke Biermann · Ariadne 1243

Bühne frei für Birdie Walker, schnell, skrupellos, härter als das Leben, kampflustige Witwe eines Rockstars. Der Rock'n'Roll-Musikmafia-Krimi.

Milch oder Blut

Deutsch von Martin Grundmann · Ariadne 1253

Seema Dahami ist Stadtgärtnerin. Dann lernt sie eines Abends Lazaro kennen – deutlich älter, hochgebildet, aristokratisch und aufmerksam. Und alles wird anders. Bis Blut fließt.

Ballade einer vergessenen Toten

Deutsch von Martin Grundmann · Ariadne 1238 · Radio-Bremen-Krimipreis

Amy will über die Musikerin Elly Astoria schreiben, die ermordet wurde. Ständig ändert sich das Bild, bis Ellys Biografie Amy selbst verändert.

Miss Terry

Deutsch von Grundmann & Laudan · Ariadne 1219 · Deutscher Krimipreis

Nita hat Arbeit und eine hübsche Wohnung. Aber sie ist nicht weiß. Als ein Verbrechen geschieht, zeigen prompt alle Finger auf sie …

Lady Bag

Deutsch von Laudan & Szelinski
Ariadne 1222 (HC) & 1228 (TB) · Deutscher Krimipreis

Kann eine Pennerin den Teufel aufhalten? Die rotweingetränkte Odyssee der Baglady ist ein furioser London-Krimi, unvergesslich!

Die Eva-Wylie-Trilogie

Was sie nicht umbringt · Eva sieht rot · Eva langt zu

Deutsch von Regina Rawlinson

Eva Wylie, bärbeißige Profi-Catcherin, haust mit Hunden auf einem Schrottplatz und jobbt als Kellnerin. Heißes Pflaster …

»Eine der faszinierenden Heldinnen der Kriminalliteratur. Milieugenau, witzig, spannend, bravourös übersetzt.« *Tobias Gohlis*

Ariadne
Herausgegeben von Else Laudan

Denise Mina bei Ariadne:

Götter und Tiere (Alex Morrow, Ariadne 1246)
Blut Salz Wasser (Alex Morrow, Ariadne 1230)
Klare Sache (Ariadne 1242)
Totstück (Ariadne 1254)

Diese Übersetzung wurde gefördert vom Publishing Scotland translation fund.

Publishing
Scotland
Foillseachadh Alba

Titel der englischen Originalausgabe: The Less Dead

Deutsche Erstausgabe

Glashüttenstraße 28, 20357 Hamburg
Telefon 040/4018000 – Fax 040/40180020
www.argument.de
Lektorat: Else Laudan
Umschlag: Martin Grundmann
Umschlagfoto: © Tina Nord, pexels.com
Satz: Iris Konopik
Druck und Bindung: CPI books GmbH, Leck
Gedruckt auf säure- und chlorfreiem Papier
ISBN 978-3-86754-254-8
Erste Auflage 2021